刘伊 / 著

你的城市我的故事

重庆出版集团 重庆出版社

图书在版编目(CIP)数据

你的城市我的故事/刘伊著.—重庆:重庆出版社,2014.9
ISBN 978-7-229-08137-9

Ⅰ.①你… Ⅱ.①刘… Ⅲ.①长篇小说—中国—当代
Ⅳ.①I247.5

中国版本图书馆 CIP 数据核字(2014)122069 号

你的城市我的故事
NI DE CHENGSHI WO DE GUSHI
刘 伊 著

出 版 人:罗小卫
责任编辑:陶志宏 曾 玉
责任校对:杨 婧
装帧设计:重庆出版集团艺术设计公司·王芳甜 卢晓鸣

重庆出版集团   出版
重庆出版社

重庆长江二路205号 邮政编码:400016 http://www.cqph.com
重庆出版集团艺术设计有限公司制版
自贡兴华印务有限公司印刷
重庆出版集团图书发行有限公司发行
E-MAIL:fxchu@cqph.com 邮购电话:023-68809452
全国新华书店经销

开本:700mm×1 000mm 1/16 印张:16.25 字数:277 千
2014 年 9 月第 1 版 2014 年 9 月第 1 版第 1 次印刷
ISBN 978-7-229-08137-9

定价:29.80 元

如有印装质量问题,请向本集团图书发行有限公司调换:023-68706683

版权所有 侵权必究

目录
CONTENTS

第一章	我是模特儿	1
第二章	我是小贩	15
第三章	北京宋庄	35
第四章	寻找小米	51
第五章	谁是谁的谁	73
第六章	盗墓贼女儿	93
第七章	青梅竹马	115
第八章	做回打工女	133
第九章	威胁	153
第十章	擦肩而过	175
第十一章	合作	194
第十二章	妈妈	216
第十三章	生活进行中	237

第一章
我是模特儿

1

这是一个色彩浓艳的秋天，有树的地方黄叶翩翩起舞，没树的地方，就算是一张小纸片、细细的小木棍也能被风卷着轻松地弹跳起来。这一切，都在告诉你，这是充满活力的一天。

彭家可以说是三喜临门。当所有的邻居知道彭家的媳妇生下三胞胎，无不对彭大城竖起大拇指。竖大拇指的基本都是男的，张嘴就说："哥们，挺能干。教教老弟，我那媳妇结婚八年了，肚子还是瘪的。你这当年的媳妇当年的娃，一种就三个。羡慕死老弟了。"

此时的彭大城跛着脚从对方身边走过，摇着头没吭声，或者拍下对方的肩膀，他心底的苦谁又能知道？孩子确实生下来三个，可他出差在外加上出车祸住院，等再回到廊坊孩子已经满月，出现在眼前的只有两个孩子，一男一女。

他们躺在襁褓里，那么小那么软，彭大城都不敢碰。后来老妈看他表情总是很凝重就安慰他："送走一个丫头片子，给你留下两个，又是龙凤胎，你就知足吧。别老拿这眼神儿看我。老大送走这事儿你媳妇也没说不同意，你不把她送走，指不定将来家里还出什么乱子。再说，送走那天也告诉你了。别说没告诉你。"

"孩子都送走了才告诉我，这也算告诉？再说，妈，您也太迷信了，眼角有痣怎么了？我浑身都是痣，我胳膊上腿根上脚底下，哪没有痣？您咋不说把我也送人？"彭大城来了脾气。

"你甭跟我磨叽也甭跟我喊，你以为我不心疼？那可是我们老彭家的根。大城，不是妈心狠。老姚家的都说了，那是泪痣，她一生下来你就没个好。她克你，也克你媳妇。你说说，是不是她一落地，你就出了车祸？现在走路都不利索，不把她送走，你能捡回这条命？"

"跳大神的您也信？行，妈，我不跟您辩论。小梅一天天的在那哭，您是不知

道。她还奶着孩子,我能不心疼?"

"可别价,你得跟她说说,这孩子吃了上火的奶,这不明摆着不让他们好过吗?不行我得找她说说。这都送走好几个月了,咋还放不下?"老太太紧张起来。

"算了,妈您就甭添乱了,还是我安慰她吧。几个月?我看几年一辈子她也缓不过来了。"彭大城跛着脚往家的方向走。迟疑了下又走回老妈身边问:"妈,会议两口子要是以后再有孩子还能对咱孩儿好吗?"

"放心吧,他老婆贵珍这辈子生不了孩子,除非李会议休了石贵珍另娶。他不是那样的人。我们的小米给他们带,妈我放心。"

2

十八年以后的北京。一样的秋天,一样的秋风扫落叶。朝阳区平房,真是名副其实的平房区。蔡小米就居住在这里,和她的养母。她只记得自己四岁就丢了,她是在东坝丢的,所以她只要一去东坝,心里就有一种抽搐的感觉。她生怕自己一不小心再把自己丢到那里找不回来。

她似乎对东坝情有独钟。养母是从那里把自己捡到的。四岁的自己还是有点记事的,记得自己叫李小米,可记不住自己家住哪里,也不知道父母名字。养母给她起名字,说跟她叫蔡玉荣、蔡英英、蔡金凤。养母给她起了好几个名字。这事儿在她长大以后养母还偶尔提起,可她小的时候就懂得分辨名字是不是好听。

她觉得那几个名字都好丑,都配不上自己。她觉得还是小米好听,每天爸爸妈妈都跟她叫小米,她觉得可开心了,可她怎么就丢了呢?她自己也不知道。既然小米好听,养母听从了她的意见,仍然叫她小米,但是不叫李小米,而叫蔡小米,说这样将来好上户口。不管蔡小米还是李小米还是张小米,小米告诉自己,只要一直叫小米就好。她觉得这名字听着舒服,其实这可能是一种习惯。

每次做饭,往大米里兑小米的时候,她都忍不住会抿嘴一乐。

她又来东坝了,她也不知道为什么又来这里。四岁的时候在这丢的,十八岁了如果在这还能迷失方向,那就一定是故意的,是自己嫌弃那个老旧的家了。一想到这里,禁不住浑身打了个冷颤,难道,自己是想寻亲?想离开这个家去天涯海角找自己原来那个家?

有一瞬间,她确实担心自己嫌弃这个家。十四岁那会儿,她长大了,爱美了,当她穿着不得体的服装从街头走过,总有不像样的男孩在附近尖叫,有一次甚至有个男生大声地说她是收破烂老太太的闺女,破烂女。她猫下腰,捡起一块石头向他们砸过去,她心里是想砸中一个的,把那个站着的人砸扁才好。可她又怕自己会闯祸,于是砸的时候就故意砸偏了一点方向,她只想恐吓他们一下,并不想真闯祸,却想不到她砸偏的那一瞬间,有个毛头小子就偏向着那砸偏的石头歪过头去。石子擦过他的脸颊,血流了下来。

他一声尖叫,捂住脸庞,几个小子呼啸着逃跑。他大叫着要去找小米的妈妈。小米也有点害怕,她跑过去要用衣袖给他擦血,他赶紧躲开说嫌她衣服破旧。蔡小米刚收回衣袖,对面捂着脸的小子就把才十四岁的蔡小米推倒。蔡小米没想到受伤的人还有这么大的力气,她更没想到自己好心关心他,竟然遭此厄运。

"我又不是故意砸你的。谁让你不躲的。"小米喃喃地说着。还没等蔡小米站起来,一个男孩冲过来把对方推倒:"你一个男生欺侮女生,你算什么男子汉。"

"是她先把我脸砸伤了。"

"我早就看见过你,你没事就欺侮她,砸你活该。她怎么不砸我?还不快滚。以后不许再欺侮她。"

看受伤男孩跑远了,这个男孩告诉蔡小米他叫马克,他身边站着的男孩叫马顿。他们是哥俩。

他们从此就算认识了,马克马顿告诉蔡小米,如果还有谁再敢欺侮她,就告诉他们。

和十四岁那段往事告别以后,十八岁的蔡小米要走几站地才能走回平房。是的,她还得回家,给养母做饭,或者说给她蔡小米做饭。那个平房是她们的栖身地,温暖点说那是她们的家。哪好也没有家好,站在东坝偶尔带来的这些昔日的场景总会在肚子饿了的时候提醒她,回家的路就在前边。忘了哪里都好,绝不能忘了回家的路。可她当年是叫李小米的,那自己的爸爸妈妈现在在哪里?她总在想这个问题。

十八岁了,她们家好像她除了做饭也不会别的。她帮助养母收拾她捡回来的废品都不让,更不允许跟她出去抛头露面。养母心疼她,说谁家也不会舍得让闺女干这种粗活,只要把饭做好,她回来能吃上热乎饭就好。以后再大一些可以出去找工作了。

蔡小米从来没上过学,磕磕绊绊跟一个院里上学的小孩学了些汉字,总算会

写自己的名字了。十四岁认识了马克马顿兄弟,跟他们学了很多汉字和如何算数,后来她发现一个奥秘,那就是养母带回来的废品里,她总能寻到宝贝,那就是书。她喜欢那些留在纸上的图片,尤其是好看的女孩照片。

从东坝走到家三四站的距离,回到家,天已擦黑,经过平房街口超市,蔡小米往里看了看,走进去买了斤豆芽。

"丫头,今天阿姨的店一周年店庆,好多东西都打折,你不买点?"超市老板娘石贵珍说。

"不买了。"

"好吧,不买。"老板娘忙别的去,没再理她。

蔡小米拎着豆芽往外走,走到自己家门口,看到一个女人在隔壁鱼贩那里买鱼。经过卖鱼的地方,蔡小米挑拣着路面走着。那鱼都不是太乖的鱼,没事就想鲤鱼跳龙门。可这个铁皮鱼池里哪有龙门可跳呢?它们跳起来,不是跳到池外就是照旧还翻回原来的水里。白折腾。

蔡小米尽管穿的衣服都很旧了,颜色也不新鲜,样式也不好看,可她还是爱干净的。跳过有水的地面,还是轻轻地跨过去。蔡小米想赶紧回家做饭,也许养母已经到家了。

买鱼的女人忽然叫住她:"姑娘,等下。"

蔡小米站住,回头疑惑地看着说话的女人,不敢确定是在叫她。

"姑娘,你叫什么?"

"小米。"

"小米?哦,小米。你现在有事情做吗?或者你业余时间想找点事做吗?"

小米赶紧点点头。

"阿姨看你身材不错,美术学院在招聘模特,你不如去看看。"看蔡小米迷惘加好奇地看着她,她赶紧从包里翻出报纸,"阿姨就是老了,要不我真想去呢。今天看报纸,别的没记住,就记住这个了。我就住这条街上,出来进去的总能看到你。看你妈妈也不容易。这报上有广告,电话地址都有。你可以帮你妈妈赚钱了。"

"谢谢阿姨。"接过女人递过来的报纸,一句"你可以帮你妈妈赚钱了",让蔡小米兴奋得心里扑通扑通跳着。可她不知道广告在哪页上。管他呢,先接下来再说。可她不认识对面这个女人,她怎么就总能看到她出来进去的?自己再想想,确实又发现和她似曾见过。

3

　　太多的汉字她不认识,但美术学院几个字她还是认识的。她找了个小板凳,把报纸铺在床沿上,仔仔细细找过以后,终于找到这则广告。模特她也是认识的,她的床头有几本是母亲带回来的书,都是别人当废品卖掉的,在她这里就成了宝贝。她跟一二年级的小学生学过拼音,查个字典也是没有问题的。这则广告里有好几个字她不认识,不得不搬过字典查起来。

　　"小米。干吗呢?"回转身,是马克。

　　"没事,看看报纸。"蔡小米赶紧把报纸翻过去。

　　"我这有两张电影票,一起看电影去吧?"

　　"不去,我还得给我妈做饭呢。再说,我还有事。"

　　"什么事比看电影还重要?这报纸有啥好看的,还不如听我给你讲故事呢。从前有座山,山里有座庙……"马克伸手要拿报纸。

　　"庙里有个和尚讲故事。讲的什么呢?从前有座山,山里有座庙。"蔡小米把报纸放得远一点。

　　"咳咳,不是这个版本啦。是从前有座山,山上有条路,路上走着蔡小米和马克。马克和蔡小米一起去爬山,爬到山顶。看到一座庙。"

　　"庙里有个和尚讲故事。"蔡小米扑哧笑了。笑过以后一本正经地说,"我不跟男的看电影。"

　　"要是我哥也去呢?要不,要不就带上我哥。好像怕我欺侮你一样。两个男的你总放心了吧?"

　　"不去,你哥都邀请过我了。我真不想去看电影,我妈说不让我和男的单独在一起。电影院那么黑。不想去。"

　　"真是封建。那我走了。"马克没想到哥哥马顿已经先他一步来请过小米了。看来哥哥回头把这电影票给了自己,显然是因为没请到愿意和他一起看电影的人。不然怎么会这么大方地将两张全给自己了?想想只好自己一个人去了,反正无所谓,他看的是电影又不是看身边的人。这样一想,就觉得哥哥马顿找不到能陪他去看电影的人,就放弃了看电影的机会,实属不必。

蔡小米继续查字典,把不认识的几个字弄会以后,用剪刀把这则广告剪下来,看了下截止日期,就是明天。明天是最后一天了。蔡小米心里一阵阵地紧张,再看向窗外,天已经黑透,可养母还没回来。这才想起要赶紧做饭了。

养母把三轮车骑进院子里的时候,蔡小米赶紧迎出去:"妈,怎么又回来这么晚,看天都黑了。以后早点回来。"

"收了不少东西,都送去卖了。还有点书,你看你能用上不?"

小米在杂货里翻出几本杂志,还有一本摄影方面的书,吃饭的时候,小米说:"妈,明天我去找工作。我想挣钱。"

"闺女,你在家给妈做个饭,妈回来有现成饭吃。妈挣的钱够咱俩花了,你一个女孩子出去妈不放心。"

"妈,我都多大了。"

"外面工作那么好干吗?"

"我知道不好干。"17岁到18岁之间,蔡小米只打过一种工,那就是做饭店服务员。她还清晰记得,第一次去饭店的情景。那天她经过一家饭店,看窗户上贴着一张纸,写着招服务员,工资面议。她就去了,想不到还真留下了,只是第二天她就被辞了,理由是现在是淡季,用不了这么多人。

蔡小米一边走一边哭。这是一条狭长的胡同。北京胡同多,平房这边也不例外。前面后面都看不到人,她就一直哭着往前走,还好,见到有人的时候,她的眼泪已经止住了。她当时就明白了,不是淡季的问题,是因为她不敢说话。有人来吃饭,她不敢招呼。

后来她又主动找了一家饭店,这家做的时间比较长,是因为她在心底鼓励自己一定要大胆地和顾客说话。只要来客人,她总会微笑着很热情地迎上去。平时她的话不多,可老板娘依然很喜欢她,说她的话都说在了刀刃上。想不到隔壁火锅店有一天煤气罐爆炸,整个饭店都毁了,还有人员伤亡。119消防车也来了。

虽然这场事故并没怎么殃及到她所在的饭店,可是那震耳欲聋的巨响,还是把她给震蒙了。那天正巧养母在旁边收废品,她疯了一样冲到小米的饭店,看小米完好无损这才放下心来。可是说什么也不让小米在这里工作了。

当时小米在饭店同事们面前看到养母疯子一样地冲过来,心里莫名地产生了一种敌对的情绪。一边回家一边就在路上说养母:"妈,我都多大了,用得着这么一惊一乍的吗?"

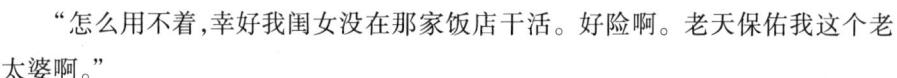

"怎么用不着,幸好我闺女没在那家饭店干活。好险啊。老天保佑我这个老太婆啊。"

"我福大命大,四岁丢了都有您捡呢,才十八岁,老天爷才不舍得招我回去。妈您一天就不要胡思乱想了。我没有这么娇气。"

"不行,回家,以后有机会换个工作。这活儿咱干不了,伺候人的有啥意思?像街口新开的超市多好,人家老板老板娘就站在柜台里,啥也不干,就把钱挣来了。"

"我们也开超市?"蔡小米吃惊地看着养母,"这得要多少钱啊。"

"别急,你年龄还小。以后有的是机会。"

于是,蔡小米开始等待。等待一个给自己好工作的机会,可是她也不知道该干什么。人家开超市的那是老板,自己可没有这本钱。现在机会来了,她想自己一定要牢牢把它抓在手心里。可是,模特是什么样的?就像电视里在台上走来走去摆姿势那样的?还是满脸涂五颜六色脂粉,穿华丽的衣服?美院招模特,对于蔡小米来说,心里还真是一片未知。只有等明天去了再说。而养母听说小米明天去找工作,先好奇地问是什么工作,蔡小米想了想没吭声,去柜子上找书。翻了半天找到一半摄影书,书的封面是一个打扮得很漂亮的女人,穿着时尚。

"闺女,这是啥意思?妈没懂。"

"做模特啊,让人家拍照片。"

"人家给拍照就能有工资了?有这么好的事儿?不用干活儿?"

"不用干活儿。只摆姿势让他们拍照片。我要去的是学校,应该是我老老实实地坐着不动让学生画我。"

"一整天一整天地坐着不动?闺女,这不是人干的活儿,你别看妈一天东奔西跑的,可这活动活动腿脚对身体好着呢。你这一天一天跟木头人一样地坐着,不让动弹。不行,太累。咱又不是机器人。"

"看您说的妈,怎么可能一天一动不让动呢?没有那么长时间,上午下午能画上几个小时不错了,中间还要休息的。"

蔡母将信将疑地同意蔡小米第二天先去探探路,合适就做,不合适千万不要勉强。

4

蔡小米把自己觉得最漂亮的衣服找出来套在身上。其实衣服有点旧了，袖口和裤脚稍嫌有点短。都怪自己长得太快了，小米心里想着。屋里也没有大点的镜子，只好从枕头下面翻出那面小圆镜，从头到脚照了一遍以后，就增加了不少的信心。

"妈，放心好了，我这身衣服是有一点点小了，但是没啥。学校肯定有好看的衣服给我穿。我猜肯定有好多件衣服让我换着穿，可能画画的时候还得给我化妆呢。不知道我化完妆好不好看呢。"

蔡母端详着小米说："好看。我闺女最好看。"

倒了一次公交车，蔡小米才抵达美术学院。蔡小米刚走进大门，就有人走出来问她找谁。蔡小米一着急就忘了自己的目的，一时不知道说找谁好了。门卫依然警觉地看着她询问她，说学校是随便乱闯的吗，也不打声招呼就往里面跑？你以为是你们自己家呢？蔡小米被对方的声势压住了，越发不知道怎么说才好。她低下头才看到手里攥着的那张报纸，赶紧举起来告诉对方自己是来应聘模特的。

想不到门卫的嘴角露出不易察觉的轻蔑一笑。这轻蔑的一笑，挖疼了蔡小米的双眼，她这一生都难以忘记这个笑，那么刺人那么伤人那么让人无地自容。

"就你？应聘模特？姑娘，不是我打击你的积极性，你还是回去吧，这里真不缺模特。"

"大爷。"蔡小米强忍着心里的难过说，"可我知道，今天还在招。我知道还没结束。没结束，我就能来。"

"就是你能来，他们也得能要吧？不是我多嘴，来应聘的女孩，个个打扮得那个娇艳，穿得那叫一个新鲜。"

蔡小米知道自己穿得不怎么样，衣袖和裤腿都短了，可现在这季节又不冷，这不算什么。这样更能突出自己长得高。1.68米的蔡小米，站在个子不高的这个男人面前，忽然就越发挺直了腰板："最后一天了。我一定要去的。"

"赵老师来了，有你一封信。"门卫对走进来的一个男人说完就进了门卫室，再次走出来的时候手里拿着一封信。

被叫做赵老师的男人接过信，蔡小米扫了一眼信封，上面写着赵正清。见赵正清继续往里走,还要重新骑上自行车,蔡小米赶紧追了过去:"赵老师,我是来应聘模特的。"

"站住,站住。丫头你能讲究点不?去别人家打声招呼也得登个记吧?"听门卫这么说,往学院里走的两个人都停了下来,赵老师向蔡小米努了下嘴:"去登个记吧。我在这等你。"

蔡小米跑回门卫室门口,拿着笔写下自己的名字。门卫在他们身后嘀咕一句:"名字倒写得不赖。小米?还大米呢。"

"你跟学院联系了吗?知道在哪面试吧?"赵老师问。

"不知道呢,我没打过电话。"

赵老师看了看蔡小米,继续往前走,边走边说:"走吧,跟我走。"

两个人进了教学楼以后,赵正清指了指右前方说:"就在前面拐角处的教具室。你去吧,应该有老师在。我还有课,先走了。"

蔡小米对赵正清说了声谢谢,看着他走远,这才向教具室走去。门是虚掩着的,正要敲门,听到里面有说话的声音。

"怎么就招不上来呢?"一男声。

"招不上来不奇怪,还是有些人认识上不去。"一女声。

"不如你来吧。"

"你好意思让你老婆来?"

蔡小米告诉自己要镇定,她轻轻地敲了敲门,里面似乎还在讨论没有听见。蔡小米手下就加大了音量。当被允许以后,蔡小米走进去。两人停止说话:"你是?来应聘的?"

"是啊。我是来应聘的。不知道还要不要……还要不要模特了。我看报纸上说今天最后一天了。"

"你应聘吗?"见蔡小米点头,女老师把眼镜从鼻梁上取下来,确定以后对另一个老师说,"老刘,你给她张表格,让她填了等通知吧。"

"老师,要我等通知?不是现在就能定下来吗?老师,您看我身材比广告上还高两厘米呢。我一点也不胖,就是手有点胖。"蔡小米说到这,赶紧把两只手背到身后去。

看着蔡小米可爱的样子,男老师递过来一张表格:"每个人来应聘都是要填联系方式的。我们不可能来一个就定下来一个。"

"来很多了吗？"蔡小米一想到门卫的那张脸，就有点气馁，"是不是老师觉得我不合适？我真行的。我就是家里有点穷，这衣服穿的都不是新衣服，也不是贵衣服。要是让我穿很多漂亮衣服来做模特，那……"

"老刘。别说，你细看看她，她眼角那颗痣是不是长得恰到好处？还有她的眉毛、鼻子、眼睛。老刘，要是我的话，就定下来了。我看这姑娘不错。你多大？"

"十八。"蔡小米两眼闪着熠熠光彩。

"实话说吧，我们现在还有个裸模没招上来。工资不低，就是画画的时候，不需要你穿太多的衣服。有可能……这么说吧，就是画你的时候，你不用穿衣服。"

蔡小米的眼睛瞪得溜圆："老师，那穿衣模特呢？现在不用穿衣模特吗？"

看两位老师摇着头。蔡小米坐在他们早就示意她坐下来的木头椅子上："老师，我太想有份工作了。我也喜欢画画。"一想起自己没事乱涂乱抹的那些东西，基本就是在废弃的报纸上画的，她连张像样的白纸都没有。就算是自己不能画，看着别人画，也是好的吧？可现在，她觉得自己站在了一处无人问津的地方。

"姑娘，你回去好好想想，要是同意，这个事情就差不多可以定下来了。你可以先填个表。给我们留一个身份证复印件就行了。然后我们通知你。"女老师重又把眼镜戴上。

蔡小米不知道自己是怎么走出去的。走过长长的走廊，走出大楼。外面的阳光格外刺眼。"不就是给他们画画吗，能有什么？"所有的困难在蔡小米面前都不是困难了，要不是养母拦着自己，就算是隔壁所有东西都被煤气罐炸飞了，她依然可以继续服务于饭店。她不觉得在她面前有什么难题，除非把学生课本里的东西拿给她考她，她真的没有上过学，那些绕着弯弯的数学题化学题，她真的摆弄不明白。很多次，她在报纸上信笔涂鸦，马顿在她窄小的屋子里写作业。马顿说她的画很美，女孩子的眉眼总是画得那么清秀可爱。蔡小米就说这个很好画的，让马顿画，美女在马顿的手下被画得跟猛张飞一样。马顿也会为难她，给她出数学题，把小米难为得一塌糊涂，而马顿从来不取笑，只要小米有耐心，就会给她讲解，直到她领悟。

蔡小米真做模特以后，养母问她是不是学院真的有很多漂亮的衣服供她一套套地换穿？如果没有，那她就给女儿多买几件，不能让别人笑话。蔡小米说有的，学院什么都有。有很多很多漂亮的衣服。

而她的第一课，其实磨蹭了很久才敢把衣服褪去。当她全裸在同学们面前的时候,她更多的是羞涩和一种无处躲藏的难堪。一堂课下来,她发现同学们在自如地运用着画笔,而他们的眼睛里早已从最初的赞叹到最后的习以为常。

赵正清会在教导学生之余,给蔡小米端上杯刚泡好的茶水,在她累的时候活动手脚的时候喝上几口。相处久了,蔡小米发现赵正清对学生一点都不凶,一点也没有架子。在她印象当中,老师都应该是很凶的一个人。不然,怎么能让一个屋里这么多的学生都听他的话呢。她曾经无数次地想象过,一间教室里,坐着那么多男女学生,老师在前面讲课,他不凶点,怎么能一下子管住那么多学生?

她觉得自己当不了老师。小的时候,马克马顿哥俩一放学就跑到蔡小米家写作业。他们说妈妈上班,进不去屋。两个男生在她的小屋里淘得都翻天了,她想,她要是做老师的话,可能这两个学生都不一定能管好,更别说整间教室那么多的学生了。

马顿知道蔡小米在美院当模特,他对她表示恭喜过后说:"我最近可能没有太多时间出来玩了,高三了,我妈管我管得可严了。我也不能跟你学画画,也不能教你算题了。"

蔡小米自然嘱咐他好好学习以备将来参加高考。而才上高一的马克,自然还没从初中状态走出来。只要一有时间就往蔡小米家跑,把自己家的书往蔡小米家里运。蔡小米看完的时候,他再拿回家,然后再给她送一本或者两本。一送一取再一送,那就是没完没了的了。差不多一周蔡小米要见到好几次马克。

"马克的眼光不行,他推荐的书哪有我推荐的好。"马顿只要有时间还是会给蔡小米送书来。

让蔡小米觉得欣喜的不只是平时能看到很多书,她竟然可以跟着赵正清班上的同学一起学画画了。这是她不知道有多么雀跃的事情。这还要从那天中午说起,下午蔡小米还有课,中午回来得早,就坐下画了一幅仕女图。被赵正清看到,赵正清格外惊讶,说这么好的基础不继续画下去就太可惜了。说你父母不应该让你做模特,应该让你考美院。于是,赵正清特例让蔡小米只要没课,就和学生们一起学画画。

后来,蔡小米对赵正清说:"谢谢老师。我这样多好呀,又能赚钱还能学画画。"

马顿听说如今蔡小米在美院跟着学生们一起学画画,自然更是对她青睐有加。有时间就会提醒蔡小米,有时间得教她算题了,不然早把以前的给忘了。蔡

小米就假装赖皮地说我才不要学了,你还是顾及自己好好算吧,别到高考的时候算错就好。

马克总会抢在马顿前面对蔡小米说:"我哥肚里那点墨水,别看比我多喝了两年,可是他就是比不上我。等他上了大学,好几年不在家,到时候我可有太多的时间跟小米在一起了。"

"你过几年也要上大学的。都一样,你们都会离开我的。"说到这,蔡小米的脸红了一下。

"我才不,我就考北京的大学。不管哪所大学,只要能留在北京。再说,我和我哥同时认识你的。算起来,我就是比他多两年和小米在一起的时间。这一辈子都是我要比他多两年。"

蔡小米笑,马顿脸色就不好看。谁也看不出两个男孩暗暗在心里较着的劲。

5

转眼半年时间过去了。新生入学第一课,蔡小米早已能够神态自如地坐在他们面前,反之这些新生倒有的不好意思起来,故意把眼睛看向别处。而这半年的时间里,让蔡小米明白了一个道理,那就是,她要走自己的路,她不能永远做模特。模特只是一个教具,一只花瓶,没有更深远的意义,当有一天,没人再把她当模型去画,她也就失去了她这份工作存在的价值。她不可能一辈子永远坐在学生们面前,供他们描摹。那样她觉得自己就失去了活着的意义,她是有生命的,她是一个活生生的人。她自己总在归纳自己在学院半年的感受,她觉得自己的生涯不能一直做模特,尤其当她走到门卫室的时候,她总会觉得那双看向她的眼睛有点火辣,甚至还有点轻佻。

而她总能旁若无人地走过,无所谓别人的双眼。她面前的路不止这一条,她告诉自己一时不必在乎别人的眼神。

"马克,你不许再上蔡小米家。你挺大一个小伙子干什么总往一个女孩家跑?还有马顿,你这个哥哥带的好头。她小小年纪就去做模特,还是裸模,光着身子让别人画,她能有什么出息?我说我们家的书都没了,原来都淘到这里了。"这个暴躁的女人在小米家没待上两分钟就走到院子里大声说话。她那点原来表面上的儒雅一点都没有了。蔡小米认识她,但她没想到她当初送给她一份报纸,给她带来了不一样的人生。而今她竟然当着她两个儿子的面如此抨击她。

她没想到这个女人，竟然是马克和马顿的妈妈。从小马克和马顿就长在了蔡小米家。他们知道谁是她蔡小米的妈妈，可她并不知道谁是他们的爸爸妈妈。他们住在远处的高楼里，蔡小米从来没有去过。从小母亲就告诉她不可以去别人家。不过，小米听说他们的爸爸是警察，在国外执行任务一直未归。马克马顿无论怎么说还有个亲妈，国外还有个亲爸，他们家算是完整的。自己就不一样了，连个爸爸都没有。如今一个大姑娘，被两个男孩的妈妈追到家门口这样大声说话，蔡小米觉得自己很没面子。也没人帮她。

这一次，蔡小米彻底记住了马克马顿妈妈的模样。将来这个女人在平房这条街上无论白天黑夜风天雨天雾天出入，或者在北京其他大街上走动，她蔡小米是一定一定会认识的。

这一次，她给小米的记忆太深刻了。

当新生安静地画蔡小米的时候，她发现有一个男生表情怪异。在这之前她和同学们一起画静物的时候，她就发现了。那个时候，她是所有学生当中的一员。这个男生听说叫彭冰川，他们自对上第一眼，她就发现他表情怪异。他紧张得差不多下巴要掉下来了。

蔡小米心底笑了，她知道自己很漂亮，尤其做了模特有钱可以买漂亮衣服。虽然不施粉黛，可她的清纯可爱是很容易让男人动心的。她没在意他的表情，只是以为他觉得自己很漂亮，才有那样的表情。她不介意，安静地画她的画。那天画的是一个有点走形的花瓶。花瓶里只有三两根芦苇。以前她画过黄瓜、茄子、丝瓜，凡是菜园子里的蔬菜，她差不多都画过。如今让她画一个有点走样或者不走样的花瓶对她来说都绝非难事。

新生的第一节写真课开始的时候，蔡小米早就扫去了半年前的羞赧。偶尔她会喝上赵正清给她倒的茶水，她总会轻轻点头以示谢意。坐的时间久了，不说话，也要润润嗓子。

那个男生尽管躲在角落画她，可她在喝水的时候还是注意到他了。他是那么的别扭，如坐针毡。所有同学的画作，赵正清都一一点评了，也表示了极大的肯定。唯有点评彭冰川的时候，赵正清的语气特别重："就你这水平？你说你怎么进的美院呢？听说过滥竽充数，想不到画画也能蒙混过关？重画。凭记忆。"赵正清说完就走出教室。

"彭同学一定是在女模特面前乱了分寸,控制不住自己才画得一塌糊涂。"同学甲起哄。

"看那线条都拐哪去了。哈哈,一定是拐他自己身上去了。"同学乙说。

"闭嘴。"彭冰川冲上去和同学乙厮打在一起。

这场面没有恶性发展下去,是因为赵正清从教室外面又回来了,同学们止住了厮打。彭冰川的嘴角破了,他顺势抹了一下,有血在手背上。他表示不在乎。

"怎么着?还有意见了?你是画还是不画?"赵正清质问彭冰川。彭冰川二话没说,走到自己的画板前。

看到彭冰川挨罚,蔡小米也不知道怎么安慰他。而她哪里知道,这个彭冰川在他们一起画那个劣质花瓶的时候,就偷偷把她拍了下来。当然,彭冰川根本不用看着那张拍下来的蔡小米的照片,只要静下心来,他依然能把蔡小米先前的神态和全貌完整地画下来。他觉得自己太熟悉她了。

这不仅让赵正清感到吃惊,也让蔡小米觉得不可思议。她甚至想到,看来自己用不着出场太久,只要在同学们面前小坐一会儿就成了。

第二章
我是小贩

1

彭冰川上网收邮件,看到姐姐彭小豆的回复:"冰川,你发的照片我看到了。她怎么和我这么像?你说她叫蔡小米。可咱妈说咱姐不是叫李小米吗?我差不多要怀疑咱妈是不是生了四胞胎,肯定还有个姐姐送给了蔡家。我都迷糊了。刚才给咱妈打电话。妈说她生的是三胞胎,当初是过继给一个叫李会议的亲戚了。咱们的姐应该叫李小米。从小到大,想想咱妈思念小米的痛苦样子,咱们还是想办法让她们团聚吧?"

彭冰川立即回复:"姐,我同意让她们团聚。我也确信她就是咱姐,你们简直就是一个人。再说,不然这世上哪有这么巧的,她也叫小米?下次上课我一定偷偷问问她父母是谁。只是就怕她不愿意和我们说这些。"

想不到好几天彭冰川都没有再见到蔡小米,这让他无比困惑。忍不住跟赵正清打听:"老师,蔡小米怎么一直不见?"

赵正清用异样的眼光看着彭冰川:"怎么了?你还有什么想法?"

"没有。我哪有什么想法。同学们都是乱说,他们那是笑话我,老师您也笑话我?"

"我倒没有。我就是奇怪你怎么会打听她?她不会再来了。"

"为什么?"彭冰川无比惊讶,"我们才画了一堂课,她就不来了?"

"画一次还不够?不来了,我说的还不明白吗?"

"那老师您能告诉我为什么吗?"

"你这同学怎么回事?"

"我听学长说,她会在课堂上出现很多次。要画不同的造型。我就是不理解才问啊。"

"具体因为什么,我不便说,你也不要问了。"

几天以后,彭冰川终于还是没忍住,又向赵正清发问:"老师,蔡小米家住哪,您知道吗?"

"我怎么会知道?"赵正清对彭冰川的反常举动表示吃惊,"你是学生,你的本职工作就是好好学习,爹妈供你们上学不容易,不要一天胡想乱想的。你看看人家蔡小米多不容易,一边做模特打工赚钱一边学画画。如果她的本职工作不是模特,而是美院一名正规招进来的学生,也不至于离开学院。"

"她离开学院了?"

赵正清不置可否。彭冰川打算跟赵正清要蔡小米的联系方式,又怕赵正清对他一顿贬损,也就放弃了这个念头。他私下里跑到院办,想把蔡小米的住处和电话要过来。结果这方面的信息一点都没有。她家根本没有电话。

而蔡小米那边则知道自己将来不会一直做模特,可她没想到这个梦醒得有点早。不过她安慰自己,没关系的。她得接受眼前这个现实,学院因为她是模特,本不该享受和学院其他学生一样的待遇,可她在赵正清这里,她不仅做模特赚着钱,还享受着和其他学生一样的待遇。跟他们一起学画画,无论理论还是实践,她都觉得这个校园带给她的是如鱼得水的幸福感。而曾经纠结在自己心底的四岁离开亲爸亲妈身边的遗憾仿佛都渐渐地淡去了。她抓住了生活中最美好的一面,那就是学画画。

"闺女,有妈在,什么都不怕。你就安心在家里画,妈养你。"养母一边收拾她收的和捡的破烂,一边对蔡小米说。

蔡小米感激地看着养母。她因为被学院辞退,确实也受了不小的打击,可眼前的现实她不能不接受。靠养母养活才最不现实的。就算是生身父母,自己这么大了,也不应该靠他们生活。自己有双手。就算画画的时间不多,只要还能画就行。她想她现在最应该做的还是去找份事情做,画画不能带来人民币。她需要钱,给养母和自己改善居住环境,吃好吃的饭菜,穿好看的衣服。

打开马顿送给她的画册,她才发现里面有一页纸,上面竟然写着一首带有感情色彩的小诗。蔡小米的心里动了一下,诗的下面还附着几行字,希望小米谅解他的母亲,他和马克从小都是妈妈一个人带大的,其实她挺不容易的。小米合上画册,心想她没有怪罪马顿的母亲,她甚至还感激她把她带上了模特这个行业,让她更近距离地接触她的理想。从小,她就那么喜欢画画,从养母那堆破书烂铁里拣出来的画册,曾经让她那般着迷。

2

廊坊彭家。彭母拿着电话本,看着上面的数字出神,几次欲打电话都犹豫了下又把话筒搁下了。

"小豆妈,不是我说你,你就死了心吧,咱们的约定还没到年限,我们不能打扰他们。再说,会议不是说过吗,说孩子结婚的时候一定通知我们。到那个时候,我们带着小豆和冰川去就是了。"彭父说。

"行了行了。你没听闺女刚才说吗,说冰川遇上一个蔡小米,和小豆长得一模一样。那不是咱家小米还能是谁?可我就不明白了,她应该叫李小米,怎么叫上蔡小米了?我就是想不通,我不问清楚,我这日子没法过了。都怪你们老彭家,你浑身长痣,你爸妈怎么就没把你送走?我小米不是他们生的,他们不亲。"

"行了,车轱辘话说八百遍了。当初你不是也同意了吗?"

"我同意?你倒来怨我了?我是自愿的吗?我还不是被逼着同意的!你妈没少给我洗脑,说一生下小米你就车祸,是小米把你扔车轱辘底下的?你妈她就是不讲理。"

"不讲理,当初你不也听了。听了就不要再反悔了。整天跟祥林嫂一个模样。"

"谁祥林嫂?你说谁祥林嫂?"彭母扔下电话本,两眼咄咄逼人地盯着彭父。

"又不是我说的,还不是你宝贝闺女小豆说的。小豆都跟我唠叨多少回了,说她妈咋就成了祥林嫂了。"彭父不想恋战,赶紧推开门逃到外面。

彭母坐在沙发上,重新把手里的电话本拿起来,翻到李会议的电话号码,犹豫了下还是拨了出去:"李会议吗?什么?他房子十四年前就卖了?那,你知道他如今在哪里吗?不知道?他这十四年再没回来吗?"听到对方电话挂了,彭母气愤地说,"干什么这么着急,就不能把李会议的一点线索告诉我?"

同在廊坊,李会议的房子竟然卖了十四年,他们一点都不知道。她虽然遵守着当初的约定不去打扰李会议一家人,可有多少次,她举起话筒又搁下。今天她是说什么也不能再忍下去了,她查遍了所有的亲戚,终于把李会议的手机号找到了。她颤抖着手拨过去:"李会议。是你。总算找到你了。我只想问一句,现在,小米还好吗?她到底现在姓什么?姓李?可我儿子和闺女都说看到一个蔡小米和我们小豆长得一模一样。在上学？在哪上学？她上学她还会脱光了让别人画她？到底不是亲生父母，你们不是把小米当成摇钱树了吧？实话告诉我们吧，她为什么又姓蔡了？她如今怎么就叫了蔡小米？你们把我的小米给卖了？换钱了？你们这两个狼心狗肺的男女。"

李会议气得浑身发抖，这时超市有人结账，老婆石贵珍感冒不在店里，李会议手忙脚乱的："嫂子，您别着急。您不能这么说我们。"李会议找对方零钱，对方嫌钱太破，要他换张新的。当他把一纸新纸币递给顾客，脾气一下子就上来了，恨不得把这烫手的电话摔掉。

一不小心李会议摁了挂机键，手机被不小心挂断，想想干脆关机。他现在脑子里乱得一点头绪都没有。这时石贵珍走进超市，李会议正发愁如今怕是纸里包不住火了，把人家闺女给丢了，就算人家不要了过继给他们的，可那毕竟还是人家彭大城和吕梅花的亲生闺女。把人家闺女给丢了，这辈子都没法跟人家交代。何况他们当初的约定：小米婚礼的时候，她的生身父母和她的胞弟胞妹是要到场祝福的，他们说过了哪怕自己作为亲生父母以远亲的身份见上女儿一面。如今这一切都成空话。

"老石，你不是感冒了还来干啥？"李会议镇定下情绪对石贵珍说。

"我是不放心店里，你一个人忙乎太累。还是雇个人省心。"当石贵珍知道刚才的电话内容以后说，"已经这样了，我们又不是故意的。这么多年我们不是也在找吗？可这么大的北京城你让我们去哪找？东坝我都去了一百次了。好像我不心疼小米一样。我一把屎一把尿把她养到四岁，最难熬的日子都过去了，眼瞅着好日子来了，她却丢了。"

"十四年了，就是她真在我们眼前，我们也不认识啊。"李会议愁眉苦脸地说。

"我们的小米，丢了十四年了，应该被好心人收养，现在肯定是在读书，怎么可能被当成花瓶被别人画来画去的？"石贵珍始终觉得她养育了四年的小米就算是丢了，也不会过得太差。因为她一直在心底默默地祝福她，甚至期望有一天能让他们再相遇。

"蔡小米？"李会议低头深思着，"他们彭家是不是现在知道小米的下落了？你说，我们是不是再打个电话过去问问？唉，真是痛苦得很。"

"有钱也苦，没钱也苦；闲也苦，忙也苦，世间有哪个人不苦呢？越不能忍耐，越会觉得痛苦，何不把苦当磨炼？佛家这句话用在我身上正合适。我真是觉得自己太苦了。我怎么就这么不争气，要是当初给你生个一男半女，我们也不至于抱养别人家的孩子。说了这么多次，你就不能换掉我再娶个？"

"你苦？那是因为你感冒，吃药吃出苦味来了。货架上有糖，自个儿去拿。以后甭提这个话茬儿。都一把年纪了，有孩没孩又能怎么样？倒是我们真是太愧对大哥大嫂他们了。可我们也尽力了呀，我们没少找她啊。"

"小米和我们的缘难道只有那四年？我不信，我一直觉得她离我们不远。再给他们家打个电话吧，不然我心里也不踏实，看到底是怎么回事。"

想不到彭母的电话再次打了过来："李会议，你不许挂电话。求求你，把你们住哪告诉我们吧。小米姓什么不重要，你就让我远远地看上她一眼，就一眼。我现在就从廊坊出发。我说过我们在她结婚成人之前不打扰你们不打扰她。现在也不算啊，我就远远看看她，我不打扰她。"

"你别来，你知道我们现在在哪？"李会议赶紧拒绝，生怕他们来了，孩子丢了的事实被他们知道。可他也不知道他还能掩藏多久。

"李会议。我现在没嫌你们把我的小米从李姓换成蔡姓，我就只想见一面，我见一面我就心里踏实了。老彭你别碰我，我就是要打破当初的约定。十八年了，我忍了十八年没给你们打过一个电话。如今打了个电话，竟然说你们卖了房搬走十四年了。你们还想隐姓埋名再也不理我们了吗？我是小米的妈，我就算再不是东西，把她扔了弃了，我还是她妈，当我知道她脱光了被别人画着的时候，我的心如刀绞，你们就不能理解理解我吗？你们也是养过孩子的人，就算你们没有生养她，也该知道孩子是妈身上掉下来的肉吧。她要是不走正道，我心里痛啊。"彭母在电话里哭起来。李会议听得也是眼里闪着泪光，却不知道怎么接话。

他想我能怎么接话，我没有孩子能让你看上一眼或者两眼，要是小米真在我身边，那约定又算个什么？那约定还不是两家父母为了不打扰孩子的规定？那又不是法律必须要遵守，就是让你看上一百眼我也愿意啊。可现在，李会议哑了一样："我如今没有一个女儿可以让你看上一眼。如果我们能生出来，如果我们能有个女儿，我们都会舍出来让她去给你们当女儿。"可这样的话他说不出口，他不敢说我们的小米早就丢了，4岁就丢了。我们都不敢想象她到底还在不在人间。

"你们带着我的女儿背井离乡，她过得好吗？她开心吗？十八年了，我没有一天是开心的。两个孩子在我身边，我越看他们越觉得揪心。都是我的孩子，待遇却那么不一样，我对不起小米。"彭母哭得撕心裂肺，讲不下去了。

话筒里只有彭母的哭泣，顿了一会儿她继续说："会议，你就和贵珍通融一下，我和老彭这就出发，就让我们看小米一眼，我们肯定不让她知道。我们肯定不给你们捣乱。"

"嫂子，小米……小米她四岁就丢了。"李会议终于控制不住自己的情绪。

对方话筒里啊的一声，就再没有人说话了。

3

"妈，您先别急，我也在主动找她，可她现在不来学校了。她也没有电话。妈，您放心就好了，我会继续找她的。"彭冰川在给家里打电话的时候，又听母亲唠叨一回。

"冰川啊，你可一定要找到小米啊，那可是你姐啊。她好可怜啊，四岁就从李会议家走丢了，那李会议和石贵珍好狠心啊，孩子丢了十多年都不吭一声，要不是我打电话找他们，我还不知道。"

彭冰川冷静地说："这么多年了，您不也是一直没打电话给他们关心姐姐吗？您还说别人。"心下对母亲也是有看法的，早知今日当初何必把姐姐送走。他生怕母亲又跟自己唠叨，赶紧说马上要上课了，就挂了电话。

一路上，彭冰川的脑海里都是蔡小米的模样。他觉得小米和小豆姐长得特别像，但她们的神态显然又各不相同，到底哪里不同呢？他最后终于想明白了，小豆虽然好看，但那是父母多年溺她宠出来的模样。小米不一样，小米的脸上除了比小豆多了一颗痣以外，眉眼一模一样之余，仿佛她更多了一份坚韧。小米面部的棱角更加鲜明。

而赵正清也在寻找蔡小米，他和彭冰川寻找的目的是不一样的。他心里有更多的内疚在里面，如果他不支持蔡小米画画，也许她就不会被开除。他心底怨怼自己，为什么就不能走出校门再教蔡小米画画呢？看到蔡小米，就仿佛看到了当年的自己，那个时候赵正清家境也不好，又那么喜欢画画，想尽办法画画，在废弃的报纸上画，在土地上面，只要能涂抹的地方他都去画。所以他理解儿子小的时候往他们家墙上画画，尽管家里的条件不至于没有纸，可那种心底迸发出的情感，不立刻抒发出来，兴许再过去几十秒就消退了。所以，他从来不阻拦儿子在哪里画画。哪怕那是雪白的墙壁。但这个会遭到孩子妈妈的反对，因为把墙壁当画纸,在上面画画被挨打。她不许儿子有一点出格的想法,这也往往是他们教育不统一吵架的原因之一。他觉得自己想跑题了,但是眼下无论怎样,他也不能让蔡小米就这样中止了她的绘画技艺。他得找到她,必须支持她。

他恍惚记得有一次蔡小米跟他说过她在朝阳区平房区住了十多年了。他试着到那附近找过几次,未果。他渐渐要失望了,想着如果蔡小米家里有电话该多好。

马顿学习紧张,马克似乎就显得清闲多了,上次一个人去看电影,果真是没劲透顶。一个人总觉得孤单了点,老妈不让他们哥俩再去蔡小米家,说她是裸模,会把他们带坏。可马克管不住自己,作业还有点没写,一个人在外面溜达,不小心就走到了蔡小米家附近。

他犹豫着要不要进去。进去只怕蔡小米不在家,就算在家了,如果自己老妈再过来把他抓回去,说些不好听的话,他就会觉得自己对不起蔡小米。蔡小米没上过学,这在马克马顿兄弟的心里,不知道有多同情她。好在哥哥马顿学习好,以前还真教了不少东西给蔡小米,自己呢,也就是在旁边听着看着,或者在院子里抓个蝴蝶什么的,在学习上,自己根本没有帮助过蔡小米。这个他得承认,还是哥哥的功劳大点。

看不出蔡小米在不在家,马克跳过鲤鱼溅到地面上的水,走到小米家的拐角处。门是关着的,他不确定人在不在屋,蔡小米在家总是把门关得紧紧的。兴许她在看书呢,兴许在美院做模特呢。马克转身往回走。赵正清也在这条街上走着,他恍惚记得蔡小米说她就住在平房区一个热闹市场的那条街上。赵正清东张西望,希望能把蔡小米给看出来。可是没有,他失望了,问了几个人,都说不认识她,打算回去。

马克走路不小心碰了赵正清一下,赵正清看了看他,听到道歉声以后,顺嘴问了句:"同学,你认识蔡小米吗?和你年龄差不多大,也许比你大点。"

"蔡小米?你是谁?"

"这么说,你认识她?"看对方反问,赵正清两眼一亮。

"不一定认识,我只想知道你是谁。我知道你是谁以后,才愿意分析我以前有没有认识过蔡小米。我认识的人不少。"

"我是美院老师,她在我们学院工作过。后来因为出了点事,离开美院了。"

"她不在美院了?她不是做模特吗?怎么又不去了?她怎么没跟我说?"马

克控制不住说了一大堆。

"太好了,同学,你领我去找她吧,我就知道她在这附近住,但不确定住在哪间屋里。打听好多人了,都说不知道。"

"那?你找她有事?"

"有,我带了几本画册给她送过来。她画画那么好,我不想她因为离开学院就中止了。"

"走,跟着我。"马克在前面走,赵正清赶紧在后面跟上。路窄,两边又都是小商小贩,满大街充斥的都是买东西和卖东西的人。走路要特别小心,指不定哪里又蹿出辆摩托车、哪里又跑过来个小孩。两个人拐过卖苹果、卖菜、卖鱼的小贩身边,向拐角一间平房走过去。门依然紧紧关闭着,却想不到马克刚要敲门,门竟然打开了,差点碰到马克,他赶紧往后闪了一下。

"马克?赵老师?你们怎么会遇到一块儿?"蔡小米惊喜万分,然后赶紧往屋里让,"赵老师,快进来。"看赵正清走进去,马克也要往屋里挤,蔡小米挡住门口小声对马克说:"你怎么还来?你就不能长点记性?你告诉马顿吧,以后不用老跑过来给我送书,昨天他要送给我一本书,我都说不要了。我出去那会儿,他就放在窗台上,你回去给他带回去吧。不要惹你妈不高兴。"

"小米,我妈是我妈,我哥是我哥,我哥爱来不来我管不着。我是我,我有腿有脚,爱去哪去哪,我妈她管不着我。除非你烦我,不让我来你家。"马克不开心地说完,不管不顾地走进屋子。蔡小米也不好再说什么。

"小米,离开美院,也有我的责任,我觉得挺对不住你的。所以……"赵正清从包里拿出一本画册递到蔡小米手里,"这是一本写意仕女图,这个作者算是一个大家,他在国画创作中,融入了自己对东方书画艺术传统独特的研究和实践,这里也有他对西方艺术思想的借鉴,值得你细细揣摩。他的作品以笔墨泼辣、构图严谨见长,气韵生动、意境古厚。作者分别于日本东京和北京举办过画展。对你会有帮助的。小米,离开美院,你也不能就远离了画画。知道吗?"

"小米爱不爱画画是她的事。大叔,您大老远的就是来给小米送本画册?难怪我哥哥送给她的书她都不要了。以前小米不是这样的。"马克要打抱不平。

"马克,你不要胡说八道。"蔡小米用眼睛狠狠地瞪了一眼马克,转过头又对赵正清道歉,"赵老师,对不起,这是我从小玩到大的小屁孩。跟我说话总是没大没小的。我还是他姐呢。"

"你是谁姐?"马克急了。

"我是你姐,我比你大两岁,你不会不知道。我以前是你姐,现在是你姐,以后永远都是你姐。"

"16在前,18在后,我在前面,我当然比你大。排在后面的都是跟屁虫,我还嫌你小呢。"马克狡辩。

"你也不怕赵老师笑话你。这都几点了,赶紧回家写作业吧,别忘了把书给马顿带上。"蔡小米把手里的书递到马克手里。

"我不管,谁拿来的谁来取。"

"小米,我的书怎么了?不适合你吗?"门口站着马顿,他疑惑地看着蔡小米欲递给马克的那本画册,"我可是特意跑到西单大厦给你买的,我知道你肯定用得上。"

"马顿,你就不要再乱花钱了。你妈要是知道,又不知道怎么说你了。"蔡小米愁眉不展。

"大叔,您也看到了,小米不愁没有书看。"马克及时地补上一句。

"马克!你能不能别乱说。"

赵正清看着眼前小哥俩为蔡小米争风吃醋,觉得自己再待下去,实属无聊:"小米,我这就走了。有时间一定要坚持画画,不要把理想丢掉了。生活就是再苦再难,只要有理想陪你,你就会觉得有奔头儿。"说完就要往外走。

蔡小米不想赵正清离开,她现在特别希望马克能立刻消失不见,就算是马顿留下来也比马克舒服。马顿从来不乱言乱语,更不可能没有礼貌地跟人家美院老师叫大叔。

"赵老师。"蔡小米喊了一声,看到赵正清停下,蔡小米轻声问了一句,"赵老师,我还能再回去吗?"

"这个?我试试吧。"赵正清说完就走了,原本他并没有想太多,临走蔡小米的一句发问倒提醒了他。似乎,他在这方面还真能帮上忙,可他知道,回美院不可能了。蔡小米离开,赵正清也得到了相应的处罚。学校的规矩是不能打破的。

"大叔,慢走。"马克看赵正清走了,手舞足蹈起来,这让蔡小米很是生气。

"马克,你这是什么意思?你这不是乱起哄吗?人家老师来的是我家,又没去你家,你有点热情过分了。"蔡小米格外生气。

"马克,你太不像话了,怎么这点礼貌都不懂。"马顿开始批评马克。

"就你们有礼貌。我就不明白了,小米,他多大岁数了,都能当爹了。他的画册你也要?就是我哥的画册你不要,那也该收下我的吧?我提前预约,我明天一定给你买最好的画册。"马克说。

"马克,送画册和当爹有什么关系?父母不可以给自己的孩子买礼物吗?你在赵老师面前左一声大叔右一声大叔,你到底什么意思?我算服了你们俩,你们还不走,别又等着你们的妈来大吵大闹。你们不怕我还怕呢。"

"马克,妈让我找你回家。你先回去吧,我随后就走。"马顿吩咐弟弟快回家。马克却迟迟不动地方,坐在屋里的小板凳上翻着一张旧报纸。

"我就是把赵老师当成了自己的父亲,就算我把他当成别的,马克你也管不着。"蔡小米看马克根本没有走的意思,这次真的生气了,"你还不走?你妈叫你回家吃饭呢。"

被两个人撵着走,马克也坐不下去了:"好好,给你们腾地方。马顿,你不要以为把我撵走了,你就能说什么贴心话。你不跟我搞好关系,我就把你来这里的事情告诉咱妈。"

"你告诉吧,我就说我在这里找到你的。"马顿也不示弱。

"小米,别看马顿上大学了。我也很快就能上大学了,等我上了大学,毕了业赚了钱你想买多少画册我就给你买多少画册。"

"你还有两年呢。你就别跟着凑热闹了。这都是大人之间的事。"马顿急了。

"你没听说过十六岁的大人吗?"马克毫不示弱。

两个男孩在蔡小米面前理论起来,蔡小米索性坐在一边翻画册,不理他们了。看到马克走了,把门带上了,蔡小米刚要对马顿说点什么,门竟然又被推开了:"蔡小米,马顿,阳光总是外面最好,屋里空气质量太差,门就开着吧,别关了。我不关了,啊?"说完不等他们回复,一个人离开了。

"小米,我开学两周了,以后要是没什么事儿,应该半个月就能回来一次。还有啊,我希望你能喜欢我给你选的画册。"

"上大学是好事啊。不用老惦记我,赵老师不是说帮我回去再问问吗,没准我还能回去继续做模特学画画呢。"蔡小米虽然嘴上乐观,心里早已经黯淡了。她自己比谁都明白,既然已经被开除,还怎么能够再回得去?

"原来我妈想让我往上海考,我爷爷家在上海。可我不想去。"

"为什么不去?上次我记得你跟我讨论过。你咋就不听你妈话呢?我就挺听我妈话的。她们肯定都是对我们好。"

"上海离你太远。上海我只有小的时候去过,那是别人的城市,别人的城市没有你,又离我妈和马克这么远,照顾他们也不方便。我是家里老大,那天十八岁生日,我妈就把我爸的事都告诉我了。"

蔡小米不解地看着马顿。

"我爸在我和马克才几岁的时候就去世了。他在执行任务的时候牺牲了,我妈一直也没告诉我们。直到我十八岁生日这天她才说,她说我已经是成年人了。其实我和马克早就觉得爸爸不在了。爷爷奶奶来看我们的时候,从他们的眼神里我早就看出来了,只是不敢确定。"

"马克还不知道?他还不到十八岁。"蔡小米急切地问道。

"知道了,是我和他吵架的时候不小心说出来的。还好,他一直都跟个没心没肺的孩子一样。只是我妈怪我,说弟弟还小。"

"他可不小了,他的心眼比谁都多。我看心眼比你多多了。在老师面前说话也没轻没重的。"

"他有他自己的想法吧。我想,他可能是想告诉这个赵老师,你和他的年龄相差太悬殊了,你不觉得吗?"

"马顿,你不要乱说。他只是美院的老师,对我照顾点,让我能不交学费就跟他们学画画。我感激他,你知道吗。马克那样跟他说话,我很伤心。"

"小米,马克不懂事,我替他向你道歉了。可是,这本画册你留着好吗?"

"马顿,你看到你妈那天的样子了,我不能再让她那样数落了。我没脸。"蔡小米不看他。

"我保证,我保证她以后再也不会来骚扰你。你收下吧。我走了。"马顿扫了一眼,那本画册还塑封着,看来里面的诗她根本都没有看到。

"那,谢谢你马顿。你给过我太多的书了。"蔡小米的表情是过意不去的,她拉开柜门,找出一沓画作,抽出一张递给马顿,"那这张送给你吧。"

"我要签名的。"马顿认真地说,"一辈子我都会留着的。"

"行了,这都什么破画啊。还一辈子留着呢,以后想让我画我给你画最好的。"蔡小米说完,似乎觉得哪个字眼儿有问题,但就是没反应过来。马顿心里开心极了:"那我将来想要你的画你就得给我画了?随时?不许反悔。"

4

　　李会议的手机丢了，打过去竟然关机。里面也没什么话费了，都是充值卡的，用完话费不充就不能用了。索性也就不要了，所以重新买了部手机，新换了张手机卡。他和石贵珍忙于超市卖货的事情，有关前几天廊坊来电的事儿因为新换了手机而慢慢地淡忘了。

　　可是世上的事情一直是这样的，你做了亏心事，就算你忘了，可仍然还有别人在监督你。廊坊是个并不大的城市，可生活在这座城市里的彭母，觉得这个城市很大了，大到蔡小米四岁就丢了，那两口子从这个城市逃走了十几年，她竟然还不知道。她在问自己，如果她不信守诺言，一直不打扰他们，是不是现在还不知道小米已经从李家走失？可如今这个叫蔡小米的孩子到底在哪里？彭冰川不知道，当这个儿子把疑似小米的这个蔡小米的照片发给女儿小豆以后，当她了解了小米四岁就丢了的真相以后，彭母就彻底绝望了。先前那一点点希望，被彭冰川的一个电话就给摧毁了。他竟然说小米被学院开除了，不知去向。

　　她刚刚有机会能和亲生母亲相认，怎么就不知去向了？这让彭母分外伤心。伤心欲绝。她又给李会议打电话，想不到却是另一个男声，说不认识李会议，这让她沮丧地扔掉话筒，又把所有的怨气撒向彭父。再由彭父波及到公公婆婆，最后又说到自己，枝枝蔓蔓全说到以后，彭母就捧着三胞胎姐弟的满月照泪流满面。星期天回家的彭冰川，看到姐姐给母亲带来这么大伤痛，遂心里埋下一颗种子。他发誓，一定要找到姐姐彭小米。只是自己学业也要紧，能外出的机会并不是很多。但他坚信，既然有过一次相见，一定还会有第二次、第三次和永久的会面。

　　蔡小米被学院开除，精神上并没有受到太大的影响，想自己当初在小饭店干活的时候，只干过一天就被辞退，那次还没出息地哭了，觉得自己很丢人，怎么那么简单的活儿都干不了。不就是和别人讲话吗？胆大点不就行了？人家小饭店都可以辞了你，这么大的美院，辞退你又算得了什么呢？想自己要是没遇到马顿的妈妈，她不给自己那张报纸，她也就不会有现在的纠葛。当然，如果她打工的那家饭店旁边的火锅店不被炸，她也不会离开那里，如果那样，她现在可能还是一个端着盘子、切着菜的，来了食客要主动打招呼的勤快的服务员。

　　可这一切都是假设，都不存在了。眼下最现实的问题是，她被学院开除，先别说没机会跟正规院校的老师学画画,经济来源也一下子没有了。

蔡小米居住的平房没有一块稍大点的镜子,如果有,她可以一边看着镜子里的自己,一边画自己。没办法,只能凭想象创作,当然,像她这么聪明伶俐的女孩,想象力也是很丰富的。只是,肚子饿了的时候,她要给自己和养母做饭。这个时候她也明白,画画不是生活的唯一目的,吃饱肚子才是最主要的。

蔡小米一边胡思乱想一边做饭,一边对隔着门的养母说着话。擦干净手上的水,蔡小米跑到院子里,看养母又收获了好多本书,这些书从来都是她的宝贝,养母知道她喜欢这些,从来都是花少量的钱把它们当废品收来,全都交给小米。别看是废品的价格,可到了小米这里,它们就都是宝贝了,变得值钱了。

母亲鼻子上有点灰,头发成绺耷拉在耳边,显然是汗湿过。蔡小米把脸别向一边,有点伤感。她其实很想过去把母亲鼻尖上的灰擦掉,终因性格上的内敛,自己做不到,也怕母亲笑话。可她还是走上前,大声埋怨说:"妈,看你鼻子全是灰,都像小孩的花脸了。"母亲仰着脸,任女儿把灰擦掉:"干活哪能没有点灰的,又不是去绣花。快去去去,进屋,别在院里站着,到处都是灰。"

"妈,这些书这么好。他们可真是舍得扔了。妈你都不怕灰,我拿几本书还要怕灰啊。"蔡小米在三轮车里找到几本书,在小米的眼里,书都是好的,只要带字。就算不带字的纸她也要,可以画画。

"闺女,这几张纸能画画吗?你看都有大脚印了,咱不要了,妈明天给你钱去买。"

"不用,我还有钱。"说这话的蔡小米,看到母亲捆着那些纸板和破旧的衣服鞋子,那弯腰躬背的模样,让小米一阵心酸。她得出去工作,无所谓干什么,只要能挣来钱,能养活她们娘俩,尤其让母亲过上不再劳累的日子。"妈,我还得找事儿做,我不能总待在家里。"

"你在家里也没闲着。做饭、画画,哪样不要时间?妈愧对你,从来没让你上过学,要不是妈以前攒的钱全给你姥爷治病了,妈的手里也不至于这么紧。"

蔡母的父亲在老家,一直和他的儿子也就是蔡母的弟弟生活。他一上六十岁就开始频繁出入医院,治了十几年,耗尽了儿女的钱财,在小米十七岁的时候,老人永远地离开了人间。蔡母松了口气,可小米已经错过了上学的年龄。

"妈,我现在成年了,你就不要总说那些话了,你养育了我,我该感激才行,我还怎么可能怨你呢。你以后要是还这么说我心里会很不好受的。我不比别的小

孩学得少。马顿马克他们没少教我东西。倒是马顿现在是大学生了,可能再很少有机会到我们家来了。"

"那孩子就是有出息,别看没马克那么能说,可人家心里有数。怎么不能来?他家在北京,你想让他来还不是说来就来的?他在哪上大学?"

"就在北京。"蔡小米赶紧岔开话题,"妈,明天我想去东坝看看,批点什么东西去卖。给饭店打工你又舍不得,好像你家的女儿是金枝玉叶似的。那只好自己干点什么了。"

蔡母听女儿提到东坝,心里一颤。她跟蔡小米说过,说她是在东坝捡到的。蔡母原本不打算告诉蔡小米,可小米走失的时候都四岁了,已经有记忆了,并且知道自己叫李小米。蔡母想,有些东西瞒着也没什么好,当然能不说就不说,可那天她还是没有一点征兆地就把她的不明身份给兜了出来。兴许是父亲去世给她带来的伤感吧,她把自己赚的钱全都邮给了弟弟,让他们给父亲看病。可还是没能挽留住他的生命。

"就是金枝玉叶。"蔡母不愿再想了,赶紧说了一句继续干活,又不免叮嘱蔡小米,"快进屋去吧,外面全是灰。"

"妈,说好了,明天我就去找东西卖。"

"好,听你的,不要累着就好。"

"马克,马克。"有个女人的声音传来,接着蔡小米看到马克的妈妈走了进来,边走还在喊,当她无视院里的两个人直接进屋以后,蔡小米才想起来冷冷地说:"这里没有马克。"

"没有?他还少来了?以前我还真没仔细观察你,有点小手段啊,让他们哥俩都围着你转。"

"您这是什么意思?腿长在他们身上,他们愿意来,我们能挡着他吗?"蔡母不高兴了。

"还不是你家闺女给拐带来的。长了一双狐狸的眼睛,一看就浑身的浓重味道,口味重。再怎么着,我们马克还是个高中学生,纯学生。你呢,又没上过学,想给谁抛媚眼也不要抛到我们家马克身上吧。"

"我可从来没主动让他们来我家。他们读小学就来我家,他们说你家门锁着进不去,是我妈善良让他们免得在外面挨雨淋。你倒反过来指责我们。"蔡小米不高兴地说。

"他们怎么就不去别人家?"

"我还没告他们来打扰我们姑娘呢。我们姑娘家家的,两个半大小子总往家里跑算怎么回事?我们还没找你们理论,你倒恶人先告状。你说,我们把你们马克怎么了?不就我们家穷吗?我们穷有穷的志气。"

"都脱光了让人家画,你还有志气!我告诉你们,要是你们再让我们马克马顿进你们家门,休怪我不客气!"

蔡小米气得浑身发抖,她的嘴唇颤抖着竟然说不出一句话来。眼见着女人说完走了,蔡小米的眼泪滚了出来。蔡母听到脱光了让人画,没明白,她拉着蔡小米进屋以后不解地问:"闺女,她说什么?什么脱光了让人画?妈不懂。"

"妈,你就别问了。你听她瞎说!"

"闺女,妈可知道你当模特是穿老多漂亮衣服让人家画了。你可别给妈丢脸。"蔡母捆扎纸板的手背上爬满了青筋,看得蔡小米一阵心疼。不用细看她也知道,那双手,十根手指,有八九根手指上都裂了老口,一年四季都难愈合。还有两根手指弯曲着。母亲说是她以前缝衣服戴顶针戴的,这个蔡小米不懂,她没有戴过那东西。她心里明白,其实就是劳动累的。她还有什么资格躲在屋子里画画、做梦?

马克于里举着几根羊肉串跑进来:"小米,小米。阿姨也在,阿姨,您吃羊肉串。"

马克把羊肉串递过来,蔡母当没看见。当递到蔡小米面前的时候,蔡小米顺从地接过来,在眼前仔细地看了几眼,似乎还闻了闻肉香,然后以迅雷不及掩耳的速度扬手向远处投去,有一根扎在了栅栏上,就那么颤了几下悬挂在那里,蔡小米使足力气大声说:"走!马克。我们家以后不欢迎你。不欢迎你和马顿。你们永远也不要来了。永远。"

"阿姨,小米怎么了?"马克吓了一跳。

得不到任何回答的马克只好往外走,边走边说:"马顿考上大学以后心里高兴,今天给了我十块钱,让我随便花,我就想小米最爱吃羊肉串。这是怎么了?我又没得罪你。扔了好,扔了以后我再给你买新的。"

"警告你,不许再踏进我家门半步。"蔡小米说完走进屋里。

"那我就在你家门外晃悠。"马克一边走一边嘀咕。

"小米,都怪妈没钱没地位。你也跟着我遭罪。我们不担心,将来肯定能找到

比他们马克马顿还好的男孩。"

"妈,她瞧不起人。"蔡小米汪在眼里的泪忍了这么久,终于滚了出来。一想到当初去应聘的报纸还是马母给的,她就在想,是不是她当初就知道她的儿子总找她,故意下的套,好找个借口污辱她,好让她乖乖地离开她的儿子?她不知道,她想象不到人心怎会如此险恶。她绝对不相信马克马顿的母亲会这么不厚道。

可所有的东西都不是她一个人在这里虚构的。她只觉得自己一下子疲惫了,很累很累,在美院做模特那半年时间,养母并不知道她在学生们面前是裸模的形象。每次回到家,蔡小米都嘻嘻哈哈地跟母亲说今天穿的是什么衣服,颜色款式描述得格外细致。甚至还说等以后自己有钱了就照这样的款式颜色订制。而每次养母给她钱让她买点漂亮的衣服穿,她都说模特每次被画的时候,都是穿公家的衣服。根本不用自己预备。

蔡母一边吃饭一边夸小米做的饭菜好香,小米就又像以前那样噘着嘴说:"妈你从来都不虚心学着做点饭菜,哪有女人不会做饭的。人家都说了要想留住男人的心就得照顾他的胃,就得会做菜。"

蔡母一听又急了,警觉地说:"丫头片子还懂得什么男人的胃?你听谁说的?"

"书上啊。"蔡小米不以为然地说。

"书上?书上怎么什么都说?那我以后不敢往家里带那些破书了,把我米儿教坏了。"

"妈,这不叫坏。人家说得对嘛。"

"你小孩子懂得什么是男人的胃?男人女人不都一样,不都长着一样的胃吗?还要分男人胃女人胃?还要照顾男人的胃?女人的胃才要男人照顾呢。再说你小的时候不都是我给你做饭?难道是别人给你做的饭菜?还是你一生下来就会做饭?"话说到这,蔡母又觉得这话还是有点问题,遂安静吃饭。

"妈,您一直没结过婚?"

"没有。又问。"蔡母不抬头地扒拉着米饭。

"为什么不结呢?"

"吃饭。"蔡母不高兴。

5

　　一个人骑着自行车去了东坝。路上看到一个男子推着自行车,车把上拴了好多氢气球。有围观的小朋友买过去拿在手上,紧紧牵着线,让气球在天上飞。蔡小米赶紧停下车,问那男子:"麻烦您,请问您这些气球是从哪里进的货?"

　　"干什么?"男子警觉地看着她。

　　"我,我也想进点去卖。"

　　"前面,拐过丁字路口再走几十米就看见了。"男子向前指着,蔡小米很高兴,谢过男子就向那个方向骑过去。

　　进了二十多个气球,卖货人帮她把气球都充足了气。蔡小米也学先前那男子把气球拴在车把上,这样可以边走边卖。她有点不好意思,就远离了平房区往更远的方向走。走了一下午也没卖出去两个,这让蔡小米有点着急。可又不能不回家,她只等天黑透了才往家骑去,她害怕被别人看到,一个女孩子一车把的气球,要是为了玩还算好看,要是为了揽生意,总觉得说不出的别扭。比起饭店服务员和模特,这卖气球总不是太体面。

　　但是,蔡小米想要是能立刻把这一车的气球卖掉,也无所谓体面不体面了。到家院子里了,绕过卖鱼的老张身边,想快速逃离这里,是怕争着抢着想跳到龙门里的鲤鱼们溅出来的水湿了衣襟和鞋子吗?其实,私底下还是明白,熟人看到的越少越好。当她看到母亲正向院外张望时,小米想您老千万别吭声,那卖鱼的老张哈着腰往外拣鱼,根本没看到小米。躲过一个人是一个人。可母亲看到蔡小米满车把的气球,还是惊讶万分地开口了:"这是去哪了?怎么这么多气球?怎么才回来,急死我了,我都做好饭了。看天都黑了。"

　　"妈,小点声。"把车停好,正担心气球怎么处理,有一只不小心飞了起来。被母亲一手抓到。蔡小米赶紧进屋,手里攥着一大把细绳,进屋以后,不知道把这些东西安置在哪里。想不到蔡母不小心把刚才抓到手里的气球又放开了,那鼓鼓的气球因为没有蓝天可以飞翔,就被屋顶牢牢地挡住了。

　　蔡母自嘲地说:"我这干粗活的手是拿不了这细绳的。这得绣花手拿才行。"

　　看着紧紧被屋顶挡住的氢气球,蔡小米的眼睛都看直了。也跟着扔了一个,再扔一个,紧接着所有的气球全从手里脱了出去,它们全都被挡在棚顶之上,那景象格外壮观:"妈,这太好看了,我还犯愁回来放哪呢,这么一大堆,放哪都碍事。我还以为得把它们挨个儿放气呢,放了又担心明天不知道怎么充气。这下可好了。"

"心有多大,舞台就有多大。如果把气球扔到室外,它就会飞向蓝天,飞得更高。如果扔在室内,它就会飞向屋顶。"夜里,蔡小米躺在被窝里被自己这个新发现折腾得兴奋不已。但无论自己心里有多大的舞台,她都要把这些气球卖出去。已经想好了,明天一出门,最好遇不上熟悉的面孔,她将快速骑上自行车就跑,跑得越远越好,到远的地方卖气球总比在这条街上来得舒服。

远处,蔡小米推着自行车走街串巷,偶尔给孩子递过去一个气球。慢慢的,蔡小米已经习惯了自行车上的风景。这天正逢生理期,肚子疼,于是收工早早回家,想不到骑车到平房街口超市,超市里跑出来一个小孩大声喊:"姐姐,我要买气球。妈妈,快点,我要买气球。"本想快速走过这条街抵达自己家,既然遇上有人买气球,她可不想拒绝生意。忍着肚疼,蔡小米爽快地跳下自行车,等小女孩跑过来,看她格外惊讶的样子,蔡小米就想笑。

"姐姐,这么多气球啊?你有这么多的气球?你太幸福了,姐姐。我怎么就没有这么多气球呢。妈妈,快点啊,我要买姐姐的气球。"小女孩选了只可爱的气球攥在手里,冲超市喊。只听里面说等等等等马上就好,很快就走出来个年轻女子,赶紧问蔡小米多少钱一个,蔡小米说三块。女人兜里没有零钱,整钱蔡小米又找不开,她只好又返回超市找零钱,小女孩也跟着跑进去。看看天色也不早了,应该回家做饭,不如去超市买点豆芽回去。母亲爱吃豆芽,或许因为它不贵。于是蔡小米也跟了进去,接过女人递给她的三块钱,她称了一斤豆芽。

"姑娘,卖气球赚钱吗?我这店里人手少,你要是住得近,不如来我这里帮忙怎么样?"老板娘石贵珍对蔡小米说。

蔡小米摇了摇头:"我妈不愿意让我给别人打工。上次在饭店干活,旁边店里煤气罐炸了,我妈就再也不让我出去打工了。"

"那是饭店,咱这是超市,两回事。你这一天东奔西跑的,又辛苦又赚不了太多吧。"

"还行吧。我习惯了。"蔡小米说完就走出超市,刚走到门口就大声说,"我的气球。我的气球。"

蔡小米再也没有第一次拿回气球不好意思在附近卖的模样了,她扑过去,追着被放走的气球,有车差点刮到她。蔡小米遭到恶骂。而在她磕磕碰碰之间,也不过才抓回来三四个气球而已。远处,她看到一个满头满脸脏兮兮的男人,正对着头上被放飞的气球傻笑,一边还手舞足蹈的。

把这几只气球拴在车把上,蔡小米仰起头,她的头顶上,放飞的那些气球,渐渐小了。任她怎么跳跃也够不到了。

"闺女,今天回来得早,今天这么有成绩?就剩这几个了?"蔡母笑着说。

"是啊,妈,都卖了。我再坚持一会儿这几个也都卖了。可我肚子太疼了。"蔡小米这才想起今天早归是因为生理期肚子疼。她不想跟母亲说实情。东西没就没了吧,总会赚回来的。

"肚子疼?又到日子了?那妈给你熬点姜丝红糖水。"

暖暖的红糖水喝下去,稍微缓解了肚子的疼痛,可她心里还在惦记心疼着那几只被放飞的气球。想起超市老板娘让她去打工的事情,想跟养母唠叨唠叨,终因觉得自己也不想去就罢了。毕竟给别人打工,画画的时间就少了,甚至都挤不出时间了。如今她倒可以一边卖气球一边画上一小会儿。比如守在游乐场门外,就可以不用总是走动,坐下来还能休息,还能画画。只要能画上一会儿,她就觉得自己充实多了,每天不画点画,心里都不踏实。

街口超市此时正热闹得可以,李会议接通电话:"嫂子,我不是故意扔掉电话不跟你们联系。小米是被我们给丢了,我们两口子也没脸告诉你们。我手机丢了,真的丢了。新号码还没来得及告诉你们。我家亲戚既然知道我电话,你们也就能知道。嫂子你先别来啊,你来了我这也没有小米啊。我和你弟妹去找小米就是了。你来了我们紧张啊。"

彭母终于还是没能出来,在她如祥林嫂一样的唠叨中,彭父病了,脚踝严重发炎。需要静养,不宜多走路。他们怀疑和当初的车祸有关。以前一遇阴天,他就会觉得浑身不舒服,总是这疼那疼的。

"早不病晚不病,还得留下照顾你。我要去找小米。要不你就去你妈家。"

"我妈那么大岁数,让她照顾我?你真想得出来。再说你能去哪找啊?你没听冰川说小米已经不在学院了?对,是蔡小米已经不在学校了。学校老师都不知道她去哪了。再说能肯定就是她吗?"

"我要找李会议要女儿。他把小米丢了,他就得还给我。什么人呢,就没把小米当亲生的。他要把小米当亲生的,她能丢吗?"

"人家又没有义务帮你照顾孩子,你给过人家什么报酬?又不欠你的,还跟人家兴师问罪。把孩子丢了,还能是他们故意的?他们要真不想养小米,当初不要就是了。你别把李会议想得那么差劲。要差劲还不是我们差劲。亲生骨肉都能放弃,现在反过来怪这个怪那个,你觉得行得通吗?"

彭母的脾气一下子就上来了:"彭大城,就你是好人,我是罪人。我是罪人行了吧。我也不想活了,我活着还有什么劲。女儿女儿跟个假小子一样,不听话,还跑远远的地方去上学,不就烦我唠叨吗?将来还要当体育老师,这是女孩子应该做的吗?儿子儿子说要找姐姐,又不卖力气,那还是我儿子吗?我看把我这把老骨头砸巴砸巴扬海里算了。省得你看了我心烦。孩子丢了全赖我?当初要不是被你妈逼着往外送,我能把她送走吗?"

"孩儿他妈,你就别折腾了。冰川说找他姐,他也得有时间吧?他是学生,你不让他在学校好好上学,让他满世界找他姐去?昨天冰川打电话还跟我说,他在他的同学群里都公布小米的信息,一有消息就会第一时间通知我们。你就安静点吧,让我多活几年吧。你说你哪天没唠叨小米?就跟小米是你闺女不是我闺女似的。我也想她。哎哟,我的脚脖子啊。"

"又疼了?"彭母不再唠叨,赶紧过来看丈夫的伤。

第三章
北京宋庄

1

蔡小米早晨爬起来去东坝上货。老板是个热情的东北人,对小米说,如果气球瘪了没气了,他负责免费充气。给小米数了二十个气球,挨个儿充好气。蔡小米的车把上又是丰富多彩的了。

这天是周末,街上的孩子就显得比平时还多,可小米的生意却并不比平时好,反而冷冷清清,这让她觉得奇怪。按理说,孩子多的地方这种消费应该更明显。可事实不是这样。连蔡小米自己都奇怪,今天的孩子好像都商量好了一样,没有一个乐颠颠地跑过来要气球的。她多喜欢他们集体跑过来跟她买气球啊,蔡小米把自行车停好,坐在旁边的马路牙子上,拿出速写本,放在腿上,开始画画。

这时走过来一个男人,他一下子买了十五个气球,蔡小米诧异极了。男人拿着气球走了没几步,手下一松,所有的气球都向天空飘去。蔡小米看呆了,这样的事情,第二天她又经历了一次,再以后,蔡小米不敢在这条街上卖气球了。她看不明白这个男人到底是怎么回事。

近来气球不好卖,好像饱和了一样。好像所有的小孩真的都商量好了不买蔡小米的气球了。蔡小米就动起卖红薯的主意。打小蔡小米就喜欢吃红薯。跑去东坝进了五十斤红薯,把红薯运回平房,才发现没有秤。又跑去买秤。秤有多种,一种是公斤秤,一种是秤杆上带星星的秤,还有弹簧秤。蔡小米选了带秤杆的秤。

有个老大爷要买红薯,蔡小米赶紧动手称重。看着老大爷走远了,旁边卖水果的男人说:"你刚才秤杆的方向都摆错了。咋不买个公斤秤呢?省事。"

"那个秤贵。"小米不好意思地说。

想不到第一天卖红薯就遭遇下雨天。雨下得越来越大,蔡小米惊慌失措地收拾着倒在地上的红薯。狼狈极了。这时一双手伸过来,帮她一起捡红薯。蔡小米也顾不得看是谁,当对方把最后一个红薯放进袋子里以后,蔡小米用衣袖抹了下

眼睛,才肯仔细看看帮她的是谁。

"怎么是你?你不是去上学了吗?不用你帮我。"蔡小米把袋子往自行车货架上放,可能是放得有点重了,自行车被碰倒。蔡小米把袋子放在地上,准备去扶自行车。自行车早被马顿扶了起来。马顿又把袋子提起来,放在货架上。

蔡小米不吭声,推起自行车就往前走。

"今天是周末,我可以两周回来一次,你忘了?我天天都想给你写信,都不知道怎么寄给你。"马顿其实每天都在写日记。如果日记里对自己的倾心谈话是一封封情书的话,他不知道给蔡小米写了多少封情书了。可他不知道寄向哪里。只好自己细心收藏着。"给我推吧。"

"不用,别被你妈看见,又该骂我在勾引你。"

"小米,别生气了。我妈脾气就那样,她是怕我不好好学习。她那都是冲我来的。跟你没关系。"

"跟我没关系?那她怎么不去和别人发脾气,偏来找我?你要不找我,她怎么会来吵我?反正你不要再去我家了。"蔡小米自顾自地往前推着自行车,雨越下越大,雨水模糊了双眼,车子也就推得趔趔趄趄。

"我帮你送回去吧。"马顿还是想帮她推车,她不松手。他只好在后面扶着袋子,以免它掉下来。先前袋子就没放好,此时偏向一边,马顿赶紧扶正。两人到家,已被淋成落汤鸡。看着马顿浑身湿透,蔡小米心里也是过意不去的,没再强行撵他走。马顿帮她把红薯袋拎进屋里。

外面的雨依然下得大,没有停下来的意思,蔡小米倒不好意思撵马顿走了。倒是母亲还没回来,她看着墙上挂着的雨伞想去接母亲。此时耳边又想起养母说过的话,说下雨天她自己知道避雨,不要出去找她。没个确定的地点,找又不好找。蔡小米只好颓丧地放下雨伞。

这时院里有摔倒的声音,蔡小米赶紧跑出去,只见母亲刚把三轮车放好,自己却不小心摔倒在泥水里。车上的旧书旧纸板全被雨水浇透了。蔡小米视线模糊,赶紧扶母亲起来:"妈,知道雨天还往外跑。你看你浇的。"

蔡母走进屋,看着地上那袋湿透的红薯袋子,再伸手摸了下袋子上放着的杆秤,愧疚地说自己没本事没让小米上过学,年纪轻轻就挨累。对不起她的亲生父母。说自己当初就不该贪心,就应该领着小米在她走丢的地方多等等,兴许能等到她爸妈。说到这,蔡母肯定地说,如果她能在原地等上半天或者一天,肯定能等到小米的父母。

身边有别人在，蔡小米觉得今天的母亲有点失礼了，不免不耐烦地说："妈，这话都说多少遍了，我说您就是我亲妈，您就是。今天马顿也在，你干嘛把这些话非得说给外人听？亲生父母都没把我看好，十四年过去了，怎么还总提他们？行了，妈你快把衣服换了。"

蔡小米打着雨伞，拉着马顿走到院里，把雨伞递给马顿，自己想把车上的东西用塑料布盖好。马顿赶紧把雨伞递给蔡小米，接过那块塑料布，把车上怕浇的东西盖好。他们都看到了，蔡母的眼里不知是雨水还是泪水。他们看不下去，尤其蔡小米今天觉得母亲反常。她到底怎么了？以前跟自己说说也就罢了，今天当着外人的面还要揭她的身世。都这么多年了，说它还有什么用？说过多少次，她就一个妈妈。

这时马克穿着雨衣飞快地跑过来说："小米，这么好的天，适合在雨里散步。太有诗情画意了。"

蔡小米摇了摇头："谁让你来的？我家不欢迎你来，我说过了吧？"

马顿说："你没见到小米刚才都被雨淋了吗？还在这冷嘲热讽的。"

马克嘲讽地说："想不到你还是赶到我前面去了。我就应该想到你休息这两天肯定会来这里。肯定和小米在雨里散步刚刚归来吧？马顿能来，我怎么就不能来？"

马顿狠狠地瞪了马克一眼。蔡小米没心思和这两个兄弟说话，撵他们回家。她说自己也要换衣服。家里只有这一间屋，换衣服，总不能当着他们的面吧？

当屋里只剩下母女二人的时候，蔡小米禁不住又说了母亲一番，说以后永远都不要提她亲生母亲的事，说她就是蔡小米的亲妈。这世上本来就是，妈可以有一大堆孩子，可一个孩子只能有一个妈。蔡母换过衣服，脸上的水也擦干净了，再也不能借着雨水流眼泪了。她冷静地说："米儿，马家两兄弟都对你好，可你只能选一个，不能让他们两个不知东不知西的。"

"妈，我才多大？我不会选他们的。"蔡小米脸红了。

"将来肯定要选一个的。不管是马克马顿还是别人，总有一天你得结婚。妈也不能跟你一辈子。别怪妈多嘴，将来还是选个外地人吧，我们不是北京人，选北京人也不是太合适。到时候欺侮你就没辙了。"

"还早着呢，想这么多。"蔡小米显然不想再继续这个话题。

2

第二天雨过天晴,蔡小米依然摆摊卖红薯。马顿又来了,虽然不是在昨天的固定摊位,但马顿还是有本事找得到她。马顿一边学认秤一边吆喝卖红薯。

"新鲜的红薯咧,最大个儿的红薯了。"那广告语从书生嘴里说出来,可信度十足。

"马顿,你小点声吧,这哪里是最大个儿的了。最大的都卖了,旁边人家卖的小的都差不多比我们这大的大。"

"最大的卖了。可现在眼前摆着的还有最大的呀,我们面前的红薯永远有最好的。"

"你夸大事实。"

"我是实事求是。最大的红薯咧,最甜最面的红薯。"马顿依然不间断地吆喝。

"马顿。"蔡小米想了想才说,"你就不怕你妈一会儿来跟你吵架?"

"不怕。我都是大学生了,她还管我?我有自由。再说她上班了。"

"你有啥自由啊,你还不得跟咱妈要钱上学。你看,你还是怕咱妈吧,她要是不上班,你肯定不敢来。"两个人这才发现站在他们旁边的马克。

"马克你来干嘛?"马顿不高兴地问。

"你来干嘛,我就来干嘛。红薯了,大个儿红薯。"马克也大声喊起来,"这个谁不会啊?"

"马克!你别跟着起哄了,你能不能有点新意?少跟我学,大街上的人都看你了。你就不能老老实实在家待着?"

"你不老老实实在家待着,我凭什么要在家待着?看我才对啊,看我才会买我的红薯。"马克正要继续吆喝,看到赵正清向他们走来,嬉皮笑脸地说:"大叔,您也来卖红薯吗?不对,您应该是买红薯,您买我给您优惠,打折。"

"马克。"蔡小米大声对马克说,"你能不能别乱说话?"

"大叔,您这是看大侄子还是看大侄女?当大辈没好事,这是来请我们吃饭?"马克依然不依不饶,倒是马顿不再吆喝红薯,安静地看着这一切。

"赵老师,您别怪他。他从小嘴里就没有把门的,我都把他当弟弟。"

"小米,我给你找了个事儿做,还可以免费学画画。你去吗?"

"太好了,能画画我一定去。什么工作?"蔡小米兴奋得满脸通红。

"宋庄我有个朋友在那有个画室,还办了个班,招了些学生。昨天我们在一起闲聊,他说要找个模特,我就推荐你了。"

"还要面试吗?能一定留下我吗?"蔡小米有点忐忑。

"没多大问题。我们是多年朋友了。是着衣模特。"

"要男模特吗?我勤工俭学。"马克一本正经地询问赵正清。

"马克,你能安静会儿不?大人说事儿你别跟着瞎掺和。"自赵正清出现,马顿第一次开口说话。"走,咱们先回家。要不,你先回去?"

"这广阔天地又不是你家,你凭什么撵我?我就不走,要走你也走。关键时刻就知道做缩头乌龟。"

"你!"马顿气愤地看着自己的弟弟,举起拳头又放了下去。

"马顿,不然你和马克先回去吧。我马上就收了。"蔡小米也觉得这几个人同时出现在她的视线里,忽然就把握不住方向了。她本应该像姐姐一样把不听话的马克踢靠边站着去,可是赵老师在,她又觉得那样太鲁莽。给他使眼色没用,他要是亲弟弟,大人谈完事情以后,非得好好教训教训他不可。

"大叔,您老请便。我继续吆喝。新鲜的红薯咧,红薯嘎嘎的新鲜。"马克继续吆喝。

赵正清从包里拿出一个本子,撕下一张纸,写了几个字交到蔡小米手里说:"这是地址,明天你直接坐车去吧。就是要倒车,你从平房坐车到大望路再倒车。那我先走了。"

看赵正清走远了,蔡小米才看着马克说:"马克,你妈来我家闹也就罢了,你还在我面前瞎折腾,你到底要干什么?你是要毁了我你才觉得舒服是不是?"

"我跟他叫大叔你有啥不愿意的?他那年龄就配你跟他叫大叔,叫大叔那是对他的抬举。我看他就是对你有企图。看你是小姑娘长得又好看。"

"行行行,跟你有什么关系似的。你赶紧回家吧。我也该收了。"

没有了竞争对手,马克也不想贫了,对马顿说:"那我先走了,妈让我出来买菜,想不到看到你们。要不就我在这卖红薯,你去买菜?你两个星期回一次家,也得表现表现吧。"

马顿两眼一亮:"马克,不如我们晚上吃红薯吧?妈不是没指定让你买什么菜吗？就这么定了，晚上回家我做。"马顿把余下的红薯全称好交到马克手里。

马克眼睛都直了："你？"

"快走吧，一会儿我就回去。"

付完钱的马克让马顿把红薯拎回去："你先回去。我陪小米一会儿。"

"用不着。"蔡小米眼皮一耷拉。

马顿也不允，推了下马克："你赶紧回家。"

马克一边走一边说："回家还不得挨老妈骂啊，这是要吃红薯宴啊。这到底能炒还是能熘呢？马顿，我反正只管采买，回家你跟妈学做挂浆地瓜吧。"

马顿把马克递给他的钱塞到蔡小米手里。小米把余钱找给马顿，马顿不要，直往后躲，一辆缓慢行驶的自行不小心差点撞到他，小米一声尖叫："小心！"赶紧把他拉向自己。他们双手相碰，脸都红了。马顿踉跄地站稳，差点没扑到蔡小米的怀里。

"就当我们为红薯事业做贡献了。小米，把红薯交你手里，你都会怎么做？"马顿一边帮小米收摊一边问，"这下好了，明天我回校上学也不用担心你在这风吹日晒了。"

"你真担心我？"小米调皮地看着马顿。

"真担心。"马顿说完，看蔡小米盯着他看，才觉得不好意思，赶紧把地上铺的塑料布卷起来。

"我啊，当然能做可多种了。煮红薯、烤红薯、油炸红薯，还有炒红薯。"

"炒？能炒熟吗？"

"笨了吧？炒红薯和炒别的菜一样，和炒土豆丝辣椒没啥区别，炒几下，添水，盖上盖。"

"炖。"马顿补上一个字，两个人开心地笑了。

"小米，我做的红薯你肯定爱吃。"

"怎么做？不信，就你还会做吃的？"

"把红薯煮熟，切成条晾干。"

"薯干？"

"是啊。那肯定好吃，我爱吃。"蔡小米表现出很馋的模样。

"今天晚上回家我就做，下次从学校回来，肯定就能带给你了。"

马顿仿佛不经意地提醒了蔡小米，他是在校大学生，蔡小米一下子回归到现

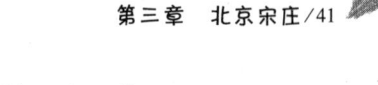

实当中:"你就不要老分心做这些小东西了,学习要紧。想吃薯干,买几根就是了,做那东西那么麻烦。你妈不说你才怪。"

"我做吃的,我妈从来不说我,还鼓励我呢。你等着,下次你一定能吃上我做的薯干。小米,真想给你写信呢,往哪寄呢?"

"不知道。我也不知道往哪寄。那就不寄呗。"

"那好吧,那就放在心里。"

蔡小米推着自行车往前走,马顿主动把车子接过来。"马顿,你还是别跟我再往前走了,被你妈看见,又惹她不高兴。"

"那你工作了,有新地址要告诉我,我好给你写信。"马顿眼巴巴地看着蔡小米说。见蔡小米点头答应,他才高兴地回家。晚上,马克挨了母亲训,马克把这些罪责全归给了马顿:"是马顿要我买的,又不是我非买。"

马顿怕马克出卖蔡小米,赶紧使眼色。难得马顿回家,母亲也就作罢:"红薯也不是什么值钱的东西。买就买了,吃不了我看就得扔了。这大热天,放哪好呢。"

"妈,不能扔。我来做。"看到马顿把红薯煮熟了,全切成了条晒起来。马母说还是大儿子聪明。马克看马顿得到了夸奖,一想他在蔡小米和自己母亲面前都做上了好人,心下就有点不乐意了:"妈,马顿这是在做好人好事。"

"马克。"马顿赶紧制止马克,"你不是要遥控飞机吗?等我攒够了钱我就送你。"

"真的假的?那玩意儿可贵了。"马克半信半疑。

"什么好人好事?你哥做红薯干也是好人好事?自己家的活儿,多干点就对了。不是我说你马克,高二的学生了,你不帮家里干活,也得好好学习功课吧?别高考的时候哭。"

"我是男人我哭什么呀。马顿,记着了,你欠我一个遥控飞机。"

当天晚上,蔡小米睡不着了,兴奋地憧憬着马上就要开始的新生活。她终于又可以很像样地和专业老师学画画了,而且还不用交学费。她觉得自己是世界上最幸福的人了。

新生活开始得很顺利,只是每天来回跑,让蔡母觉得女儿很辛苦。每天来去都要倒车,在路上就要耗去不少时间,蔡母说不如我们就去宋庄住吧。蔡母说她在哪里都行,主要是考虑小米方便,不要太辛苦。

宋庄的房子价格可都不低,蔡小米说如今住平房都住习惯了,尤其在这里住了十几年,觉得这里很亲切,不愿意搬到别的地方去住,只等有钱了换套房子是完全可以的。

3

彭冰川恼怒地看着同学甲:"你说你怎么这么不小心,怎么就给我删掉了?"

"我正想仔细端详端详,结果不小心摁错键了。"

"你快交代,你偷拍我们的模特到底什么意思?你藏私心了是不是?再怎么说,她也是大众情人,也不能让你一个人全给占了吧?要说她的皮肤可真是好,一掐一汪水。可惜她不来了,是不是因为你小子追人家,把人家吓得不敢来了?每天晚上都搂着相片睡觉吧?"同学甲大笑起来。

"妈的,你说谁呢?"彭冰川上去就给对方一巴掌。

"小子,你敢打我?"同学甲也不示弱,两个人扭成一团。

"老师来了。"有同学小声说。两个人赶紧停下,同学甲抹了下嘴角,有血。彭冰川回到座位上,他忍住心底的怒火,本想好好揍他一顿,但又恐继续揪下去会把事情闹大。他不想恋战,只是可惜那张蔡小米唯一的照片丢了,他还一直想趁假期去四处贴贴寻人启事。照片没了,还怎么贴,忽然心里一亮,好在他给姐姐彭小豆发过小米的照片,小豆的收件箱里一定还有。想到这里,总算是放下心来。

"十一"放假,彭冰川和彭小豆相约着都回了廊坊的家。听母亲说父亲的脚踝发炎,如今走路相当费劲,每次母亲都在电话里说完父亲又说小米,说要不是彭大城的病拖累她,她早出来找小米了。再加上彭冰川的奶奶身体也不是太好,他们的母亲就更是辛苦:"老的,半老的,我都得照顾。我看你们就是要累死我。"

"妈,辛苦了。等您老了我和冰川,冰川的媳妇加上我找的男人都照顾你,这下您不唠叨了吧。独生子女时代,人家都生一个,您看您一生就一对,到时候有好几个人照顾你们,多赚呢。您还不满足,还要唠叨。"

"你妈她心里能满足吗?要是加上小米,小米将来再领一个,那她不是更赚了?要不你妈她现在的心怎么就不踏实在家了?总想着往外飞?那是找小米带来的动力。"

"你说这些有啥用?现在我照顾老的,半老的,我看我这辈子算是没办法赎罪了。小米不知道要多怪她这个妈。十四年,她丢了整整十四年。她过得好吗?吃得饱吗?穿得暖吗?我这个当妈的一点也不知道。"

彭小豆看母亲又要做祥林嫂,赶紧扑过去:"妈,您看我是胖了还是瘦了?眼窝都陷进去了吧?您看冰川是不是也瘦了?都露骨露相的了,可怜啊。妈只关心那个丢的,身边这两个连看都不细看一眼了。"

彭母抹了下眼泪:"闺女,你说说你,好好一个姑娘,非要上体育学院,将来还要当体育老师。你就不能上个音乐学院?学学唱歌跳舞?像你弟冰川画画也行吧?哪个女孩不是文文静静的,你小米姐肯定也是一个文文静静的女孩。你一天跟个野小子似的,妈心疼心疼你姐,你都要抢风头,你就不能安静会儿?"

"妈,我从生下来就没见您安静过,今天小米明天小米,您和我奶奶还少吵架了?每次吵架都是小米。可能您都忘了还有小豆了吧。您还总想让我安静?我看门儿都没有。"彭小豆噘着嘴假装生气。

彭母被女儿一顿抢白,忽然就没了主意,眼泪哗哗地不由自主地流了出来。彭小豆一看又心疼了,赶紧找来面巾纸给母亲擦眼泪:"妈,您看您。我这不逗您玩呢吗?我知道我和弟都在您心尖上。"

"妈,我和姐姐会积极把小米姐姐找到的,您放心好了。"冰川说完对彭小豆说,"姐,你邮箱里还有那张我发过去的照片吗?"

"没了呀,怎么了?"

"那完了,没有姐照片了。我就给姐拍了一张,相机里的照片被同学不小心给删了。"

"那可怎么办?你还给我制订寻姐计划呢,这计划还没开始实施就夭折了?"

"也不能全赖我啊,要是有时间我早把寻人启事贴出去了,也不至于把照片弄丢了后悔。再说谁会知道你邮箱照片还能不留着?"

"我是不小心给清空了,其他有用的东西也没了。我当时还愁呢。都怨你,你就不能给照片弄个备份?"彭小豆不高兴地指责。

"行了,你俩就别争了,小米和我们家有没有缘也不差这一张照片。等我腿脚好了我就和你妈一块儿去找她。先找李会议理论理论,他也太不讲究了,小米丢了十几年了,一声不吭,他还以为他能瞒得过去?要不是冰川看到小米,他们竟然还不知道要瞒我们多少年。"彭父揉着脚踝处。

"我看这一时半会儿是去不了北京了。你们的奶奶身体越来越不好,让她去医院又扛着不去。你们两个回来了,也去看看你奶奶去,她最疼你们。"彭母说完一个人走向厨房,"我去做饭,晚上你们回来吃。再给你奶端过去。可犟了,让她过来和我们生活,就是不来。偏说自己能行。唉,你爷爷这一走,你奶奶心里边难过好几年了。"

晚饭大家是在一起吃的,让彭父彭母欣慰的是,孩子们的奶奶也肯过来一起就餐了。但无论怎样,晚上还是非回自己的住处。所有的人都坚持着一个原则,不让奶奶知道小米四岁就走失的事实。偏偏彭小豆吃饭的时候就忘了这个茬,她忽然想起了一个点子,放下筷子高兴地说:"冰川,我有个好办法,我在右边眼角上用眉笔画个大大的痣,我学着小米的神态,你再用相机把我给拍下来。"

"小米?哪个小米?"奶奶吃惊地看着孙女。

彭大城咳嗽了一声,这时彭小豆才想起家里的规矩,无论彭母怎么提小米,在奶奶面前是千万不要提起的。当初彭大城出车祸,彭母没少找跳大神的来家里看风水,她对小米是老大的怨气了。眼下彭小豆赶紧笑嘻嘻地说:"纳米。纳米技术,是照相的一种技法,奶奶您不懂。"

"噢。"老太太被蒙了过去。吃完饭,她还是要回去住。年龄大了胃口就小,没吃多少东西就放下筷子。彭冰川和彭小豆两个人只好去送她。走在路上,彭小豆撒娇地问:"奶奶,您最喜欢冰川还是小豆?"

"都喜欢。都喜欢。"

"肯定有先和后的。奶奶肯定喜欢冰川,他是男孩嘛。丫头总没男孩值钱。"彭小豆噘着嘴说。

"乱说。丫头才值钱,将来丫头结婚出门了,给咱彭家还能领回半个儿呢。唉,要是你小米姐姐也在,那我们彭家就能领一整个儿回来了。我不是就又多了一个孙子了?"

"奶奶,您也想小米?"小豆赶紧追问。

"谁让她长了那么一颗倒霉的痣了,你看把你爸给妨的。这么多年,也不知道跟李会议他们过得好不好。听说他们在北京呢,廊坊的房子十多年前就给卖了。"

"好。肯定好。姐姐命好嘛,听说李叔叔人很好,不像爸爸脾气那么大,总跟妈妈吼。"小豆把要说出来的话赶紧压下去。在和彭冰川送奶奶回来的路上,小豆说:"我刚才的想法还是可以考虑的。小米的神态至今还在我的脑海里,我最会模仿人了,同学们都说我想模仿哪个演员,那是倍儿像的。我们不妨试一试。"

4

上午的阳光很好,彭母跟在彭小豆身后追问:"丫头,你们俩刚才说照相的事,行吗?小米姐真和你长得一模一样?"

"除了多一颗痣。还有姐姐的神情比小豆姐看上去更成熟忧郁,好像还多了点风霜和磨难。"冰川刚说完,小豆就打了他一下:"怎么我就不成熟?我比同龄人都成熟,你不知道啊!姐姐还没找到,你就偏向她了,不理我这个姐姐了。小的时候可是我一直带着你的。"

"冰川,你是咱家唯一的男孩,找姐姐的任务就交给你了。"彭母说。

"还有我呢?没有我,你们哪来的照片?你们不经过我同意要是把我照片到处贴,我可告你们侵权的了。"小豆故意生气。

"毛病越来越多。在你妈肚里待了十个月,没事就踢我,长大了还这么淘气。小米啊,快回家吧,妈想你想得心都碎了。都怪你爸,早不出车祸,晚不出车祸,非生你们仨他就出车祸。怪你妈没保护好你,听了你奶奶的话。其实是你奶奶听了别人的鬼话。"彭母眼睛又潮了。

"祥林嫂。我求求你了,不要再讲了。这辈子我算是栽在你的手心里了。求求你,不要在我耳边唠叨了。小豆,冰川啊,你们出去上学算是解放了,再也不用听你们妈唠叨你们了。我可是天天都被你们的妈折磨着,都要疯了。哪一天她不唠叨小米小米的,她就不能活。小米就是她的全部生命。她再这么下去,我指定得崩溃。都轮不到我陪她去找小米,我得先去见阎王老儿去。错了,我见了阎王老哥我想回也回不来了。还说啥先不先的。"彭大城压制着自己,要搁平时,他早跟老婆吵起来了。他吵的也是车轱辘话,什么早知道你舍不得,当初你干嘛了?车祸不车祸的,也挡不住你留下女儿啊?这辈子,两个人没别的话题了。就指着争论小米活着了。

"爸,您别乱说。他可不收您,嫌您太年轻。"冰川说。

"腿脚不好了,收就收去吧。收去也免得受你妈折磨。"

趁"十一"放假这几天,姐弟俩就开始实施寻姐的前期计划,首先要拍照片。彭小豆略微化了淡妆,一边给自己点了颗黑痣一边对着镜子说:"古代人说,长在眉心的红色痣是美人痣,妈,您咋不在生我的时候让我也长颗痣呢?就在眉心上,多好啊。都不用画了,还美人痣呢。让我嘴角长一颗也好,听说长嘴角上的痣是能说嘴馋有口福的痣。妈就是偏心眼。"

彭母怒嗔地说:"你要长就把你也给送走了。送走你高兴啊你?那你妈就没有一点活路了。"

"不过,我查了相关资料,说泪痣,其实只是一种传说而已。传说,长在眼角下方的痣是泪痣。可我总觉得姐那颗痣长得很漂亮。反倒给她的脸上平添了许多生动。冰川,你说是不是?"彭小豆一边化妆一边问。

"你说是就是了。你快化吧,真是麻烦。化完了我好拍。"彭冰川有点不耐烦。

"你又不耐烦了?你从小到大对我就总是不耐烦。妈,你要是把冰川生成我哥就好了,这弟弟总是比不上哥哥有耐心。我看你对寻姐这事的耐心能持续多久。坚持不下去的话,我可要双手双脚地鄙视你了。"

"放心,就是你不找我都找。我找定了,当初姐在我眼皮底下消失了,那么好的机会我都没把握住,我真是笨。我就该直接把姐认下来,直接把她领回家。哎妈,你说我当初真直接把姐带回来,她能回来吗?"

几个人面面相觑,谁也不肯先说话,倒是彭大城先开口了:"也不知道这么多年,小米过得好不好?她要是知道所有细节,会不会恨我们?唉,早知道她会在四岁走失,说啥我也不能听你们奶奶的话。"

"姓彭的,彭大城,你现在说这些你不觉得晚了吗?你忏悔还有意义吗?你赶紧祈祷你儿子和女儿把他们的姐姐找着吧。都怪你那场该死的车祸。"

"你又来了。你是不是不把我唠叨点事儿出来你就于心不忍?你心里不踏实?该死的车祸?你是不是诅咒我当时咋不直接轧死算了,免得看着我就烦,这看了一辈子是不是烦了一辈子?"彭大城也来劲了。

"说我祥林嫂?你能好到哪去?我只要一提小米,一提车祸,你就轧死不轧死的。你这么说有意思是不是?"

"爸,妈。你们能不能不吵了?我们现在积极点找姐姐,把她找回来就是了。找回来,我们姐弟替你们向她道歉。你们只管把女儿领回家就是了。"小豆妆化得差不多了,站起来,模仿着蔡小米的神态给自己的母亲看。

"小豆?你姐真是这样的?"

"真是啊。就比我多一颗痣,我看哪哪都一样。你们得为我证明,别将来姐回来了,看了我拍的照片再说我侵权。我可不愿意模仿谁过日子,我还是做回我自己的好。冰川你赶紧给我拍,这次多拍几张,就是误删了,也还能留下个三五张备用。"小豆复压低声音对冰川说,"快拍吧,妈眼珠子看得都要掉下来了。"彭小豆坐在椅子上,摆着各种姿势,那眼神偶尔看向自己的母亲,母亲的眼神有点呆滞。而彭冰川手里的相机不停地闪着闪光灯。

"小米。"彭母拉着小豆的手,"都怪妈,你看你的痣长得多好看。"

彭小豆后背脊梁骨直冒冷风,赶紧吩咐彭冰川:"冰川,照片拍完了,快把窗帘打开。这个暗啊。"

彭母觉得先前有点失态,放下小豆的手说:"小豆,赶紧把那颗痣给我洗下去。快点。"

小豆赶紧去洗脸,一刻都不能耽误,生怕这颗痣在脸上多停留一秒钟,都会给她带来胆战心惊和不安。刚才看到自己母亲的眼神,温柔里还有一种极陌生的内容。那眼神太复杂了,近似于恐怖。所有妈妈的眼神都该是温柔的,怎么自己妈妈的眼神,刚才会掺杂那么多内容?那陌生感到底是什么?

可能自己刚才的神态吓到母亲也说不定。洗去装容的小豆又恢复了先前的活泼:"妈,看我是小豆还是小米?"

"刚才是小米,现在当然是小豆。刚才窗帘挡得屋里太黑了,妈老了,眼神也不好,刚才看你就看不出原来的轮廓了。"彭母说完把窗帘又挡上了一点点,"还是挡上点吧,今天阳光咋这么刺眼呢。"

这时有敲门声响起:"大城,大城,你快去看看你妈吧,晕在二楼楼道口了。"

彭大城赶紧爬起来,脚踝却使不上劲。彭冰川赶紧对父亲说:"爸你先躺着,我们先去看看。"

"不行,冰川,你背着爸也得让爸去看看,要不我不放心。我这该死的脚,早知道今天一条腿走路,我就买一副拐回来。"彭大城急得不知如何是好。

被背过去的彭大城,在近一米八身高的儿子背上,仍然显得有点像山。彭冰川背得跟跄跄,兴许是着急的原因,好几次走楼梯都差点摔倒。彭冰川一再安慰自己要慢点再慢点。母亲和小豆早就跑没了影儿。

彭母站在婆婆面前不知如何是好,准备把她抱起来,旁边邻居赶紧说:"这晕倒的人千万不能随便乱碰,刚才二楼打120了,估计急救车也快到了。"

"我就纳闷儿,老太太住一楼,她跑二楼来干吗呢?"彭母觉得奇怪。

"妈,我们不能干看着呀,得自救啊。掐人中。"彭小豆急中生智,用大拇指尖掐人中穴位。持续多次以后,老太太长长地舒了口气。但她身体还是不能动弹。"奶奶,您先不能动,一会儿医生就来了。"

"我这是咋了?"老太太看身边站着这么多人,有些奇怪。

"奶奶你晕倒了。不过没事的,放心好了。一会儿医生就到。"彭小豆安慰着。

"妈,您没事吧?"被背上二楼缓步台的彭大城,在儿子的背上已经坚持不住了,滑下后背。因为一只脚不能着地,他用手扶着楼梯扶手。

"大城,你说你腿脚不好,你来干嘛?冰川,快把你爸背回去。我没事,一会儿就能回家。"老太太边说边想挣扎着坐起来,却终是全身不给力。

医院的急救车很快就呼啸着开到楼下,彭家老太太纵是不想去医院也不得不接受暂时站不起来这个现实,不去医院治疗,怕是真站不起来了。她当然害怕。

5

宋庄一点不热闹。这是初到这里,宋庄给蔡小米的第一印象。在平房和小商小贩近距离接触,那种烦烦吵吵在宋庄绝对找不到。这里充斥的更多的是安静。宋庄的建筑倒没有多特别,但是平房居多,全是深宅大院的感觉。每一处平房门口的大铁门都更惹眼,大多门口挂着牌匾,写着某某工作室。大铁门一关上,这个院子就更是显得与世隔绝了。

蔡小米就在其中一家工作室做模特,每天简单的重复让她觉得生活却是崭新的。学生来上课,她就静坐下来工作,学生不上课的时候,蔡小米就开始上课了。当然,学生们也有画静物的时候,这个时候,蔡小米就加入到他们当中。当然,她画画,老师也不怎么约束她,就让她想画什么画什么。哪怕院子里快爬到房檐上的丝瓜,而且告诉她要用不同的角度去画它。画画要绝对怀着不同的心情。喜悦心情和悲伤心情画出来的画是不同的,一个正在愤怒的画家,你能让他画出小桥流水人家吗?画出来的水恐怕也是在咆哮吧?老师告诉他们,要保持一个好的创作心态。

房东在春天来临的时候,在大门外种了好多辣椒,老师就告诉蔡小米,去画吧,随便画,辣椒你可以画得很像,也可以画得神像形不像。一百个角度能画出一百种辣椒,然后告诉她达·芬奇的老师让他画蛋,其实就是这个道理。1000个蛋里绝挑不出两个一模一样的蛋。一串辣椒,一园的辣椒,你都难以找到模样一模一样的。

"看上去画一个物体,好像你是在随心所欲的,其实不同角度和不同心境画出来的画都是不一样的。包括画向日葵,它一天都在不停地转动,你跟着它会画上上百种不同的形态。我记得陈丹青十四岁那年,跟他的老师到处画毛主席像,还爬脚手架上去画,两年画了120多张毛主席像。临摹很重要,现在你必须先学会临摹。"

蔡小米谨记老师说过的每一句话,包括赵正清跟她说过的,让她一定勤快,画画勤快,做事也要勤快,干什么要有眼力见儿。白天在工作室她从不闲着,除了做模特、画画,她还打扫画室内外的卫生。以至于有一天老师的朋友来喝茶,笑着说:"生活越来越有样,越来越会享受,钟点工都请上了?"

这天晚上,同学们都回家了,只有蔡小米在打扫卫生,听老师的朋友这么说,心底下产生了一种抵触的情绪,自己也说不清是什么原因,终究没吭声。老师赶紧说:"是老赵赵正清介绍来做模特的,也是我的学生。不知道别乱说。"

"赵正清?很久都没联系了。他过得可幸福?哥们儿你干得也大啊,带几个学生,竟然还请起模特了。这几年没少赚吧?我一看,你绝对比在学院舒坦。"

"我再能赚也比不上你经商吧?混碗粥而已。"

"你别跟我哭穷。你们搞艺术的我懂,这画都老值钱了吧?"来者看了眼墙上的画。

"还行,这几幅都有人出高价,我没舍得卖。有些画你画完了,这辈子就再也画不出当时的感觉了。"

"有道理。愤怒出诗人,不愤怒了,也产生不出大量的诗了。"

"你是觉得写诗的日子好,还是如今经商的日子来得过瘾?"

"道不同。都有利弊。"

"多少年没聚了,我把老赵喊来,今天一块儿聚聚。小蔡,你也先别着急走,一会儿我给赵正清打个电话,我们聚聚。"

蔡小米摇头说:"天快黑了,我回去晚我妈该着急了。"

"打个电话。"

蔡小米摇摇头,家里没安电话。虽然她也很想见赵正清,但她还是决定自己

必须离开。坐在公交车上的蔡小米一直在思索自己今天为什么这么急于逃出来。想了很久终于想明白了,在那个来客眼里,她是一个钟点工、清洁工。难道,自己的身上看不出一丝一毫的艺术家的气质?再怎么说自己这模特身份多多少少也不该给对方一个清洁工的印象吧?

逃回家里,才发现,她和养母的居住环境实在是需要改善。可她们在这里住了十几年,无论怎么说,看这里的每一个角落都是那么亲切温暖。

正在院子里摆弄那些废品的蔡母,手指上不小心钻进一个刺,她拿着一根针递给蔡小米让她帮她挑出来。抓着母亲的手指,蔡小米才发现手背上面有一条深深的口子,已经结痂:"妈,这怎么伤的?"

"就捆纸盒弄的,不碍事,早好了。别看它,看这儿,刺在这个大拇指里。"

看着母亲粗糙的双手,蔡小米打了个冷颤:"妈你以后小心点,这要是伤到血管可就麻烦了。"挑了好半天,刺被挑了出来。"妈,年轻的时候你怎么就不结婚呢。要是我有个爸,你能和爸一起生活,我在哪里就都放心了,也用不着晚上回来晚还担心你回没回来。"

"你做你的事不用担心我,倒是你晚上要真回来得晚,我肯定是担心的。小姑娘比不了小伙子。"

第四章
寻找小米

1

平房街口超市早早关门打烊,开业一年有余,对于李会议夫妻两人来说,经营着这家店说累不累,说不累也操心,每天都得留自己的人在店里。东西杂,进货、出货、支付、收银,哪一项都得操心到。

两口子回老家廊坊了。彭大城的母亲自那次摔倒被送进医院,虽然说抢救及时,在医院待了几天就回家了,但从此她就没能站起来过,生活俨然已是无法自理。彭母既要照顾丈夫,又要照顾婆婆,难有分身术。一对儿女假期很快就过去了,也都各自回了学校。

当婆婆二进宫再次入院,就再也没能回她自己的家。她死之前两眼无限哀怨,指名道姓说要见她娘家的远房侄子李会议,说要李会议两口子一定把孙女彭小米带到她身边,她要见一眼从一生下来就被抱走的孙女。要不然闭不上眼。

李会议和石贵珍赶紧坐车往廊坊赶。这一路上就在商量着怎么和老太太把话编得更圆点。车窗外的风景在眼前刷刷地闪过,平时两人很少出来游玩,难得看看郊外的风景,却没有一点赏风景的心思。先前,彭大城已经交代过他们,不要跟老太太说实话,说哪怕你们人到场了,小米不在现场,也不能说她丢了,编点谎话说孩子一切都好,让她心里得到点安慰就好。可千万不能说丢了,不能让老太太怀着遗憾离世。

彭大城已经知道自己的母亲将不久于人世。现在她唯一放不下的就是被她亲自送走的孙女小米,偏这个小米现在又不知去向。这边孩子的亲妈还没安慰好,没别人的时候就跟彭大城犯祥林嫂的毛病。好在老婆明白这事不能说给婆婆听,无端让她上火。

母亲不要求住院,偏要在自家的病床上养病,人老了一身毛病,说会儿话都要气喘,加上不能起床无法自理,这让平时独立惯了的老太太无法接受这个现实。

她发了疯似的要见小米,说见了小米她就踏实了,就可以放心去见自己的老头子了。不见到亲孙女,不能上路。她说自己不能揣着罪责死去。

无论彭大城怎么安慰母亲,固执的母亲就是要见见小米。

"妈,现在孩子都在上学,怎么回来嘛。太远了。让她放假回来吧。"彭大城终于把拐买回来了,儿子彭冰川不在家,没人屋里屋外背他,他拄着拐可以屋里屋外的走走。能够一个人去母亲的住处,而那只提起来不敢落地的脚,如同摆设一样。

"大城啊,你说你这年纪轻轻的腿脚就不好使,将来可咋整。不像我这老太婆,我知道我没多少日子了。走了好,走了不麻烦你们。让会议两口子把小米带回来,我要看看,我要和李会议说道说道。"

彭大城一直往后推托,直到老太太说话气喘,半天说不上一句话,彭大城才急了,赶紧给李会议两口子打电话。恐怕他们再不来面见老太太,老太太是真闭不上眼睛了。当李会议两口子出现在彭老太太眼前的时候,石贵珍惊讶地说:"姑,您怎么瘦成这样啊?"

"不是小梅虐待我,别……别瞎想。儿媳照顾得可周到了。不能自理,废物了。"老太太说完,歇了会儿继续说,"贵珍啊,你和会议回来,咋没把小米带回来?十九年了吧?十九年没见了。"

"姑,小米在上学啊。小豆和冰川不也在学校吗?请不下来假。"李会议赶紧说。

"请个假看我吧,小豆和冰川刚走。小米我要是见不着,我闭不上眼啊。这些年,我知道苦了小梅了。"吕梅花听婆婆提到自己,禁不住眼泪刷地就冲出来了。彭大城看到这里,赶紧给她使眼色,可她根本看不到。他赶紧拄着拐过去:"豆妈,咱家是不是还有两盒烟?去给会议拿来。"

"不用拿,我早戒了。哥,倒是你这腿,怎么一直没好?"

"一直不见好,以前能走路,就是有点瘸,现在是一点儿也使不上劲,成废腿了。没有拐都挪不了窝儿。"彭大城看妻子的眼泪还在往下淌,就走过去小声说,"别祥林嫂啊。"

"谁祥林嫂了?谁祥林嫂了?这么多年你就没说过我一句好听话,闺女是我身上掉下来的肉,说送人就送人。你倒还来埋怨我。"吕梅花本来想控制,自见到李会议两口子,就满腹委屈无法自控。

彭大城生怕她把实情说出来,赶紧哄她:"是我不对,是我不该把小米送出去行了吧。老婆,安静。老太太现在可病着呢。"

"大城,你不用挡着她。我知道她这么多年恨我,说句心底话。你妈我是有私心的。会议,你也不要以为我们小米长了颗泪痣就对她不好。当初我是跟小米妈说小米是扫把星,家里不能养。可我只有这样才能把孩子要出来,哪个妈妈不心疼自己的孩子?哪个孩子不是爹妈的心头肉?"彭老太太说完咳嗽气喘不止,"我也是同情你们结婚多年生不出孩子,才想出这么个辙。"

"姑,您老别说了,我们知道您的心意。"李会议脸上的表情无比复杂。

"满足了你们,我就得罪了媳妇。我知道这些年大城和小梅过得不好,他们为了小米总在吵。会议,你就让他们见见吧,让我也见见吧。唉……见了小米,我也好上路了。"彭老太太一阵剧烈的咳嗽。

彭母止住了眼泪,这几天她和彭大城总在为老太太担心,她高烧不退,又不肯去医院,找医生来家里输液,也不见退烧,她又不好好配合。难道,一个人的生命终点就这样说来就来了?婆婆和小米相比,现在最应该照顾的是婆婆,小米毕竟还年轻,又和自己的儿子擦肩而过,总会有相见的一天。婆婆这一走,他们是再想见也见不到了。她控制着自己的情绪:"妈,您就应该听大城的话,不能这么由着性子,该去医院好好诊治。命是自己的,你这不是跟自己抗命吗?除了自己的命,别的都不重要。"

"会议,把小米找来。我知道自己的身体扛不住了。"老太太大口喘气。

"姑,我找不来。"李会议痛苦地说。

"姑,小米在学校呢。"石贵珍赶紧补上一句。

"会议,就让小米给奶奶打个电话总行吧?"彭大城说完,征求老太太意见,"妈,学校真请不下来假,就让小米给您打个电话,您看行不?"

老太太呼呼喘着气说:"行,打个吧。我和我孙女说说话儿。再不打怕是真坚持不住,连孙女的声音都听不到了。"

"妈,小米肯定在上课,让会议给她发个短信,让她找时间打过来。"彭大城对老太太说完,又对李会议说,"会议,用我手机发,我来拟短信内容。"

短信内容拟好以后,彭大城把手机放到李会议的眼皮底下让他过目,过完目摁了发送键,眼见着闺女小豆几个字在手机屏幕上闪,李会议都明白了。

半个小时以后,手机铃声大作,接通以后,彭大城大声说:"是小米吗?小米,我是爸爸,我是你亲爸爸。奶奶现在病重了,她要和你说话。爸和妈都对不起你,以后爸跟你细讲。你要怪就怪爸爸,千万不要怪奶奶,你知道吗?"当彭大城感觉小豆的声音调整好了以后,这才把话筒递给老太太,"妈。小米。她一会儿还要上课,就能说几句。"

"小米啊,都是奶奶不好,奶奶不该强迫你妈把你送走。奶奶私心哪,奶有个远房侄子,就是你爸李会议,他们生不了孩子,奶奶就把你给他们了。"老太太喘了一会儿继续说,"米儿,奶奶知道,你眼角的痣是最好看的,是最好看的。不是什么泪痣,那都是瞎掰的。小豆和冰川都比你小,他们是弟弟和妹妹,奶奶也只有舍了你了。咳……我知道你们的爸爸妈妈都说好了,说你结婚的时候两家才能见面,现在不该把你的身份说出来,是怕伤了你。可奶奶等不及那天说祝福了。奶奶提前祝福你。"老太太一阵疯狂地咳嗽,一口鲜血喷了出来。

"妈!""姑!"屋里几个人乱成一团。

"小米,奶奶高兴,你叫奶奶,奶奶心里舒坦。好好孝敬你爸妈。你有两个爸爸妈妈,你该觉得幸福。嗨,奶奶不要脸地说一句,这你还得谢谢奶奶。他们都会疼你的。"老太太说完,头一歪昏了过去。话筒里传来"奶奶、奶奶"的呼唤。

电话铃声再次响起,彭大城刚接通,里面就立刻传来彭小豆急切的声音:"奶奶到底怎么样了?爸,你们就这样拉着我骗奶奶?你们好意思,姐姐四岁丢了,他们为什么不找?现在既然知道姐姐也在北京,他们怎么还不找?还好意思跑到家里拉着我们一起骗奶奶。"

"小豆,你别急。这不是没有办法吗,委屈你了。他们说了这次回去就贴广告找小米。以前不告诉我们也有他们的道理,人家把孩子丢了,心里也愧得慌啊。好了,你快去上课吧。家里的事你就别操心,奶奶有我和你妈照顾呢。没事,去上课吧。"

挂断电话,彭大城回头看向母亲,母亲身边的三个人已经没有了一点表情,或者说有的那种唯一的表情,都不用言说就知道是怎么回事了。彭大城眼泪控制不住冲出来。几十岁了,这可能是成年以后第一次落泪。不,是第二次。父亲去世的时候,他也流过。他想强忍着不让眼泪流出来,越控制那表情就越古怪。

"哥,你也想开点。"李会议安慰彭大城。

2

安葬了老太太,李会议和石贵珍也该回去开店了。这时彭大城说话了:"会议,你们有啥计划吗?"

李会议愁眉苦脸地说:"小米四岁丢的时候,我们也不是没找。远远近近的我们都找过了,也去派出所报过案。我们也尽力了。这么多年过去了,我们绝望了,只能祈祷她能遇上个好人家。"

"敢情不是你亲生的,要是你亲生的,你能放弃不找?既然现在都知道她叫蔡小米了,也在北京,你怎么就不能费点心思?真不是亲生的啊。"彭母怨恨地说,"好,不用你们找,我自己去找。"

彭大城挂着拐,几乎是一蹦一跳地往前走。看到彭大城这不方便的腿脚,彭母恼怒地说:"都是你这副腿脚,害得我哪也去不成。"

"豆妈,小豆她姐弟俩不是说好了要去找小米吗,你身体又不好,不是这疼就那疼的,你去哪找?北京你又不熟。"

"可我们总不能知道小米丢了还不管不问吧?我们还是亲妈亲爸吗?"彭母哭起来。

"哥,嫂,小米丢了我们有责任。我们是她的监护人。这次回去我们一定加大找小米的力度。嫂子你把小米的外形特征给我们写纸上,回去我们逮哪贴哪。"石贵珍诚恳地说。

"她和小豆长得像。"彭大城拿出影集,把女儿小豆的照片指给他们夫妻看。"冰川给小米拍过照片,结果弄丢了。前些天小豆化好装他给小豆拍了几张,说就用这几张找小米,等你们回去我让冰川给你送张小豆新拍的。"

"那也好,我们把小米四岁的照片也贴启事上。"李会议说。

"你有小米四岁照片?快给我看看。"彭母急三火四地说。

"嫂子,我们没带。"石贵珍无奈地说,感觉自己很过意不去。如今孩子给人家丢了,照片怎么也不能给人家看看?

回到北京的李会议夫妻,接到彭冰川打来的电话,约好时间,他说把寻找蔡小米的照片送过来。石贵珍看着照片,眼睛都直了:"像,真像,和小豆长得一模一样。"

李会议提醒她:"行了,你别丢人了,这是拍的小豆,再怎么拍也是小豆。"

"叔、婶。那个叫蔡小米的模特确实就是长的这个样子,我姐那天是往她这方面化装的。神情方面也是模仿蔡小米。我把这张照片公布到我的群里,让大家一起帮我找。"

"我这有小米四岁的照片。"石贵珍赶紧拿出影集,生怕自己又犯了错误,彭母没看到四岁小米,就让她弟弟看看也好。

想不到彭冰川惊讶地说:"姐姐四岁的时候,她们原来还是这么像?太像了。"

"亏得她们长到十九岁了还能这么像。姐俩的缘分,我看是一定会再续上的。"石贵珍格外惊喜。

"婶,这张照片我给我妈带一张回去吧?"

李会议两口子没什么不同意的。人家把孩子给你了,你还一张照片算什么?同时,在他们心里,更加深了找到李小米的想法。李会议带着四岁小米的照片,和十九岁彭小豆模仿姐姐拍的照片,跑到复印社,寻人启事上两张照片,外加部分文字和李会议的手机号,很快贴得大街小巷都是。照片复印以后效果不是太明显,好在眉眼还是看得很清楚。

"这是什么奶啊,变质奶还敢公然摆出来卖?"一个女人走进超市,把方便袋里十几袋奶扔到柜台上。

石贵珍拿过一袋:"日期是新的,没有过期啊。"

"没过期你喝个试试。都酸了,你家鲜奶弄成酸奶卖?"这女人很不客气,"赶紧退。"

"老李,她在这买的奶吗?"石贵珍喊李会议询问。李会议立刻说是头天晚上买的。

退货找钱,夫妻俩虽觉得窝囊,但顾客是上帝。虽然说这奶也不是他们造的,都是别人给送货,他们也不清楚哪个环节出问题了。看包装袋上的时间肯定没有过期。也只有找送货的理论了,没办法只能返货。可以后还卖不卖这种奶了?毕竟也是个牌子,不卖别人就会找,超市不是太大,可必须五脏俱全。如果有人来找的东西找不到,下次就不会再来了。不进货又如何?他们也没办法。

无所谓了,眼下的要事是找到李小米。找到遗失了十几年的养女。这么多年过去了,其实两个人对小米的思念应该没有她的亲生母亲浓。只是让石贵珍耿耿

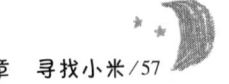

于怀的还是有关他们子嗣的问题:"会议,你就是不听我的,你再娶个,生个自己的,咱还能有这档子事吗?"

"车轱辘话说八百遍了,娶你了我还娶别人?"

"休我重娶啊。"

"那结婚证是闹着玩的?我这辈子就没有再娶别人的本事,就只能娶一个。这话以后就甭跟我唠叨了。再说你现在说也不赶趟了,一把岁数了想生也来不及了。"

"谁说的?男人四十一枝花,你才四十多还不到五十,就你五十了也能生出来。娶个年龄小的。"

"有自己老婆跟丈夫这么贫的?你也不怕别人听去笑话。好像我有多花心一样。"

"男人都一样,我不信你心里不想着生个自己的。这辈子就守着我过了?"

"我这不没办法吗,谁让这辈子我把你给娶家里了。认栽吧。"李会议嬉皮笑脸地说完就去整理货架。

石贵珍表面上强烈支持李会议再找再生,可心底对他的依赖是这辈子改不掉的。她何尝不在想,如果李会议真休了她再娶,她石贵珍怕是这辈子就得一个人孤独终老,愁怨而死了。好在他们还有个找到养女的希望,只要找到小米,也许他们能有个好的开始。于是,她对未来又充满了信心。

"你贴还是我去贴?店里总得留人吧?"石贵珍说。

"先放那,明天我去贴。我走远点贴去。地铁口贴点,咱家附近贴点。你一天大门不出,别再把你丢了我还得贴广告找你去。"

3

蔡母骑着三轮车,看到有个人喝完水把瓶子扔垃圾桶里,赶紧加快速度赶过去。伸手从桶里把瓶子捡了出来,收获不少,多捡了好几个。推着三轮车,她看到前面有个人坐马路牙子上喝水,喝完放旁边,过会儿又拿起来继续喝,为了这个瓶子,蔡母暂时不打算远走。

喝水的人在看报纸,水喝完了,报纸还没看完。空瓶子就在旁边放着。蔡母见过别人喝完顺手就扔了,可眼前这个人没动作,她忍不住问:"这瓶子还要吗?"

看对方摇头,蔡母把瓶子捡起来扔车上。

蔡母虽然年龄大了,可那眼睛相当敏锐,角落里的瓶子别人看不见,她早看到了。她今天挺奇怪,走段路就能看到电线杆上贴着一张纸,上面还有照片,眼下又遇上一张,就在路边比较容易看到,这一看不要紧,那不是小米小时候的照片吗?虽然有点模糊,她还是看得清清楚楚。小照片旁边竟然是小米。这让她吃惊不小,赶紧撕下来,角撕破了。遇上一个小学生,蔡母赶紧问清楚上面写的都是什么,这一问不要紧,原来是寻找李小米的寻人启事。这还了得?蔡母骑上三轮车,把刚才恍惚见过的那些纸全给撕了。撕完以后还胆战心惊,这要是小米看到,会是什么结果?她简直不敢想象。

"这些人就是不讲究,我这边还没收拾完,他那边就又给你贴上。这些城市的牛皮癣,真是没得治了。"一个环卫工人正在用一个小铲子铲着电线杆上的广告。"办假证的,征婚的,寻人的,租房的……乱七八糟的,什么都有。"

"政府也不管?就这么乱贴?"蔡母试探地问。

"咋管?他们贴这玩意儿都是偷着贴哪能让你看见?"两人边说边往前走,蔡母一下子看见又有一张和先前一样的纸在墙上贴着,把车停好,过去就把那页纸给撕下来了,卷了一下扔到车上。

环卫工笑着说:"老姐?这一张纸这么轻,能卖几分钱?"

"我这不是帮您忙吗?"蔡母尴尬地笑了一下。

"大姐,您可真是够环保的,市民要都像您这样帮着我们捡垃圾,这城市可就干净了。"

马克在自己家小区门口见到一张寻找小米的广告,他赶紧撕下来给小米送过去。小米还没回来,他就把那页纸叠得四四方方的放在桌子上,嘱咐蔡母等小米回来交给她。

蔡母早就认识这张纸了,就算自己不认识字,那照片也是认识的。临走前,马克看了一眼蔡母,他可能在想蔡母会不会打开看。蔡母还是打开了,虽然她知道纸上的内容,可她还是忍不住又打开它,细细端详。

这张纸被马克叠成很小片的模样,蔡母先前如果没发现街头贴的广告,她是不会擅自把这张纸打开的。她不认字。展开的纸上,四岁的小米笑得特别可爱,而十九岁的小米,表情忧郁,透着坚韧,依然十分漂亮。蔡母怎么舍得把她养了十五年的小米还给她亲生父母?她当然希望小米幸福,可她就是舍不得小米离开自己。

她在心里默默地对小米说，请她一定原谅自己的自私。一边紧张地叠着那页纸，叠得显然没有原来规范，不知道哪个环节叠错了。"就这样交给小米？"蔡母想着，手下就叠得乱七八糟，索性团成团走到院子里，扔进废品里。和那些纸盒子废旧报纸混在一处。

回家的蔡小米，遇到出来买菜的马克，马克把那张寻人启事向她汇报一番，说广告就在她家桌子上。

"是寻我吗？你看错了吧？"蔡小米不相信地追问。

"没错，肯定是你，有你四岁和现在的照片。照片有点模糊，上面写的名字我可看清楚了，说寻找李小米。你原来是叫李小米吗？我看上面留的是李先生的电话。"

"噢，不是，我一直叫蔡小米。你肯定看错了，我妈每次说那些乱七八糟的，根本都不是真的。是因为我惹她生气，她才乱说吓唬我的。我是我妈亲生的。"蔡小米掉头回家。

"小米，你干嘛跑那么快呀，好不容易遇上你，也不跟我说会儿话。"

"你又不是马顿。和你小屁孩说不上话。看你后边，你妈又来了！"蔡小米说完继续往前走。

马克条件反射地回头看了眼："你学会撒谎了？我这么大了，我妈可管不着我。那天买回去的红薯，我妈嫌多了，非让我退回去。"

"那你怎么不退？你妈知道是我卖的？"

"我妈才不知道，她要是知道了还不得跑过来闹？我多聪明呀，瞒下了。够意思吧。"

"行了，你可够意思了。要赖就赖你哥去。我得回去了，坐了大半天，画了那么久都累了。"

"小米，你就不能不理马顿了，只理我？"马克乞求地看着蔡小米。

"马顿我也没理呀，人家是大学生了，我理他干嘛？我理你干嘛？你是中学生。我都是社会小青年了，别像你妈说的，把你给带坏了。"

"我妈的话你也听？她就是怕我不好好学习考不上一所好大学。我不想上大学了。"

"那你想干什么？"小米吃惊地问马克。

"工作挣钱呗,好向你看齐,早点走向社会。"

"拉倒,你跟我没法看齐。今天我还和美院的赵老师一起吃饭了。他今天去宋庄了,他还邀请我明天去逛街呢。还会去美术馆看展览。"小米故意在马克面前表现得特别高兴的样子。

"你跟大叔吃饭去了?你干嘛要和大叔吃饭?"马克不客气地说。

"我和他吃饭还得向你汇报吗?你又不是我家长。赶紧回家写作业,考个好大学是正事,像你哥马顿一样。走了,就什么都忘了。好了,我走了。"蔡小米掉头想走。

"我不是你家长,可我希望你将来做我女朋友。看你现在这样,是不是以后我见了你跟他叫大叔,跟你叫大娘?"马克不高兴地贫。

蔡小米笑眯眯地说:"你比我小两岁,我才不会要姐弟恋的。可以呀,只要你愿意跟我叫大娘,现在就能叫。"

"大娘,我觉得你在撒谎。你是小女孩,怎么会心甘情愿当别人家大娘。"

"他有魅力啊。好了,快回家。我真走了。"蔡小米走远了,只留下身后目瞪口呆的马克,蔡小米想想刚才撒的谎就觉得好笑。看来这个赵大叔确实可以让马克知难而退。只是,身后没有了跟她说话的马克,放慢脚步,蔡小米才发现自己的思绪其实乱极了。看来,亲生父母开始找她了。可是都这么多年过去了,他们怎么才想起来寻找?

4

晚饭母亲已经做好。刚进屋的小米,就被蔡母告知,饭已做好,洗个手就开饭。蔡小米四处看了眼,尤其看了眼桌子,上面没有什么寻人启事。而母亲也没有提起,自己也就佯装不知道。

"妈,今天米饭真香。"

"那是你饿了,中午没吃好吧?"

"吃好了,就是来回坐车,颠簸的。"

"小米,我们把家搬走吧,就搬到宋庄去,这样你就不用天天坐车跑来跑去的。你看你还得倒车吧?太麻烦了,这一天都搭路上了。反正妈在哪都行,又不耽误我。"

"宋庄房子太贵了,再说一租就是一个大院,比这边费用高多了。就我们两个人,住那么大的院子有点可惜。还是我来回跑吧。妈,今天没人来找我吗?"

"没有啊。噢,马克从咱家门口经过,打听你来着。你看见他了?"

"看见了,老缠着我,我让他以后少上咱家来。烦人。"

"就是,他们都是北京人,咱又不是坐地户,咱少搭搁他。再说了,他们都是学生。咱也别惹他妈不高兴,吵得四邻烦。"

"妈,我知道了。马顿走了,马克很快也会走的。这我都知道,我会离他们远点的。"可是夜深人静的时候,蔡小米也会一个人发呆,她会想起马顿夹在书里写给她的诗。想起每一个和他相处的瞬间。

而每次马顿周末回家,都铁定了要来蔡小米这里报到。这次让蔡小米没想到的是,马顿竟然在出地铁的时候也看到了寻亲启事。当蔡小米看到马顿递给她的这页纸,她分外吃惊地说:"怎么会有我现在的照片?"四岁的自己恍惚已经没有印象,可现在的自己是最清楚不过的了。只是看上去是自己,却又不是自己,那神态很像自己,但她清楚明白,眼前这个女生不是原装的自己。这到底是谁呢?

"小米,你还是打个电话吧。"马顿说。

蔡小米还没等开口,听见母亲推门而进。不知道是怕母亲知道还是出于什么,蔡小米快速把这页纸团成团捏在手心里。

"马顿,你还不回家?你妈肯定做了好吃的等你,赶紧走吧。两周回来一次,就住一宿还往这跑。你的书放这吧,我回头再看。"蔡小米向马顿使眼色。她就纳闷儿了,自己这当事人再怎么小心走路也没看到过这张寻人启事,偏马家兄弟频频见到,这到底是怎么回事呢?真成了电视剧里那无巧不成书的桥段了?

蔡小米送马顿出门:"马顿,马克已经跟我说了这事了,我不想认亲。你别跟我妈提这事儿,我妈就我一个闺女,我不可能离开她,让她伤心。再说,我四岁就丢了,他们怎么不找?现在找我干吗?我长大了能挣钱了,他们才来找我?当初我连学都上不起,他们怎么不来找?"蔡小米快哭了。

"小米,你还是打个电话吧。亲爸亲妈总是好的,打个电话他们也就安心了。这么多年,或许他们也在找你,就是没找到吧。那时我们小,就是贴寻人启事了,我们也不一定留心关注。"

"到此为止吧,我不想再提这件事情。"蔡小米展开手里那页纸,把它撕得粉碎。

马顿目瞪口呆地看着这一切:"小米,你真的不想认亲了?也好,反正你有我,认不认别人,你也有亲人。"

蔡小米瞪了马顿一眼:"你别在这自作多情。你是谁亲人?"

"小米,你在美院的那个老师叫赵什么来着?"马顿忽然想起什么赶紧问。

"赵正清。怎么了?"

"没事。我就是问问,我觉得他这人不错,对你这么好。我们将来要好好报答他。"

"我们?为什么要我们?我报答就是了。哪里轮得着你。"蔡小米噘着嘴说。

"小米,你别跟我说我写的那些诗你都没看?"

"看不看能怎么样?我和你妈妈不是一家人,无论我什么样,她都不会接受我的。我跟马克说了,我和赵正清交往了。"

"果真马克没有撒谎。你告诉我,你说的是真心话吗?马克变得很颓废,他还跟我信誓旦旦地说,他这是因为你心里有赵正清这个大叔,他说愿意向你的感受妥协。还说,如果只和我竞争,他绝对不让我。"

"难道我前世欠了你们二人?"蔡小米停下脚步,"以前小孩子在一起,如同过家家。如今我们都长大了,以前的小心思都是些天真的想法,我觉得还是应该放在一边。马顿,你也会有更美好的未来。"

"我和你在一起才会有美好的未来,五六年了,难道,你就真没感觉?以前我觉得时机不成熟,现在我是大学生了,我觉得我有权利追求自己的幸福。再说,你也不是小孩子了。"

"正因为你是大学生。我是什么?"

"你是模特啊!你又能赚钱又能学画画,你这么有才华,你在我眼里是最优秀的。"

蔡小米愿意和马顿交流,打小她也没什么朋友,是马顿哥俩围在她身边,教她认字算数。她不能忘记他们其中的一个。对马克说话可以狠下心来,可对马顿她狠不下来。只是一想到他们的母亲对她的态度,她的心一下子又硬了:"马顿,我不是北京人。这个你知道。"

"不是北京人怎么了?中国这么多人口,难道全都是北京人?你就是蔡小米,蔡小米就是你,这世上只有一个蔡小米,这就够了。"马顿从斜挎的包里拿出一袋薯干,"呶,这是我晒的,可以吃了。"

蔡小米拿出一根细细嚼:"你可真行。谁教你的?"

"我和马克从小就爱琢磨吃的。我妈上班也没时间管我们,这个你也知道。这个还是上回你卖的红薯呢。我厉害吧,你要是爱吃,以后我还给你做。只是吃不到你卖的了。"

"是啊。那样的日子,满头满脸的雨水,还是你帮我送回家的。"

"只要我有时间,我就愿意陪在你身边。"

蔡小米不吭声了,仔细嚼着红薯干。

"小米,我给你写信吧。"

"没有地址。"

"你愿意收到我写的信,我就会找到地址。"

蔡小米无辜地看着马顿:"哪有?我不信。难道你让马克转?不行,马克马上要考大学了,你可别惹他。他现在烦透我了。"

"让他转?我还怕他截了自己留下了呢。让赵正清转。"

蔡小米惊讶不小:"真有你的,你咋想的呢?怎么好麻烦人家呢?行了,我宁可不收你的信,也不要麻烦他。"

"麻烦他怎么了?再说如果有信你去他那取就是了。"

"我已经很麻烦他了,不想再麻烦。"

"那我就直接写你家地址,要是被你妈给劫了可不赖我。"

"好吧,我跟我妈说,让她不要截你的信。"

"她听你的?"

"我是她闺女。"

"小米,我还是觉得你应该给亲生父母打个电话,也免得他们大海捞针一样地找你。他们这样找下去,多难啊。"

"我不能认他们。我有妈妈,你让我还认别人做吗?我的事你不要管了。"

"你的事我不管你让别人管?"马顿有点霸道地看着蔡小米。

"我新买了个字典,现在看书还是有挺多生字呢。"

"我不在家,不能给你借书了,你自己去图书馆办个借书证。多看书还是好的。有生字查字典。"

"要是你在身边,我就把你当字典。"蔡小米说完,觉得这话说得有点怪,怪到不好意思,于是赶紧打住。

"我最愿意当你字典了,让你使劲翻。"马顿幸福地说。

蔡小米的脸红了。

5

蔡小米自从知道大街上开始张贴寻她的启示,就买了一副墨镜,一个卡通口罩。天热,头上戴顶帽子,脸上戴着口罩,加上太阳镜,爱美的女孩怕把自己晒黑了,这种装束可以理解。

这天,蔡小米的养母过生日。她打算好好给母亲庆祝一下生日。长这么大,自己还从来没有主动给她过个生日。蔡小米把自己捂得严严实实的以后,才拿着刚到手的工资出门,打算去平房街口超市给母亲买点好吃的。刚走到门口就震惊了,超市的墙上竟然贴着那则眼熟的"寻人启事",和马顿给自己送过来的一模一样。趁人不注意,她赶紧撕下来,团成团攥在手心里离开。这时后面有人喊了起来,说姑娘你认识她吗,你要认识的话就赶紧打电话给我们啊。

蔡小米没吭声,逃也似的跑了。她在想,难道超市老板和老板娘就是自己的父母?走远以后,把那张纸展开,看到上面两张照片下面的电话写的是李先生。她恍惚记得,自己小的时候就姓李,叫李小米。想到这儿,禁不住热泪盈眶。这张纸她没扔,铺展好,回家夹在书里。没事就拿出来看看。

东西没买成,蔡小米跑到更远一点的超市买了食材回家,一到家就开始做饭。给母亲做了长寿面,卧了两个荷包蛋。想不到鸡蛋碎了,尤其蛋清全碎在了面里,只有两颗蛋黄不太规则,但总算能看出点蛋的模样来。

不管做成什么样,母亲从来都没有挑剔过。母亲把蛋黄挑出来放进蔡小米碗里,蔡小米赶紧拈出来放回母亲碗里:"生日蛋和面不能分开的。"

"谁说的,给我闺女的又不是给别人。你不吃我也不吃。"

母亲的甜蜜威胁让蔡小米只好妥协。蔡小米心底含着泪,她想起那张寻她的告示,就当自己没看见吧。她不想有意外打破她和养母的生活。

蔡小米现在最感激的除了养母把她养大,就是赵正清了。要不是赵正清帮她联系做模特的事宜,她恐怕还在做小贩。如果不是赵正清,她也不会这么理直气壮地画画。每晚睡前,蔡小米不是看书就是作画,这已成习惯。

蔡小米觉得自己生命中重要的人不多,母亲、赵正清这两个人无疑是她生命中非常重要的两个人,马顿和马克当然也很重要,她跟他们学到了课堂里老师传授的知识。她想自己生命中最重要的无非就是这几个人吧,想不到第二天蔡小米从宋庄回到家,天已经擦黑了,自己家的屋子里竟然又多了一个男人。

"这就是我闺女吧?"男人依旧坐着说话。

"小米,他叫周淀粉。你爹。"蔡母说。

"我爹?我哪来的爹?"蔡小米当时一愣,脑子里一下想到寻人启事来。难道是亲父看她撕下广告,跟来的?不对,亲父姓李,他姓周。那他是谁?

"怪妈以前没跟你说。妈是结过婚的,就是和他,周淀粉。一天也不着调,跑外面打工去,也不往家里寄钱,我就当他死了。想不到老了还跑回来了。"

"落叶归根嘛,我不回家还能去哪?"周淀粉涎着脸说。

蔡小米不知道怎么评价他们的婚姻,她和养母在一起十几年,也没听说有这个父亲。她只觉得仿佛从天上掉下来个父亲一样。

"姑娘,在哪儿打工?"周淀粉问。

"学画画。"

"老太婆,你挺有钱啊,还支持姑娘学画画,那得多少学费啊?"

"你闭上嘴吧,又没花你钱。你心疼什么?再说小米自己也能挣钱了。"

"在哪儿打工呢?姑娘。在哪儿打工画画?"周淀粉还在追问。

蔡小米不吭声,周淀粉觉得无趣。晚上睡觉成了问题,就一间房,多一个房间都没有。早期蔡小米和养母睡一张床上,再大一点蔡小米就有了自己的床。就算是这样,三个人睡一间屋也有点困难。蔡母下了逐客令:"姓周的,你看见了吧,现在屋里没有你的地方,你爱去哪儿去哪儿。十几年你都能不回来,你还回来干什么?"

"别价。我知道你心里有我,要不十几年你不搬走?"

"我往哪搬?房东心肠好,对我们娘俩好,住哪儿不是住。何必搬走。"

"别嘴硬了,还不是在这等我,搬走了我哪儿找你去?"

蔡母语塞,蔡小米也暗自盘算了一下,觉得养母十几年住在这里没动地方,或许真有等周淀粉的心思。也不对,明明前些天还在讨论要搬到宋庄去呢。或许,养母心里也在矛盾吧,一方面心疼蔡小米跑来跑去,一方面又在等她失踪的丈夫。

周淀粉要吸烟,打火机打不着火,就在抽屉里到处翻找火机或者火柴。翻了半天也没翻到,就任嘴里叼着那根烟,不放松。当周淀粉手里拿着小红本看的时

候,蔡母冲上来要抢回去。

"别抢。这就是证据,十几年咋了?十几年这结婚证上也是我和你的照片。"

"放下。"蔡母不高兴,"你也好意思说,十几年,你死哪儿去了?生不见人死不见尸,你知道我怎么过来的?"蔡母的声音有点变调,蔡小米知道自己的母亲受委屈,可自己又插不上手,不知道怎么管他们的事情,只好开门走出去。路上行人不多,城市却总是不眠的,路灯远远地结伴,照着彼此。可它们永远相隔着那样一段距离。此时,蔡小米的心格外孤独。

回来的周淀粉,在蔡母眼里依然没什么改变,整天游手好闲,让他跟她一起去收废品捡废品他都不愿意,嫌丢人。

"怎么丢人了?这是用劳动换钱,没钱花才丢人。"

"没钱花也比满大街吆喝破烂强。我不去,爱去你自个儿去。不够寒碜。"

蔡母咬咬牙一个人出去了,蔡小米也去了宋庄,整个家就交到周淀粉的手里。他是一个在屋里坐不住的人,给他个热板凳,他焐不上三分钟,就得欠屁股起来,空让先前的热乎气散尽了。他宁可满大街地转悠也比待在家里舒坦。

这么多年他也没管过蔡母,蔡母自然也懒得管他,让他跟自己出去收废品他拒绝不去,也罢了,自己一个人也是独来独往惯了,有他在身边兴许还不习惯。于是早晨三个人分头行动,晚上再聚在一起吃上一顿饭。就是这顿饭,周淀粉吃得也不及时,蔡母和小米等急了,就先吃不管他了。他有的时候是饿着肚子回来,有时干脆就是酒足饭饱回来的,倒头就睡。

蔡小米反感他差不多顿顿不离酒的样子,他恨不得早晨都喝两口。他喝酒太奇怪了,只要有酒,没饭没菜都行。二三两的口杯,端过来两口就闷下去了,看得蔡小米直咋舌。

"你是刚从饭桶里出来,这是又掉酒缸里,还没捞上来?一身酒气。"蔡母明显不高兴,"脱了睡,听见没有,脱了。"

蔡小米在旁边看到这情景,心里也说不出是什么滋味。从小到大没听母亲说自己有父亲,这天上突然掉下来个父亲,按理说应该是喜事,至少对养母来说是吧。蔡小米想毕竟母亲这一辈子都是一个人孤单过来的,虽然有自己的陪伴,但毕竟不是个完整的家。要是养父能好好过日子,蔡小米觉得眼前的三口之家倒也还算完整。

周淀粉显然已经睡着了,无论怎么叫也没叫起来。蔡小米一个人走出去,天已经黑下来了,但路灯还亮着,照耀着这个永远不愿意黑下去的城市。离睡觉时间还早,蔡小米从衣兜里拿出口罩戴上,远远地看过去,平房街口超市灯火通明。这条路上的行人依然很多,有孩子跑来跑去,有自行车驶过。轿车也是有的,但不多,这条街太窄,只供行人似乎更合适。就有那跑来练车技的,人多,尤其怕碰到孩子,那车是想跑也跑不起来,也就开得极缓慢,如同在驾校练桩一样,慢慢往前挪。似乎比蜗牛快不了多少。

蔡小米也慢慢往前挪,她不知道自己要去哪里。有环卫工人还在灯光下干活,用铲刀铲着墙上和电线杆上的广告。她走这一路了,没看到任何广告。每次坐公交赶地铁,她都觉得每个行人都不像现在的她,大家行色匆匆,就是墙上挂根金条也未必有人能注意到。就算挂根金条,远远地看见了,还以为挂的是铜条铁条,没谁会有工夫搭理它。何况一页也许跟自己毫不相干的广告,只要自己家里没丢人没丢东西,都忙着赶路,谁还会注意它呢?

蔡小米心下就释然了,想父母找到自己的可能性就这样又降低了不少。不禁又感慨起来,不知道该为此高兴还是该为此遗憾。街头摆小摊的小贩还没有完全收拾。蔡小米就这样走着就进了街口超市,她在货架上寻找着自己需要的东西,偶尔透过货架看向门口柜台收银处。石贵珍正在看着进货单,李会议正在看墙上挂着的电视播出的节目。收银员是个小女孩,显然老板和老板娘偶尔可以溜个号。

远远看去,石贵珍和李会议都是两鬓生有白发的人了。在小超市转了一圈,蔡小米买了袋咸盐、味精。交钱的时候,她看到老板娘抬头跟她微笑着打了招呼。在她走到门口的时候,老板娘还说了句慢走。她庆幸他们都还没认出自己。

"你个混蛋,谁让你把小米给卖了?啊?谁同意了?你个混蛋王八蛋。"蔡小米还没等拉开自家房门,就听到蔡母边哭边骂。蔡小米赶紧进屋。

"这么多钱,老子有钱了。跟你要你个老太婆又不给。"周淀粉说完继续睡。蔡小米看过去,床上扔着很多钱。一百的五十的,甚至还有十块的。这些钱晃得她眼睛生疼,如果没听错,她先前听到说把她卖了,他把她卖给谁了?她的生身父母?难道他也看到了寻她的启事?不可能,如果是那样,她觉得李会议他们不可能还安静地坐在超市里,早跟过来了。那到底是怎么回事?或许她的生身父母不是李会议,他们只是把启事贴在超市门口,帮助别人而已吗?

"妈。"蔡小米询问的眼光看向母亲。

"米儿,妈不该留下他。留他是个祸害啊。他刚才说,把你许配给这条街上的阿狗了。"

阿狗?这人谁不知道?蔡小米头皮发麻。那就是个混混,小的时候就没少打过蔡小米的主意。一天不干正经事,偷鸡摸狗的事情没少干。谁都不爱跟他做邻居,如今周淀粉怎么跟他搭上话了?

"小米,明天一早你赶紧去宋庄吧,能在那住下最好,这个家可千万别回来了。"

"想走?"门被推开,"哪这么容易,老周已经把财礼钱收下了,蔡小米生是我的人死是我的鬼。"

"谁说的?还反了?大不了他周淀粉把钱给你退回去。"蔡母护着小米。

"他退?他拿啥退?就他的兜,比脸都干净。蔡小米,这可不是我强迫你,是你家老爷子上赶着我的。明天准备准备,我就来迎亲了。"说完,阿狗就走了。

"周淀粉,你给我起来。"蔡母气不打一处来,揪着周淀粉的耳朵就想把他揪起来。

"你干什么老婆子。闺女早晚都是要嫁人的,嫁给阿狗好,不受欺侮。"周淀粉的眼睛怎么使劲也睁不开。

一大早,还不等蔡小米出门,阿狗就带人来了。一进屋就对周淀粉说:"丈人,昨天的酒喝得可好?以后咱爷俩有的是机会一起喝。"

周淀粉看到阿狗的出现,有点想讨好,又有点惧怕,在蔡小米看来他心里定是有各种滋味,或许他收了礼金也未必是心甘情愿的。他反过来劝蔡小米:"丫头,早晚都是要嫁人,早嫁晚不嫁。19岁,啧,花苞的年龄。阿狗,以后你得好生对待我们家小米。"

"丈人,那还用说吗?肯定的,不对媳妇好,我能对谁好?"

"你们都给我闭嘴。我养大的女儿,这婚姻大事,谁让你们说定就给定了?经过我了吗?我同意了吗?"蔡母气得两眼都喷出火苗来了。

"我不管,丈人都把礼金收了,这媳妇就是我的了。"说着,阿狗就要拉小米走。

"住手。"推门而入的马顿没想到遇上这样的场面,"你干什么?小米说了要跟你去吗?"

蔡小米挣脱阿狗的双手,躲在高大的马顿身后。"蔡小米是我的女朋友,我看谁敢动她。"蔡小米心里暗喜,来得早不如来得巧。刚才还在想着如果自己早点起床出门去宋庄,兴许就能躲过这一劫,可纵使一早躲过去了,晚上回来还是难免要遇上的。母亲让自己住在宋庄,能不回来就不回来。可这里是她唯一的家,她不回这里还能去哪儿?马顿的到来,让她心里踏实了很多。想想日子真是快,又到周末了。幸好马顿一回来就上她家来。想不到这时马克也开门进来了,让躲在马顿身后的蔡小米觉得有点尴尬。毕竟跟马克说过,她已经和赵正清交往了,眼下这局面,如何是好?

"马顿,我就知道你上这来了。想不到这里这么热闹。"马克说。

"马克,赶紧回家,这没你的事。"

"谁说没我事?有小米的事就有我的事。"

"马克,我上次都跟你说了,你忘了吗?"蔡小米提醒他。

"这么麻烦的事,大叔怎么不帮你处理?你倒是喊他来呀。"马克不依不饶。

6

"我这就把小米带走。筹备婚事,我看哪个敢拦我?"阿狗指着所有在场的人说。

"我看谁敢带走。"蔡母手里拿着一根木棍子。

"丈母娘,人都说一个女婿半个儿,您老这是唱哪一出?以后不处了?"

"蔡小米是我的女朋友,我看谁敢碰她。"马顿把躲在身后的蔡小米拉到身前,抱在怀里。这也是他们第一次亲密拥抱,蔡小米有点不适应,但她知道这也是她曾经渴望的,最主要的是在阿狗面前,这是最厉害的一招。

"周淀粉?这怎么回事?"

"没,我闺女没订婚呢。他是谁?我不认识。"

"他是我哥,当代大学生,我爸是警察,我看你们谁还敢把这事闹下去。婚姻法里有没有可以强行逼婚的?你们问过小米吗?她愿意吗?小米,你愿意吗?愿意和那个男人结婚?"

"我不愿意。我又不认识他。"

"你不认识我?一条街上混的,谁敢说不认识我?"

"我打心里就不认识你。也不想认识你。马顿不都说了,我和他什么关系了吗?"蔡小米不知道怎么继续说下去,说马顿是自己的男朋友,还有点开不了口。

"收了我的钱,就得做我的女人。"阿狗谁也不惧了,强行拉小米走,"我管你是警察他是警察,娶媳妇结婚又不犯法。"在拉的过程中,蔡母的木头棍子就砸向旁边的木头桌子,那声音很响,把桌面砸了一个坑:"我看谁敢把我的女儿拉走。我就跟他拼了。"

阿狗手下一松,蔡小米跑到马顿怀里去了。这让马克有点不舒服,可他心里明白,无论如何得把眼前这个阿狗打败再说:"你要再敢碰小米,我就拨110。"

"你拨,你拨我还怕你了?他们收了我的财礼不把姑娘嫁给我,搁你你愿意啊?"阿狗反过来质问马克。

"我家没姑娘可嫁,我家就哥们俩,还有一个警察和一个妇女。你看你选谁合适?我们可以商量。"马克说。

阿狗气得无话。沉默了一会儿转向周淀粉:"老周头,你先前的口气呢?咋一声不吭了?收了钱就蔫退了?"

"我们把钱还给你。"蔡母把昨天周淀粉喝醉掏出来的钱全递给阿狗。

"不行,得加倍还,是你们毁婚。"阿狗不依不饶。

蔡母气得浑身发抖,指着周淀粉不知说什么好:"这个钱先还你,明天我们把钱凑齐了再给你。"

"拖一天一百加八百利息。"阿狗扬长而去。

周淀粉彻底颓废了,他拿不出多于礼金一倍的钱。"我们报警吧,他这就是敲诈。"马顿说。

"报啥警啊,自己捅的娄子自己平。明天就把钱给他送过去。我告诉你周淀粉,孩子的婚事用不着你跟着瞎操心,你没管过一天,这长大了结婚的事怎么也轮不着你管。哪凉快哪待着去。马顿马克谢谢你们。"

蔡小米早从马顿怀里分离出来。

"小米,你说实话吧,大叔怎么回事?你不是和大叔开始了吗?怎么又扯上了马顿?"

"马克,你赶紧回家上你的学去。蔡小米将来就是你的嫂子,我和她在我上大学的时候就开始了。"

马克看向蔡小米,蔡小米羞涩地避开他的眼光。

"明明告诉我和大叔,我才舍得离开。要是早知道和我竞争的是马顿,我才不会放手。哪料到螳螂捕蝉,竟然黄雀在后。"

"谁黄雀?马克你不要乱说话,跟你哥说话一点礼貌都没有,没大没小的。他是黄雀那你是什么?"蔡小米数落马克。

"我是麻雀,还是最小最不起眼的麻雀。"马克黑着脸说。

就算是马顿一大早赶来见蔡小米,可蔡小米仍然是要去宋庄的,这次马顿陪她一起坐车去宋庄,远远的,他就等在附近,看书学习。然后晚上再一起回平房。开始恋爱的小女生充满了幸福的感觉,那脸上洋溢着掩饰不住的笑颜。想不到晚上一到家,面对着冷锅冷灶,还有周淀粉一副玩世不恭的脸,再看向养母,那脸上分明是哭过的。蔡小米就纳闷儿了,难道早晨的事情还没过去?心里咯噔一下,是家里没有钱还给阿狗吧。

"米儿,妈一点做饭的精神头都没有,你去买点凉皮自己吃吧,我不想吃了。别带他那份,饿死算了。他配吃粮食吗?"

"我不吃粮食我能长这么结实?还能活这么好几十年?我就指着粮食活着了我。"周淀粉这个时候口齿依然伶俐。

"你就指着那两口烧酒活着吧你,喝点酒找不到东西南北。我告诉你周淀粉,将来跟别人喝醉酒,再打我闺女的主意,我切断你的手指。"

听得蔡小米不寒而栗。从小到大,她从来没见母亲这么凶过。蔡小米没吭声,默默地洗菜做饭。三个人吃得静默无声。快吃完的时候,周淀粉嘀咕一句:"没酒吃饭就是不香。"

"要喝自己挣钱买去,少跟我伸手要。今天下午阿狗的钱算我帮你堵上了,赶紧挣钱还我。别一天好吃懒做,我养不起大爷。"

周淀粉翻了翻白眼,把饭碗一推不吃了。"你怎么的,你小孩啊你剩饭碗?赶紧吃,吃完你刷碗。"蔡母恨得牙根痒。

"不吃不吃就不吃。没酒不吃。吃不完我就不刷了,明天继续用这个碗。"当周淀粉这么说的时候,蔡小米虽然没吭声,但心里有无数的话想说出来:"这人是完了,估计肚子里都喝出酒虫子了。每次喝酒都跟一口闷似的,当那是白水呢?"

"爸,你把饭吃完吧,我去刷。总喝酒,不好好吃饭,人都完了。"蔡小米终于没忍住开口叫爸了。

"闺女,你叫啥?你再叫一遍。"周淀粉兴奋得跟喝了酒一样。

"爸,一会儿我刷,你快把饭吃完吧,只有小孩才爱剩饭碗呢。"

"我闺女的话我最爱听。"周淀粉拿起碗,几口就把剩米饭扒拉进肚里去了。

"小米,不是我说你,我还没找着时间跟你说。上次咱娘俩白说了?你怎么还和马家那俩小子来往?还和马顿那么近?"

"妈,人家马顿挺好的。"

"人家是大学生,你得咋跑才能撵上?妈是怕你将来吃亏受气。他妈你又不是没见过。那么凶的一个人,恨不得把咱给吃了。都怪姓周的,当初你要老老实实在家挣钱,咱米儿能上不起学吗?我挣那点钱全给父亲治病了都还不够。唉,想想我就对不起小米。"

一提到马顿他妈,蔡小米就不吭声了。她心里的矛盾只有自己清楚。

第五章
谁是谁的谁

1

这是一个有点阴暗的午后,一下午,蔡小米都沉浸在一股说不出的滋味里。赵正清来了,他和蔡小米的老师程思明一下午都坐在那里喝功夫茶聊天。本来看着没什么的,那个晚上他却喝醉了。醉酒的赵正清看上去那么可怜,让蔡小米觉得心疼。这个晚上,大家一起吃的饭,还有程老师的女友小琴。小琴没有戴发套,她是光着头来的。她笑得如此灿烂,和赵正清喝醉酒成了鲜明的对比。

当时她的出现让蔡小米着实受了惊吓,觉得这个女人太另类了。她穿的衣服花色繁多,却一点儿也看不出凌乱,小米猜想她应该是画油画的。后来赵正清跟她聊起过小琴,才知道小琴37岁,是老师的女友。老师是离异单身,而这女友得了肺癌,每次开口说话总要喘上一会儿,很辛苦很累的样子。蔡小米看她,就觉得她这是在爬山,是一边爬山一边回头等着他们跟上来,再和他们闲聊的。可即使再辛苦再累,她也从来都是笑容满面。一点儿也不像当天下午的天气。

她因为做化疗,才变成现在的样子,听说原来的头发比蔡小米的还长。蔡小米来这么久了,还是第一次见到小琴,于是就有点拘束,不太敢说话。本来是要走的,老程说赵老师都来了,你还走?就只好留下了,留下来的蔡小米不知道说什么。她只觉得不在意的一瞥,就能看到程老师和小琴的四目总是含情脉脉。这让她都觉得不好意思起来,好像她偷看到了什么不该看到的东西一样。

赵正清喝功夫茶嫌慢不解渴,他放下小茶杯,跟程老师要来大茶缸:"老程,今天特别的渴,渴得我恨不得抱着大茶罐子往嘴里倒。能不能先让我灌一肚子水,再和你慢慢地练功夫?"

"今儿这是咋了?遇上啥事了吧?"看身边没人注意他们俩,递过去一个茶罐小声说,"我看你是饥渴。"

赵正清喝足以后说:"中午吃咸了,早晨没吃饭。中午就多吃了点。吃撑了,你怎么这么大意见？不就喝你点水吗，又不是天天在你家喝水吃饭！小琴，管管你家老程，啥人啊这是。越有钱越抠。"

"我可管不了老程。我要管他，他该不管我了。没人陪我化疗，我怕。"37岁的女人说她怕，蔡小米一阵起鸡皮疙瘩。可是相处了一会儿，蔡小米才发现眼前这个女人虽然岁数大了，可她柔情似水的一面，让那先前生出的鸡皮疙瘩，很快就消逝掉了。

蔡小米最开始打算回家，老程不得不叫住她："你的赵老师都来了，你还敢走？老赵，这也没把你放眼里啊。"

赵正清不置可否地笑了下："没关系，小米你有事你就先走。老程这里我随便来，说不上哪天我又来了。不用把我当客人。"

"还把你当客人？你想得美，你对她的好，她根本没把你当客人，连自己家人都不当，这不都要撂下你一走了之？"程老师跟赵正清贫完以后，笑着对蔡小米说，"小米，晚回去会儿没事吧？回去让老赵送你，大家难得一聚。"

于是，这个阴霾的下午，画了一藤丝瓜叶、丝瓜花和西红柿的蔡小米留下了。此时已经接近傍晚，她想母亲一定会担心她，她想暂时先留下来，到时候尽早脱身吧。

四个人是在工作室吃的火锅，说这样省事不用动手切菜了。两个男人出去采买，偏小琴也要跟着去，于是蔡小米一个人留下也没多大意思。四个人去了超市，这一路上，小琴走得都很慢，老程在她旁边左右服侍。"老公，你看我比原来走得快了吧？"

"宝贝，快多了。你越来越棒了。"

蔡小米只觉得有星星点点的不好意思。觉得他们的爱也太外露了，这么大岁数了，怎么可以这样？再说，这是在中国的土地上，她觉得爱是应该含蓄些才好，才更像爱，如此露骨不免流于肤浅。

一路上，蔡小米都觉得自己无话，不知道开口说什么。觉得在自己的老师和他女友面前，也实在不好插什么话。

"小米，你知道吗？小琴姐才学画半年。可是已经画得相当棒了。"赵正清对蔡小米说，"她画的油画都很有创意，哪天你看看就知道了。"

"赵老师就会夸我。我还差远了。"小琴笑着停下来，说完话歇一歇才能往前走。

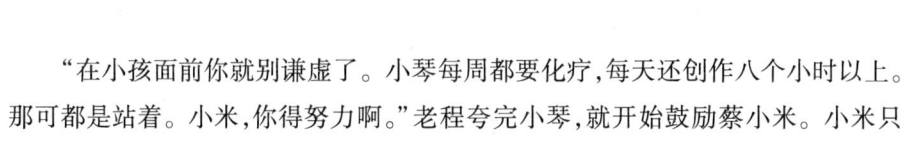

"在小孩面前你就别谦虚了。小琴每周都要化疗,每天还创作八个小时以上。那可都是站着。小米,你得努力啊。"老程夸完小琴,就开始鼓励蔡小米。小米只有点头的份儿。

"有你这样的名师指导,小米肯定差不了。"赵正清笑着说。

"行了,你才是她的启蒙老师,多少基础都是从你那儿打下的。我这半道给她当老师的,也就稍微给她提醒提醒。也给不了什么大的指导方向。"

"老程啥时候都这么谦虚,我算是服了。我得向你学习。"赵正清笑着说。

一路走去回来倒也不是太远。火锅吃得热闹,蔡小米早没有了先前的生疏感,仿佛是从洗菜的时候才开始和小琴熟悉起来的,也变得爱说爱笑了。她不许小琴沾冷水,小琴问她为什么,她说是程老师刚才交代的呀。小琴就笑说老程什么都要管,刚说到这里。老程就跑过来,把小琴轻轻推进客厅:"这厨房这么小,哪里容得下这么多人转来转去的。再说,这里小米最小,不使唤她我们使唤谁?赵老师,你不心疼吧,我使唤小米?"

"小米如今是你的模特你的学生,你就甭把我算你们班上的了。我连插班生都不算,顶多算是兼职来听课的,学点先进经验回去好对付我那些调皮捣蛋的学生。"

"赵老师,谢谢您把我送到程老师这里来。又能工作又能学画画。"蔡小米在吃火锅的时候,听他们说得热闹,终于鼓足勇气说。

"别谢我。要谢你就谢程老师,多亏他把你吸纳进他的工作室,你都不知道我那段日子怎么熬的。"

"老赵同志又受什么煎熬了?老婆罚你跪搓板了?"老程举起酒杯。

"别提她,谁提我跟谁急。"赵正清一杯啤酒一口干了下去,又拿起地上一瓶啤酒给各自斟上。

"这又咋了?"小琴端起白开水和赵正清碰了一下,"好好珍惜吧,别闹。当你把每一天都当最后一天过的时候,就像我现在这样,你就知道时间是多宝贵了。"

"我的时间很多,我不怕浪费,我正不知道把这时间挥霍给谁。"赵正清有点喝多了。

"刚才你说什么难熬?到底怎么了?"老程追问。

"小米啊,她在美院好好地做着模特,就因为我多嘴,让她跟着学生们一块儿学画画,就被学校开除了。还把我给处分了。"

"处分得严重不？不严重就甭提了。我提醒你老赵,这话也就咱私下里说说吧。你说过的,年龄不大也开始说车轱辘话了。"

"我这不是觉得对不起小米吗？"

"老赵,你少喝点吧,一会儿你还有护花使者的任务呢。"老程说。

"送谁？没事,我没醉。送谁都没问题。"

"还说自己没醉,送谁都不知道了。行了,老赵,下次咱哥俩单独好好喝。"老程不给他倒酒了,想不到赵正清又给自己倒上一杯啤酒："啤酒就能把我喝醉？你也太小瞧我了。"

"你忘了,中间你还喝了二两白酒呢。酒这东西,就怕两掺了。"老程说。

看看时间不早了,老程也觉出了蔡小米的坐立不安："老赵,你快走吧。把小米安全送到家。不是哥撵你。下次就咱哥俩好好喝,小米家也没电话,有电话先联系跟家里说一声也好。"

"好,听你的。你是我哥。好,记住了,下次我好好跟你喝。把憋屈嗑都跟你唠唠。今天不说了,走,小米。"

"先坐着喝点茶水醒醒酒,我打个电话让出租来接你们。"老程翻手机电话簿。

赵正清喝了点茶水,跑了趟卫生间,在院子里又站了一会儿,回来以后整个人就清醒多了："刚才还真是有点晕,两样酒真不能掺和。车还没来？"

"他说马上就到。就在宋庄趴活儿呢,还好没走远。我都是一块儿给他结,你就不用管了。"

一路上两人无言,只听司机在那里喋喋不休地说着,一会儿政治一会儿民生,好像这世上的事就没有这司机不知道的。

"小米,当初你离开学院,没怨我吧？要不是我让你跟着学生们一块儿上课,你现在还应该在原地没动。"

"我怨您干吗？原地不动多没意思呀,你看小琴姐,病成这样了,每天化疗,头发都没有了,还在往前走呢。我更应该往前走才对,我不往后看。"

"你有这想法我就放心了,要不我总觉得欠着你。"

"现在是我欠您的。要不是您介绍我在程老师这里学画画,我还一头雾水不知道往哪走呢。"

"那好吧,从今以后,就谁也不欠谁的。"

"不对,还是我欠您。"蔡小米咬死理儿。

"你们两个可真谦虚,你欠我,我欠你。那还不好办,欠债还钱,欠情还情,有礼那就还呗,有礼还愁还?人活这一辈子,大概就这么回事,我算是看明白了。活痛快比啥都好,窝窝囊囊活着没劲。"司机的嘴巴一直就不想闲下来。

两人又不吭声了。前边有个行人快速跑过,司机一个急刹车,后座的两个人都一闪,蔡小米下意识地抓了一把赵正清的衣服:"吓死我了。"抓过才反应过来失礼,赶紧放手,脸也红了。

回到家的蔡小米,正在想着司机说过的话:"欠债还钱,欠情还情。"脑子里左右不知道自己这是怎么了,抬手看看刚才抓赵正清衣服的手,脸仍然说不清的滚烫。

这时,周淀粉举着一封信对蔡小米说:"闺女,看,你的信。还是从大学寄来的。是谁的?是那个姓马的小子的吧?快看看,都写的啥。"

2

接过信的蔡小米,并没有急于打开信封,没有满足周淀粉想了解内情的欲望。当她洗漱完毕,开始看信的时候,周淀粉仍然在身边站着想看个究竟。

"就你认识那几个字,还是别在闺女面前现眼了。"蔡母笑话他,"就是我闺女没上过学,好歹还跟马顿学了不少字。"

"妈,我是跟马顿学了不少,可我也跟字典学了不少。"蔡小米一边展开信纸一边不情愿地提起马顿,"妈,你都不让我接受马顿,这咋又说起马顿的好来了?"

"妈不是这意思,妈这不是说,人家帮你忙了吗?不是有句话说得好吗,滴水之恩当涌泉相报。妈是告诉你不要忘了对你好的人。知恩图报才行呢。知恩图报不是说非跟他在一起。"

展开马顿的信,让蔡小米大吃一惊,想不到前前后后,左左右右,马顿写了那么多生僻的字,整封信读下来,蔡小米得抱着字典查好半天。当着养父母的面,她当然不想查这些字,她要一个人的时候再查。反正信读下来什么意思她能明白。信的末尾告诉她,信封里还有一张纸条,希望她能读到。拿过信封,看见里面确实还有一页纸。上面写的是:"小米,我知道你最勤奋好学,所以就故意写了一封生字多的信,其实好多生字我也是新学会的。我把它们连在信的内容里,也着实把我累坏了,这相当于写作文啊。太有难度,盼你回信。"

蔡小米把生字写在一张纸上,打算第二天早晨再查。现在查太丢份儿了,在自己养母面前无所谓,她是养母带大的。这要是让这个才出现的养父看到,竟然有这么多字不会还得查字典,再冒出几句笑话她的嗑来,还不够丢人的。再说,她也着实困了,自己虽然滴酒未沾,可是看着两个大男人拼酒,闻着酒味都觉得自己喝醉了。再加上坐的是出租车,她一直头晕。"妈我睡了,好像晕车了。浑身有点冷。"

"怎么还晕车?每天坐车回来都好好的。今天怎么就晕车了?我还没问你,怎么回来这么晚?"蔡母摸了下蔡小米的额头,吸了下鼻子,"怎么这么烫?你头发怎么一股烟味儿?"

"车上又不是我一个人,能没别的味儿?"蔡小米不想说太多,"没事,睡一宿就好了。"

"唉,我这闺女,小时候感冒头疼,吃块大萝卜就说好了。不行,姓周的,去买感冒药去。天热感冒孩子多上火。"

家附近也没有药房,需要走三站地才能买到药。周淀粉向蔡母伸手过去,她知道这是在跟她要药钱。蔡母把钱放到周淀粉掌心:"我告诉你,快去快回。别逮着谁又聊起没个完。"

周淀粉听话地出去买药,好半天也没回来,蔡小米昏昏欲睡。摸着她滚烫的额头,蔡母格外着急,时间仿佛停滞了,怎么等周淀粉也不回来。"难道他又在外面和别人聊上了?"蔡母跑出去迎周淀粉。过了一刻钟,远远地看是周淀粉的身影,蔡母恨不得跑过去把药拿过来立刻给小米服下。

蔡母很着急,却想不到眼前的周淀粉特别兴奋,他举着手里的寻人启事对蔡母说:"看,这是啥?"蔡母抢过去:"我看看。"看过大惊失色:"姓周的,你必须把嘴给我闭上,你再多说一个字,我跟你没完。小米是我一手养大的。从四岁就一直我带,我不想让她离开我。"蔡母的眼泪冲了出来。

"我进药房还没看见,出来就看见了。就在药房对面墙上贴着。我一看这不是咱家小米吗?谁找她?"

蔡母这才想起来周淀粉的字认得也不全,遂放下心来:"你就别管了。既然你也回来了,就安安心心地给小米当爹,你要不愿意当,那我也有别的办法。"

"什么办法?你想轰我走?我心甘情愿当小米的爹,我可没别的心思。在外头也跑累了,谁不想守着自己家的热炕头?"

"那就好,这张纸当你没看见。"蔡母快速把那张纸给撕了。

"你别撕啊,这败家娘们儿,我到现在还没明白咋回事呢。"

"你不用明白。你也不要跟小米提起。你要提,我就没法跟你过了。以后你要是在外面看一张就给我撕一张,不许带回来。"

蔡母一脸严肃,周淀粉就不敢吭声了。乖乖地跟在后面回家。蔡母想好了,明天起多注意哪儿有贴这东西的,贴一张她就撕一张。她心里对小米说:"米儿,不要怪妈这么心狠不让你认亲啊。妈舍不得你啊。"

蔡小米已经睡着了,蔡母把她叫醒,让她把药吃下,吃过药的蔡小米复又睡去。

"老婆子,你告诉我那到底是怎么一回事,谁找小米?"黑暗里,周淀粉问蔡母。

"你给我闭嘴,别再提这个茬。你再提我跟你离婚。"

"败家娘们儿,十几年不见,胆子越来越肥了是不?"

"小米感冒了,明天再说。别把孩子吵醒了。"

第二天,蔡小米的烧已经退了,她依然坚持去画室,蔡母急了:"闺女,在家歇一天吧,给老师打个电话。"

"妈,不行,老师新招了几个学生,我是模特,我哪能不去呢?"

"可你感冒没好,别再严重了。我说你昨天咋还晕车了?"蔡母很心疼地说。

"没事,妈,我走了。"她把昨天记下来的生字夹在书里,把字典也装到包里。

"那吃了再走啊。"看到小米拿了一个糖饼就要走,赶紧把药递给她,"这孩子也太倔了。记得吃药。"

蔡小米在公交车上本来打算翻翻字典,可她觉得自己头晕得厉害,于是一直闭着眼睛。蔡小米像往常一样,学生们上课,她坐在椅子上,摆各种姿势让他们画。今天所不同的是外面的阳光太强烈,蔡小米只觉得阵阵晕眩。当所有人要休息的时候,蔡小米站起来,却没想到眼前一片漆黑,晕倒在地。就什么也不知道了,当她醒过来的时候是在社区医院。

"小米,你这是怎么了?是不是太累了?"老程看她醒了过来,总算是松了口气。

"昨天感冒了,不知道是不是吃的药过敏了。"

"早晨是不是没吃饭？医生说你血糖低，输个液兴许就好了。刚才把我们吓坏了，又没办法通知你的父母。"

蔡小米不好意思地笑了："老师，麻烦你了。"

"我也没时间照顾你，就让老赵来了。一会儿我还得去医院，小琴今天要去透析。等他来了我就可以走了。"

"老师您去吧，我没事。"

"那可不行，你在医院身边没人照顾我可不放心。这老赵怎么还没到，说好打车过来。"老程看着手机，也不知道是在看时间还是在等电话，想了想拨通过去："在哪了老赵？那好，我得去医院，今天小琴透析，她妹妹今天也不舒服不能陪她。行，那你快点儿，我们在社区医院。"

赵正清一到，老程就赶紧走了。"我没事，程老师怎么还让您来了。"蔡小米无比歉意地说。

"反正今天我也得来，给老程送幅画过来。你怎么这么不小心，是不是早晨没吃饭？为了苗条减肥呢吧？你可千万别这么傻。西方人还以胖为美呢，你看人家西施也比你胖吧！"

"我没减肥。"蔡小米轻轻笑了一下。

输完液，回到工作室。只有一个学生在，模特不在，老师又去医院，今天看来大家都彻底休息了。"小米，你去沙发上躺会儿吧。"小米摇了摇头，就那样坐在沙发上，头向后靠过去。

"老程，你什么时候回来？那我把画就放这了？行，拍多少是多少。哥们儿不缺钱，就是想等钱快点来找我。我把小蔡送回去吧，我看她脸色也不好，让她好好歇歇再来。行。"赵正清给老程打了个电话，然后打算让蔡小米直接跟他走，又改了主意，"走吧，小米。要不你先等着，我去打个车来接你。"

蔡小米趔趔趄趄站起来，不吭声，跟着就往外走。"你行吗？你可别硬撑着。"赵正清有点担心。

"没事，就是昨天有点感冒，早晨没吃什么东西，可能加重了。"

"回家躺着，多喝水。"

坐在出租车上，蔡小米忽然想起包里的那些生字，她把纸拿出来说："赵老师，我懒得查字典，你帮我标上拼音行吗？"

"你也太上进了吧，都病了还学什么啊！"话虽这么说，赵正清还是展开那页纸，把每个字上面标注了拼音。

"Qian quan，缱绻，什么意思啊？还有 yi，大块朵颐，算了，我还是回去查字典吧。"蔡小米说完这话觉得有些累，把头靠在后面，不吭声了。

"缱绻，好像就是形容两个人感情好吧，在一起腻乎。大块朵颐，就是形容东西好吃，大口大口地吃。"

想起昨天马顿的信，其实当时蔡小米前前后后就明白什么意思了，只是个别词语不解其意。眼下觉得累，又懒得去想。赵正清就说累了你就睡会儿，把头放我肩膀上。蔡小米看了看他的肩膀，跃过肩膀又看了看他脸上刚刚出头的络腮胡子，那胡楂爬了满脸，再跃过胡子，又看到了那双戴着眼镜的眼睛。眼睛躲在眼镜后面，她看得不是太清楚，想不了那么多，确实有些累了，就把头搁在他肩上。不知道是服药原因还是输液原因，很快她就睡着了。

3

睁开眼睛，已经到家了。蔡小米赶紧拿车钱，终因敌不过赵正清而把钱又揣回兜里："赵老师，您这样，我怎么好意思？"

"没什么不好意思，老师打车花钱是应该的，我这也不是单独送你，也算是顺路。你就算是坐了我的顺风车。"

蔡小米邀请赵正清到屋里坐会儿。老张家的鱼今天很安静，没有了以往鲤鱼跳龙门的劲头。但路面上还是水汪汪的一片，平房的水龙头就在院子里，大家共用一个水龙头。

锁头看家。蔡小米说："我今天想问您一个问题。"

"什么？"赵正清表示有疑问。

"今天就只有我，您就把我当倾诉者，有什么憋屈的事就讲给我听吧。您看程老师身边还有小琴，您跟他讲多不方便。我觉得您跟小琴还没有跟我近呢。"蔡小米忽然就调皮起来。

"感冒好了？好了回去干活。我哪有什么憋屈的事，我一天快乐着呢。"赵正清笑。

"果真是酒后吐真言。我看我爸喝完酒，就一把鼻涕一把泪地说他有多不容易。醒酒了，他也不说这些东西了，再难他都不说。喝完酒就跟我妈要钱，好像我

妈是开银行的。"

"跟女人要钱？这个我还真得操练,这辈子没要过。哦,也不对,除了跟我妈要以外,没跟别的女人要过。"

"没跟你媳妇要？不信。一般的家不都是女人掌家吗,我看我爸一点小钱都得跟我妈要。买烟、买酱油、买醋,对了还有买酒。他太爱喝酒了,我看您也是。"

"这个真没要过。都有工资,领了钱就合在一起放抽屉里,谁用谁拿。"

"那花起来也没数啊？"

"谁都不拿出去乱花。我不是太会喝酒,有时就是逗能。"

"小琴的病会好吗？"蔡小米想起今天是小琴透析的日子。

"这个不好说。不过我觉得她真是个奇才。37岁,和老程认识大半年的时间,她也就画了大半年的画。她家在呼和浩特,是来北京看病认识老程的,她妹妹也跟她来了。她妹妹和她同时跟老程学画,水平和她不相上下。前不久,老程还给小琴办过一次画展。就在十里河。当时我还买过一幅画,不过我没拿走,跟他们说就存那儿了。其实就是给她看病拿点钱,以买画的名义吧。"

蔡小米听得似懂非懂。买画不拿走？以看病的名义？蔡小米的头有点疼,但终于明白了,她心底骂自己如此笨,或许感冒让大脑也迟钝了？蔡小米这样想着,就沉默了。赵正清就问她怎么不吭声。

"我也不知道,就是觉得她说话软软的,太有女人的气质了。可她都病成这样了,走路那么费劲,她怎么还那么乐观？您看她笑得多好看啊。"

"是啊,从我认识她那天起,我就没见她愁眉苦脸过。生活再苦再难也压不倒她。"

"是不是这就是天山雪莲？不畏严寒？"

"对,你说得很对。天山雪莲,能在零下几十度的严寒缺氧环境中顽强生长。它的独特生存习性,造就了它独特的药理作用。它天然而稀有,被奉为'百草之王'、'药中极品'。"

"其实,我一直都很自卑。不敢跟别人说我从来没上过学。"蔡小米低声说。

"你没理由自卑,你自学的东西不比别人少多少。你认的字够用就行,不认识就查字典。这不影响你画画。"

"昨天别人给我写的信,我有很多字都不认识,他说是故意写的生字,知道我有查字典的习惯。可我发现,在我养父面前,我当时都没有一边看信一边查字典,我想我还是自卑的吧。都不想让他看轻。"

"在自己的父亲面前,这种东西不用掩饰,你为什么要掩饰?"

"我在我妈面前就不用,可能是这个养父我以前从来没见过,刚刚在一起生活的原因吧。我就是不想让别人瞧不起我。"

"噢。这样。"赵正清听蔡小米这样说,觉得她的身世真是够奇特,但又不好追问。

"我四岁被养母捡到,养父从小我就没见过,前几天从外面回来了。他没有一分钱,什么都靠我妈,我有点瞧不起他,可在他面前我又不想让他觉得我大字不识多少个,被他笑话。"

赵正清看着眼前这个坚韧的女孩,心底万般滋味,却尽力往下压着:"小米,你就是想得太多了。再怎么说,他也是你父亲,他没有理由笑话你。小孩子家家的,脑袋里想这么多干吗!轻松点多好。"

"不知道,有的时候我什么都不想,可有的时候我发现我心情可沉重了。"蔡小米差一点就说出生身父母寻找自己的事情,可她终于把它压下去了,说出来有什么用呢? 自己又不想认他们,说给别人听,是想让他们支持自己不认他们? 如果他们支持自己和生身父母相认,而自己偏偏不想认他们,那他们又会怎么想? 这样的话,自己讲出来也没什么用。

"我一点都不喜欢他。原来我就一直以为我妈从来没结过婚,我还想过如果我不在她身边她多孤独。可后来养父回来了,我就觉得他一天也不干正经事,那天还差点把我许给别人让我和一个混混结婚。"

赵正清吃惊地看着她:"什么时候的事?"

"没几天啊。我这养父也没回来多长时间。"

"他怎么能这样呢,你这才多大啊,他就让你结婚。太不像话了,果真不是亲生父母。"赵正清一不小心就把蔡小米的养母也给带上了,"唉,看来孩子还得是亲生父母带着才行啊。我家女儿也十几岁了。"

"我妈当然不愿意了,我妈最疼我了。那天她和我爸打起来了,都动棍子了,你看那桌子是我妈砸的。当时我都怕她把棍子砸谁身上。要是那样,太吓人了。"

"毕竟是从小把你带大的,她当然希望你幸福。你养父这个人,你还真得小心点,别真哪天把你卖了,你还在这帮着数钱呢。"

"有我妈在,他不敢。"蔡小米一副无所畏惧的样子。

话说周淀粉自在药房对面那堵墙上揭了寻小米的启事以后,整天无所事事,专门盯着墙上电线杆子上的小广告,却再也没有见到过。他哪里知道,每天早出晚归的蔡母,见到一张撕一张,又受到环卫工人的口头夸奖:"大姐,您真是一好人呢。没事就帮我干活,这城市牛皮癣就是招人烦,你说外边人来咱北京看到多让人家笑话。"

"就是啊,我有空就帮你往下揭。"

"这一天把我累的,你这边刚清理完,那边就又给你贴上了,一点不讲公德。这纸贴的吧咱还能清理干净,你说那油漆喷的,咱就没辙。"

"咱也找漆喷,咱哪天弄点黑漆给它喷上。把那小广告全给它盖上。"

环卫工人直竖大拇指:"老姐姐,还是您聪明啊!"

4

"会议,我也猜到了没效果。你说满大街那么多人都是陌生人,谁能停下脚来关注你找谁啊。都怪我这该死的腿,近处也不太敢活动,别说往远了走了。老伴还是一说起小米就哭。"彭大城在电话里跟李会议诉苦。

"哥,我贴了老多广告了,回头一看不是撕了就是被风吹走了。有几个打电话的,问我给他们多少钱,我说你们找到了,当面说钱,这个好说。等我和你弟媳妇屁颠屁颠地赶过去,那闺女根本不是咱家小米,跟小豆长得那是一点也不像啊。就看那年龄都不对。"李会议一边整理货架上的货一边说。

挂断电话,李会议对石贵珍说:"我说,我看咱们这样贴下去没用。昨天我贴的广告被那个环卫工当场就给撕了,还把我损了一顿,说我是给首都制造牛皮癣的人。"

"那咋办?贴广告好赖还有人打电话,那就是有人关注。你还有别的好办法?"

"没有。"

"听天由命吧!唉,这不是咱家闺女啊,要真是,她四岁咋就能丢了呢?"

"咱这老胳膊老腿的这样下去也太累了。赶紧再找个帮手吧。小姑娘都坐不住,今天有事明天有事的,尽请假。"

"那你还能把那孩子给辞了?谁有个事还不都是正常?明天她来了就

好了。"

周淀粉满大街地找那则广告,却一张也没找到,这让他无比郁闷。他心想要真是小米的亲生父母,那他可发大财了,只要把小米供出去,她爹妈不给他一大笔钱才怪了。只是眼下太不遂他心愿了。

一个人转也没意思,就回了家,想不到进屋看到小米在家,还有个男人,这让他吃惊不小,但很快笑脸相迎,并端详着赵正清说:"小米,这是?咋也不给爸介绍介绍。是男朋友?像,也不像。"

"爸,您瞎说什么呀。这是我在美院认识的赵老师。今天我在工作的时候晕倒了,是赵老师把我送回来的。"

"谢谢赵老师,谢谢赵老师。"周淀粉点头哈腰,"谢谢救了我闺女。"

赵正清微笑着表示不用客气,看时间不早了,赵正清告辞离去,走之前嘱咐蔡小米一定等感冒好了再去宋庄。并且告诉她一定按时服药,好好休息,多喝白开水。

"小米,他怎么这么关心你?他有家吗?有老婆没有?"

"他有没有关我什么事?人家关心我是看没谁愿意关心我,看我妈一个人关心我太累了。他是想替我妈分担分担。"

"还有我呢,我不关心你?小米你这么说不对吧,昨天晚上不是我给你买的药?我还……"周淀粉刚想说我还看到你爸妈找你的广告了,但话到嘴边才想起蔡母的叮嘱,赶紧停住,"我还烧水,药是你妈给你喂的,要不是我出去买,哪来的药?你能这么快就好?"

"我哪好了?我这不病么,都晕倒了,还是赵老师把我送回来的。"蔡小米忽然无限委屈。

"病了,回来就好好休息,还在这较真儿。女孩子不能太较真,女人较真也不行,你看你妈一天活得这个累,就是太较真儿。你说我跟她要俩钱儿,那个费劲。要一分钱出来那不是要钱,那是跟她要命。"

小米不想跟他理论,这人没理能辩三分理,何况昨天晚上的药真是他出去买的,再怎么说,自己现在也没有力气和他说下去。如果把他先前把自己卖给小混混并且收礼金的事说出来,他还有面子在这里跟她理论吗?她想想算了,自己没有力气争辩这个。

周淀粉出去转了一圈,没多久又转了回来,看到躺在床上的蔡小米,忍不住问

她想吃什么，他好做饭。蔡小米说不想吃，不饿，吃不下去。周淀粉就继续问她是不是想吃外面的东西，要是想吃什么好吃的，尽管跟他说。

蔡小米头一次看到养父对自己如此热情，忽然心里莫名地感动了一下，好像自己真的回到了小的时候，在跟自己的亲生父亲撒娇："我想吃麻团，最好里面有多多豆沙馅的那种。"

"好，我这就去买。就跟他要多多馅那种。"周淀粉还没走到门口就又回头说，"那啥，小米，你兜里有零钱吗？我兜没零钱哪。"

蔡小米不禁在心里翻了个白眼，搞了半天还是兜里没钱，于是爬起来。周淀粉看小米要起来，赶紧走到桌旁，把蔡小米的包拿起来："钱包在包里吧？我来拿吧。"

"我来。"蔡小米坚定地说，她的包里有女孩的私密物品，当然不能让个大男人随便乱翻。再说了，她对眼前这个男人刚生出来的信心一下子又给摧没了，可别拿出钱包把自己那俩钱儿都当成自个儿的给翻了去。

周淀粉嫌蔡小米递过来的十块钱不够："那啥，还有我呢？我一会儿也得吃饭啊，你妈又不在家做饭。"蔡小米又拿出十块钱，周淀粉这才满足地走了。蔡小米心底说不出的一阵难过。这个时候，她就真的非常想她的亲爸亲妈。她走到床尾，在地上堆着的那堆书里，抽出一本画册。这本画册是马顿从西单给她买来的，她把那张寻人启事夹在里面了。此时屋里只有她一个人，打开画册，那页纸飘在地上。

蔡小米捡起那页纸，又回到床上。看着上面李先生的电话，她忽然有了拨一下的冲动。可是她又问自己，拨过了自己能说什么呢？是认他们还是不认？结果只有这两种可能。认，就打这个电话；如果不想认，又何必打扰。

四岁的蔡小米梳着两个冲天小辫，穿着一件碎花连衣裙，眉眼看得不是太清楚，所以她也没看出自己四岁到底什么模样。旁边的照片似乎看着稍微清楚些，只是觉得还是不太像自己。这是谁把自己给拼成这副模样了呢？

这时周淀粉的声音传了过来，显然他一边走一边还和卖鱼的老张打着招呼："你家的草鱼不跳龙门了？再咋折腾也得折腾到饭桌上去。还龙门呢，那其实就是一场花里胡哨的梦。"

蔡小米把纸折好，又夹进画册，放在枕下。周淀粉拿进来两个麻团，除了一个塑料袋里装着凉拌菜以外，变戏法一样从衣袋里拿出一小瓶白酒。周淀粉笑嘻嘻地看着小米:"闺女,你爸除了爱喝酒没别的爱好。将来你可得好好孝敬你爸,别的都不用,天天有酒喝就行。"

蔡小米眉头拧了一下没吭声,麻团不是新出锅的,有点硬。吃了麻团和几口拌菜,蔡小米的胃里就开始翻江倒海起来,幸好厕所离得不是太远。跑了无数趟了,周淀粉还在那喝呢:"闺女,你这胃也忒娇气了,这也没吃啥啊,一趟趟地跑肚。"

蔡小米觉得自己要拉到脱水了,恨不得就守在厕所里不出来算了。刚进屋没几分钟还得去。等到蔡母回来把周淀粉一顿臭骂:"闺女病了,还给她吃这么不消化的东西,还给她吃凉拌菜,里面竟然还有辣椒。你行啊,一天不出去挣钱,还在家里喝小酒。这日子是真没法儿过了。"

蔡小米一股酸水涌上来,差点没吐出来,肚子里又一阵折腾,赶紧跑出去。等到再回来,彻底没有了力气。蔡母心疼闺女,赶紧倒热水给她喝:"等妈去给你买药。姓周的,你就喝吧,哪天别喝得爬不起来。"

周淀粉依旧小口酌着,不舍得大口大口喝。酒太少,大口的话一口两口就没了。看小米一趟趟跑来跑去,看蔡母出去买药,周淀粉加紧喝酒的速度,等到蔡母回来,他的酒已经全进肚子里了。

蔡母让女儿把治拉肚的药赶紧吃了,吃完好好躺下盖上被子休息。"开水没了,烧水去。一天就知道喝喝喝。不挣钱哪来的钱喝。再这么喝还不得喝死。"

"老妖婆子,你再跟我大喊大叫,我……"周淀粉在屋地转着圈找着什么,"我把房子给你砸了,我让你住,我看你去哪儿住。"

"好啊,砸啊,你砸个给我看看。砸了都睡大街去。"蔡母憋了一肚子气。

"一天钱钱钱的,挣钱这么容易呢。我在外面这么多年我也没挣到钱,在工地上挣点钱也被黑了。你以为我不想回家?我眼见着工友跟老板要不来钱都跳楼了,他摔在地上,那个惨。是不是,我跳你就高兴了?"周淀粉的面部表情扭曲了,一副要哭的模样。

"我不说钱,你有本事别一天天地跟我要钱啊?我挣钱就容易?今天出息了,今天哪来钱了?又是小酒又是小菜的。"蔡母更是气不打一处来,"这是跑大街上要钱去了吧。"

"妈,别喊了,我头疼。"蔡小米吃过药安静多了,心想兴许也是肠胃里没有东西可拉了。自这个养父出现,这个从来不热闹的家是彻底热闹起来了。可她不喜

欢这样的热闹。

5

除了在老程这里做模特,后来蔡小米也兼职给另一家做模特,一天几个小时而已,无需在那里学习。每次都是被画完就走,她更愿意把时间花在老程这边。在他指导下画画。两家距离并不是太远,隔着一条南北直通的主街,老程的工作室在街西,另一家在街东。

大半年以后,痛苦又折磨人的化疗,并没有留下美丽又自信的小琴。她是那么热爱生活,恨不得把每一分钟都用来做自己最喜欢的事情。可她还是走了,这天是给小琴烧三七的日子,当天学生没有课,蔡小米自然也不用来。而街东工作室这天恰巧有课,所以蔡小米还是来了。工作完已是下午,蔡小米从街东走向街西老程的鹏程工作室。

没有学生的工作室,更加安静,但显然院里有人。大铁门并没有从里面反锁,只是用插销在里面插上了。蔡小米在外面喊着老程,没人吭声,赶紧又通报了自己是谁。大门开了,是赵正清,这让蔡小米很是疑惑:"赵老师,您怎么也在这?今天不上班吗?"

"来陪陪老程。"说完,赵正清往里走。

蔡小米不再问了,她知道老程的心情不好,她现在如果再多说一句话一个字,不需要别人,就该自己把自己请出去了。老程盘腿坐在地上,看着地上那堆衣服发呆。蔡小米看过去,原来都是小琴穿过的,这让她不寒而栗。有一套衣服她记得最清楚,就是他们一起吃火锅那次她穿的,长袖长裤,上面是扎染的各色花朵。花朵很大,看上去很艳,一般人穿它会显得很俗气,可穿在小琴的身上却是不俗且雅致的。透着款款的大方,一看这女人就是跟艺术搭着点边儿。可眼下,她早化为一缕烟远去了,只留下老程在这睹物思人。

"老程,来,喝点茶水。"赵正清递过来一小盅茶水。

"不喝了。不喝了。我还能知道渴?饿?我身上还有痛和快乐的感觉吗?"蔡小米觉得人在伤心的时候应该哭,她以为老程也会这样,想不到他刚说完这几个字,竟然大声唱了起来,洪亮的声音把蔡小米发呆的神经刺痛了。思念一个人,可以这样用歌声替代?可是这么多逝去者的衣服,就这样天天摆在眼前,那肯定也是一种折磨。那心都是碎的吧？

小米绕过去，把茶几上的水用抹布擦了擦，然后走向院子。这才发现在靠东侧的一个闲置的房间里，竟然摆着很多画。这时赵正清也走了出来："小米，你看看小琴画的画。这边都是她学画半年内画的，那边那几幅是最近才画的。"

油画都被镶上了框，那笔锋和线条，确实让蔡小米惊讶。一个从来不懂画的人，半年内画出这种水平，难怪她能办画展。就算是得了绝症，朋友能相帮，陌生人那里，你也得拿出你像样的作品才行，人家才会买你的账吧。小米小心仔细地看着小琴的画。

"21天，什么都没改变。"老程似乎在自言自语。

"不是有21天法则吗？你这21天过去了，也该振作了吧。据说，大脑构筑一条新的通道需要21天。小琴离开你21天了，你身边没有了她，是不是也该形成习惯了？我看你现在是不愿意走出来，你不是不习惯，而是颓废。"赵正清一边端着功夫茶杯酌着茶水一边说，"就拿我说吧，原来不习惯功夫茶，在你的熏陶培养下，这不也能一口口酌了，过来，喝杯。老看着衣服发什么呆。"

突然，老程一下子振奋了，他拎起那套他们吃火锅的时候小琴穿的衣服展示给小米说："小米，这套衣服你穿正合适。大小，长短，来，试试。"

小米头发根根立了起来，直摆手："不要不要。"

赵正清又酌了一口："她害怕。你这不是吓唬人小姑娘吗？"

蔡小米看着老程失望地把衣服放下，赶紧说："不是的，是我和小琴姐穿衣风格不一样。我穿上肯定没她穿好看。"

老程感激地看了眼小米，找话题说："老赵，你的屋子都长草了吧？昨天我隔着门往里一看，地面上的草长了有快三尺了。你住在里面，狐媚女子肯定来找你。是不是老长时间没去住了？"

赵正清看了眼老程，犹豫了下还是说了："她跟我约法三章，一周只有周末过来住一宿，第二天画大半天的画就回去。我能干什么？画画的时间都不够，我还锄草？没那工夫。"

小米听他们的话似乎听不懂，也不好问。就一个人看墙上的画。老程自小琴去世以后画了不少画，从那画的笔锋里就能看出他心里的挣扎和不平静。那水面和水底都是波澜起伏着，如同遭到了超过十级以上大风的天气，那海面和海底都要被掀翻过来。

就算是这样,老程很快又找了个小女朋友,是超市收银员。当初四个人去超市买火锅食材,那女孩就在超市收银,只是当时他们谁也没有注意到而已。

蔡小米惊奇这男人的情感会变化得这样快。前不久他还恨不得要痛哭流涕了,痛不欲生了,眼下竟然又有了新人。

当然,小米和马顿依然用通信的方式交流。小米也故意找一个生僻不认识的字写进去,马顿对她一阵夸。小米就回信说自己是抱着字典写的信,好多词语都是现学现卖的。马顿说管它是不是现学现卖呢,只要你使用它以后能牢牢地记住它,将来这些生字就全都归你所有了。以后也就不用抱着字典写信了。

蔡小米想,自己就是不抱着字典,写上一封信也是很容易的,可她还是想多学点生字。于是两个人的书信往来,就如同多了一项使命,马顿依然做老师,故意在他说的话里面藏上一堆生字过来,蔡小米做小学生,抱着字典读信。他们这样的往来,竟然也是乐此不疲。

自从赵正清在宋庄也租了一个大院,并且蔡小米知道了以后,他就对蔡小米说,有时间过去喝杯茶。蔡小米很向往一处大院子,几间平房,无论是否住在里面,但至少画完的画有地方放了。

赵正清还不能把这样一个地方单独交到蔡小米手里,这其实只是他的一个休憩的场所,是他放飞心灵的地方。是他十几年的婚姻,在变得平淡以后,给自己找的一个思考的地方。他思考的东西是现在的蔡小米所不能理解的。她不会相信赵正清和老婆没有了正常的夫妻之道,只因为他们还有亲情,还有他们的孩子所维系着,所以赵正清守候着他们的婚姻。很淡,如白开水一样。却不可或缺。

所以,赵正清经常带着学生参加各种各样的考试,甚至在离开北京去考试的路上,以及到了考试场,住在当地的宾馆里,夫妻两人都可以几天不用电话联络。表面上看,他们对各自都很放心,他不相信她会有外遇,她也不相信他会在外面拈花惹草。如此相敬如宾,这让他们身边所有的人都羡慕。

生活表面上看风平浪静,实则下面的暗涌外人又如何能看得到?就像蔡小米家,在蔡小米不在家的工夫,她的养父母经历了怎样惊天动地的打斗?说打斗稍微有点过,但是蔡母为了自己的女儿和周淀粉真的是大闹了一场。以至于周淀粉卷着铺盖走了,说混得不像样肯定不回来见她们娘俩。

没有了周淀粉的小屋,忽然静得出奇。蔡小米先是觉得心底无限开心,可转瞬又觉得特别孤寂。本来好端端的三个人,像正常的一家人了,这忽然一下子就又只剩下她们娘俩了,无论怎么说,她还是觉得有点遗憾。

"妈,爸怎么就走了呢?他去哪儿了?他一个人行吗?"蔡小米有点担心。

"他这么大的人了,还用我们担心?这么多年他都没在家,没事,不用惦记他。"

想不到不出半个月的工夫,周淀粉就回来了,回来的周淀粉喜笑颜开,一进屋就说:"老婆子,闺女,看我拿的是什么?"

两人抬头一看,进来的周淀粉和先前真的是不一样,当刮目相看了。一身新衣,皮鞋锃亮,胡子也刮得干干净净。简直就年轻了十几岁。他要两人看的是手里拎着的塑料袋,这个塑料袋显然也是刚从布袋里掏出来的。

周淀粉说完,从塑料袋里又掏出来厚厚一沓用报纸包着的东西,他往桌上重重一放:"小看我,看吧,我也有今天。"

蔡母疑惑地打开报纸一角,惊讶地说:"天哪,这哪来这么多钱?你抢银行去了?"说完惊恐地看着窗外。

"小看我了吧,我一没偷二没抢。老婆子,要不是那天你激到我了,我还真是不爱出去。"

"你这是从哪儿回来?"蔡母小心地问。

"廊坊啊!我回老家去了,想着回老家看看能找点什么营生,就碰上年轻的哥们儿了。"

"你们没犯法吧?"

"你这乌鸦嘴。瞎说什么,闺女,拿着钱,明天陪你妈买点好看衣服。给这不会打扮的老太太也捯饬捯饬。爸啥也不要,给爸整点酒回来就行了。"

最近这屋里极静,这周淀粉一回来,蔡小米觉得冷冰冰的小屋忽然就有了热度。蔡小米答应着从自己包里往外拿钱,准备去买酒。周淀粉从那沓钱里抽出一张大度地递给小米:"闺女,爸如今有钱了,爸咋还能花闺女钱呢?去吧,给爸跑个腿爸就高兴了。"

这顿晚饭有点像过年,小米想了想,不,好像以往过年也没有今天这么热闹。从小到大,蔡小米在自己的家里,记忆中就从来没有经历过这么热闹的场面。这真是第一次。而酒足饭饱的周淀粉,饭后还哼着小曲,一边哼着一边走出去,和卖鱼的大张、卖水果的小薛闲扯上一会儿。

当然,一家人一个成员不缺,团团圆圆的热闹或许也有过,就算是有那也是四岁之前的了,早已湮没在记忆当中。只是,吃过饭以后的蔡小米,总觉得先前的场景可能会昙花一现。这么想的时候,蔡小米狠狠地批评了自己,她多希望家人相互之间互给的温暖,为什么这么不吉利地去想这么开心的相聚呢?到底因为什么?自己也说不出缘由。

　　看着自己的养父母能和睦相处,蔡小米无论怎么说都是开心的。

第六章
盗墓贼女儿

1

"嫂子,您先别埋怨我,我和你弟妹没少贴广告。可是这边贴那边环卫工就给撕了。没办法啊。"李会议接电话的时候,那真是紧锁眉头。

"你的意思,我的小米就这样不明不白地丢了,你们就不管了?都过去一年了,小米还没找到。她不就在北京吗,怎么就找不到了?你们不都在北京吗?你们过得安逸了,是,她不是你们亲生的。要真是你们亲生的,四岁的时候就应该报警、贴广告,无论如何也不用拖了十好几年才被逼着找。"吕梅花电话里相当不高兴。

"冰川和小豆不也都在找吗?他们不也没找到吗?你以为找个人这么容易呢,这可是大海里捞针。谁知道她现在还在不在北京?"李会议也有了怨言。

"他们都是学生,他们哪有时间出去找。你还把希望都放在这两个孩子身上了?亏你想得出来。小米是你们丢的,就得你们还给我。"吕梅花不讲理的劲儿又上来了,一边说一边是鼻涕眼泪一大把。

"她说得容易,我们给丢的我们找,我们哪儿找去?"李会议跟石贵珍唠叨。

"当初我们就该好好在石景山待着,到处带她玩啥呀。还不是赖你,一天到晚地带孩子往外跑。"石贵珍埋怨李会议。

"你们谁都埋怨我。"李会议的眉头就没有打开过。

"我们就是理亏啊,人家两个孩子都没丢一个,咱们养一个就给养丢了。你说咱们是不是没用?我也是没用,我要是能生,至于把他们家的小米抱过来?活该咱们欠人家,这世上本来就是杀人偿命、欠债还钱。我们把人家孩子丢了,这跟杀人偿命我看是一回事。我们自己惹的祸,把孩子给丢了,还不得我们给找回来?"

"哪儿找去啊?"李会议愁眉苦脸。

"现在不是有网络吗,咱到网上找呢?"

"拉倒吧,我对网络一窍不通。人家冰川和小豆都是大学生,这方面还不比我们精通?想不到如今找个人这么难。"

两人感叹之余,更多的是把时间倾注给了超市,所以现实点说,他们一天从早忙到近小半夜,根本也没有太多的时间再去找蔡小米了。尤其先前李会议去贴广告,贴一张被撕一张,再加上几个莫名其妙不靠谱的人来认亲,让他们已经很烦恼了。索性就把这事儿给撂下了。

彭冰川每天潜心学习画画之余,只要有时间在网上溜达,就会在群里发一下蔡小米的信息。基本是扯淡的人多,追问他找的小姐是谁。彭小豆在体育学院上课,一天跟个淘气的小男生一样:"妈,我真想姐姐能立刻被我找到。可我在学校一天除了上课就是上课,我恨不得赶紧毕业去赚钱,然后留更多的时间给自己用。那个时候我就带着老爸老妈去北京找姐姐。"

"小豆,你这宏伟的目标可太遥远了。我不用你带,就是你想带我们谁出去,你也得看看你爸这模样,就他这抬不起来的腿,能去哪儿啊?还不够给你添累赘的?要不是伺候你爸,我早出去了。"

"小豆,你别听你妈说,我拄着拐哪儿都能去。"彭大城生怕自己被说成废物,趴在电话听筒边大声说。

"你能走是不?能走明天我们就去北京。"

"走就走,我哪儿不能走。"彭大城拄着拐站起来,那条无力的腿垂在一侧。

"小豆,妈这辈子算是栽你爸手里了。还能去哪儿啊?哪儿哪儿去不了。跟你弟说,你姐得找,学业也不能耽误。"撂下电话,吕梅花叹了一声,"找这长时间都没找到。我看是够呛了,八成不在北京了。"

"老彭,老彭。快开门。"有人敲门。

吕梅花打开门,邻居冲了进来:"老彭,不得了,你家祖坟被刨了。"

"啊,谁干的?你咋知道?"彭大城大惊失色。

"我去地里刨花生,经过你家坟地,看到你家坟被刨了,你快去看看吧。我得回去了,家里等我做饭呢。"邻居走了。

吕梅花也吓得不轻,两个人你搀我扶地算是下了楼,吕梅花骑着三轮车载着彭大城往东山骑过去。彭大城气得手下拐棍使劲地在车板上捣着。

"你捣什么捣,捣得人心烦,你再捣我也骑不快。人家都是男的拉女的,你家反过来了,女的拉男的。啥时候你也让我享受享受。"

"想享受好,刨个坑把自己埋了,就享受了没人烦了。"

"姓彭的,你一天说的这叫人话？再说下去别坐我车,我还不骑了。"吕梅花欲停下来。

"是你磨磨叽叽在这唠叨,今天不唠叨小米明天就唠叨大米。这骑个车子也唠叨,咋就反过来了？男的就不能坐女的车了？"

"挖坑埋了就清静了？那你说清静了咱还上山干啥去？"吕梅花也不示弱。

吕梅花这一激将的话刺激得彭大城真想用拐棍从后面捅几下前面的女人,把她直接捅地上去算了。唠唠叨叨一辈子,早听烦了。可是一想到自己家的坟地被刨了,这可不是小事,眼下说什么也得忍上一会儿。心想回家再跟她算账。

到了山脚下,两个人一前一后往前走,拄着拐的彭大城势必要慢很多,走在前面的彭母已经走到了祖坟前。这是正儿八经的一片墓地,有的坟前立着碑,有的干脆看不出是谁家的墓。彭母吃惊地看着眼前的一切:"大城,你快点。你快点啊。"

彭大城磕磕碰碰地走到她身边,往里一看,空空荡荡,什么也没有了。骨灰盒已经不翼而飞。"大城,这里有个小药瓶。"彭母捡起坑里的小药瓶,旋开盖子,里面倒出一张纸条,展开以后,发现上面写着一个11位数字的联系电话。显然是手机号。旁边还写着几个字:"速与我联系,方知骨灰去处。"

彭大城彻底憷了:"他妈的,我这辈子也没得罪过谁,这是谁给我下绊子？有想法冲我来呀,干什么对骨灰下手。谁？到底是谁？"

"别猜了,打个电话就知道了。肯定你得罪谁了,你不得罪谁,谁会挖人家祖坟啊。他们这么作损,他们就不怕遭报应？"

"打电话。我倒要看看他们要玩什么幺蛾子。"电话拨通以后,彭大城听出话筒里的声音很年轻,"要钱？要一百万？你这不是作损吗？你不怕你遭报应？你回去看看你家祖坟还牢靠不？"

挂断电话的彭大城眼睛都直了,一百万？这么吓人的数字。"我这辈子也攒不到一百万啊。就是把妻儿全插上稻草棍给卖了,估计也没人会给我一百万。"彭大城气得浑身颤抖,拄着拐就往山下走。拐杖使劲捣着地面。

"老彭,你急什么,你这腿脚就不能老老实实坐车里？快坐上,我推着。你再把腿脚伤了,我上哪找钱给你治去。"吕梅花赶紧推着三轮车追彭大城。彭大城坚持不坐,就这样拄着拐往山下走。

想不到电话又打了过来,对方告诉彭大城,最好快点准备好钱,不然那骨灰就不定飘哪儿去了。撒到旱厕里也是有可能的。先前住平房的彭大城,如今住上了楼房,他心里清楚明白旱厕是什么意思。冬天冷,夏天恶臭。

"一百万?你过来把我也榨成灰吧,免费送给你。我没钱,我一个下岗工人,又是个残废,我还供着两个大学生,我哪来这么多钱?五十万?五十万我也没有,五万我都没有。你掘别人家坟,你也得看看人家经济状况吧?"彭大城听到对方把电话给挂了。

"老彭,你就是沉不住气,你再跟他讲讲价,兴许他们知道咱没钱,咱少拿点,公婆骨灰就兴许给送回来了。"

"这帮王八蛋,谁的钱都想挣。真是想钱都想疯了。"彭大城脚下一不小心,闪了下身子,差点摔倒。"先回家,回家再说。"

最后以五千元成交。从一百万降到五千元,彭大城不知道是该哭还是该笑:"以我们的经济能力,五千就不少了。不管咋样,他们把我爸妈骨灰给完好地送回来就好。"

见面地点在离家两千米的一个丁字路口,那路口有一座假山。时间安排在傍晚刚擦黑的时候。盗墓贼说只要你们把钱放在假山后面的石头下面,他们指定把骨灰送过去。不见钱,绝不给骨灰。五千块毕竟不是一百万,彭大城瘸着腿把装在方便袋里的钱压在假山后面。然后离开,走没多远就开始给对方打电话,还是那个年轻的声音,告诉他东西已经放在石头旁边了。对方的话还没说完,彭大城就听到他开始气喘吁吁地大跑。彭大城知道怎么回事了。

两口子出来送钱是分工的,吕梅花坐在三轮车上,远远地就看到有两个鬼鬼祟祟的人手里抱着东西走过去,他们应该把东西放下了,这时吕梅花就一边蹬着三轮车,一边大喊:"抓贼呀,盗墓贼!专偷人家骨灰盒的贼!抓贼呀!"

两个人撒腿就往辅路上跑,即刻钻进一辆黑色旗云车里,有一个在跑的过程中显然因为年龄稍大,腿脚不利索,差点被绊倒,还是跑在前面的拉了他一把。车一发动就一溜烟地跑远了。吕梅花看到了,是一辆没有牌照的汽车。她的小三轮是无论如何也追不上四个轱辘了。

"你怎么这么笨呢,你就不能再晚一会儿打电话跟他们说?"吕梅花埋怨起来。

"我晚有什么用,我打电话人家都把钱拿跑了,东西都放下了。我估摸着我把钱刚放里面,他们早在远处看到了。"

吕梅花想想也对:"破财免灾。这几天也怪了,我这右眼天天跳,跳得我心慌。一会儿快给小豆和冰川打个电话,也不知道小米咋样了。"说到这里,吕梅花止不住又一阵神伤。

2

蔡小米在另一家画室做模特已经有一周的时间了。离老程的画室不远,两者可以兼顾。她想多赚点钱,这样母亲就可以不用出去捡那些废品了。这个早晨出门之前,小米见养母又要骑三轮车出去就说:"妈,我要是能挣多多的钱,您就不用再出去了。妈您这样跑来跑去太累了。"

蔡母说自己不累,都习惯了,这样还锻炼身体呢。哪天闲下来才会有问题了。小米又对母亲说:"妈,您就不能穿得漂亮点?"

"唱戏啊?穿那么漂亮,给谁看?"

"给自己看,给您闺女看。好像我们家没有好看衣服穿,我那天买的那件衬衫和裤子呢?怎么不见你穿?"

"劳动人民出身,穿那么好看干什么。外面到处是灰,干活就得穿干活衣服。"

"那您啥时候不干活?"小米一年四季都觉得自己的母亲穿得和别人不一样,卖菜卖水果的都知道把自己打扮得好看点呢。发型是烫的,衣服上是有好看花朵的,脸上还擦着脂抹着粉的。从小到大,蔡小米就没见过母亲往脸上手上抹过什么,这次周淀粉回来,竟然还给母亲买了瓶大宝,当时他把它递到蔡母手里的时候,蔡母还有点抵触,说买这东西花这钱干嘛。周淀粉放下大宝,说老婆子这辈子算是不会打扮了。

想到这儿,蔡小米才想起来问道:"妈,爸又去哪儿了?又好几天不见他了。妈您就不要太辛苦了,爸现在不是也往家里拿钱吗?"

"他才拿回来几个钱?他不回来更好,不回来清静。妈走了,晚上早点回家,米儿。"老太太骑上三轮车走了。留给蔡小米的背影永远是一身土灰的颜色。

走了几十米,蔡小米才想起工作室的画册落在家里,返身回去取。取出来,有邮递员送信来。是马顿的信,于是夹在画册里打算在车上看。但终没忍住,走出没多远就小心撕开信封。信里全是马顿温暖的话语,让蔡小米很开心。这一次,蔡小米没有读到一个生字,反而奇怪了。原来在信的最后标注着几个字:"这一次,你绝用不着翻字典了,因为我也没拿字典写。"

为了和蔡小米一起认更多的字,马顿也是颇费周折,每次写信都要翻开字典,现学现卖。在马顿的眼里,蔡小米认的字已经足够多,再加上自己最近功课太紧,所以也不便再翻字典写信了。

这是蔡小米读得最轻松的一封信。合上信,看着车窗外,心底涌上来的全是自信。上一封信,两人相约,等马顿放假一回来,就陪蔡小米一起去郊区写生。

老程工作室上午十点有课。蔡小米早早来到东街工作室,一个半小时的课时,对于蔡小米来说,能额外多赚点模特费贴补家用,又能给自己买漂亮衣服和画材。这样一边想着一边走进东街工作室,想不到工作室冷冷清清。只有一个似曾相识的男人坐在电脑前。

"我姐夫领学生去外面写生了。他让我告诉你,你来了以后,给我打个下手帮我把我姐夫这画给裱上。"

"上午没室内课,怎么没提前告诉我?"蔡小米觉得奇怪。

"说没说无所谓呀,这不还是有你的活儿吗? 也是今天早晨临时决定的,他们今天好像和美院附中搞个什么活动,我没细问。"

蔡小米有点不高兴:"我又没学过裱画,怎么帮你忙?"说完坐在沙发上。

"不急,先歇会儿,坐车累了吧? 先喝点水。"对方给蔡小米倒了一纸杯水递给她,"听我哥说你家在朝阳呢,坐车还要倒车。抓紧挣钱,以后买车跑来跑去就方便了。要不就找个有钱的男人。"

蔡小米听到这里就有点反感,那水杯也就放在了茶几上,心底下是想告诉自己赶紧离开的,可是又碍于对方刚刚说了要自己帮他裱画。

"在哪儿裱?"蔡小米知道里面有一大间,放着很大的一个案子,那应该是裱画的地方。只是蔡小米和同学们画画都是在一进屋这个大厅里,所以她并没有进过那个房间。她实在是想帮他干点活,到时间以后就去老程工作室。时间对于蔡小米来说就是金钱,何况,她在这里并没有跟学生们一起学过画。她还是偏爱去程老师那边,在那边有一种家的感觉,在这里有一种做客的感觉。

"别急,我这就来。"男人手里拿着刚才蔡小米放在茶几上的画册,走进里屋。这时,蔡小米才想起画册里夹着马顿写给她的信。她赶紧跟过去,从男人手里差

第六章 盗墓贼女儿/99

不多要夺过画册。男人手里紧紧地攥着画册,就是不肯撒手。蔡小米急得往自己怀里夺,那手也就不小心碰到了对方的手。

男人笑嘻嘻地问蔡小米:"怎么了这是?还要跟我进行争夺战是怎地?"男人就势一个跟斗就把蔡小米拉进了怀里,闻着蔡小米头发里的味道,男人浑身有了化学反应,也就乱了分寸。本来没想犯罪的男人,丢掉了画册。那画册被扔在地上,那封信从里面掉了出来。蔡小米欲挣脱他的捆绑去拾信。男人却更紧地搂住蔡小米。在她的头发上脸上疯狂地亲吻起来。蔡小米胳膊动弹不得,就用脚踢,她越踢,对方越有力气。蔡小米都要哭了,大声说你放开我。可偌大的工作室,除了他们,没有任何多余的人。

她的外套被丢到地上,贴身的衬衫也被撕破。蔡小米的声调显然已经带了哭音:"放开我。救命啊!"

男人贴着她的耳朵告诉她:"我不要你的命,别怕。我会让你爱上我的。"他已经是急不可耐了,可他仍想尽办法和蔡小米交流。

蔡小米的大喊大叫并没有把别人喊来,反倒让对方越挫越勇。蔡小米没有他力气大,她知道再怎么喊也没用。就算不是深宅大院,这屋子和院外还是隔着很远的距离,并且院子和外面相隔着一道大铁门,喊破嗓子也不会有人听到,就是听到了,谁能跳进院里来?

蔡小米不喊了,也不挣扎了。她这样的姿态,反倒让对方缓了些力气,不再用力箍着她了。他以为蔡小米开始配合他了,他开始把蔡小米往沙发方向拖抱着走。蔡小米冷静了一下,用两个膝盖轮番向他的私处撞去。在对方掩护私处放松警惕的这一刻,蔡小米想到了电视剧里的情节。果真对方疼得手下一松,蔡小米掉头就跑。她已经没有时间弯腰捡信了。穿过院子,蔡小米跑到大门前,大门是在里面用锁头挂上的。她哆嗦好半天才把锁头拿下来。跑出大门以后,她才有了安全感,直到有了安全感,她才发现自己的外套没穿上,衬衫已经被撕破了。她不知道自己这形象怎么去给同学们做模特。

离去老程那边上课还有段时间。幸好自己的兜里还揣了点钱,蔡小米也攒了点钱,那点钱全都交给了母亲,让她随便花。而蔡母又一分不花全都给存在了存折上,说是将来她结婚的时候再给她。

蔡小米找了家小店,挑来挑去,总算是挑了件不太贵的衣服罩在身上。精品服饰店很冷清,除了她这个顾客以外,根本连个顾客都没有。这让蔡小米觉得格

外的庆幸。她在试衣间试衣服的时候，顺手把自己被弄乱的头发梳理好。

在店家惊诧的眼光中走进来，又在她不解的眼光里离去。她手里拎着那件被撕碎的衬衫，不知道自己要怎么处置它。这个装衣服的袋子还是跟店家要的。店家当时没有明白她要袋子的用意。当然，当蔡小米试完衣服以后，才想起来她买衣服，本身衣服就应该有包装袋的。想到这以后，她在心里坚定地摇了摇头，不想再纠结这件袋子的事情。其实，眼下要是有个大的罩子，她恨不得把狼狈的自己罩上。

她犹豫了一下终究没有把袋子扔掉。她把方便袋口系了个死扣，谁也别想把它打开，但她实在不明白自己还要这件衣服的用意。她只是告诉自己，这件衣服不能扔。在那间工作室里，还有她一件外套，对了，蔡小米忽然想起那间工作室里还有自己一封信。那是马顿写给她的信，她必须要回来。手里的袋子攥得很紧的蔡小米，就这样走进了老程工作室。

3

在老程面前，蔡小米忍着没说，当她面对赵正清的时候，眼泪刷地就下来了。这又是一个周末，赵正清和老婆的约定，这一天是他的自由日。他租的房子离老程不远，所以没事就来老程这里坐坐。他的到来正赶上要离开的蔡小米。两个人在工作室外的大街上相遇。相互打过招呼，手里攥着破烂衬衫的蔡小米就没忍住，那眼泪一出来，把自己吓一跳，更把赵正清也吓了一跳。

"赵老师，您去东街帮我把信和外套拿回来吧。"蔡小米无限委屈。

"怎么要我去？你不是在那儿做模特吗？怎么了？"赵正清觉出了问题。

蔡小米先前不愿说，后来终于没忍住，原原本本地讲了一遍。一边讲一边哭。赵正清拉着蔡小米的手就向东街工作室走去，雇佣蔡小米做模特的男人在，那个和蔡小米有纷争的男人没在。当赵正清把来龙去脉讲过一遍以后，赵正清明显地看到对方迟疑了一下，但很快他就镇定地说："他已经被我辞退了，他主动跟我说了今天的事情，他也许知道你们会来找他。他主动坦白了，我怎么还会继续留他？"

"那你也可以找得到他吧？毕竟是你的妻弟。"赵正清不依不饶地说。

"不是，他只是我雇佣来给我裱画的，我跟他没有一毛钱的关系。"对方企图让自己变得镇静点,可那双眼里,明明露出不易察觉的躲闪。或许他自己也在担心,会不会那个妻弟在跟他扯谎,兴许已经把人家蔡小米以很严重的方式侵占过了。因此,他至死也不打算说出那男人的去向。

赵正清也无奈,但他依然不卑不亢地说他们会有自己的保留说法。手里拿着自己的外套,蔡小米已经知道这间工作室她不会再来了。那封马顿写给她的信,被扔在裱画的案子上,信封上印着一枚大脚印。蔡小米知道这个脚印是谁的,如果交到警察手里,是一定会查出这个罪犯的,可她蔡小米知道,对方并没有把她怎么样。确切地说他先前是想怎么样的,可她的坚持没让他得逞。她这次来,也只不过是想把信和衣服拿走,以及结了她的工资。按小时计算,她在这里做模特已经十几个小时了。

账全算好以后,蔡小米就打算往工作室外面走。赵正清却显然不想放过他们,临走之前回头对着门口说了一句:"兴许我们还会再来。"

想不到身后那男人说了句:"随时随地欢迎。"

赵正清这个气不打一处来:"那就走着瞧。到时候你们就好好地欢迎。"蔡小米反过来安慰他:"赵老师,算了,不要跟他们计较了。以后我们不来就是了。"

"不来?凭什么不来?我们还要找律师来和他们算账,我就不信他这个妻弟从此就没了踪影。他逃得了和尚逃不了庙。小米,我既然把你带到宋庄,就不能让你这样无缘无故地受别人委屈。"

蔡小米低着头走路:"我们走吧,我再也不想来这里了。"蔡小米说完,脚下的步子加快了。赵正清觉得自己追她有点费劲:"小米,你这么着急要去哪儿啊?走,周末了,到我的小院坐一会儿。我给你压压惊。"

赵正清的院子有点大,可能因为没有人在里面居住的原因,显得特别的空旷。院子里并没有铺瓷砖,而是铺的红砖。蔡小米见过这种红砖,应该是出了砖窑就被铺在了这里,根本没有经过美化,上面没有上过一丝釉彩,所以更显出质朴。而那些杂草从石头缝里挣扎着钻出来,不屈不挠地生长着,墙根处的杂草已经有半人高了。经常走路的地方,小草长得不高,却也是顽强地直立着身体。

看这院落,着实给人一种久无人居的感觉,而走到屋里,蔡小米还是被四壁的画惊呆了:"老师,您在这儿画了这么多画啊?您可真能干。"

"其实每个周末我把它当成自由日,无非在这里喝点酒,画点画。没人干扰,让自己清静会儿而已。小米,我去叫外卖,今天吃完了再走。"

"您这里东西可真全,红酒白酒啥都有啊。"蔡小米在屋里巡视一圈,"您不是画画前必须得喝酒吧?"

"说对了。每次喝点小酒再画画,那叫一个享受。你们女生不会懂的。"

"怎么不懂,不懂我也知道。"蔡小米坐在实木茶几前。

"我把水烧上,泡点茶,你喝什么饮料?"看蔡小米谦让,赵正清说完就拨打电话,"来份麻辣香锅。哦,小米,你能吃辣吗?好,那就微辣。半斤虾,半斤羊肉,半斤金针菇,再适量放点笋片、火腿和鱼丸,对,还有牛蛙。再来两瓶露露。"

蔡小米说:"赵老师,您过的可真是神仙的日子。"

"这不是有你吗,要是你不在,我可能一盘花生米,几叶青菜,二两白酒就打发了。"

"那我给家里打个电话吧。"蔡小米说完,接过赵正清的电话。自从家里安了电话以后,蔡小米觉得真是好处多多,晚回去一会儿母亲也不用像先前那么惦记了。家里电话无人接听。

"小米,你介意让老程也过来吗?"

"我不介意。"

想不到老程那边有朋友。"看来只有我们两个了,本来打算让老程过来,把他的小女朋友带过来,你也好有个说话的。"

"我平时也很少跟她说话,一般也见不到她。我去上班,她早上班走了。再说,他们来了我可能会更拘束。"

"就因为是雇佣关系?好吧。今天就我们两个,清静。"赵正清把烧开的水冲到茶壶里。

"其实我对程老师是有偏见的。"蔡小米犹豫再三还是说了。

"怎么?"赵正清吃惊地看着蔡小米。

"小琴走才多久啊,他就又找了女朋友。"蔡小米差不多是嘟着嘴嘟哝着说的。

"正常,他也不能为那死去的小琴守一辈子吧?"

"小琴来北京治病,认识了老程。小琴是喜欢写诗的,就总给老程的画配诗,一来二去,老程就开始教她画画。想不到她天生就有绘画的天赋,半年的时间就能画到办画展的程度。至于老程,他也没有错。只是他在错的时间遇上了对的小琴,可他们在一起的日子竟然那么短暂。"

"办画展的话,我还差得太远了。"蔡小米想到自身,不禁小声说。

"你画得很不错,只是还有点不大胆。用笔稍微有一点点不自信,没有力度,又多了点匠气。老师的指点是一方面,你更应该发挥自己的天赋。你可以把一件东西画得不是那件东西,笔触没必要棱角分明一丝不差,你尽可能地把它画得形似就成。"

"程老师也说过这样的话。"

"你画得就是过于仔细和谨慎了。这也有好处,这跟一个人的画风有一定的关系。就像一个人写文章,没有什么套路,一个人有一个人的文风。走自己的路也好。你就大胆地画吧,将来有机会也办个画展。"

一听到画展,蔡小米心里就激动得不得了。但她只是微笑不吭声。当服务员把菜品和露露送过来,两个人已经喝了会儿功夫茶。"小米,在我这就不要客气,我记得上次和老程一起吃饭,你还是挺喜欢吃辣的。也是怕上火,我点了微辣。"

两个人吃饭的过程中,蔡小米又给家里打过两次电话,总算是打通了,告诉母亲说晚一点回去,这才算踏踏实实地用起餐来。饭后,微醉的赵正清又泡上茶水,刚把杯子倒上水,院子里的大门就被哐哐砸得山响。赵正清赶紧小跑着去开门,边走边说:"会是谁呢?"打开大铁门,让赵正清着实吃惊,他老婆视他如空气,擦过他身边一声不吭地往里冲,一边冲一边大声说:"赵正清,你真还躲在这里要清静来了?电话关机,有事找你都找不着。"

"怎么了?我不是每个周末都在这边吗?又不是头一次。你用得着这么兴师问罪吗?手机怎么了,一直开着。"当赵正清把手机拿起来看后,自己也愣了,"怎么关机了?这破手机肯定是自动关机。你说,我哪天不是二十四小时开机?"

"偏今天就不开了,还和美女一起喝酒,是怕被打扰吧!"她分明闻到了赵正清的酒味。

"我有什么怕被打扰的?"赵正清生气了,觉得自己的老婆无理取闹。

"不怕打扰,就两个人?孤男寡女同处一室,你怎么就没邀请几个大老爷们儿一起喝?大门还闩得紧紧的,怕人进来吧?赵正清,我算看透你了,我说我爸去世,你怎么都不积极回家呢!你是早就不想过了吧!"

"你这都说什么呢?也不怕别人笑话。那几天我不是带了几个学生去南方考试吗。这个你不是不知道,你爸去世,我要是在北京我能不去?"

"难说。我看你根本不把我家人当自己家人,你心里也根本没有这个家。美其名曰,周末自由日,你真是自由,你的自由是想用在别的女人身上吧?"

"你太无理了。"赵正清一时不知道说什么好,忽然想起什么来,把电话递到老婆面前,"好,你给老程打一个,看我是不是邀请他们两口子来了。我干什么要避着别人?再说这蔡小米是我的学生,你不要一天在这胡说八道。"

"我胡说八道?老程怎么了?他还不是和你穿一条裤子。前面刚死了女友,这赶紧又续上了。移情别恋得也太快了点。"

吵架已经由自己家两口子的问题,上升到了别人家两口子的问题之上,这让赵正清的脸红了,不知道是醉酒红的还是气红的。蔡小米知道再待下去也不好,提出要离开。来者不干了:"怎么的,我一来就要走?我搅了你们的好事是不?"

赵正清一个巴掌甩了过去:"你污辱我也就罢了,你连我的学生也敢污辱。"

"姓赵的,你竟然敢打我?学生怎么了,现在不光学生邪恶,你这做老师的更不地道,你们在哪吃饭不好?外面吃饭的地方不够多吗?还非要领到家里来。你们就是在搞师生恋,别以为我看不出来。看我怎么向你们学校反映。"赵正清的老婆一边捂着脸一边跑向外面。

屋里只剩下大眼瞪小眼的两个人。"对不起,赵老师,是我不该在这吃饭。"蔡小米说完也往外走。赵正清一动不动地坐在椅子上,手里的茶杯向墙上砸去。那茶水洒得墙上和地上到处都是,有几滴竟然溅到了他的画上。他竟然不自知。

4

电话里,蔡小米知道养父回来了,想不到回到家一看,不是他一个人回来,他还带回来一个男人。男人是开车来的。

那车也开不进来,房子拐角处摆的是大张的鱼摊和菜摊,就算不摆摊,这车也开不进来,院子太小,没有地方放车。这个地界儿那可真是寸土寸金。

"老周,你这个平房是自己的?"

"啥自己的,是十多年前就租下的,一直也没动地方。是我离家那么些年,老婆子怕我找不到回家的路,也就一直在这租着了。"

门是敞着的,蔡母听到了却没吭声,仍然在院子里忙碌着。蔡小米也在忙着,一回到家,就开始伏案给马顿写信。她有太多的话要跟马顿说,却又不知道从何说起。

"老周,你这闺女可真俊。你没说错。"男人夸小米。

小米当没听见,依然手里执着笔,在铺放的稿纸上准备下笔。却又嫌有别人碍着她写不下去。她其实想把这几天发生的所有事都讲给马顿听,可真的落实到笔上,蔡小米却发现自己是一个报喜不报忧的人。只说自己每天都好,希望马顿在学校的生活也一样美好。

这封信写得短小,但仍有太多的感情色彩。直写到蔡小米的眼泪就要掉下来。她把信写好后夹在画册里,打算第二天经过邮局把它寄了。完成这件事情以后,她很想一个人出去走走,无奈正喝酒的两个男人又把话题指向了蔡小米:"小米,你看你汪大哥第一次来咱家,你也不说陪着吃点饭说个话儿。"

"我都说了,在外面吃完了。还往哪儿吃?我又不是属猪的。"蔡小米一进屋就对那个梳着中分头型的男人没有好感,怎么都觉得他像个特务。而蔡母也是草草吃了晚饭,没在桌子上恋战。外面虽然天已经黑了,可是借着路灯和城市远处散来的不夜光,她依然可以在院子里忙碌。她仿佛宁肯在屋外忙着,也不愿意在屋里陪这两个喝酒的男人说话。

姓汪的男子一边喝酒一边跟周淀粉吆五喝六的,不停地给周淀粉斟酒:"周大哥,不,以后不能称大哥了。大叔,以后我就跟你叫大叔。来,干一个。"

两个人喝得甚欢,喝至兴处,汪氏男子从包里拿出一厚沓百元钞票拍在桌子上:"大叔,这点钱先给米妹子买点衣服。咱专拣那好看的贵的买。"

"我凭什么穿你的衣服?"蔡小米冷冷地说。

"不是,你不买衣服也行。喜欢啥就买啥,随便花。"

"我犯不着随便花陌生人的钱。"

"丫头。"周淀粉想制止蔡小米,"闺女,一会儿汪大哥说陪你去看电影。去吧,啊?电影可好看了。"

"我不去,我跟他看什么电影,我又不认识他。"

"爸带回来的客人,爸都熟悉,你接触接触不就也熟了?你看汪大哥年龄比你大不上七八岁,人家又有车,将来咱们去哪儿都方便。以后你和你妈想去哪儿,咱就去哪儿。"周淀粉对蔡小米说。

蔡小米虽然不懂车,但也知道外面停着的那辆车也不是什么名贵车。再说,对于一个陌生人的车和陌生人的邀请,她是必须抵触的,何况这么一个看上去就招她烦的男人,他就是开辆宝马、奔驰,她蔡小米也绝不稀罕。蔡小米也是知道宝马奔驰的,老程虽然只有一辆奇瑞越野车,可他们男人在一起的话题不是名车就是名酒,要不就是名女人,或者名模。蔡小米知道自己做不了名模,模特在她眼里就是一件工具,一只任意摆放的花瓶。所以她很用心地画画,希望将来在画画上有出头之日。

当晚,所有这一切的结果只能是,所谓蔡小米的汪大哥酒足饭饱以后,又喝了些许酒,虽然喝了些茶水醒酒,终于是没醒过酒来,也就根本没办法开车回廊坊,只能就近找了家小旅馆住下了。在去小旅店之前,他还不死心,站在比他还高半个头的蔡小米面前,忍不住仰起头拨拉下她的头发,被蔡小米迅疾地打下双手:"有病!收起你的爪子和你的钱,别放我们家。"

"闺女,哪能这么跟汪大哥说话。"周淀粉说完蔡小米,又向汪氏男子直点头道歉。男子倒也不计较,边往门外走边说:"这性格,好,我喜欢。大叔,这钱您老替小米收着。"周淀粉出去之前,赶紧趁小米不注意把那沓钱收起来。

"喜不喜欢关你屁事。"蔡母进屋以后知道了先前的情形,生气地说,"等姓周的回来看我怎么说他。米儿,不怕,妈一会儿告诉他以后少往家领这不三不四的人。"

"妈,爸最近都在干什么?怎么听说他是廊坊的?说喝酒了才不能回去了?那沓钱爸都收下了。"

"他也不说啊。今天回来给了我一千块钱。我也纳闷儿他在干什么,以前哪有这么大方还给我钱花。我也纳闷儿。"

"妈,我们在这儿住了这么多年,又是租房住,妈您真是一直在等爸回来,怕他找不到您吗?可您以前跟我说您没结过婚。"

蔡母不自然地笑了下:"别听他胡说,我等他,美的他吧。"说过这话的蔡母,表情复杂,兴许只有她自己明白这么多年,她始终守着这个地方,或许真的就是在等这个男人。

"妈,那个男人一看就不像好人,他们不会犯法吧?"蔡小米紧张地说。

"他?借他个胆他也不敢。他也就跟我厉害行。"

当周淀粉哼着小曲转回来的时候,蔡小米正在画画。由于画得认真,也就没有吭声。

周淀粉从枕头下拿出那沓钱,表情复杂地说:"闺女,你说来个外人吧,你对外人不亲不近的也就罢了,怎么爸回来也这么生分?还把不把你爸当你爸了?"

"你别一进屋就来事,闺女在画画。忙着,你看不见吗?你倒是说说看,那个小分头是哪儿的人?你们咋混一起的?"

"我说了,廊坊的,你这耳朵真是老了?是咱们原来的老街坊汪明以家的儿子。汪明以你还记得不?就是那个养羊的,早死了。说养羊发财了,没福消受啊,我看还是咱穷人命大。小汪这孩子聪明,我一回去遇上他,我们就成了忘年交。你也劝劝小米,找个这样的男人多好,有房有车的。"

"房在哪儿?"蔡母问。

"廊坊啊,将来回老家廊坊多好,离北京这么近。租房子这么多年你还没租够?"

"我早租够了,要不是……我早搬走了。你个老不死的,不等你我早搬走了。这地方这么贵,我得卖多少瓶子纸板。你倒是说说,这么多钱怎么回事?"

"还得老夫老妻啊。小米,你得找个比你大的,懂得疼你,你说小汪哪儿不好?我看他有车真是方便,想去哪儿去哪儿,一踩油门就到。这钱你要买衣服就买衣服,要怎么花随你,你要想攒着,爸就帮你攒着。结婚的时候再给你。"周淀粉说完就把钱往柜子里塞。

"爸,我将来要和马顿在一起的,你就不要掺和了。"

"马顿?人家是大学生,你还真惦记人家?保不准人家现在在学校都有对象了。人家干什么娶你?一天学没上过。"周淀粉打击蔡小米。

这话刺激了蔡小米:"我一天学没上过怎么了?我没上过学我就不能跟大学生结婚了?我没上过学我就不能长点本事了?我没上过学,就得被你们这些人欺侮了?"蔡小米说到这里,这两天发生的一切就跟放电影一样在眼前放起来,她边说边哭,倒把周淀粉给吓到了。

周淀粉束手无策:"我的祖宗,老婆子,你这咋养的闺女?跟刺猬一样碰不得说不得?就是刺猬我碰它不行,说它几句总行吧?咋还说着说着就哭了?好像我把你给卖了一样。"

"和卖了又有什么区别?你凭什么不经我同意就收人家钱?上次你又不是没把我卖掉过。不要让我再提这事,我一提起来就恨。"蔡小米说完推开门跑出去。

5

彭大城的腿脚还没好，吕梅花的眼睛又模糊看不清东西，眼底出现一大块红，这让彭父格外紧张，命令她赶紧去医院看看，说眼底出血可不是什么好事。吕梅花明白自己怎么回事，和丈夫闹是闹，眼泪并没有当着他流出来多少，其实背地里她不知道淌过多少眼泪，这多半是哭的。她知道进医院花钱太多，她不想把钱浪费在这上面，一个人跑到药房买了眼药水，回到家就往眼睛里滴。为此彭大城没少说她，说她命贱，不把自己当回事。

就这两个字"命贱"也惹得吕梅花心情格外不畅，和彭大城吵了一通。躺在床上滴眼药水的吕梅花和彭大城的争吵，已经不是简简单单的眼睛的问题了，由命贱说到她一次就给他生了三个孩子，两个都供成了大学生。却还有一个流浪在外，不知去处。满月就送走，四岁又从养父母家里走失。那可怜的孩子就又一次跑进他们的话题当中。彭大城彻底绝望了，无论以什么样的话题开头，这女人都能绕到小米身上去。

他一瘸一拐地往外走，吕梅花越发来劲了，说他们家做事差劲，不然怎么会被挖了祖坟，还被敲诈，说自己这是眼睛坏了，要不是还心疼彭大城的腿脚，她早一个人走天下去找小米了。

彭大城这次走到门口又返了回来，激将法一样地对躺在床上的吕梅花说："你去呀，别光喊不练，我不用你管，我瘸子也能走路，我还没瘫，你找去，你爱去哪儿找去哪儿找。别把小米的事又挂到祖坟上说，我们祖坟被挖，听说老闵家祖坟也被挖了。你不总说他们家人好吗？怎么也被挖了？"

"去就去，我现在就去。"吕梅花爬起来，由于起来得有点急，眼睛一时有点不适应，眼前一片黑，走下床的时候，趔趄了下差点摔倒。

看老婆真要往外走，彭大城又急了，赶紧拉住她："行了，别闹了。冰川不是说了吗，小米早不在学院了。他也在画家圈里找她，始终没找到，那么大的北京城，李会议贴了那么多广告，都没用，我们两眼一抹黑，哪儿找去？是我们的女儿，她就会回来。你说你眼睛最近也不好，我腿脚也不行，我们去北京找她，我们住哪儿都是个问题。"

"我不管，我必须去找，眼睛好了我就去找。"吕梅花又做了退步。

"好吧,我也去。天越来越凉了,你不怕折腾就去。你走哪儿我跟哪儿。"

当彭冰川的电话打回来,听父亲说父母要启程找小米,他当时就急了:"爸,你们不能这么盲目地找。北京又不像廊坊那么小,找个人真不容易。等我放假就好了,我就有更多的时间出去找姐姐了。"其实彭冰川也不知道怎么找,先前问过学院,人家根本不知道蔡小米的去向。倒是彭小豆总会在邮件里提到假期来北京,和冰川一起找小米。

实际假期一到,姐弟俩走在北京的街头,也是迷茫得很。倒是彭小豆提醒彭冰川:"姐会不会还在做模特?你没去美院附中啊附小的去看看?"两个人辗转在北京街头,798艺术区、宋庄画家村、十里河,凡是画家聚集的地方,他们都去。却惘然。

这个寒假,出奇的冷,马上过春节了,两个人打算先回家再做打算,想不到刚一踏进家门,就听到母亲在和父亲吵架。彭小豆的心又揪了起来,她最受不得父母吵架,尤其父亲不让母亲的状态,他就不能在母亲吵的时候他不吵?不吭声?他就不能躲出去遛遛弯?大了的彭小豆倒是也心安了,那是因为父亲再也不动手打母亲了,她还记得小的时候有两次父亲是和母亲动手的,这让她小小的心里承受不起。也是她选择上体育院校的原因,她一直觉得做个体育老师是她的人生目标,这目标就缘于母亲挨打。虽然她也不喜欢母亲的唠叨,但在她眼里,母亲再唠叨,那女人在男人面前也是弱者,凭什么男人就可以动手?再说,父亲打母亲本就没理,母亲还不是思念着他们的孩子?那孩子可是彭家的,是自己父亲的,既然这孩子和父亲有关,那父亲打母亲就很没道理。

如今听到他们的争吵,让彭小豆积极回家的心态又变得索然:"冰川,听我的就对了,我们在北京打工,甭回这个家了,烦死了。整天吵吵吵,吵起来就说小米。我们这又没找回来小米,回家还不是让他们吵得加剧?"

"回家吧,都快过年了,我们还在外面漂什么?我都找累了。那么多画家聚集的地方都找不到她,她有可能不在北京,或者就是在北京也改行了。"

门被推开,彭父惊喜地说:"你们姐弟回来了?怎么不进屋?快进屋,你妈又在说你们呢,说小米丢了,害得你们假期也不安生。"

"爸、妈,你们再讨论小米,再怎么想她,我们找不到也没有办法呀。又不是大家不努力。"小豆说。

"小豆,不是爸说你妈。你妈今天和我说起小米的起因不是小米,是她说我不

该管人家老姚家的坟地的事儿,说着说着就说我管别人家事不管自己家事,说有精神头管别人不如去找小米。"

"老姚家怎么了?"冰川问道。

"说来话又长了。你奶奶去世以后,不是跟你爷爷合坟了吗?想不到不知道被哪个王八蛋给挖了坟,竟然拿骨灰盒敲诈我们。诈了我们家五千块钱,当初还想跟我们要一百万五十万的。他们是打错了算盘,可是为了让你奶奶爷爷安心,我们花了五千。事后我就想,这帮混蛋肯定还得打别人家主意,我就时常留心着这事儿,我就随时备着手机,这次还是我打的110,警察把他们抓走了,一个年轻的一个年龄大的。人还不多,就两个。我估计他们得在监狱里蹲几年了,那个年龄大的手里拿着刀,把老姚家儿子给伤了。"

"你们听听,你们听听,是我和他吵吗?自己家的事还管不明白,操别人家的心。有这工夫你去把小米给我找回来。没事管别人闲事儿。"

"冰川,小豆,你们听听,我这是管闲事儿吗?我要不管,就让这些盗墓贼一直猖狂下去?"彭大城显然觉得自己做得有道理。

"祖坟重要,还是找小米重要?"彭大城说完这话,吕梅花赶紧接过话茬,期待地看着两个孩子。

"爸,妈,都重要,都重要。你们的儿子闺女回来了,那我们重不重要?快别吵了,再吵,估计姐就要离家出走了。"冰川把双肩包放在沙发上,又把彭小豆手里的包拿过去放在沙发上,"姐。"

彭小豆气哼哼地坐在沙发上:"早知道回家就是这种样子,天天睁开眼睛听到的就是争吵,闭上眼睛还是吵。我还不如跟冰川在外面流浪了。"

"闺女儿子回来了,我不跟你理论。小豆,你这说的是啥话,妈想你,你不知道?妈这不是在跟你爸生气嘛,又不是跟你们生气。你们犯不上不回家,你们要是不回家,你妈就更没意思了。"吕梅花赶紧讨好地坐在小豆身边。小豆扑哧一乐,搂着母亲说:"妈,这就对了嘛。找姐姐是一件任重而道远的事情,急是急不得的,不能急。"

"本来就不能急,我现在瘸成这样,你妈眼睛又不好,你说就凭我们俩出去找,有点难度。"

"你瘸了能走路,我又没瞎,能看见路。"吕梅花不乐意了,"你就是在逃避。唉,其实妈一直没去找,也是不敢,我不知道真找到小米跟她说啥。她会把我埋怨成啥样？会接受我吗？我没脸哪。"吕梅花伤感地抹起眼泪。

"我们能说点高兴的事儿不？"彭冰川从包里拿出吉他，"妈，看您儿子厉害不，业余时间自学了吉他，现在弹得老好了。"

一曲吉他曲在彭家荡漾着，一家四口人，远远看上去，其乐融融。

6

他们并不知道，远在朝阳区平房的蔡小米，因下午没什么事早早回了家，却想不到走过小李的水果摊，秀林的麻辣烫店以及大张的鱼摊，她都觉得今天他们的表情比较怪异，她不知道自己浑身上下和以往有什么不同。她都拐到自己家院子里了，还能感觉到后背的烧灼，这种冷冷的天气，依然让她觉出了热。她始终觉得他们在对她指指点点，那眼神包含着让她琢磨不透的内容。

回到家的蔡小米这才知道，廊坊警方带着周淀粉来过她家了。这才得知周淀粉因涉嫌盗墓敲诈以及打架斗殴已被刑拘。

"说是两年才能出来，都动刀了。还诈了那么多钱。我说最近哪来这么多钱。今天警察来了，都交公了。幸好小汪给的钱姓周的都还给了人家，要不也得都上交。真要是哪天小汪来要钱，我们拿什么还？"蔡母坐在椅子上，没有一点精神头。每次蔡小米回来看到的母亲，都是一直在忙碌的。从来没有像今天这样颓丧。

"妈，别生气了。反正两年很快就过去了。"

"我不气，我气什么，不在我边上才好，落个清静。倒是我担心你小米，一出门，别人该说你是盗墓贼的闺女。你说妈我这么大岁数，啥好的都没给过你。末了，还给了你这么一个不靠谱的爹。你说他干什么不好，出苦力，捡破烂，卖虾卖鱼，干啥不能挣点钱？非去掘人家祖坟？这不遭天谴吗。"

"妈，别想那么多了。他就是那样的人，以后回来妈您好好管教就是了。"

"又不是小孩，我管教他？好了，不说了，妈去做饭。"

想不到夜里睡得正香，有哐哐的砸门声，蔡小米赶紧爬起来："妈，谁敲门？"

"别开。大半夜的不能开门。"蔡母一边穿衣服一边问，"谁啊？"

"我，小汪。"

"小汪？你不是和周淀粉一起进监狱了吗？你没进去？"

"大娘你开门，开门我再说。"

"妈,不能开,就咱俩,不能开,都这么晚了。"蔡小米有点害怕了,对外面大声说,"都睡下了,有事明天白天说。"

"上次我不是给小米放了点钱吗?"对方提醒她们。

"前几天我就让周淀粉给你送回去了,我们家小米是不会要你钱的。周淀粉在监狱,你有话去那里找他说。我们管不着。"

"大娘您甭不管啊,我现在急需钱,你说你们也不把小米嫁给我,那就把钱还给我吧,别在手里捂着了。"

"谁捂着了?早给周淀粉了,我们不稀罕你的钱。你说你啊,年轻轻的不学好,就不能干点别的?你伙了周淀粉挖人家坟,你说你这不是作损吗?怎么抓到他了就没抓到你?"蔡母有点生气了,恨不得把门拉开,当面数落他。可蔡小米坚决不让。

"你赶紧走吧,你不走我就报警。"蔡小米说完就按响了电话免提,并把电话端到窗口,那免提声很响地从窗口传递出去。

"好好好,别打别打,我走。我回头再来取,不让我取也行,钱不还我,就得让蔡小米嫁给我。"

"走!"蔡小米就差喊滚了。她明白为什么只有周淀粉被抓到了,肯定这个姓汪的男人开车先跑了,把周淀粉给甩了。再说周淀粉也老了,肯定是腿脚不好,没跑起来。再想想自己是盗墓贼女儿的身份,不知有多别扭。一个人真是意想不到,竟然什么钱都敢赚,这让蔡小米心里非常不是滋味。一大早走过卖菜卖水果的当口,不敢往两边看,不愿和别人对视。心里在想,确实应该搬离这里了。

路上把给马顿的信投到信筒里,却想不到没走多远就遇上了马克,马克依然跟个淘气的孩子一样跑到她身边:"马顿这么久没回来,你也没打算去他们学校看看他?哪有你们这么处朋友的,要是我,我早去看他了,万一他在学校跟别的女生好了咋办?"

"我才不信,昨天他还给我写了,哎,我刚给他邮了一封信。很快他就又要回我信了。"蔡小米表示自己相当的自信。

"你可小心着点,大学女生都像洪水猛兽,你不找她,她都主动找你。就马顿这多愁善感的性格,真保不住会喜欢上一两个,两三个。"马克放下狠话,看蔡小米不理她,继续说,"你想,那他为啥这么久都没回来? 小米,你得清醒点。"

是啊,这么久都没回来了,蔡小米这才感觉到有点不对劲。

"学校都放假了,你还给他寄信?怕是他收不到吧?"

可是信已经塞到信筒里,拿也拿不出来了,蔡小米不慌不忙地说:"不会,昨天我还收到他的信了呢。"

"昨天的信那也是前几天寄出来的。他现在已经放假了,他去上海了,你不知道吧。去我奶奶家了,是和同学结伴去的。等过年的时候,我和我妈也一块儿去。"

蔡小米一下懵了,他怎么没在信里提这个事儿?他去上海应该跟我说呀。可他为什么没说?蔡小米没话说了,但她还是接上了马克的话:"他也许去得匆忙没来得及跟我说,兴许一到上海就给我写信呢。"

"你真是太相信他了,我看过他日记,那日记里的女孩,谁知道写的是不是你。"马克说完就跟蔡小米说要去书店买书,他没走几步,就听到蔡小米和别人在争论。赶紧又返了回来。

"你别拉我,你再碰我我报警了。"蔡小米警告着眼前的男人,马克不认识他,赶紧跑过来推他。

"哪儿来的野小子?这是我媳妇儿,她爸收了我的钱,她就得做我媳妇。"

"我妈说钱已经给我爸了,他没给你,你也甭跟我要啊,我又没拿。你找他要去。"蔡小米急了。

"那你们也不能躲,刚去你家了,锁头看门,怎么着要躲我?"

"我们干什么要躲你?我们又不欠你,别找我。要找找我爸去。"说完,蔡小米挣脱他就往前走,结果又被他拉向怀里。

马克冲过去,企图把他们分开:"你什么人?小米也是你碰的?"见对方不松手,马克挥起拳头向小汪胸前砸去。

"奶奶的,你敢打我?"小汪随即和马克厮打在一起,蔡小米急得不知如何是好,看到不远处有一个食杂店,门上挂着公用电话的牌子,快速跑过去。拨过110以后,回头看两个人还在打。听到警车的呼啸声,小汪吓得抬腿就跑。蔡小米扶起马克,发现他的左脸肿得老高,嘴角往外流着血。小米赶紧找纸给他擦拭嘴角。

警车来了以后,小米不知怎么收场,她不知道该说实话还是应该撒谎。如果说实话,就要提到周淀粉,还要提到那笔钱,事情就复杂了,只好硬着头皮撒谎:"我们俩走路,和一个陌生人碰了一下,陌生人先是骂了两句,然后就动手了。听到警车响,他就往那个方向跑了。"蔡小米指着小汪跑的反方向,她其实不想警察抓到他,那样就会说出很多事情,还会提到周淀粉,她会觉得很没面子。先前打报警电话其实就是想震震汪姓男子,毕竟她在打电话之前,手持话筒好半天,回头看汪姓男子和马克打成一团,根本没有关心这边,在旁边要打电话的人催促下,这才拨了那个电话。

"跟我去趟所里,录下口供。"蔡小米没想到,她和马克都被带到派出所。

想不到当天晚上,蔡小米一到家,马克的母亲就已经在她家吵闹个不休了:"啊,你说说你,在社会上混,你倒是小心着点啊。你在外面得罪了什么人我不管,你让我们家马克跟你瞎掺和什么?你让他给你当垫背的?他如今被打成这样,你得给个说法吧?告诉你,以后少沾我们马克,幸好我买了票让马顿放假直接去了上海,不然还不知道你给我们家儿子都给祸害成啥样啊。"

"阿姨,我想问问您,做模特到底有多丑?当初那报纸还是您递到我手里的,您的真诚我现在都还印在脑海里。我对您是感激的。您还告诉我,您要是年轻您也去做模特,这些话您能跟您的儿子们说吗?他们喜欢我,我挡得住吗?是我让马克在大街上帮我打架吗?是我去你们家找过他们吗?都是他们来我家,这能怨我吗?"蔡小米这次实在是忍不住了。

"你倒有理了?就凭你长得好看?好看就能当本钱?就可以让我的儿子凭白为你挨打?"

"我没有。模特就是个职业,就是一个挣钱的工具,我不高看它也不低贱它。您了解我吗?我们老师说我很快就可以办个人画展,这个您知道吗?"

"切,他们给你办画展?那还不是凭你的长相,花瓶谁都稀罕摆眼前。再说,师生恋,自古就不是什么见得见不得人的事儿。大家心里都明白,无利不起早,人家凭什么对你这么好。"

"马克妈妈,我们家小米没把你们马克怎么着,你这左一次右一次跑家里来攻击我们,要是你有个女儿这么被别人冤枉,你受得了?我们家小米是长得好看,我们也没拿这好看使唤你们家儿子。你家马顿左一封信右一封信往家里寄,这谁能挡得住?"蔡母不高兴地说。

"男孩子给谁写信,追求谁那是他的自由。男孩子可以放荡不羁,什么时候都不愁找媳妇。女孩就不一样了,女孩重要的是矜持。再说了,自己也得照照镜子,学没上过一天,也配和我儿子来往吗?我儿子那可是上的名牌大学。"马母撇着嘴说。

蔡小米的嘴哆嗦着。

第七章
青梅竹马

1

夜色下，戴着口罩的蔡小米一个人孤独地走。当她走到早晨投信的信筒面前，看上面写的是一天开两次箱，两次开箱时间都早已过去。这让她很沮丧。信肯定已经发走了，而且发到马顿的学校，并且就算是送到学校，他远在上海也是看不到的。看来，马顿去上海他先前并不知道，不然他信里为什么不提？也许他早知道了，但是他不想告诉她。

蔡小米心里很乱，继续往前走，走到平房街口超市。透过大玻璃窗看向里面，还有人在买东西。蔡小米就忍不住走进去。选了两样小零食放在收银台，付款，石贵珍给她找零，一边找零一边开玩笑地说："姑娘，这又不冷不热，又没有太阳，还怕晒啊？小姑娘就是爱美，现在也是，城市污染太厉害。"

蔡小米没吭声，她其实很想跟自己的生身母亲撒个娇，可生母就在眼前，她却不能。而且她不能以本来面目见她，怕她看出自己是她的女儿。自己已经是有父母的人了，何必再伤了他们去认这个亲？走出超市，蔡小米深深地叹了口气。

令她没有想到的是，不出一个星期，马顿就出现在她的眼前，这让她格外吃惊，半天也没反应过来。

"小米，我回来了，怎么你不欢迎我？"马顿笑着说。

"我有什么欢迎不欢迎的。你家在朝阳区，你回这边很正常。"说完，蔡小米仍旧往前走。

"小米，从上次揭广告到现在，你还是每天出来都戴口罩？你听我的吧，摘下去吧。真的，我是为你好，你给他们打个电话吧。你不知道我多羡慕你还有父亲，要是我父亲在，我也不会事事都听我妈的话。这次去上海，我妈提前就买了票都没告诉我，放假那天，她就给我送学校去了，逼着我去了车站。我也没有办法通知你，我都要急死了。我妈让我在上海等她和马克一块儿去过年，我等不及就跑回

来了。"

"你还没回家?"看着风尘仆仆的马顿,蔡小米忍不住又流露出了心疼。

"没回,我直接来看你了。这么久没见面,我可想你了。"说完这话,马顿的脸红了一下,被蔡小米捕捉到了。

蔡小米的心脏也扑腾扑腾地跳了起来:"你还说这话,你已经有好几个星期没回来了,一定是你妈交代的。你还是听她的话吧,不用来找我了,免得她来大吵大闹。我做模特,在你妈眼里就是一个花瓶,就是个摆设,一点用处都没有。你是名牌大学生,我只不过是一个没上过一天学的穷人。"

"小米,让我进屋跟你说吧。"马顿往前走,蔡小米就在门口堵着,不让他进。

最终蔡小米拗不过马顿,当屋里只有两个人的时候,马顿用额头抵在蔡小米的额头上,蔡小米嗅到了他熟悉的气息。尽管以前两个人总见面,但还从来没有这么亲昵过。蔡小米有点不适应,躲开去,坐下来,哗啦哗啦翻画册,不巧那页寻她的启事从里面掉了出来。

马顿捡起来,打开看了下说:"小米,你看你一天出门总要捂个口罩,何必呢?你就去认下亲生父母吧!他们把你丢了不定有多心疼呢,再说你已经知道他们的电话号了,干吗不联系他们呢?父母在身边多好啊。"

"我有父母,不过一个是捡破烂的一个是盗墓贼而已。这无所谓呀,这些影响不了我的成长。倒是这些会影响到你妈她老人家的胃口,要时不时地来我这里羞辱我一番,她才会舒服。马顿,说真的,你以后不要来了。我受不了她的羞辱。"先前的蔡小米还硬撑着,当她说到这里,眼泪冲出眼眶。

"小米,对不起,我不知道我妈怎么会变成这样。原本小的时候,她并不阻碍我们和你接触,我也不知道我们都长大了,她反而变了。"马顿对于母亲的行为,也无力在蔡小米面前辩解。

"马顿,你回去吧,以后不要来找我了,我受不了她的羞辱。我真的扛不住了。我怕自己在她面前失了分寸,以小犯大。"

"小米,你放心好了,我妈她以后不会来找你的,你要相信我。"

蔡小米吃惊地看着马顿:"马顿,她是你妈,她再怎么不好,和我相比,她是你最亲的人。你?"

"我会说服她的,给我时间。"马顿离开以后,蔡小米觉得自己的心里塞得满满的,又好像是空空的,她漫无目的地往前走,心底有个声音在告诉她,她和马顿都不配拥有相互给予的爱。她应该离他越远越好,她不想因为自己,让他们母子反目成仇。

　　这时出现在脑海里最多的竟然是赵正清,当马克跟赵正清叫大叔的时候,蔡小米心里多多少少也有了些许倾向于赵正清的情愫。只是,她真的没有料到,赵正清的妻子虽然没有去学院闹,但是他们之间彻底分居了。赵正清的周末自由日,由一天改成了七天,他彻底自由了,搬到宋庄租住的大院子里居住。这还是蔡小米在老程工作室的时候得知的。

　　"老赵可真行,和老婆闹就闹了,再闹也不能有隔夜仇啊,怎么还搬宋庄来了?"老程挂断赵正清打来的电话,和他的小女友说,"我得过去看看,这家伙神不知鬼不觉地就把家搬过来了,也没早点跟我吭一声。"

　　"跟你吭声,你不就挡着他不让他瞎折腾了?"小女友说。

　　蔡小米听在耳里,没插话。晚上收工以后,蔡小米的脚步不自禁地就走向了赵正清的住处。大门紧闭,她的手正想拍向大门,才发现身后站着赵正清。蔡小米尴尬地笑了下,不知道说什么好,倒是赵正清神态自然:"小米来了,你早来一步都碰不上我。真是来得早不如来得巧。"于是开门,邀蔡小米进院。

　　踩着从砖缝里钻出来的枯草,以及少许冷冻着的白雪,蔡小米越发觉得这个院子是如此的空旷和冷清,仿佛许久都没有人住了一样。

　　"怎么样,在这里定居不错吧?小米,以后你要画大画就来我这院子,工作台也大,工作室也大,你怎么折腾都行。省了将来办工作室了。"

　　"不行吧,要是您夫人知道了,又得跟您吵架了。"蔡小米试探地问,她希望老程说的是假的。

　　"不会,我们说好了,她以后不再干涉我。"蔡小米捕捉到了,赵正清的情绪瞬间低落,但很快又被他掩饰掉了。

　　婚姻是这样的吗?两个人相互不干涉,各做各的事情?蔡小米此时彻底迷茫了。"她没去学校闹您吗?"

　　"没有,她确实想去的,被我挡住了。我付出的代价就是离家反省。"赵正清浅笑过后,邀请蔡小米看他的新作品。赵正清在自己家里,脱去外套,很家居的样子。他的一颦一笑,瞬时扎进她的心窝,她觉得那笑很温暖,那腮上浓浓的络腮胡子透着成熟,这是马顿没有的。

　　赵正清的院子,从此成了蔡小米常来的地方。她开始跟赵正清借画册,赵正清这里有很多画册。借走以后，很快就归还，蔡小米在归还画册的时候，就很想像马顿当初对她那样，每次都写一首诗夹进去。她却不敢。在躲避马顿的日子里，蔡小米也是倍受煎熬。每天她交代母亲，只要马顿来找她，就说她不在家。并告诉对方她已经住在宋庄的工作室了。

有好几天赵正清的工作室都是大门紧锁，无论蔡小米怎样砸门，都没有人来开门。手里拿着画册的蔡小米，觉得倍加失落，她特别想见到赵正清，听他跟她说画，说人生，当酗酒的赵正清，把自己喝得一塌糊涂的时候，蔡小米不相信眼前的一切。赵正清偶尔喝酒，但从来不喝过量。

这天，赵正清打开门的一刹那，蔡小米就知道他喝多了。他走路歪歪斜斜，都要靠倒在蔡小米的身上了。蔡小米赶紧扶住他，把他扶进屋。她这才知道，他是喝醉了，正躺在沙发上休息。

回到屋子里的赵正清，一头倒在沙发上。蔡小米搬过椅子坐在他旁边，他疲倦地睁开眼睛，看了看蔡小米，又合上。合上眼睛的赵正清说，小米你怎么来了。

蔡小米说自己挺长时间没见到他了，这不是来还他画册嘛。赵正清忽然哽咽地说："我父亲去世了。现在，我就剩孤家寡人一个了。"

蔡小米浑身的神经一紧，止不住哆嗦了一下："赵老师，您这屋里太冷了，您不怕睡着凉？"说完找了一件衣服给他盖上。

赵正清微闭着眼睛："小米，不要笑话你老师，我现在如同一个被抛弃的婴儿。我知道我迟早会有这一天，这是报应。世上本来就有因果这件事。"

蔡小米听得云山雾罩，不清楚赵正清说的这些话到底是什么意思。

"小米，我现在头很疼。也不想说话，你想画画就自个儿画去吧。让我安静地躺会儿。"

蔡小米听说他头疼，就用手背试了下他额头："您发烧？我去给您买药吧。"说完，蔡小米就跑出去。没理会身后说的"不用"。

服侍赵正清吃完药，先前的没有精神，仿佛因为这几粒药片和冲剂给了他力量，赵正清躺了一会儿就坐起来，看着坐在案前看书的蔡小米。

"小米。"赵正清一声小米，小米就放下书跑了过来，"小米，你说我父亲去世，她来也不来，她到底怎么回事？算了，你是小孩，你不懂。"

"她？哪个她？您爱人？"小米想了想，"那她肯定忙呗。"

"忙。再忙这么大的事也得出场吧？这明明是在给自己找借口。有什么事还能大过丈夫的父亲去世这件事?"

"可能她真的忙。"蔡小米不知道怎么参与他们的家务事。

"唉,她总跟我揪着那两次我带学生去外地考试,她父母去世我都没参加。我知道,她这是在报复我。"赵正清觉得自己浑身发冷,裹紧外套,又躺回沙发上。

蔡小米去烧了点开水给他喝,在递水的时候,又碰了下他额头。"没事,药吃了一会儿就好了,小米你回去吧。回家晚了小心你妈着急。"

"给您做好饭我再走。"

"不用,我一时半会儿也吃不下,等好了自己煮点面就行了。"

看着缩在沙发上的赵正清,蔡小米心底涌上来不少同情,那眼神就像看孩子一样地看着他,有点心疼。坐在他身边,也就不舍得走了。她其实心里也是满腹委屈,想说给谁听,说给赵正清吗?他在病着,再说,说给他有用吗?

室内如此安静,赵正清睡着了。已经不知道是几点了,当蔡小米抬起头,看到眼前出现的女人,她还是有点惊慌。

"果真是在这里藏起娇了。还好意思跟我说不参加你父亲的葬礼。有人代替我参加了,还用得着我吗?"女人的话把赵正清惊醒,他爬起来,却一声不吭。见男人不说话,女人更加气愤,"怎么样,真没话说了吧?你们在一起多久了,我说这个家怎么就容不下你了?你连我父母去世都不露面,你还好意思让我参加你父亲的葬礼,你怎么想的呢?你也好意思在我的孩子面前说我。是你犯错在前。"

"我说过一百遍了。那两次都是带学生去考试,我是故意躲开的吗?"

"这日子没法过了,离婚。好,我给这丫头片子腾地方。"女人说完掉头就走了。蔡小米这才想起来刚才买药回来忘锁大门了。她进来得悄无声息,走得却轰轰烈烈。

"赵老师,我去把她追回来,你快跟她解释解释吧。"

"不用了。我们这状态不是一天两天了,我现在都懒得跟她吵,随她去吧。小米,你也回去吧,我一个人静静。"

蔡小米觉得是自己在这里给他们又一次造成了误解,心里过意不去。

2

马顿的假期,希望有蔡小米的陪伴,而蔡小米每天都躲着他。这让他非常郁闷。马克对于马顿从上海的奶奶家跑回来,一直抱有一种欲问之的态度,可马顿就是不说。

"哥,你把大叔打败了,应该去找小米啊,整天闷在家里无精打采的干吗?"

"别烦我。少跟我提她大叔,也许现在她大叔知道她在哪儿,我却不知道。"

"怎么了?失恋了?要早知道她和大叔没有发展,我一定不会把她让给你。"

"行行行了,你考不上好大学,看咱妈怎么收拾你。脑子清醒点吧。别跟我们大人比。"

"大两岁也叫大人,你真好意思!小两岁我就小人了?我看你就没我成熟,我要是你,绝对不会闷在家里垂头丧气。该找谁找谁去,谁也挡不住。你跟咱妈说那些没用,你不在家,她照样去找蔡小米,你又没有遥控视频,看不到。我看小米躲你有她躲你的原因。也许她后悔不如找她大叔了。"

"你烦不烦人?跟你说你少掺和大人的事,还没完了。妈也是有文化的人,怎么就做那没文化的事。我说她不听?不听拉倒,我还按原计划行事,我就不信将来她不接受小米。"

"原计划?什么计划?"

"不变心的计划。"马顿说完抬腿开门就走。他其实一直坚定小米对自己的信念,只是偶尔自己也会被莫须有弄昏了头。看不到蔡小米,自己也曾一度颓废。敲不开蔡家紧闭的门,听蔡母说小米不在家,睡在宋庄。他不信,他相信小米就睡在屋里。他想守候整个长夜,又恐自己被冷冻成冰棍,而第二天早晨一早赶过来,又总是扑空。

这个夜晚有点冷,他徘徊在街头,意想不到的是小米竟然出现了。她依然戴着黑色口罩,口罩上绣的是牡丹,这个他知道。眼下隔得太远,看不清楚,不知道是不是换了另一个口罩,绣的还是不是牡丹。兴许是绣的玫瑰。马顿知道玫瑰的含意,所以他不允许别人送小米玫瑰。当然口罩上的玫瑰例外,再说肯定是她自己买的。所以蔡小米的逃避,让马顿心里虽然难过,却对她又一百个放心。他的心不变,他想她的心也不会变。

马顿想叫住她,又怕她躲他,于是跟在身后。他想看她究竟要去哪里。这么晚了,她会去哪儿?蔡小米去了街口超市,马顿就站在外面等她。想不到超市里有个男人紧紧抓住了她,这让隔着玻璃窗看着里面的马顿不明白屋里发生了什么。

"敲你家门敲不开,今天终于等到你了。你到底是嫁我还是还钱?两条路供你选。"

"我没拿你钱,你跟我要什么钱?五千块钱就想让我嫁给你,想什么呢你。"蔡小米企图挣脱开男人的双手。

"还死不承认。不承认也好,那就跟我走,老子去天涯海角,你就跟着去天涯海角。五千块钱你爸他可没嫌少,他说这是见面礼。多退少补啊。"男子刚说完,石贵珍怕影响生意赶紧说:"别动手,有话好好说。"

隔着口罩说话,蔡小米觉得气不够用,越挣扎就越累,索性停止挣扎:"你要钱,就找我爸要去。是他拿了你的钱,又不是我拿了你的钱,你跟我犯不着要一分钱。你要是不怕,我现在就报警,让警察解决这件事情。"蔡小米的不卑不亢,又一次镇住了汪氏男子。

"别拿报警吓唬人,我还真就不怕警察。好,你不嫁也好,把钱吐出来,我立马走人。"

"没有,想要就找我爸去。"蔡小米挣扎开,拿了两包方便面结账。

"那老东西我要能联系上,我还犯得上找你?我不管,你不跟我走就得把钱给我凑上,我急用。"汪氏男子依然抓着蔡小米不松手。此时马顿已经冲进来,看到此情此景,上去就打了汪氏男子一拳。

汪氏男子当然不愿意了,两个人撕成一团,把超市的货架子也给弄翻了,零零碎碎的东西撒了一地。蔡小米站在旁边走也不是留也不是:"你们别打了,你们把东西都给弄掉地上了。马顿,马顿,你来凑什么热闹啊?"可她就是拉不开纠缠在一起的两个人。

李会议和石贵珍更是急得团团转,那几个进来买东西的顾客,生怕血迹溅到身上,也吓得跑出门去。

"奶奶的,你算什么东西,也敢打我?"汪姓男子把马顿摁在地上。

马顿一个翻身爬起来,又把对方摁在地上:"你再敢动她一根指头,我就把你手指剁掉。"

"马顿,你不知道怎么回事,你快起来吧。"蔡小米急得直拉马顿,"是我爸拿了他钱,我也不知道我爸给没给他。"

马顿手下一松,被对方压在身底下:"臭小子,乳臭未干就敢对你大爷动粗。今儿个爷好好教训教训你。"

蔡小米看到马顿嘴角往外流血,吓得一声尖叫:"你快住手,你不住手我真报警了。"听到报警二字,汪姓男子放开了马顿,站起来指着蔡小米说:"赶紧回去筹钱,你要是敢报警,我整死你。"

看对方扬长而去,蔡小米哭着拉起马顿,给他擦去嘴角的血,看着满地的东西,蔡小米默默地帮着收拾。石贵珍显然非常生气,从蔡小米手里强硬地拿过那些东西,仿佛不希望她碰它们一样:"罐头瓶也碎了,酒也洒了。这可咋办?"

"阿姨,我来赔。就当我买的,您算下账吧。"蔡小米低声说。

3

马顿为蔡小米流血、打架,她心里面非常心疼,可表面上她依然不领他的情。走出超市,她就说各回各家,各找各妈:"你回去吧,你妈要知道你替我打架,就跟马克一样,挨打回去被你妈知道了,我就得被骂死。"

"我怎么会让我妈知道?假期本来就没有多少天,你别再躲我了好不好?"马顿祈求地说。

"不是我躲你,是你妈坚决不让我接触你。马顿,我觉得你还是听你妈话才对。她一个人带大你们不容易,别惹她伤心了。她是为你好。"蔡小米心底叹了一声,却不能让马顿知道。

"小米,要报警吗?"马顿想起刚才的场面,提醒她。

"不用吧,就算是报警,如果我爸没把钱还给人家,我们还是要还的。我猜到了,我爸肯定是没还,不然他不可能总这样揪着这件事不放。回去和我妈商量商量怎么办,欠债还钱。"

"你也欠我。"

"我欠你什么?"当蔡小米看到马顿的眼神,她知道自己问错了。一下子就又没有了底气,在乱了分寸之前,蔡小米赶紧调整自己,对,自己没有错。并不是自己不坚持,而是她不能伤了马顿的妈妈。可谁又知道,她已经被他妈妈所伤:"马顿,你赶紧回家吧,你妈该着急了。我也回去了,我就是饿了来买两包面。呀,面忘拿了。"望着身后的路,想想也罢了。

马顿抓住了蔡小米的胳膊,蔡小米挣脱开:"别闹了。我不想一到你妈面前就被损得无地自容。你也别恨她,她也有她的道理。我没上过学,我配不上你。还有,我忘了告诉你,我和赵正清交往了,这次我说的是真的。"蔡小米挣脱开,向家的方向跑去。留下马顿一个人呆呆地看了很久,才转身回去。

蔡母见女儿才回来,着急地说:"买包面买这么长时间,这又跑哪儿去了?面呢?"

"妈,我又遇上姓汪的了,我爸是不是真没还他钱?他说五千块钱,我爸一分都没还给他。我看我们明天去问问爸吧,要没还我们就还上。"

"不用问了,刚才我收拾屋子,在床底下翘起来的一块砖底下发现这个了。"蔡母递过来一个布包,布包已经被打开一角,蔡小米看到那是红色人民币。蔡母继续说:"我数过了,正好五千。那小子再来砸门,就还给他。"

"妈,这是真的?是我爸藏起来的?"

"不是他是谁?自己学会藏私房钱了,还敢背着我们收人家财礼钱。等他回来和他算账。"

"赶紧打发走吧,刚才在超市抓住我不放,要钱,不给钱就让我跟他走。把超市的货架都弄翻了,我还赔了点钱。"

"兜没钱买面了吧?妈给你煮吧。"

"哎呀,妈,面钱付了,我忘拿了。"

蔡母摇摇头:"下次从宋庄早点回来,饿着肚子回来,你看现在都几点了,将来把胃弄坏了,我看谁管你。"

蔡母煮面,蔡小米一个人对着窗外的夜色发呆。打开画册,里面有好几首马顿写给她的诗,在一个粉红色的锦盒里,放着马顿写给她的所有信件。"我的爱情,从此烟消云散。"蔡小米这样告诉自己,以后不要再给马顿写信了。永远都不要写了。

4

拿着蔡小米递过来的五千块钱,小汪用手掂了掂:"真不够意思,你说哥多好,你咋就相不中呢?好吧,哥走了。来世再做你情郎。"

蔡小米没工夫听小汪说话,钱递给他就扭头进屋了。把门关严。知道赵正清离婚,已经是一个星期以后的事情了,还是从老程嘴里得知的:"老婆,你说老赵他闹腾个什么呢,好好的日子不过,这么大岁数离什么婚呢。"

老程的小女友轻声细语地说:"这个我可不知道,是不是他又相中谁了?"

"嗯,你说得有道理。这老家伙,准保又看上学院哪个女学生了。回头我得教训教训他。"想不到说曹操曹操就到,当赵正清踏进工作室的时候,蔡小米正要离开。相互打了招呼,只因先前听说赵正清离婚了,蔡小米就慢下了脚步。

"你们别背后骂我行不?我都老成这样了,谁还要我?"赵正清坐下给自己倒茶喝,"老程,十里河有个画展,你参与不?这次是义展,是我们学院副院长牵的头,打算把钱捐给云南地震重灾区。"

"这得参与。小米,你的仕女图画得那么好,你也参加吧。"

"好啊,我画的能拿出手吗?"蔡小米有点不自信。

"太拿得出手了,老赵,你说,是不是有机会给小米张罗次个人画展?"

"是,我也想过这个问题。条件允许,小米是否考虑自己成立个工作室?"

"你们不要我在这打工了?再说,我挣的这点钱哪够租房开工作室的。"

"小米,如果信得着我,我把那房子让给你,不过晚上得让给我,我现在已经净身出户,没住的地方了。宋庄以后就是我的家了。"

听到这里,蔡小米一阵感激,又有一种说不出的感觉。在她恍惚的当口,老程意味深长地看着赵正清,赵正清被看得有点不知所措,却又直直地盯着对方问道:"怎么回事?不认识我?"

"还真不认识你,我现在终于找到你离婚的原因了。"老程也不掩饰。

"你可别瞎说,小米在朝阳的住房条件有限,没有个安静的环境创作,我这有现成的,我又不用天天在家,在你这上完课就过去画画,这不挺好吗?你这人心思太不端正了吧。"

见他们当着自己的面讨论自己,蔡小米心里涌出一股说不清的滋味,但她非常感激赵正清对自己的关照,眼下她似乎也很郁闷,很想找个人倾诉一下。

当马顿追问她,是不是和赵正清真的好了,蔡小米很诚恳地说是。马顿失望的样子久久压在蔡小米的心底,他说他尊重她,然后头也不回地走了。看着马顿的背影,蔡小米差点就把他喊回来了,可她忍着。这种忍,直忍到马顿马上要开学的日子,这个时候,春节已经过去,真正的春天不远了。

蔡小米勇敢地跟赵正清表白,是她在那个大院里出入次数太多以后的一天,她已然觉得眼前这个孤单的男人真的太需要一个女人的照顾了。蔡小米本来想写封信跟他表达,她想他们不需要这些,她直截了当地对赵正清说:"以后,我给你做早饭午饭还有晚饭。我帮你洗衣服,你自己不要洗了,你洗也洗不干净。"

当时赵正清也贫了一句:"好啊,太好了,我最不爱做饭洗衣服。"

蔡小米就一本正经地说:"说定了,要洗一辈子的。"

赵正清当时就愣了,说:"小米你开什么玩笑,这个活儿可不是你干的,早有人许诺给我了。要不是她许诺,我哪会离婚呢。老婆对我不关心算个啥?就是老爸去世她不参加葬礼这又算个啥?我早有红颜知己,才要求离婚的。"

蔡小米一下子愣了,这是她没有想到的,她以为她平静的求爱会得到赵正清爽快的答应。因为他们太熟悉了,熟悉到没必要客套地需要一个信封的遮掩。"你骗我。我到现在也没见到一个女人和你过分亲近。"

"没有女人来找我?有吧,这就结了。我哪会把她直接介绍给你呢?第三者的关系总不是好听的,她现在还不愿意让我身边的人知道。你啊,小米,就像你的小男朋友说的,我永远是你大叔。"谁也不知道,这个时候的赵正清心里苦啊,他不是记仇,可他确实想起马克的话来了。马克每次见到他都是直呼大叔。他不是自卑,他是不想让那两个小子说他帮助她蔡小米是乘虚而入,是有所图。他告诉自己,这一辈子都只能是她的老师和大叔,不可能有别一层关系。

"你骗我的。什么小男朋友,马克不是。"蔡小米的眼泪一下子涌了出来,她不是哭她不能拥有赵正清的爱,她是哭自己怎么这么委屈怎么这么倒霉。刚刚失恋,本来以为可以稳妥地拥有和赵正清的感情,想不到却被对方毫不留情地断然拒绝。一点余地都不给她留。她如果不哭,心里的难过就无处倾泻。她越哭越委屈,哭着哭着她才发现自己是在哭马顿。在哭自己和马顿的失败恋情。看着赵正清,脑子里其实全是马顿。过了一会儿,马顿他妈妈又活跃在自己的脑海里。她彻底被马家军打败了。

她不哭了,反而愣住了,愣住以后,她就不想哭了。在赵正清面前,哭给赵正清的份额太少,她不好意思了。

看蔡小米哭起来,赵正清正不知所措,忽然看到她又停了下来,这又让赵正清摸不着头脑了:"真是小孩的脸,说变就变。"但他没说出来。递过去一张面巾纸,蔡小米接过去胡乱地在脸上擦了一把,想说说自己和马顿,又觉得不对。为什么不对,自己也说不清楚,可她太想跟赵正清说说马顿了,好像赵正清能给她出出主意。

她终究没说出来,她想自己如果说出来,一定会被赵正清笑的,刚跟他求过

爱,又说她前任男友。是的,她现在在心底只能把马顿放在前任的位置上。她还没有现任男友,她本来打算让赵正清成为她的现任的。一想到这里,委屈又涌了上来,止不住又是一顿哭,哭得赵正清心里疙疙瘩瘩的,好像他刚刚把她怎么样了一样。

"快别哭了,一会儿我的女朋友要真是赶来了,像我前妻一样,不又是一场误会呀?"赵正清调侃着,他其实是想让蔡小米放轻松。想不到蔡小米听他这么一说,愈发伤感,哭起就没个完。

赵正清看蔡小米停不下来,心里不禁动了怜悯,伸出手臂想把她揽在怀里,伸出去的胳膊却又缩了回来。蔡小米忽然抬起头,泪眼汪汪地说:"你就是嫌弃我,你也嫌弃我没上过学,你们都嫌弃我。"画也不画了,蔡小米收拾好东西,抬腿就走出大院。回平房去了。只留下赵正清,心里面的滋味只有他自己知道。

5

"小米,我不会放弃你的。我会一直默默地祝福你,我更会在这里等着你。我会一直等着你。"

当蔡小米回到家,看到马顿留给她的这封简短的信件,眼泪止不住又掉了下来。这是马顿留给她的最短的信,却信誓旦旦。仿佛给了她很大的力量,可这力量却根本没法儿动摇她即将放弃对马顿的这份爱恋。她实在太怕马顿妈妈那张嘴了,如果那张嘴又出现在眼前,光是一字不吭都会让她倍加绝望。

第二天一大早,蔡小米就发现自己浑身无力,起不来床。蔡母摸着她的额头说她头滚烫,必须赶紧去输液。蔡小米摇摇头,说吃些药就会好的。蔡母赶到药房买回药,吃完药的蔡小米一直昏睡。

蔡母不放心,就喊醒她,看她精神状态比先前好些了,这才放下心来。马顿是午后来的,他用大半天的时间去逛了西单图书大厦,买了几本画册给蔡小米送来。他没想到蔡小米没去上班,这让他既吃惊又欣喜:"小米,你不舒服吗?还有两天我就返校了,下次什么时候回来也不一定。我想多买几本画册给你,也不知道买得对不对。"

蔡小米闭上眼睛,有眼泪从眼角滑过。马顿束手无策,他笨拙地用手背给她抹去眼泪。小米没拒绝,不敢正面对他,侧过脸去,紧咬着嘴唇。如果马顿还爱她，就算自己心里也依然有他，可蔡小米觉得自己自从经历了追求赵正清的片断，她已经不配再拥有马顿的爱了。就算马顿说服了他妈妈能够接受她，她觉得自己也不纯粹了。一个人的心里怎么可以同时装两个人？蔡小米不敢睁眼面对马顿。

马顿是心花怒放的，他看到此时的蔡小米和先前的一点都不一样了。她是如此柔弱，她分明是允许他为她擦泪的，也许那封短信给了她力量，给了她一份接受他的力量？他这样胡乱猜疑着，站也不是坐也不是。倒是蔡母走进来，看到两个人不说话，搬过椅子让马顿坐下。

"马顿啊，不是姨说你，你对小米什么样我知道，可是你妈接受不了我们小米，小米心里也苦啊。"蔡母的一番话，给了马顿力量，他赶紧说："阿姨，我都是成年人了，可以左右自己的幸福，我会一直对小米好的，我妈以后也一定会理解我。她是拆不散我们的。"

"有你陪小米，那阿姨去买点菜，一会儿在这吃饭吧。小米还没吃饭。"

马顿用纸巾又给蔡小米擦了擦眼角。蔡小米抓住马顿的手，她终于睁开眼睛："马顿，我不是个好女孩，你还是不要等我了。"

"怎么了？你真不能生我妈的气，我妈就是急脾气，你小的时候我妈也夸过你，说你虽然没上过学，可是能自学认那么多字。她还总让我和马克向你学习呢，说我们这么好的条件如果不好好学习，还能对得起谁？我妈是欣赏你的。"

"你妈那不是欣赏，那是给你们举个反面例子而已。我真不值得你对我好。"蔡小米说着就哭了。想不到哭得愈发伤心。

这让马顿更是手足无措："小米，你怎么了？"

"我不值得你爱，我一点都不纯粹，我不能一心一意地跟你好，我……"蔡小米就差把追赵正清，被拒绝的事说出来了，可她还是忍着，她觉得这是多么丢脸的一件事，怎么说得出口。可她就是想哭，尤其在自己熟悉的又爱着的人面前。她肆无忌惮，恨不得撒着欢地扎进马顿的怀里哭个痛快。反正有人给她擦眼泪。

"小米，我知道了，你一定是病了，特想爸爸妈妈。现在阿姨不在屋，你不要怪我多事，你还是给你的生身父母打个电话吧，你不知道他们有多想念你。我有个同学从小就失去了父母，一直是跟叔叔婶婶生活，你不知道他有多苦。我可同情他了。都恨不得让我妈给他当妈妈。你打吗？你打现在我就能把电话号说出来，我都帮你背下来了。就怕忘了。"马顿发自肺腑地劝说。

这让蔡小米格外吃惊，眼泪也顾不得流了："那么一长串电话号，你能记下来?"

"能,只要有心的事,都能记下来。"

"马顿,帮我把最下面那本画册拿来。"蔡小米指着墙角桌子上的画册吩咐马顿。

马顿把最下面那本画册拿出来递给蔡小米,蔡小米打开画册,取出一张折叠的纸,打开,上面是李先生的寻人启事。

"小米,你还留着呢?"马顿非常惊喜地说。

"是的,我一直留着。但我不想找他们,我才四岁,他们就把我给丢了,这么多年了,他们怎么才想起来找我?再说,我要是认下他们,我妈可怎么办?我妈再是养母,也养了我十多年,快二十年了。我不能忘恩负义。"

"小米,你这么想就不对了,我们认亲生父母,又不是说再也不管养父母了。你同时有两个爸爸和两个妈妈,多好。我还记得小的时候,我学骑自行车,我爸是刑警,他平时根本没有时间陪我,可他一有时间就守在我身边。我那么小,骑着和我一般高的自行车,他怕我摔倒,一直跟在我后面一圈圈地在小区里面跑。"

蔡小米把那页纸又夹回画册:"我需要时间,我不想现在就找他们。我心里的坎过不去,我怕我妈伤心。她会觉得我联系生身父母,就不要她了。我妈这一辈子没有亲生孩子,我真的心疼她。"

"尊重你的意见。将来你想联系他们了再打。"马顿心里想,但愿他们的电话都不改号。否则,他们就这样错失了。

"马顿,你真的不怕你妈再来找我吵吗?是的,她吵的不是你,吵的是我。你有什么可怕的。"说到最后,蔡小米的自信又一下子一扫而光。

"别怕,只要我们能坚持,任谁也拆不散。再说,你不知道我妈多疼我们,她会理解我们的。给她点时间。"

蔡小米点了点头。

马顿返校以后,蔡小米的活动范围依然在宋庄,所不同的是她办起了自己的工作室。离老程和赵正清都远,在宋庄的最北边。地界虽说有点远,不过租金相对便宜些。这是蔡小米选这里做工作室的直接原因。这几年蔡小米觉得自己还算顺利,只是个人画展还一直没有张罗过,先前她的画选择挂在几家画室里代卖,不管钱挣得多还是少,她都不舍得花,她要攒起来,给自己和母亲买一处宽敞明亮的大房子。

而两年以后,周淀粉被释放。回来的周淀粉,背也驼了,牙掉了好几颗,少了两年前的精气神。蔡小米一直让母亲跟自己在宋庄的工作室住,她却不愿意,说她没文化,一个捡破烂的,别再给小米丢脸。说住在原来的老地方很舒服,院里放点破破烂烂的东西也方便。要是把东西放在小米工作室的院子里,那就乱了,丢人了。也许,每个人的习惯真是不好打破。蔡小米这样想。可蔡小米哪里知道,母亲只是在老地方再一次等着这个养父的回归。

蔡母对他说:"我这次还是住在平房,我没搬走。我要是真搬走了,这辈子就算是彻底不想见你了。就像那么多年我都住在平房,哪里也没去,是,我是在等你。可我等来的是什么样的你啊?"蔡母说完就哭了,"你给我什么了?你都给过我什么?要不是还有个小米,我这一辈子要多窝囊有多窝囊。"

周淀粉想笑,那笑是硬挤出来的,也就更多了几分难堪。一回到家,周淀粉就趴到床底下找东西,折腾半天才钻出来:"老婆子,里面的钱呢?"

"幸好我看到了,要不还不得被耗子啃了?那个姓汪的小子拿走了,你这人咋这样呢?闺女不同意,你也敢收人家的钱?天天来缠着小米,幸好我在床底下找东西看见了。"

"拿走了?也好,我也怕这小子找我。他奶奶的,把我抓起来,他倒跑得比兔子都快。还是有车好啊。"

"你咋打算的?"蔡母盯着他看。

"挣钱啊,还能咋打算。买个车。"

"买车?你发财了?"蔡母瞪圆眼睛。

"买个人力车,推着捡破烂!我这岁数去工地人家也不要,嫌老。我还是老老实实收点废品去换钱的好。咱俩这不也算是门当户对吗?不行的话,我还去盗墓。"看蔡母向他瞪眼睛,他赶紧说,"这两年监狱待得我,说啥也不去冒险了。晚上尽做噩梦。我可害怕再进去。"

见周淀粉有收心的意思,蔡母心下也算安宁了。

而此时的马顿,坐在公交车上,正一副归心似箭的模样。而他和蔡小米也只不过才两周不见而已。他出地铁,坐公交车,正是驶往宋庄方向的。他毕业工作了,偶尔要出差去外地,这次是刚从杭州出差回来。

6

蔡小米的工作室,距离彭冰川的工作室只有两站地之遥。大家平时都是紧闭铁门,各忙各的,很少能在街上相遇。而找蔡小米已找了很久的彭冰川,虽然没死心,但随着时间的流转,他的重心渐渐转移到女友和工作室上面。

他来宋庄的时间不长,陆续地和赵正清、老程都有了联系,这天,彭冰川简直觉得世界确实很小。赵正清当时也在老程工作室,蔡小米是画累了,出来散散心,溜达到老程的工作室。早已退出模特行业的蔡小米,如今是一个正儿八经的画家了。

老程的小老婆已经给老程生了一个女儿。女儿一岁的时候就被送到远在湖南的外婆家。她才满月的时候,蔡小米还送过小衣服给孩子穿。看着被抱在妈妈怀里的小婴儿,当时她的心里有一股说不出的感觉,想到了自己小的时候。在亲生父母怀里不过才待了四年而已。

赵正清始终没见再结婚,他一直说有女友,可蔡小米从来没有见过。这对她来说无所谓了,她和马顿一直坚持着他们从小到现在的感情,她很珍惜他。甚至笑着说她如今已经很少抱着字典读信了,马顿就说那是因为我也烦自己抱着字典查更多的生字难为你。如果那样,对他自己来说也是个考验。好在我们平时阅读,遇到生字查查字典就够了。而实际生活当中,又哪里有那么多生僻不认识的字呢?

彭冰川的出现,或者说蔡小米在老程工作室的出现,让彭冰川眼前一亮。他直接就质问赵正清了:"赵老师,您不是说不知蔡小米的去向吗?"

赵正清倒是一愣:"你什么时候问我的?我怎么不知道?"

彭冰川想了想:"应该是我刚入学的时候。"

"三年多了,你还让我记得三年前你说的话?再说三年该有多大的变化,何况,当时你问我的时候我确实不知道。后来我知道了,你也没再问我啊。"

"那您怎么不告诉我呢?"

"我?我告诉你做什么?你找小米?有什么事?这么多年了,我哪还能记得你当初说的话。你要是关照我以后知道蔡小米的去向,随时向你汇报,那我就用心了。"

蔡小米被眼前两个人的对话折腾懵了,心想:"彭冰川找我干吗?我跟他又不认识。"

此时电话响起,是马顿的电话,告诉蔡小米他已经到工作室了。蔡小米一边接电话一边往外走,还没忘回头和他们打招呼。彭冰川岂能再让她从眼前溜掉,赶紧跟了出去。蔡小米在电话里听着马顿的声音,正感觉亲切,两人要说点悄悄话,想不到彭冰川跟在旁边,这让她分外反感:"马顿我先挂了,我在程老师工作室,一会儿就回去了。"回头又对彭冰川说,"你跟着我干吗呀?"

"我话还没说完呢。"彭冰川着急地说。

"我认识你吗?"蔡小米怀着敌意的神情看着对方。

"见过,我们绝对见过一次。"

蔡小米审视地看着眼前的男人,并不觉得眼熟。彭冰川赶紧讲述当年刚上美院的情景:"那天你是模特,我是刚入学的新生。"彭冰川原原本本给她讲了一遍,听得蔡小米直诧异:"不可能,我怎么可能姓彭?简直是莫名其妙。"蔡小米心里想,就算我不姓蔡,我原来也姓李,怎么可能又姓彭?蔡小米本想把自己的身世说出来,可面对着这个对她来说全然陌生的男人,她还是采取了保护主义。

"真的,你真的姓彭。我们的妈妈生了三胞胎,你叫彭小米,二姐叫彭小豆,我叫彭冰川。不信你打电话问咱妈咱爸。"彭冰川一着急,就把手机拿出来,准备拨家里号码。

"别。打住。你肯定认错人了。我不姓彭。我姓蔡。"蔡小米差点就说我是李小米,怎么可能是彭小米。但她终于还是忍住了。她不想伤害自己的养母,更不想让除自己以外的其他人还知道自己姓过蔡以外的姓氏。当然,马顿算自己的人。

而彭冰川这次是铁了心要认下这个姐姐的。他一直跟着蔡小米走到她所在的工作室,马顿坐在屋里等不及蔡小米,已经跑到外面来接她了。看她身边跟着一个步步不离左右的高大男人,而蔡小米却是一副要甩掉他的模样,不禁警惕地看着彭冰川:"小米,这是?"

"马顿,我根本不认识他,他非说我是他姐,还说我叫什么彭小米。你说,我明明姓蔡,怎么可能姓彭?"

马顿此时想到的也是,蔡小米顶多叫李小米,根本不可能叫彭小米。"可能他认错人了吧。"

"我真没认错,她做模特的时候,我是美院新生。她就在我的课堂上出现过一次,后来再也没见到她。说是因为画画,被学校辞退了。当时我就认出来了,她就是我姐彭小米。我还有个姐姐叫彭小豆。我们的妈妈生了我们三胞胎,两个姐姐,我是最小的弟弟。"

他说小米被辞退这件事,小米虽然觉得属实,可她无法相信自己是谁家三胞胎之一的事实。李家自己的亲生父母都还没认,怎么可能又跑到彭家认这莫名其妙的亲去。蔡小米表现得格外冷淡,彭冰川看对方没有邀请自己进工作室的意思,只好离开了。但他心里还是高兴的,毕竟,他终于知道了自己姐姐工作的地方,以后无论如何也不会让她再跑了。

"马顿,你出差回来不赶紧先回家?我不想你和你妈闹得太僵,将来我们结婚了,婆媳关系也不好相处。"

"我要跟妈商量商量,回头带你正式去我家见你婆婆。"

蔡小米惊讶中透着欣喜地看着马顿,和马顿相处这么多年,她似乎因为马母对自己的不接受,都不敢奢求去他们家。眼下心里自然是开心的。

第八章
做回打工女

1

自彭冰川知道蔡小米的工作地点,一有时间就过来找她,但有几次都是铁将军看家。这天正巧遇到蔡小米从外面回来,由于蔡小米刚刚领了大奖回来,心里特别开心,所以看到彭冰川倒也没觉得他和她打招呼有多不舒服。毕竟,彭冰川和赵正清、老程他们都认识。

彭冰川身材高高大大,长得又很帅,可在蔡小米的眼里,她只有马顿一个就足够了,不希望还被别的男人纠缠:"我真没工夫跟你探讨你应该姓什么,我应该姓什么。我姓什么对你来说无所谓,你不必再弄一姓氏强加在我的头顶。你请留步吧,一会儿我男朋友来了,该有疑心了。"

"小米,你真的是彭小米,不信我打电话你问咱妈咱爸。"

"小米也是你叫的?你直接叫我蔡小米就行了,我又不认识你。希望你不要总来骚扰我,我要工作了。"打开门锁,蔡小米没打算让彭冰川进院。

"我真的没撒谎,我说了,我给家里打电话,你跟他们说。"彭冰川忽然不知道怎么对付眼前这个固执的女子。自己在家里被小豆欺侮,想不到在自己另一个姐姐面前,也变得不自信起来,不知道怎么才能把话说得让对方相信。

"我有亲生父母,你不必在这里乱操心,我一会儿回家就给他们打电话。你还是走吧,我还要工作。"蔡小米下了逐客令。

"姐,我真是你弟。我们是一天出生的。"彭冰川急了。

"行了,同一天出生的多去了,那还都是你姐了?"蔡小米越来越觉得彭冰川就是想泡她,于是越发对他产生了反感。咣当把大门关上了,彭冰川被冷冷地关在铁门外。

蔡小米这次画的塞外仕女图获了特等奖,奖金且不说,就这个奖项让她在画家圈子里着实风光了一次。当然,她要的不是风光,她要的是再上一个台阶。只是,工作室马上租期要到了,房东问她还要不要续租。她是一方面想租一方面又想攒钱买房,好让养父母离开平房,住进亮亮堂堂的楼房。这个下午,她提前回家,其实她自从在这里租下工作室,也是经常住在这里的。当她离平房还有好几站地的时候,她提前下了车,打算去商场给养父母买件衣服。衣服选好出来,等公交车等了好半天,干脆自己走路,也算是一种锻炼了。却想不到这段路走得让她心情难过起来。

  远远的,她竟然看到养父推着人力车在叫喊着收废品,走到一处厂房前,有人挥手让他进去。蔡小米也走累了,就坐在一处石凳上等父亲出来。这里是一处绿化带,弄得跟小公园似的。没多久,养父就出来了,她竟然看到他在抹眼睛,分明是哭过的,这让蔡小米格外吃惊,而再看向那辆人力车上,先前的纸盒和一些废品全都不见了。蔡小米明白了什么,冲过去:"爸,你怎么了?"

  看到女儿过来,周淀粉迅速抹了下眼睛:"闺女,你怎么跑这来了?没事,他们要卖给我东西,我看不合适就没收,眼里刚才进沙子了。"

  蔡小米左看右看都觉得周淀粉在说谎:"爸,到底怎么了。"

  "真迷眼了。你快坐车回家吧,我一会儿就到家了。"周淀粉掩饰着,说完推着车就要往前走。蔡小米没再揭穿。

  养父母穿上她买的衣服,特别开心。唯有蔡小米心里不是滋味。两位老人如今也是年近花甲,却还要靠收废品维持生活。自己租那么大院子画画,一年租金就相当高,让他们去住,他们又觉得给自己添麻烦,说让别人看到不好看。蔡小米心里哽着。画家都爱往宋庄跑,她也不例外,可是高昂的租金如今对于蔡小米来说,也不能不考虑。

  晚上和马顿遛弯,又说起白天彭冰川来画室的事情,马顿建议蔡小米给那个李先生打电话,确定他是自己的父亲,再问问自己的身世到底是怎么回事。"我觉得,彭冰川不可能没来由地缠着你啊。你还是打个电话吧,这样也就明白怎么回事了。"

  回到家以后,蔡小米把那张纸又找到,可她不能当着养父母的面打,于是找了个借口打车回了宋庄,说宋庄有朋友找她。她可以想见自己的脾气有多么急,这个电话,今天必须打。可她到了画室以后,又不着急了,她忽然不知道怎么面对自己的生身父母,其实,他们把她丢了,四岁就给弄丢了,让她非常生气。

  一个电话让她急迫地在平房就想打过去,可到了宋庄,她又安静下来了,人已经躺下恨不得快要睡了,犹豫着这个电话要不要打过去。直折腾到快十二点,心想自己再不打,这次打车回来就实在是太浪费了。

电话拨过去,对方还真没关机。先前她以为这个电话一定是关机了。当听到对方确实姓李,在寻找李小米的时候,蔡小米的眼泪还是流了出来:"我就是李小米。"

对方在电话里兴奋得什么似的,蔡小米感觉到了,她听到她的父亲把她母亲叫醒,并告诉她女儿打电话来了。蔡小米赶紧抱歉地说,不好意思半夜打电话过来,她说她只想问问她是不是还有一个胞弟和胞妹。胞弟是不是个画家,在宋庄是不是有个画室,李父竟然对此不太了解,说话就有点支支吾吾。支吾过后,他告诉她,她确实有个胞弟和胞妹,这让蔡小米吃惊不小。

可弟弟为什么姓彭呢?这个夜里她没有睡好,她答应第二天见李父李母,打算见面再问。见面以后,石贵珍当着蔡小米的面就流泪了,一边流泪还一边说以为自己不会哭,她心里想的什么当然蔡小米不知道。她先前以为这个孩子毕竟不是自己亲生的,也才养了四年,不是自己身上掉的肉,就想这么多年都过去了,见了面,她一定会控制住情绪,不会哭。可现实说明,她养过的那四年,每天每夜对蔡小米的陪伴和精心照顾,都还是把她当成亲生的了。石贵珍哭得一塌糊涂。

自从知道自己不仅姓过李,还姓过彭,这让蔡小米心底隐隐地生出了怨恨。尤其知道自己刚满月,因为长了颗痣就被送走,这让她更加怨恨自己的生身父母,亲生父母她不打算认了,她认下了养父母。她也说不清什么感觉,一看到石贵珍落泪,心里就软了。

最让蔡小米接受不了的是,二十多年,她竟然姓过三个姓。

"小米,搬到楼上跟我们一起住吧。"石贵珍擦干眼泪说。

蔡小米摇了摇头:"我和爸妈住得挺好的,再说我在宋庄画室也有地方住。"蔡小米心里是这样想的,反正住在哪边都是养父母,也没什么挑的,还不如跟着从小把自己养大的养母住着踏实,主要也是习惯。

石贵珍小声提醒说:"他们住的是平房,怎么说楼房也更方便些。冬天也不怕冷。"

蔡小米直视着她的眼睛说:"平房也住了快二十年了,当什么都成习惯的时候,不好也是最好的了。"

李会议说:"小米,我这就给你亲生爸妈打电话,也让他们高兴高兴。我们把

你丢了,也把他们愁坏了。说是你妈眼睛也不好,要不早就出来找你了。"

蔡小米心里冷冷一笑,坚决拒绝和他们通电话:"我不要和他们电话联系,这一辈子都不要联系了。"当回到工作室,马顿陪在她身边的时候,她哭得也是梨花带雨。

马顿抱着她说:"哪有亲生父母不爱自己孩子的,他们自有苦衷,既然和以前的养父母联系上了,现在又能和生身父母联系上,你干吗不和他们联系?"

蔡小米一边哭一边说:"我是养父母四岁的时候给弄丢的,他们不是故意的。我可以和他们联系,我可以原谅他们。他们不是故意抛弃我的。可我的亲生父母性质不一样,他们竟然在我生下来才刚满月就把我给送走了。主观上他们就是故意的,他们故意遗弃我,不要我。既然都送出来了,那就永远也不要再联系了。干吗还找我?"

马顿默默地陪着她,不再说那些让她和亲生父母联系的话。

赵正清来画室,告诉她有一家公司老总相中了她的画,打算盛情邀请她去他们公司工作。其实工作简单,只需要把仕女图画在陶瓷上,他们再负责烧制就 OK 了。工资给她八千。

八千对于蔡小米来说可不是小数字,她没有立刻答应,说自己再想想。她心底还是希望把这个画室坚持下去。而彭冰川的再次到访,坚定了她关闭工作室的决定。

2

这一次彭冰川不再希望蔡小米打电话,而是告诉她,他们的父母很快就会从廊坊赶来宋庄。这让蔡小米大吃一惊。她不想见他们,可她不想把这个信息传递给彭冰川,她害怕自己就这样被彭冰川给软禁了,她立刻答应了他:"好啊,不过,你给我几天时间。现在我不能见他们,我还没有做好准备。你把电话给我,我回头打给你。反正我在这画画,也跑不了。"

蔡小米已经做了逃跑的打算,正好租期快到了。只是,她这些画怎么处理?马顿说他家有地下车库,放他家比较可靠。可蔡小米担心被他妈妈给扔出来。他们一直说要去见马母,一直都没有抽出时间,其实是蔡小米还没有做好准备。

唯有找赵正清了,他的地方大。赵正清听蔡小米原原本本把自己的身世讲了一遍,赵正清也愣了:"这么曲折?"

"还得麻烦您,千万不要告诉彭冰川我的去向。我已经想好了,工作室撤掉,我去你说的公司打工。反正都是画画,我无所谓在哪里画。我不能见他们,我见了他们我一定得咆哮。我肯定控制不住。"

"至于吗?亲爸亲妈找你,你看你有必要跟个刺猬一样地逃吗?见见怎么了,听冰川说这些年没少找我。当初他也就少说一句话,他要说你是他亲姐,后来我联系上你,我能不告诉他吗?当时他问我你去哪儿了,我确实不知道,当时我还以为他对你有了一见钟情的那种小男生对小女生的感情呢。也就没放在心上。"

"谢天谢地,幸好你没告诉他,要不我得多怨你。"

"不是吧,如果那样,你直接就找到亲爸亲妈了,你应该感激我才对。我还真是想不通你。"

"想不通就甭想了。赵老师,两三年过去了,我怎么没见过您这里有哪个第三者出现?也没听说过。你看程老师,孩子都那么大了。"蔡小米想起当年她追他,他说已经有女友的事情来,"你看你这沙发乱的,也没人帮你收拾。"

"隐私。绝对隐私,这个你不能过问。"赵正清心里想,我哪来的第三者,就算有第三者,也是两个人心里的魔鬼。要不是各自父母去世,两个人都没到场,他们的婚姻或许怎么也能一直维持下去,就算是为了孩子。可他们却为了面子离了婚,谁也不知道他们的里子到底为这该死的面子惋惜过没有。

马顿找了辆车,把蔡小米所有画作都拉到赵正清这里。赵正清这里除了正房,还有西厢房。他就在西厢房做饭,吃喝拉撒就都在西厢房解决了,睡主房西卧室,院子里的东厢房,空空荡荡,里面什么也没有。蔡小米所有画作就被安置在东厢房,嘱咐赵正清平时给上把锁,不要让彭冰川看到。

"要付租金啊。"赵正清开玩笑。

"您看哪幅画够租金,您就直接扣下得了。"蔡小米笑。

"我看哪幅画都不够,我跟你要天价。"

"从来没有见过这么见钱不要命的房东,您这样,可会把您的弟子教育得只认钱不认画了。那我以后还能画出什么样的好画?唉,就是马上要去的这个公司,还不是这样的,我追求的还能是艺术吗?彻底追求铜臭去了。我将成为一个名副其实的画匠。"

"别这么说,生活处处是艺术。何况,钱虽然不是万能的,但没钱万万不能"

钱能让你生活得更好,钱也能让你懒惰起来。你自己决定吧,要不行我就把我工作室一劈为二,租你一间。你就不用去公司给人家往瓶上画画了。省得觉着委屈。"

"那不行,我家马顿该不愿意了。"蔡小米看看马顿,"他该觉得我占您老人家便宜了,他最不喜欢我占别人小便宜。"

马顿听了不吭声,只管笑。

马顿把所有的画作靠墙摆放好,这些都是蔡小米的心血之作,马顿了解蔡小米,每次当她进入创作当中,她都一定是关闭手机,把自己一个人关在工作室尽心绘画。看着眼前这些作品,马顿暗暗在心里有了一个打算,这个想法他还不打算告诉小米。

一切安顿停当,蔡小米就去新公司报到了。走之前又向赵正清妥善交代一番,绝对不能让彭冰川知道她的去向。而彭冰川再次出现在蔡小米的画室前,已经人去屋空。他再一次颓丧至极。

蔡小米又开始了崭新的生活,虽然她觉得新工作也是画画,可在她心里清楚明白这跟艺术大相径庭。但她每月将有固定收入,而且老总承诺效益好了会给她涨钱。当然,蔡小米也考虑过,如果效益不好呢?

其实,这个她也大可不必担心,她所在的陶瓷公司生产的陶器,有多家固定供应商:国内酒厂以及出口到国外。公司年产陶瓷酒瓶近四千万件。而蔡小米并不是单纯地在酒瓶上画仕女,出口工艺品才是他们公司的强项。老总很能干,开拓了很多个领域。

在开始新生活的同时,蔡小米偶尔也和李会议他们联系,那毕竟是养了她四年的养父母,吃过养母的奶,尽管是奶瓶兑制的,可这种养育之恩,她不能忘。但他们联系得不是太密切。她从来不用自己的手机和他们联系,他们要她也不给。自上次给他们打过电话以后,她就换了张手机卡。她知道他们和自己生身父母有联系,生怕她的电话落到生身父母那里,那样如果他们打来电话,她会觉得不知道怎么应对。她忽然觉得自己的人生好尴尬。

她觉着自己的想法有道理:"既然他们把我送了出来,就是要与我断绝父女、母女关系,何必再联系,只要知道我还安好就好。妈,您告诉他们吧,就说我还活着,并且活得很好。"她对石贵珍说出这样的话,一声妈,让石贵珍眼泪滚出眼窝。

石贵珍不好意思再劝导蔡小米和彭家联系,她也觉得自己和小米的联系已有伤害她的可能，可她又忍不住跟李会议唠叨："这孩子好久没来电话了。也不说主动给我们个手机号，她怎么就这么倔呢？这一点就遗传你了。你就倔，你说你要是休了我，你不就有自己亲生的孩子了。"

"遗传啥啊遗传，小米又不是我生的，还遗传我呢。就是遗传也是遗传你。你天天喂她奶瓶。"李会议不示弱。

"遗传我？长得好看啊？我长得还行。可我没小米长得高，她这点我看是随了她亲妈了。长得好看遗传我了。"石贵珍说完，就冲李会议笑。

蔡小米离开宋庄，因不必再交房租，就把存折上的钱拿出一部分，在平房附近租了一个单间，养父母住足够了。自己吃住在公司，就算是回家，可以在客厅沙发上睡，无论怎么看，都比住平房宽敞干净明亮多了。本来想租个双室，想自己可以住公司宿舍里，省下来的钱可以多给养父母当生活费。当蔡小米把钥匙递到蔡母手里，养母却佯装不高兴嗔怪她："小米，你怎么能租下房子才跟我们说呢，能退吗？能退赶紧退了。"她又把钥匙往蔡小米手里塞。

"妈，来不及了。我租了两年，本来是三个月一付，钱我交了一年的，就是想走也不行了。一次付全年还便宜呢。"蔡小米觉得自己捡了一个大便宜。

"傻丫头，钱留着干啥不好，以后你结婚，用钱的地方多着呢。我们老两口住哪儿不行？你说住楼房多麻烦，平房还有个小院东西能随便放，这住楼房东西往哪儿放？"

"妈，你和爸就不要再出去收废品了，我每月给你们生活费。钱又不是不够花，还那么辛苦做什么。以前我画画，不知道哪个月能进钱，现在不一样了，我一个月能赚八千，老板说以后还会涨。不要再收废品了。"

周淀粉兴奋着，卧室厨房卫生间地转悠个遍，一间间地走着看着，一边转一边说："小米，真是爸的好女儿。爸这是前世修的好福气哟。老婆子，你的运气来了，你去买彩票吧。你养了这么好的闺女，羡慕死别人了。"

"妈，以后我就住在公司了，有时间我就回来看你们。这两天我们就把家搬过来吧。"蔡小米说。

搬家前的最后一餐，蔡小米大大方方地去街口超市买东西。刚一进超市，石贵珍就迎了上来："小米，快别走了，一会儿上楼上，我们多做点好吃的。"

小米摇了摇头："不了，妈把菜都准备好了，我这是来买点饮料和酒。"

石贵珍听到这里，赶紧说："那你自己挑，喜欢喝什么自己挑。买？小米，你以后在我面前不能这么说。"看身边没有别人,才低声说,"好歹我也给你做过四年妈妈,你怎么还好意思买。你好意思说,我都不好意思听。"

蔡小米先前的骄傲一下子就矮了,她也奇怪,为什么愿意出现在前任养父母身边,她希望得到更多的爱吗?小米在货架上选了瓶饮料,又给周淀粉拿了瓶白酒,把它们放在柜台上,等待着收银员收钱。

石贵珍把它们装在袋子里,递给蔡小米:"小米。快告诉我你具体住哪个院,我们一会儿也过去和你们聚聚。"

小米把自己住的地方详细地告诉了石贵珍就走了。蔡小米心里明白,她想多得点爱。而石贵珍听着那个住处,直和李会议后悔:"这么近,咱们怎么就没在这条街上仔细找找呢?"

蔡母的眼睛也不如以前了,穿针引线都要蔡小米帮助完成。回到家的蔡小米,看到母亲在缝手套,那根针和那根细线却怎么也套不到一起去。她赶紧接过来,用不着太迎着光,就给穿上了。看着眼前的老母亲,蔡小米告诉自己,这才是她最应该疼的人了。

好久没有这么热闹了,以前都是她和母亲过,周淀粉回来以后,在一起也没过上几天。当李会议和石贵珍带着大包小零食出现在这间平房里的时候,蔡小米心底的小孩情结被找出来:"这么多零食,我又不是小孩子。这屋里哪有小孩啊?"

"你四岁以前最爱吃零食了。看看,都是你那个时候最爱吃的。"石贵珍把食品袋递到蔡小米手里。

蔡母默默地去忙着做饭,她心里别提了,特别不是个滋味。她还不清楚蔡小米二十多年姓了三个姓,她只知道小米以前叫李小米,并不知道叫彭小米。她心底哀怨过,担心眼前这一男一女把蔡小米绑架到他们家去。要知道,他们可是蔡小米的亲生父母啊。蔡母一边在厨房忙,一边心里嘀咕着。

蔡小米一直别别扭扭地不跟李会议两口子叫爸或者叫妈。这让蔡母心里有点欣慰,所以每次小米一跟她喊妈,她就别提有多高兴了。总是很响亮地应答着。

"妈,菜别做咸了,您做菜总是那么咸。"小米嘱咐蔡母,蔡母高兴地答应着。再看石贵珍,眼巴巴地看着他们,别提多羡慕了。

石贵珍对蔡小米说:"小米,要不咱们去饭店吃吧,在家里吃做起来太麻烦,这屋又这么小,转都转不开。吃完一大堆碗还要刷,太麻烦了。去饭店,刷碗这事也省下了。"

"我们家闺女就爱吃我做的红烧肉,还有清蒸武昌鱼,这都得感谢门口卖鱼的大张,告诉我们新鲜的武昌鱼蒸着吃最好吃。这一吃不要紧,小米就上瘾了,隔段日子不吃,她还馋呢。是吧,小米?"

"我妈做的武昌鱼真的很好吃,一会儿大家尝尝就知道了。马顿也没吃过。"蔡小米说完,把手里的薯片塞到正在择菜的马顿嘴里。马顿抿嘴笑了:"谁说我没吃过清蒸武昌鱼?我只是没吃过阿姨做的。"

"嘴里吃着东西也堵不上你的嘴,你就不能说你没吃过,今天头一次啊。"小米悄悄对马顿说。

"没吃过没吃过,今天头一次。"马顿刚说完,大家都笑了。气氛非常融洽。

"我也不是头一次吃老伴做的武昌鱼了,但今天和以前味道肯定不一样。小米的亲生父母来了,我替小米高兴。"周淀粉的话,忽然让气氛变得沉重起来。

当大家举杯畅饮的时候,周淀粉对小米说:"小米,也没见你跟亲生父母喊声爸妈,他们给了你生命,你应该敬他们一杯。"

石贵珍脸上有幸福涌起,又有一丝别人不易察觉的尴尬。小米迟疑了下,端起杯站起来:"爸、妈我敬你们一杯。谢谢你们把我养到四岁。"谁听她这话都充满了怨言。

周淀粉及时地给大家续上酒和饮料:"别计较小米的话,小米是怨父母这么多年没在她身边。话说回来,要是小米跟你们在一起,那我和老婆子哪还有这些福气?小米的成长就没我们啥事儿了,那我们活得多亏啊。幸好小米没跟你们在一起。"

"你说啥呢?"蔡母瞪了周淀粉一眼。

周淀粉不吭声了,他这才发现他怎么谈论小米归谁养这件事,说出来都很得罪人。

大家你一言我一语,气氛又回归到先前的和谐。当快递送来一大束红玫瑰,让蔡家的晚宴达到了高潮。小米看了看马顿,知道这是马顿一手策划的。心里满满的都是幸福,但幸福之余,谁也不知道蔡小米心里在想什么。夜深人静的时候,她不可避免地想起彭家。

蔡小米和马顿帮养父母把家搬到楼上去,这算是彻底离开了平房,但依然没有离开朝阳平房区。回公司之前,她并不知道,她再怎么告诫别人不要把自己的行踪和电话告诉给彭家,可她仍然阻止不了彭父彭母的到来。

3

父母这么快就到了,更是让彭冰川预料不及。这次,他们并没有继续等下去,而是直接坐车从廊坊来到了宋庄。其实,廊坊到宋庄,真的不远。

"冰川,你姐人呢?在哪儿?"吕梅花一见到儿子,直接就问小米。

"妈,你们也没说立刻就来啊,你们要说立刻就来,那我就告诉你们了。"

"告诉我们什么?"吕梅花紧张地问。

"妈,她不知道又去哪儿了,我也联系不上。"

"怎么可能?你明明说她在宋庄也有画室,你刚遇上她,她人就不知去向了?你哄谁呢。你可别逗你妈开心了,一惊一乍的,三年前你就整过这事了。你看你爸这脚,来一次得多费劲,你妈眼睛也不行,看啥都模糊,看不清。真怕走着走着眼睛就瞎了。"吕梅花说完,抹了下眼睛。

"行了,你一天不唠叨你心难受,你倒是先问问冰川到底咋回事。"彭大城说。

"爸、妈,我是见到小米了。可是她不认我们,电话里我也和你们说了。"

"她不认不行啊,她是我身上掉下来的肉,她不认我不行。从一生下来才吃了我一个月的奶,你说我这心里有多难受。"吕梅花哭了。

"行了,行了,问问冰川怎么回事。"彭大城拄着拐,踮着脚尖。

"后来我说了你们要来,她就说这几天没有时间,要了我的电话号,可到现在我也没接到过她的电话。反正她的工作室整个撤了,东西全搬走了,房东说她没续租。"彭冰川也一筹莫展。

"这孩子到底什么意思呢?太寒心了。"吕梅花满脸愁容,"给李会议打电话,快,问问他。"

"会议,我们在宋庄。是啊,儿子在这办了个画室,我们两口子一起来的,我们这就去你那里。在哪儿?朝阳区平房?坐什么车?算了,我们打车吧。冰川说打车。"彭大城挂断电话,"走吧,去会议那儿看看。"

三个人走进平房街口超市,恰巧石贵珍两口子都在,买东西的人也不少,有外雇的两三个人在打理,李会议和石贵珍就带着三个人去了楼上。两居室的商品房,三层,幸好楼层不高,彭大城走得也是相当费劲。

"哥,你的腿怎么一直没治吗?"李会议问。

"治了，没用，落下病根了。这辈子也就这样了，要是这腿脚好，我们早来了。你嫂子的眼睛这两年也是越来越不好，看什么都模糊，也不敢让她一个人出来。这不，一挨就挨到现在才来。"

"哥，嫂，我对不起你们，没有照顾好小米。我们是罪人。"李会议真诚忏悔，"好在小米现在又找到了。"

"你们有联系吧？就知道你们有联系，你跟小米联系上了，怎么也不告诉我们？快把她电话告诉我们，她现在在哪里？"吕梅花急了。

"这丫头听说是我们把她给丢了，又听说你们一打满月就把她送走了，真把孩子心伤透了，说啥也不让我跟你们说找到她这件事。唉，我们也算心安，总算在有生之年还能和她见上面。养了四年，那感情有多深，你们也应该知道。说句不中听的话，养个小猫小狗养三两月的还有感情呢，丢了跑了还得心疼呢，何况一个大活人。四岁之前的日子，你们都不知道小米和我们在一起的那种天伦之乐，要多开心有多开心。自从把她丢了，你弟媳妇整天哭。那天和小米见面，你没看把她哭的。"李会议一打开话匣子就停不住了，当他发现对面两口子听说小米不愿意和他们联系，他看出来了，他们的心也碎了。

"姓彭的，你看到了吧，这孩子一送出去，那就送出冤家和仇恨来了。这要是真一直跟着会议他们两口子也好，结婚的时候我们给张罗张罗，看着她过得幸福，我也就不说啥了。可现在，这孩子心里有恨，有结，我们可咋给她解啊。"吕梅花又哭了。

"妈，您也别伤心了，姐刚认下叔叔，她可能也一时接受不了你们。给她点时间吧。我想她以后肯定也会认你们的。"

"都怪我那天没把小米看好。你说我上什么厕所呀，上厕所也不能放小米一个人出去啊。我在厕所里排队，小米非要出去，我以为李会议就在外面老地方等着。偏李会议跑一边买烟去，买了烟又去看热闹。"石贵珍无比悔恨。

"都过去了。现在关键的是我们想知道，小米四岁从你家丢了，这些年过得好不好？"吕梅花急着问。

"我们竟然不知道，我们离得并不远，想不到我们都住在朝阳区，她被这条街上一个捡废品的大妈捡去了，前街后街的，我们竟然相隔得不远。这么多年却一直没有相认。"石贵珍说完，对彭母说，"嫂子，小米长得真好，那叫一个水灵。别看生活条件不好，住的又是平房，一点没耽误她长得高，长得那叫漂亮。"

"你们有她照片吗?"吕梅花询问的眼神看着眼前这几个人,李会议、石贵珍、彭冰川,三个人跟商量好一样,一起摇头,"你们,竟然和她都见过面,怎么连个照片也不给我拍一张。我真想看看她到底现在是啥模样,是不是和小豆长得一模一样。"

"一样的,妈。就是她们性格肯定不一样,让我说我也说不好。一个爱动一个爱静吧。"

"自然是小豆爱动,小米爱静了。"彭大城插话,"说起小豆,也是挺长时间没回家了。反正我们都来北京了,也去见见她。冰川,这次你找到小米,没和小豆联系吗?"

"联系不上,她手机号成空号了,估计又换号了。"

"那你去找她啊。你没去过她那什么跆拳道馆?"吕梅花着急地问。

"去是去过,她忙成那样,我就一直等她,就跟她吃了顿午饭。忙得她懒得搭理我。"

"她有那么忙?"吕梅花半信半疑,"没来这儿找过你?"

"没来过。她怎么不忙,那么多学生,她每天上午下午都要上好几个小时的课。一天我看她跟个假小子似的,我都不爱见她,一见面就损我,说我怎么就选了画画这个专业。说我得向她学习,每天踢踢打打才是男人的正经事。我真不爱去她工作的地方。老是被损。"说起彭小豆,彭冰川就没有精神,"妈,本来说小米,怎么又说上小豆了。"

"我不管小米还是小豆,都是我家的孩儿,我这次来说啥也得见上小米一面再回去。"吕梅花一副坚定的模样。

"那要是她不见呢?"彭冰川说。

"乌鸦嘴。李会议,我就在你这儿住下了,小米总是会和你联系的吧?她和你联系,你就立刻把电话给我。我拉下老脸跟她道歉还不行吗?"吕梅花哭丧着脸。

李会议看看石贵珍,俩人赶紧说:"没问题,嫂子你们尽管在这儿住。我们家就是你们家。"

"妈,你又不去小豆姐那儿了?"彭冰川不解地看着母亲。

"去,谁说不去?小豆那地方肯定没有地方住,就是有地方我也不打算在那里住。一天踢踢打打,打打闹闹,我可住不下去。我们得先解决了吃住的问题,再去见小豆。冰川,你在前面带路,我和你爸这就去。"吕梅花说完,就示意彭大城出发。

彭大城的拐就在腋下,吕梅花一个眼神,他赶紧站起来,他的力量大部分全压在拐上,拖着那条病腿,走得不是很快。李会议试图搀他一把,他用眼神拒绝了:"会议,别看你哥这形象不咋的,可我不会拖你嫂子后腿,你嫂子说去哪儿咱就去哪儿。"

"还没拖我后腿?我早就要来北京找小米,你来吗?"

"那不是你眼睛不好吗?"

"眼睛不好,我也不是看不见路。倒是你,耗上掘墓的了,也不怕人家将来报复。"

"都抓进去了,还报复我?"

"难说,我是怕他们卷土重来。"

"你这才叫乌鸦嘴,你这不是咒我祖坟吗?"彭大城不高兴了,下楼的时候不小心一个趔趄差点摔倒。

"那你快点祈祷,让你家祖坟赶紧冒青烟,我们好借这股青烟赶紧找到小米。"吕梅花一边说一边往楼下走。

"你一天十句话有十一句说的是小米。"彭大城不满。

吕梅花赶紧站下,差点和紧跟在身后的石贵珍撞个满怀:"你啥意思彭大城?我一天十句话,有十一句说的是小米,那一句咋回事?"

"那一句在你心里,睡着了还想往外冒,被周公截住了。"

几个人听了,想笑,又觉得找小米这件事情实在是一件非常严肃的事情,于是就都没笑出来。当彭冰川把父母带到先前小豆供职的跆拳道馆的时候,却被告知她已辞职多日。

"怎么回事?小米还没找着,这又得找小豆?"彭大城显然有点累,两只拐就卡在腋窝下,用手背擦着脑门儿上的汗。

"辞职了?那你们知道她现在在哪儿吗?"彭冰川问工作人员。

"不知道,她去哪儿没告诉我们。"

"那能把她的电话号给我们查下吗?"彭冰川继续问。

"你们是?"对方询问的眼神。

"我们是彭小豆的家人。我是她妈。"吕梅花理直气壮地说,那架势在告诉你,我丢了个女儿,可我还有个女儿能让我理直气壮地当她妈。其实吕梅花自己

也说不清此时的心情。只是觉得自己无论在哪儿都不能输给别人,她需要有股力量支撑她。

对方说她也不知道彭小豆电话,但她可以帮助查查。

几个人被引到大堂角落的一处沙发上坐下。没多大工夫,彭冰川的手机响起,接通以后听出是彭小豆:"姐,你还肯给我打电话?是,我和爸妈在跆拳道馆呢,怎么你不在呢?"

彭小豆一边快走一边说:"我这马上还有两节课,你带着妈先到我的住处附近等我吧。是啊,还住在道馆。道馆在紫竹桥。"

挂断电话,彭冰川告诉父母小豆离下班还有段时间,并告诉他们紫竹桥还挺远,不妨现在就去,到她的教室外面等。

4

"确定是这家吗?"吕梅花表示怀疑,"怎么这么小?"

没错,电话里她说的是这家。当彭小豆下班走出教室以后,面对着女儿吃惊的模样,彭大城说:"闺女,你妈这是非要找你姐,我是不跟着来不行啊。"

"妈,找我姐咋还找我这来了?还是我比我姐重要吧。"小豆撒娇地搂着母亲的肩膀。

"咋的?你还不欢迎我?你说你和冰川都在北京,咋就遇不上小米呢?"吕梅花说。

"妈,不是我遇不上,是我实在没有时间出去找她。这事您得问冰川,他一天不像我这么忙,课这么多,他一天想画就画不想画就不画,工作室是自己的,又没人管他,不像我。他找姐姐才理所应当。再说我没少在我的QQ群里发广告,没人认识她呀。妈,您也知道,我就是个活广告,冰川说我和姐长得像,那谁要是看到过和我长得一模一样的女生,都不用我说话,都能直接跑来告诉我。"

"姐说得有道理,我建议姐没事不要老泡在跆拳道馆,应该多去街上溜达溜达。活广告走在大街上,这样还真没准儿直接就找到小米姐了。"冰川说。

"我溜达?我溜达谁给我工钱?你姐我现在混得都住在道馆里了,连自己的窝都没有,要说寒酸真是寒酸,妈,你们来了,看来只能住宾馆了。"

"不用,我们住你叔你婶家。我打算好了,找到你姐我再走,找不到她,我就在李会议和石贵珍家住上几年。哪怕只见一眼。"吕梅花说。

"你这不是沾包就赖吗？"彭大城对此表示反对，"我看待几天我们还是回去的好。小豆就是现成的广告，说对了，要真是她认识的人遇上一个和她长得一模一样的，不用说都能跟小豆说。冰川，你以后也多留心，再遇上她，说啥也不能放她离开你眼皮子底下。"

"不管，从今天晚上开始，我们就住在李会议家。她不是有超市吗，她家住不下，我们就住他们家超市，这下更有理由了，夜里打烊了帮她看店，我们又不要工钱，他们还捡了大便宜了。"吕梅花振振有词。

最后一家人出去吃饭，吕梅花看着在道馆里习武的同学们，禁不住又对彭小豆一阵数落："你说说你，挺大的姑娘也不找个文静点的工作，一天跟个男孩子一样拳打脚踢的，像什么话。你说你当初选的是啥专业呢！你妈就一直想不通，你还不如冰川，一天画个画，挺安静的。"

"冰川那也叫事业？照猫画虎的，凭空设想的都是，哪有我们这真枪实弹来得过瘾。别的不说，就说健身这一项，我就觉得漂亮。"

当酒桌上再聊起这个话题，彭小豆不禁吐露真情："妈，要说问我为啥喜欢练武打斗，还不是跟你们有关。"

"跟我们有啥关？我和你爸没一个喜欢这玩意儿的，你看冰川就像我们，估计小米也像。小米可和冰川干一行的。"吕梅花自从再次获得小米的消息，心里无限欣慰。

"怎么没关？我从一出生就听你总是唠唠叨叨，又总和爸吵，我还记得有一次我从学校回来，爸……"彭小豆说到这，停下不说了，想想还是说了的好，"我看爸在打你。所以我发誓一定让自己变得最强大，如果有男人敢向我动手，我就对他毫不客气。我甚至还想，要是妈您也有功夫，当时一定把爸给暴打一顿。要是当时我能打过爸，我也一定帮妈打他。"彭小豆说这些，似乎十分小心，她边说边看了一眼身边放着拐的父亲。父亲那沧桑的脸上，写满了无奈。

"爸您别生气，小豆姐她这嘴就是没有把门的。就会讨好一个又得罪一个。"

"谁讨好一个又得罪一个？我可不想讨好我妈，得罪我爸。我不过说的是一个事实而已。我很客观的。"彭小豆说完，很不高兴地把杯里的红酒倒进嘴里，又拿过酒瓶往杯里倒。

"没事，尽管说，我不怕说。你们小的时候，我是动过手，我那是实在听不下去你妈唠叨小米。一天天地唠叨,没时没晌地唠叨。那次她挨打是因为她说这一切都赖你们的奶奶。她说你们奶奶的话说得重了点,我当时年轻气盛,也就没忍住。"

吕梅花脸上有点挂不住:"我赖不赖你妈,那也是事实明摆着的。你敢说这始作俑者不是她?是,我承认,我是合谋。我也不是什么好人。要是让我决定打死我也不送小米走。说来说去,还不是因为你那天遭遇车祸?罪魁祸首就是你,你谁也别赖了。"

"事后也后悔,跟你妈道歉了。"

"妈,曙光在前头。小米姐就在前头。"彭小豆哼唱了两句。

而当李会议和石贵珍现场听到吕梅花说要在超市扎根的时候,两个人都惊呆了,惊呆之余不得不满脸挂着笑,表示这是一个非常不错的主意。

从此,平房街口超市,每天都有一个女人和一个挂着拐的男人出来进去。这天石贵珍一狠心对吕梅花说:"嫂子,这样吧,我带你和大城哥去小米住的地方吧。她上次是交代不让我把电话给你们,可她没交代不让去她家呀。"

"啊,你知道她住的地方?这么大的喜讯你竟然一直埋在心底不告诉我?你可真行。"吕梅花兴奋得神采奕奕,当大家准备着前去看小米的时候,吕梅花又有点缩手缩脚了,这让石贵珍觉得奇怪。

"你说,我用不用收拾打扮打扮?小米不像小豆,从小吃我奶长大,也不懂得嫌弃我。小米不一样,就吃了一个月奶,那会儿奶水还不够,还吃了点奶粉。我不收拾打扮打扮,她看我第一眼就不想看第二眼了可咋整。"吕梅花说完就在超市里到处找镜子,"还有老彭,你那拐杖我说过换一对新的,你就舍不得钱。这副又脏又丑。"

"脏啥脏,就这色儿。"彭大城不乐意。

"嫂子,你一点都不老,还那么年轻。小米的眉眼和嫂子你一模一样。再说哪有女儿嫌母亲丑的。"石贵珍说。

吕梅花听到这里,心里自然乐开了花,可出发之前还是有点犹豫:"那我们给她养母带点啥呢?给小米买点啥呢?女孩都喜欢啥?"

"你是真行,女孩喜欢啥你不知道?咱家不是有个现成的闺女告诉过你吗?"彭大城嫌吕梅花啰唆。

"咱家那闺女跟小子似的,喜欢沙袋、木头剑。小米那么文静,她们喜欢的东西能一样吗？她才不会喜欢这些东西。"

"我看她住的屋子里有花,还有毛绒玩具。"石贵珍提醒吕梅花。

"小的时候没给她买过玩具,那咱就买个布娃娃。"几个人从平房街口超市走出来,又打车去了更大的超市,吕梅花抱着一米高的大娃娃走出超市。给蔡父蔡母也买了些营养品。

只是不容乐观的是,当他们出现在蔡小米当初居住的平房外面,敲过门以后,走出来的不再是小米,或者蔡母,再或者周淀粉。而是一张陌生的脸孔,一个黑红脸庞的男人。

蔡小米家搬到楼上去后,邻居没有一个人知道他们如今住在哪一幢楼房里,也不知道还是不是住在平房附近。抱着希望而来的彭大城和吕梅花,以及一脸惊愕的李会议两口子,不愿接受眼前的现实。而在彭冰川眼里,他这个姐姐,简直就是太神通了,总是和他们擦肩而过。这就像是她故意策划的一步棋一样,胜算好像只有她说了算。

看着失望的父母,彭冰川都不知道怎么劝他们才好。由于女朋友电话找他,他在父母失望的同时,犹豫着是悄悄地离去,还是留下来陪他们。

5

晚上,李会议两口子都睡下了,彭大城也困得睁不开眼睛,只有吕梅花怀里还抱着那个一米高的布娃娃坐着发呆。

他们终究是没能留在超市住,石贵珍说啥也不愿意,说超市是摆货的地方,哪里能休息睡觉呢,硬是生生地把彭家父母给拽到了楼上。这一路上,吕梅花手里都紧紧搂着那个布娃娃,生怕一不小心就把它给弄丢了。

晚饭后,石贵珍就把蔡小米小时候的照片找出来给彭大城他们看,吕梅花的眼泪就跟断了线的珠子一样。那些照片装在影集里,一页页翻过去,就像跟在一个月两个月慢慢长大到四岁的小米身边。她的哭她的笑看上去很遥远,却让吕梅花此时的心里承受着说不清道不明的感慨。

看大家都睡了,吕梅花把布娃娃放在一边,爬起来到柜子上拿相册。睡前,彭大城把相册递还给石贵珍,石贵珍刚要把相册拿走,吕梅花就急了:"别拿走啊。"

石贵珍吃惊地说:"嫂子,睡觉了,布娃娃能搂着睡,这相册可不能放被窝,老

硬了,别划伤皮肤。明天想看再看。我不拿我屋去,就放你们屋。"相册被放到柜子上,石贵珍回他们房间睡觉去了。

听着彭大城的鼾声,吕梅花说什么也睡不着。又不敢开灯,窗帘打开一角,就着窗外射进来的光亮看着小时候的小米。越看眼睛越疼,也越模糊。索性合上相册。

一大早,四个人围着桌子吃早餐。早餐是李会议出去买回来的油条油饼,还有豆汁。嘴巴里的油条还没咽下去,李会议就接通了手机,是蔡小米打过来的:"小米,我和你妈吃早餐呢。你吃了吗?你这又是用谁的电话啊?咋就不舍得用你自个儿手机呢?"看着吕梅花眼巴巴地看着他,他赶紧说,"小米,让你亲妈亲爸接个电话,啊?他们昨天来北京了。"

蔡小米洗漱完,吃早餐前,在早点附近打电话:"爸,您别说了,再说我可就挂了。以前都说好了的。那好吧,我不挂,我打电话也没别的事儿,就是跟你们汇报一下,我在新公司工作挺好的。工作强度也不大,不累。让你们放心。暂时回不去。我养父母他们?不在平房住了呀,我没跟你们说?那我忘了。那现在说也不晚,住楼上了。他们岁数大了,我觉得平房太潮,冬天又湿又冷。住哪儿?你们要见他们?不见您还问啊,我不回去,我住公司宿舍。行,我有时间就回去看你们。拜拜。"

挂断电话的蔡小米愣怔了一下,转瞬摇了摇头。

吕梅花支着耳朵听电话,直摆手让李会议把手机递给她,看到李会议把电话挂了,吕梅花急了:"怎么就不让我跟小米讲两句?"

"孩子忙,忙着去上班。她也不给我机会啊。"李会议无奈地说。

"再忙,说一句还不行啊?"手里的筷子举了好半天了,那一刹那如同呆了一样。吕梅花终于醒悟过来,把筷子放在碗上,就是现在给她端来山珍海味她也是吃不下了。

"嫂子,我也不好强迫闺女。我要强迫她,以后我的电话她都不给打了,那可咋整?"

"就是,嫂子,这事急不得,我们也才跟小米联系上,要是她现在对我们也反感了,那我们可真是没法儿联系她了。再说,这丫头从来不把她手机号告诉我们,每次都找个固定电话打过来,就没指望着让我们打过去。慢慢来,别急。"石贵珍说,"嫂子快吃吧,一会儿凉了。"

彭大城吃过早餐以后,这才开口:"下次小米再打电话,你们就让她回来,找借口让她回来,我们看上她一眼,也好回廊坊。我们也不能总赖在你这不走,是不?"

"哥,你这说的哪里话,这里就是你家,你们随便待。小米总会回来的,我们生硬地让她回来,反倒不一定回来。她总会回来的,毕竟她在这边也住了十几年了。怎么说她也得回她那个家。"李会议说。

他们并不知道,此时的蔡小米撂下电话以后,早餐也是食之无味。自己的生身父母在头脑里挥之不去。心里乱了,刚认下的李会议和石贵珍,本以为就是自己的生身父母,却谁想他们也是养父母。这让蔡小米咋看自己的身世都觉得是个谜。

索性没有填饱肚子就向公司走去。走进公司大门,和同事点头打着招呼。当她走进自己的办公间,看着大大小小的瓶瓶罐罐,以及身后的书架,关上房门的蔡小米一度以为自己已经置身于世间之外。工作起来,所有的烦恼都将烟消云散吗?

她不觉得,画笔在自己的手里,表现的依然是喜怒哀乐,就算正在画着菩萨,那心底也会偶尔漾着一缕小小的低落,也不会慈眉善目,估计心底是低眉顺眼的。只是她绘制的是一个个仕女,她们长长的衣袂,仿佛飘下瓷瓶,缠绕在蔡小米的裙子周围。似要和她相亲相爱,纠缠到底。

赵正清也是画女人的,但他更多的时候画风景。他画的古典美女在蔡小米的眼里,或者说在任何人的眼里都能看到古代女人心底的呐喊。那画里融进了现代女性很开放的思想,比如画林黛玉,本身包裹严严实实的女子,在他的画作里,也许有一只胸会悄悄地袒露。朦胧是美的,袒露出来,也不丑。这是对人性的张扬。

在蔡小米眼里,赵正清的画是大胆的,不能说不美。而自己笔下的仕女,却一直没有这样袒露过大胆过。倒是在蔡小米潜心作画的时候,老总敲门进来,他夸赞了蔡小米的画作以后,又提示她以后她的画是不是可以改一下。他递给她一本画册。那是一本裸体摄影,画面上的每一个女人在露与不露之间。

"不穿衣服,那我们就少挂一层釉彩,省钱啊。节约开支。"老总近似开玩笑。

"呵,话还有这么说的。"蔡小米不知道怎么应答才合适。

"公司开销大,节约开支是王道。"老总一本正经。

"那衣服上可以少画点色彩,让她们都穿素吧。"蔡小米笑。

"我说的是真的,这一批烧出来,我打算下一批就按这个画册上的裸体构图。

你最近呢,也考虑考虑这个问题。"

"画现代的吗?"

"不,还是古典。古代美女还是非常有韵味的,处理画作的时候,也不用像现代这样全裸,就那种,怎么说来着?对,是半遮半掩的,犹抱琵琶半遮面的。那样才最美最有味道。"

于是,蔡小米想起赵正清的画来。赵正清画仕女图不多,只是那几幅给蔡小米的印象非常深刻。蔡小米暗地里也觉得奇怪,怎么刚想到赵正清的那些画,老总就对她提议让她也画那种,简直是神了。她觉得自己能把握好方向,难度不会太大。她答应老总可以试一下。

老总正打算离开,蔡小米的电话响了起来,是周淀粉打过来的。蔡小米在电话里听了个大概,赶紧跟老总请假,打车迅速赶回朝阳。

第九章
威胁

1

"爸,你怎么还和这人来往?"蔡小米一进门,就对周淀粉很不满地说。

"闺女,谁让你回来的?你回来干吗?"蔡母赶紧把蔡小米往身后藏,就是再怎么藏,眼前的人也是把蔡小米看在了眼里。

小汪手里掂着把弹簧刀:"说吧,妞,我进局子,是不是你去局子里告的密?你前脚把钱给我,后脚就给警察打电话?"

"我们没打。"蔡母挡在蔡小米前面。

"没问你。"小汪示意蔡母不要说话,双眼盯着蔡小米。

"没听我妈说吗,我们没打。"蔡小米嫌恶地扫了一眼小汪,又对蔡母说,"妈,挡着我了,我回自己家,你还把我往哪儿藏啊。"

"老头儿老太太你们都给我听着,这小米要么归我,要么就按我刚才说的,你……"小汪指了指周淀粉,"蔡小米不跟我走,你就得跟我走。"

"不行,谁也不能跟你走。"蔡母说。

"你让我爸跟你走?"蔡小米转向周淀粉,"爸,你还和他去?你想去吗?你不想去,不想去就不去,凭什么听这人的?"

周淀粉眉头拧得紧紧的,摇了摇头:"我不去咋整,闺女,他现在不是要我就是要你。爸对不住你,爸不能逼你的婚事,爸知道你是个好闺女,只好爸跟着他走了。谁让爸上过这贼船呢?"

"谁是贼船?"小汪不乐意。

"爸,你不能再去了,你在里面还没待够啊?"蔡小米拦住要往外走的周淀粉,大声说。

"你们商量好,谁跟我走,说明白儿的,别好像跟我强迫谁似的。"

"我们谁也不跟你走,你这就是强迫。"蔡小米怒不可遏地说,"你赶紧走吧,我爸不会跟你去的。他这么大岁数了,经不起折腾。那钱也还给你了,你不要找不自在,别逼我报警。"

"报警?这么说我进去就是你报的警?好,算你狠。老周,你可想好了,当初咱俩是说好的。你可别忘了。我先走了,你们好好商量。"小汪狠狠地瞪了蔡小米一眼。

"姓周的,你到底是咋得罪这个小汪的,到这来吵吵闹闹的。你行,你还把闺女喊回来。你喊她回来干什么?你一个人的事一个人兜着,甭搭上我们闺女。"

"妈,家里有事不告诉我告诉谁?这人就是个无赖,再这样我就报警。"

"丫头,你可别报警。唉,都是我的错。"周淀粉叹了口气开门出去了。回来的周淀粉竟然面目一新,原来乱七八糟的长头发剃成了板寸,胡子也刮了,一进屋就说:"勤剃头,常刮脸,有点倒霉也不显。"

"你个倒霉催的,你还不够倒霉?你还不显?在监狱里待了两年,出来还被那个倒霉的挖坟户催着,你是前世欠着他了?你到底哪儿欠他了?"蔡母恨铁不成钢的样子。

饭菜早摆在了饭桌上,扣着盖子,专等周淀粉回来开饭。蔡小米看养父精神抖擞地回来了,不禁好奇地问:"爸,你们之间到底有什么约定?怎么还要拉你下水?"

"小米,你甭管了,爸上了贼船,看来是下不来了。"

蔡母惊讶地看着周淀粉:"你不会和他重操旧业吧?你现在好不容易改邪归正,收破烂好赖也算个营生。现在又有小米给我们拿生活费,你要敢再和小汪鬼混,这个家门你就甭进来了。"

"我有啥办法啊,我要不跟他去,他就让我拿钱给他。当初我们俩一块儿干这个的时候,说好了,不分开,谁要是张罗分开,谁就拿违约金。"

"你们还有违约金?"蔡小米苦笑了下,"爸,你们弄得跟开公司谈业务签合同一样。你怕他什么呢?他再来我们报警就是了,我就不信正压不住邪。"

"他在廊坊就一地痞流氓,惹他一个等于惹了一小帮,到时候他们一起来攻击我,就麻烦了。"周淀粉一副胆小怕事的模样。

"他再来就报警,我还不信了。"蔡小米拧着眉头。

"现在他就死咬住你把钱给他后报了警,我们有嘴说不清啊。"周淀粉说完,又表现得很轻松的样子说,"闺女,你甭管了。这事爸自己解决。"

"不行,我们不能再进去了,犯法的事爸你就甭再去干了。"蔡小米都不知道怎么跟周淀粉说了,"爸,这事交给我吧,我想想怎么做更合适。千万不能跟他走,走了你就后悔了。"

"还你自己解决,你自己解决你让闺女回来?你就没安好心,你是不是还想把闺女让给那姓汪的小子?你个挨千刀的。"蔡母气不打一处来。

周淀粉被质问得没话可说。蔡小米想,也许他真是希望自己嫁给小汪吧。晚饭吃得不是太热闹,周淀粉偶尔进出几句俏皮嗑,蔡小米忍不住会笑,蔡母绷着脸不吭声。

"多大的事儿啊,豁出我这老命了,我还怕他?大不了跟他重出江湖。"

"你闭嘴吧,挖人家坟,你们也想得出来。还江湖呢。要搁我就找个地缝钻进去得了。你在里面还没待够?"蔡母不满地说。

周淀粉如同被揭了短一样不吭声了,叹了口气:"那你说嘛,咋办?你以为我愿意再进去?那可不是什么好地方。"

"不是好地方,这姓汪的怎么就不怕,还想进去?"蔡母表示奇怪。

"他进去又不是一次两次了。"

蔡小米这才知道,这就是一个混混,根本不怕三进宫。沾上这样的人,真够养父受的了。蔡小米也没辙了,自己想陪养父母在家,可又不能不去上班。可是自己上班了,家里这两位老人可怎么办?要是汪姓男再来打扰他们,自己着实有些不放心。

不得已,蔡小米拿周淀粉的手机给李会议打电话:"爸,我有点事要麻烦您。我爸这边出了点事,我在海淀上班,又不能天天回来,怕坏人来骚扰他们,您和妈有时间能过来照应一下他们吗?"

李会议是同意的,可撂下电话,蔡小米直想打自己,她不知道彭家父母是不是还在李家,如果还在,势必他们也要跟过来。可她不想见他们,心下直埋怨自己:"这叫办的什么事?这不是在暴露目标吗?李家养父母过来,那彭家自然也跟过来了,这让蔡小米自己都不能原谅自己。可是她也没有办法,这二老在家里,要是那个小混混再来欺负他们,自己工作上也静不下心来呀。"

"爸,要是姓汪的再来,你就直接给……直接给超市打电话,他们就会来陪你们。人多也能多点主意,要不我不在家也不放心。爸,你记得了,千万不能跟那姓汪的走,跟他去,那你后半生又毁了。"

"他爱去就去,腿长在他身上,他爱去哪儿去哪儿。等哪天再进监狱,他前脚进,我后脚就立刻搬家。让他这辈子再也甭想找着我。"蔡母很重地放着手里的碗。

这时周淀粉的电话响起,是李会议他们,马上要过来。

"我得回去了,公司活儿多着呢。"蔡小米说完就要走。

"闺女,刚回来,吃了饭就走啊。"蔡母急了。

"吃了饭不走,那还帮你刷碗啊?"周淀粉插了一句,遭到蔡母的白眼。

"住一宿吧小米,你不在家,妈还真不习惯。"

"都在北京,又不是隔多远,哪天我再回来。一会儿超市那边该来人了,我不想总见他们。"其实蔡小米是怕遇到彭家父母,她心里祈祷着他们已经回了老家。

事实并非如此,蔡小米前脚刚走,忽拉拉来了四个人。李会议两口子,外加彭大城和吕梅花。吕梅花抱着一米高的布娃娃进来就各屋寻找着蔡小米,最后颓废地坐在沙发上,手里的布娃娃也似乎没了精神。

2

小米的身世,让周淀粉惊讶不已。他就跟人来疯一样,直搓双手:"小米这么多爸妈,这个小米。这么多人疼她,她太幸福了吧。"

蔡母拿眼睛狠狠地瞪着他,他却不为所动。他哪里知道蔡母的心里不是惊讶而是唏嘘,但她没有当着他们的面说出来。她只觉着自己的闺女这么好,当年不该被送出来。她替小米鄙视彭家。虽说她不知道运用鄙视这个词,但她知道她瞧不起他们家。这么好的闺女都不留下,还送给别人,他们的心眼长歪了。

"我知道,用感谢两个字,分量太轻,我真不知道用什么表示感谢。"彭大城扶着旁边的椅子站起来,向蔡母和周淀粉深深地弯下腰去,弯腰的工夫,彭大城忽然仔细盯着周淀粉看了起来。像是在想什么。

周淀粉赶紧扶他坐下:"都是小米的爸爸,就不要客气了。"

蔡母心里狠狠地白着周淀粉,脸上却笑着:"你去烧点开水,小米买的铁观音还没开封,正好她亲爸亲妈来了,她李爸爸也在,今天就泡上吧。"

"我这就去烧水,你们不来,老婆子都舍不得给我喝,今天我也借你们光喝喝铁观音。"周淀粉乐颠颠地去厨房烧水。

"小米就这么不愿意见我吗?"吕梅花苦着脸说,她坐在沙发上,一直不忍把布娃娃放下。就让它那么任性地坐在她怀里。

"小米确实工作太忙,新换的公司,一时半会儿是离不开她的。这不回来不到半天就又跑了吗?哪有孩子不跟亲爸亲妈亲的。她跟我们还那么亲呢。"蔡母说。

"您不一样,您养了她十几年了。"石贵珍对蔡母说完,觉得又伤了小米亲妈,"不管咋说,孩子该以工作为主。"

几个人说着话,谁也没注意彭大城磕磕绊绊地跟着周淀粉进了厨房。他回身把厨房门关上,并反锁上。周淀粉还在接水,看彭大城进来还把门反锁上了,奇怪地问道:"哥哥,我这水接满了就坐煤气灶上,一会儿就烧好了,咋还把门锁上了?烧水还怕人看啊?"

"怕看,我是怕别人看到你挨打难堪。这是替我父亲打的。"彭大城上去就给周淀粉一个大嘴巴,接着又打了一个嘴巴,"这是替我母亲打的。"

"哎,我说你不是有病吧?还跑我们家撒野来了?"周淀粉狠狠地推了一下彭大城。彭大城被推倒在地,拐杖也被扔到一边去,"他奶奶的,老子给你烧水冲好茶,你就这么对我?"

"我掘了你爹娘的坟,你愿意啊?你要是愿意,你要是巴不得的,你就给我个地址,我明天就去掘。不,我现在就去掘。"彭大城索性坐在地上不起来了。

周淀粉也开动起脑筋来,他突然想起什么似的说:"啊,我说你一进来我就纳闷儿,心里划魂,好像在哪儿见过这个瘸子。是你把我们给告了?我在监狱里蹲了两年,也算还了你一个人情了,你倒还敢跟我动手。别以为老子怕你。"

有人敲门要进厨房,听上去是蔡母的声音:"周淀粉,你把门关死死的在干啥?是不是又跑厨房吸烟去了?我和小米都闻不了烟味,跟你说多少遍了,戒了戒了,你就是不听。赶紧把门给我打开。小米妈妈在这,你也不说陪着唠会儿嗑。"

"一会儿就出去。没吸烟。和小米亲爸唠会儿嗑。"周淀粉说完,要拉彭大城起来。

"念你们养了我闺女十几年,咱俩的疙瘩就在这屋了了。好,你蹲了两年大牢,我也不追究你了。我只想问你是不是又重操旧业,祸害别人家祖坟去了?你要重操旧业,我还真就跟你没完了。"彭大城说完,试图站起来。没什么可以扶着的,他打算扶着门框站起来。

"不干了。这事太缺德,也给我闺女脸上抹黑。"周淀粉拉了一把彭大城,把他拉起来。

"我可听会议说,那个掘坟的又来鼓捣你了。小米说让我们来照应你,他要是敢再来骚扰你,我们就替你报警。我跟你说,你这事我就没跟他们说过。李会议他们两口子也不知道,他们要是亲口把这事说给小米听,你想想,小米咋想?我爸我妈那可是小米的亲爷爷亲奶奶。"

"可别让小米知道了,小米要是知道了,我这老脸往哪儿搁啊。放心,我是不会再干了。这缺德的营生,败家啊,坑人啊。"周淀粉无比真诚地说。

李会议还不清楚什么样的人骚扰过周淀粉或者还要来骚扰他,小米说得不详细,他只知道蔡小米让他们照应下从小养到大的养父母。李会议对刚从厨房走出来的周淀粉说:"哥哥,到底什么人来打扰你们?小米说得也不是太具体,要真是很严重的话,我们就报警。"

"没啥大事儿,我一个人就能搞定,不用你们跑来跑去的。快都坐下聊。一会儿水就烧好,立马给大家冲茶。"周淀粉赶紧邀请李会议和彭大城坐沙发上。

"真没大事儿?"彭大城看着周淀粉。

"真没大事儿。你们都赶紧回去,别耽误你们的正事。"周淀粉说。

"你这说的什么话,你们都还没吃饭吧?怎么也得吃了晚饭再走。"蔡母说。

"不吃了。小米不在,吃着也不香。"吕梅花站起来就要走,心里对自己亲生女儿回来看养父母不见她而耿耿于怀,"女儿连亲爸亲妈都不见,我们哪还有脸在这待下去。我的脸臊得慌。"

"嫂子,您别伤心,等小米想开就好了。您是她亲妈,她哪有不认您的道理。"石贵珍安慰道。

"爱认不认,不认拉倒,反正她都有两个妈了,多我一个嫌多,少我一个不嫌少。"吕梅花说到这,那眼里就汪了一汪的泪,忍着忍着,没让它掉下来。"也好,反正我们也知道她现在的下落,知道她过得好,我们就放心了。大城,我们明天回去吧。也别给会议两口子添麻烦了。"

"好,明天回去。"彭大城回应。

"嫂子,别急啊。我那也不是没有住的地方。"石贵珍说。

"就是,别急着回去。不行住我这。这房子还是小米花钱租的,一交就是一年的房租。你们是她亲爸亲妈,你们住这更是理所当然。"蔡母说。

"这么小的房子,哪够这么多人住的?我还是回去,她都不见我,我赖着住她的房子,这不是讨她烦吗?"吕梅花酸溜溜地说。

"你这说的哪里话,这么说不就见外了吗?小米是我们的孩子,你们也是她的父母,你们还是她的亲生父母,她怎么就会烦你们呢?我们没有孩子,小米也是当亲生的养的。等回头她回来我好好劝她。"蔡母也感觉出小米亲妈的不自在来,不免劝着她。

吕梅花听了心里更是添了一种说不出的滋味,觉得自己仿佛更加多余。晚饭是说什么也不在这吃的,无奈彭大城跟周淀粉说好了,茶是一定要喝完再走的。

喝着茶的周淀粉和彭大城,谁也没提先前的话题。周淀粉的安静和稳重,倒让蔡母一下子有点不适应。喝完茶小坐了一会儿,四个人就要离去,吕梅花把布娃娃放在沙发上:"留给小米了,我不能总是抱来抱去都抱脏了。她喜不喜欢就是她的事了。"

"都多大的闺女了还喜欢娃娃?又不是三岁小孩。"周淀粉刚说完就被蔡母推到一边去。

"小米会喜欢的。她一回来我就交给她。"蔡母刚说完,就听到有很重的砸门声。

3

小汪喝得醉醺醺地走进来,一进来就揪着周淀粉的衣领说:"老周,商量得咋样了?是你跟我走,还是小丫头跟我走。"

"他们谁也不跟你走。你赶紧走吧,你不走我们就报警。"蔡母把周淀粉扒拉到一边去。

"那我只好把蔡小米领走了。"小汪左倒右斜地往里屋走。

"站住。"蔡母大声说,"请你进屋了吗?"

"这位小哥,有话好好说。"李会议赶紧堆着笑脸说。

"你们是谁?我犯得上跟你们说吗?不是老周跟我走就是蔡小米跟我走。你们闪开。蔡小米呢,蔡小米。"小汪还往卧室走。

周淀粉上去给小汪一记重拳,小汪被打得晕头转向,稍微停顿下小汪反过来揪住周淀粉的衣领:"老东西,当初说的话你都忘了?你敢提前跟我背信弃义,就别怪我不客气。"周淀粉虽是防备着,可还是被对方打得鼻血直流。

"你住手,你还敢跑到家里来逞强。"蔡母扯过一块卫生纸堵到周淀粉的鼻孔流血处,"还有没有王法了,不和你去犯法,你还逼着我们去犯法不成?"

"你们有话好好说,我们是社区法制协调员,我们如果协调不好,就只有拨110来解决了。"李会议急中生智。

"你协调谁?我们绝不需要你协调。周淀粉答应过不能单跑,我也不能单跑。我们是拴在一根绳上的蚂蚱,想单个跑没这么容易。"

"我现在老了,我跑不动了。你还想和我绑一根绳上?我走路都喘呢,我累不死你。你还是自个儿跑去吧。"周淀粉无奈地说。

"原来是你们?"吕梅花终于想起小汪的面孔了,"当初你倒是跑得快,你趁早赶紧收手,不然我们真让警察来抓你。"

"你认识我?"小汪无辜地看着对方,"我现在没犯法,你让警察抓我?你觉得我会怕吗?"

"你私闯民宅,就这一条就够了。"吕梅花说,"这家主人显然不欢迎你,你还不快走!"

"我要娶他们家小米,你管得着吗?"小汪说完就栽到沙发上去了。

"什么?就你也配娶小米?"吕梅花立刻就急了,"你赶紧走,小米能看上你,我们倒立着出去。"

"看上看不上不是你说了算的。看不上就让老周跟我走,先让我睡会儿啊。"转瞬呼噜声响起。

李会议两口子被绕进去一时半会儿好像出不来了:这是什么人啊到这就睡觉?他们彼此用疑问的眼神看了看,李会议两口子更不能轻易离开。看着不大的房间,李会议说:"小米交代了,咱也不敢轻易离开啊!可总不能大家在这打地铺吧?"

"会议你们回去照顾店,我和老彭在这守着,我倒要看看他到底想要干什么。"吕梅花说。

"那不好,我都答应小米了,我们不在这守着不像话。要真出点啥事,我没法和闺女交代。"李会议说,"要不就让你弟妹带你们回超市,我在这守着。我等他酒醒,他不能把我怎么样。"

"冤家啊这是。"蔡母愁眉苦脸地看着躺在沙发上醉得一塌糊涂的小汪,"姓周的,你做的好事,请神容易送神难。我看你咋办。"

"大不了我就跟他走了。舍不得闺女只好舍我了。"周淀粉说完继续喝茶。

"我们谁也不欠他,他醒了就赶紧把他给我撵走。"蔡母说。

"谁要撵我?撵我也不走。"小汪翻了个身又睡了。

小汪完全清醒,已经是第二天早晨了。彭家和李家两夫妻各自在客厅和卧室打的地铺,虽说离超市不是太远,可李会议不放心回去。

早餐是李会议和石贵珍出去买回来的,三家六口人,围着桌子吃早餐,那阵势不是一般的大。小汪醒过来,看了眼餐桌,去卫生间。没人请他,洗漱过后他也坐到餐桌上,抓起一根油条就吃,把豆汁喝得哗啦啦的响。

"你不用这么大声我们也知道你吃饭了。"周淀粉说完也大口喝着豆汁。

"还说我,你喝的声儿比我还大。"

"我家我愿意。"

小汪眼睛瞪了他一眼:"赶紧吃,吃完跟我走。"

"凭什么跟你走?你要回廊坊,我们和你走。你要再敢掘谁家祖坟,我和老头儿还110。"吕梅花狠狠地看着小汪。

小汪被这眼神给震慑住了:"阿姨,你们甭跟着我走啊。我又不认识你们。"

"彭运道、蔡淑丽你知道吧?那是我爸妈!范明岂、郭立即、薛项庄你知道吧?"彭大城一一数着。

小汪吓了一跳,嘴里嚼油条的动作就停了下来,目瞪口呆地看着对方:"叔,你是廊坊人?"

"廊坊的。吃完饭你就赶紧回廊坊,不用带别人,就把我和我老婆带回去就行了。别看我这是残腿,你要掘坟,我跑得比你还快,指定不让警察逮着。你就不要勉强老周了,他不会再去做这个的。他在里面待了两年了,不想再进去了。我倒是感兴趣。"

"叔,拉倒吧。你甭忽悠我了。以前的事我在这说声抱歉了。"一听到彭运道和蔡淑丽的名字,小汪脑门儿直冒汗。

"也好,那你就自个儿先回去,谁也甭带着。我和你婶坐车回去,或者我们在这多陪几天老周。你就别没事到这打扰人家了。小米也交代了,你再来,我们就打110。我以前在廊坊就打过,打这个电话,我太熟悉了。以前的事我就不追究了,以后你要还是绑着周大哥,我可是不能坐视不管。"彭大城腋下的拐杖跟变戏法似的往空中一抛,转瞬很利落地就被接到自己的手里。

"作损的事就别干了,年纪轻轻的多做点积德的事。"吕梅花说。

"回去好好想想吧,你还这么年轻,不要一条道走到黑。我们几个老家伙不怕,陪着你。"李会议狠狠地说。

"就是,快回家吧,你父母指不定怎么担心你呢。好好找个好营生,父母也省心。"石贵珍说。

"以后甭打我闺女主意。"蔡母说。

"不打也行,不打老周就得跟我走。他也得说话算话,不能撇下我一个人说不干就不干。"

"怎么又绕回来了?小伙子,你的路还长着呢,一失足成千古恨,回头是岸。你要是再纠缠,那我和我老婆跟你一起回廊坊。咱找110评评理。"彭大城赶紧补充。

小汪被几个人说得有点头晕。周淀粉走到小汪面前:"小汪,你走吧。叔真不能再跟你那么干了。叔再那么干,真不是人了。唉,我在这几个亲戚面前丢老脸了,你知道不?以前咱说过的话,算叔对不住你。姑娘大了不由娘,也由不了我。我做不了小米婚事的主,你还是走吧。"

小汪走了。三家六口人,李会议显得最高兴:"真好,小米交代的事就是这个吗?这么轻松搞定了,我也好和小米交代了。"

倒是彭大城和吕梅花一点不轻松,在离开蔡家之前,吕梅花说:"就这么走了?我不死心。"

"别走了,我给小米打个电话,让你们娘俩好好聊聊。也好看她能不能抽时间回来跟你们见个面。"蔡母说完,电话打过去,蔡小米没接。

"我们在超市等她消息,她要是回来,我们就立刻赶回来。"只有吕梅花心里明白,在蔡家干等怕是等不来,如果在超市等不来也不尴尬。在蔡家等不来可就尴尬了。

脚还没迈出大门,周淀粉的电话就响了起来:"闺女。还是人多力量大,小汪走了。他说以后再也不来了。他们都在呢。几个人?他们四个人啊,两对老两口。你妈让我问你回来不,啥时候能回来?那个,我把电话给你亲妈,你跟她说行不?亲妈还能是谁,姓彭,哦,她姓吕。不说?不知道说啥?"

周淀粉无辜地看着眼前瞪着大眼睛盯着他看的彭大城和吕梅花,挂断电话,他正准备垂头丧气不吭一声,不知道哪根神经挑动得他又活跃起来:"那你们就去超市住着,小米一回来我指定给你们打电话。"

一路上,吕梅花都在想,就是等在超市,女儿回来了,人家不愿意见她,她能不请自来吗?失落当中的吕梅花也不知道前面等待她的是什么,本想回廊坊,又舍不得,只好先住下再说,无论怎么说毕竟可以和冰川、小豆近距离了。

4

半岛咖啡。蔡小米和赵正清默然坐着,这里的安静让蔡小米有点不适应,忍不住先开口:"赵老师,您怎么能说走就走呢。您走了,我那些画可怎么办?没地儿放啊。"

"我也不能为了你的画有地儿放,不走啊。我早该走了。"

"您不上班了?"

"婚姻不存在了,工作对于我来说就是一个谋生的手段。无所谓在哪个城市。西双版纳的房子朋友已经帮我租好了,这两天我就出发了。今天也算跟你道个别。"

"西双版纳。这名字真好听,那你在那儿定居吗?"

"是的,也许这辈子我都不回来了。北京,本来就是别人的城市,我只是一个从小地方考过来的穷小子。"

"你在这里已经很稳固了,奋斗了这么多年,这也是你的城市。"

"不是。我的家不在这里。"

"你狡兔三窟吧。"说话的是马克。

"马克,怎么是你?"蔡小米格外惊讶。

"真是巧了,怎么总能让我撞上你们在一起。大叔,你一把年纪了,又有老婆,怎么总勾引人家的小姑娘?小米,你到底是想做我嫂子,还是跟这大叔纠缠不清?"

"马克,这是我的事儿你少管。你对赵老师说话客气点,一点没规矩。"

"我没办法不说话,马顿还傻乎乎地惦记着你,我妈给介绍那么多女孩他都不去看,他跟我说心里只有你。你看看你,竟然还跟你的大叔约会,你一只脚踩几只船?你明明知道这大叔有家,你难道想做第三者不成?"

蔡小米腾地站起来,手里的咖啡就要扬到马克的脸上,她忍着把杯子放下:

"马克,你说话不要太过分。我和马顿之间的感情,你不用怀疑。也跟你没有任何关系,我倒奇怪了,怎么处处都能遇上你,难道你跟踪我们不成?"

"跟踪你们我没兴趣,我假期在这咖啡店打工,也许马顿没跟你说吧。"

"赵老师要离开北京了,我只是跟他喝杯咖啡送送他,你不要胡思乱想。"

"但愿我没有胡思乱想。生活中和你们两个人的巧合还真是来得容易。请问先生小姐,咖啡还要不要续杯?"

蔡小米和赵正清都显得有点尴尬。蔡小米更是郁闷透顶,马顿总邀请她去他们家,她不敢去,怕见那个狮子吼的女人。都说有几个小姑子就多了几个婆婆,现在看来,有几个小叔子该和几个小姑子画等号的。

所有的画作被马顿安置在家里的储藏室里,钥匙家里有两枚,一枚自然是在母亲手里,马顿说把画放他家的时候,蔡小米极力反对:"不行,被你妈看见还不都得给我扔出去。"

"小米,我们都长大了,对于婚姻大事,我妈不像以前管得那么多了。"

"还说不管,没少给你介绍对象吧?再说这画放你们家,马克也不知道咋想呢。我看他现在可烦我了。"

"他是表面上嘴硬,心里面还不是时时向着你的。画放我们家最安全了,我妈就算不愿意,马克也会帮你说话的。另外,我想这画也放不了太久。"

"怎么样,还不是放不了太久,要不我和程老师商量商量吧,让他给我腾点地方。就是他办班,地方确实太小了。"

"我说的放不了太久不是这个意思,你别管了。你上你的班,明天我一个人找个车把画拉我家去。你要相信我。"

蔡小米不吭声了,眼下她也没有别的办法了。赵正清一走,房子退给房东,她势必要把自己的东西全拿走。不拿也行,续房租。她还不想把钱浪费在这上面。哪天再办工作室,那是另一种说法了。

"马顿,真行吗?我怕你在你妈面前不好说话。到时候你夹在中间不好做人,再说又惹你妈伤心。"

"你早晚是要做她老人家的儿媳妇的,我把画拿回去,她不能把画怎么样,放心好了。你上你的班,明天等我的消息。"

第二天傍晚,马顿打电话过来,告诉蔡小米所有的画作全放在储藏室里了。储藏室很大,要想放满,那蔡小米就得辛苦多画画了。

"你妈知道了?"蔡小米试探地问。

"你放心,什么事也没有。我是她儿子。"

"马顿,我和赵正清在半岛喝咖啡,想不到马克也在,他说假期在这儿打工。你不要误解我们。"

"你想哪儿去了?我还不了解你?不过,我们确实该找个时间回家了。"

"你妈总让你相亲,我得找什么样的机会去看她呢,我还是怕见面尴尬。"

"别想那么多了,我妈早知道我心里想什么,所以她鼓捣我相亲我不是一个也没去看吗?"

蔡小米不知道马顿怎么说服了他妈,等到她休息的时候,她终于被马顿带回了马家。

"第一,马顿选的媳妇不是我看中的,你们将来结婚生子,甭指望着我给你们带孩子。第二,马顿威胁我,说如果不选你,他就离开北京,到外省生活,找个外地媳妇,在外地生个娃。当然,你也是外地户口,这基本一样。不一样的是你能在北京和他生活在一起,在我眼皮子底下。第三,你们婚后留在北京,但不能和我住在一起,房子自己挣去。挣不着,住大马路我也管不着。还有,那些画,那储藏室我马上要用的。想办法拿走。"马母这一番话,让蔡小米坐也不是站也不是,倒是马顿在旁边嘻嘻哈哈打着圆场。

"妈,那画的事咱不都说好了吗,怎么又提上了?"

蔡小米无地自容,但她表现得一副无所谓的样子。她被马顿拉着坐到沙发上,她不变的姿势让她觉得很累。等到马母离开眼前的时候,蔡小米放松神经,很不满地看了一眼马顿。

"小米,你别生气。将来结婚你和我生活,又不和我妈生活。再说,她这不是接受你了吗?她现在就是还扛着,以后我们结了婚,她就不会再说什么了。我妈现在更年期。"

"谁更年期?马顿你说谁更年期?我一个人把你和马克拉扯大我容易吗?我盼着你好,你却处处和我作对,让你去上海你不去。非留在北京,好了,我不跟你理论。以前的事儿我都不提,菜都买好了,今天你做饭,我什么也不管。我要吃现成的。"马母说完一个人到阳台上,躺在躺椅上享受阳光去了。

马顿拉着蔡小米进了厨房。关上门,蔡小米就觉得放松了。"小米,你不要生我妈气。"

"我没生她气,她都要把儿子让给我了,她能不唠叨唠叨吗？没事,咱俩一起做饭吧。"

马顿激动地搂过蔡小米。

蔡小米认真择菜。

要吃饭的时候,马克回来了,马克一看到蔡小米就赶紧说:"现在我就叫嫂子吗？有没有红包？有我就叫了。"

"歇会儿吧你,赶紧洗手去。"马母把马克推进卫生间。

"妈,您打算什么时候给哥嫂办婚礼啊？要不就等我大学毕业,我们办个集体婚礼。"

"我不跟你凑热闹。自己结自己的。"马顿说。

"你哥他不急,他急也没用。他们没房没地的,他们得自个儿挣房去。还有你马克,你的婚姻要是也不听我的,你也自己挣房子去,甭想跟我住一起。不听我的,通州的房子也轮不着你们住。我让它闲着。"马母说完给自己盛饭。

"妈,人家说爹妈都疼大孙子小儿子。我是不是您亲生的啊？我是妈领养回来的吧。"

马克的这句不起眼的撒娇,让蔡小米刚涨起来的热情一下子又跌入低谷。上午,她还接到养母打来的电话,说让她最近务必抽空回一趟家,说亲生父母在超市已经住够了,等她等这么久,她再不回家看他们,他们就只能回廊坊了。

"就让他们回去吧。我不见。"这是蔡小米在挂断电话前说的最后一句话。

5

"我去看看小豆,你腿脚不好,你就在超市待着吧。"吕梅花对彭大城说。

"现在你就要把我甩了？我这还能动呢,我跟你一起去,你一个人去我也不放心。"

"你去了住哪儿啊？小豆就住跆拳道馆里,你跟着不是捣乱吗？住起来也不方便。得得得,还是我一个人去。你要不想在超市待着,你就去冰川那儿住。"

"好好,兵分两路,你找闺女,我找儿子。"

"什么叫找啊？你说先前找小米吧应该用找,小豆和冰川那都现成的住在那儿呢,哪儿能叫找？"

"又魔怔了。"彭大城有点不耐烦。

这一天阳光明媚,彭大城、吕梅花就这样一东一西出发了。公交车并不颠簸,可是吕梅花觉得身体很不舒服,就在胃附近,也不知道那是什么部位。开始是站着的,她难过地哈着腰,身边有个年轻人给她让了座,坐下以后,使劲用手挤压着,似乎好了点。到大望路,吕梅花改坐地铁。

出地铁不敢走太急,走快一点心前区就愈发不舒服,甚至有点疼,疼得直冒汗。心想早晨明明吃饭了,这不是饿得胃难受呀,到底这是怎么了?索性坐在马路牙子上歇会儿。

手里拿着女儿电话里告诉她的路线图,走走停停,总算走到了丁字路口南侧五百米处的跆拳道馆。时间已近傍晚,她想女儿小豆应该没课了,可以陪着她说说话,一起做个晚饭,这样想着,脚下步子就加快了。也忘了先前身体的难受。

上次小豆就说过,跆拳道只有她一个女教练,所以她住在一个单间里。只是房间不是太大,人多了住不下。吕梅花知道,她一个人来陪女儿住是绝对没有问题的。当她站在道馆走廊,迎面正巧遇上要往外走的小豆。

"妈,您怎么一个人来了?爸呢?"小豆吃惊至极。

"你爸去你弟那儿了。我俩打算各自陪陪自己的儿子女儿,看看你们工作以后的思想有没有什么变化。"

"变化?能有什么变化,还不是和原来一样。妈您累了吧,那先休息会儿。"彭小豆挽着母亲的手往自己的房间走去。

"你刚才要去哪儿?"坐在小豆房间,吕梅花赶紧问。

"去采购啊,回来做菜。"

"你自己做?"

"我不自己做,谁还能给我做?我要买很多菜,要好几个人吃呢。"

"嗯?都给谁做?"

"馆长啊,还有几个老师。"

"那你到底是这里的老师还是这里的厨师?"

"我是两者兼而有之。我做饭,馆长不就省下再找厨师的费用了。不过我还不太会做,学习阶段。"

"怎么回事?你倒是处处给馆长省。馆长男的女的?"

"我给馆里省钱,管他是男的女的,妈您可想得真多。想得多白发多,操心的人可是显老啊。"

"我不操心行吗？我不操心,你爸能替我操心？我不出来找你姐,他能跟我出来？唉,我的小米,到现在也不认我这个妈。还是不肯见我。"

"妈,看来姐要跟您打持久战了。不怕,反正你们二十多年不见了,也不差再多个几天几月几年的。到时候你们互相认下了,没准儿您还嫌她烦,她还嫌您唠叨呢。"

"没良心的小豆,你嫌妈唠叨了？"

"那可不,我给馆里省钱,这您也要管。总之,不管在哪里省钱总是王道。"

晚饭是彭小豆拿过来在自己的小屋里吃的,两人吃饭的时候相安无事,想不到睡前吕梅花又吃惊不小,她看穿着睡衣的小豆右肩膀处有两只蝴蝶,就问她是怎么回事。

小豆这才想起自己大学毕业参加工作以后文身了,她就怕自己的母亲追问自己,赶紧说这是在外面买的小粘贴贴上的,到时候洗个澡就掉了。

"能洗掉吗？肩膀上弄两只蝴蝶花里胡哨的,多难看。又不是小孩,省得让人家笑话。"

"没事妈,洗洗就掉了。"

"豆,北京好还是廊坊好？你看你住的这个小屋,这么小这么窄,转个身都费劲,就能放张床。不然跟妈回家吧？咱家的房间也多,床也大。在北京有啥好的。"

"妈,这算啥啊,我同学还有住地下室的,一天二十四小时没有阳光。我这可好多了,上班下班都不用走,几步就到家了。连车票钱都省了。"

"住在这,安全吗？我看馆长还有那几个老师,咋看都不像省油的灯,你一个女孩子家家的,扎在男人堆里。唉,我就纳闷儿了,学啥不好,非学功夫。"

"功夫学到家,啥人都不怕。"

"世上哪有那么多人让你怕的？女孩子,你得学学拿针拿线,别总一天攥着个拳头砸沙袋。"吕梅花说到这,又觉出身体的不适来,不禁哈下腰去,用手捂着疼痛部位。

"妈,怎么了？"小豆赶紧追问。

"没事,可能岔气了,一会儿就好了。"

半夜吕梅花起床上卫生间,灯光下,小豆早把被子踹一边去了。吕梅花看到小豆的肚皮露在外面,上面竟然盘着一条小青蛇,这把吕梅花吓得一声尖叫。彭小豆醒转过来,问老妈叫什么。

吕梅花就指着她的肚子,彭小豆赶紧把衣服放下:"妈,都说了,那也是粘贴上的,洗完澡就没了。"

"搞不懂,小丫头身上弄这么些稀奇古怪的东西,你吓死我呀你。"

"有这么大惊小怪吗?不就是一些贴纸贴上去的吗?哪天洗了就没了,快睡吧,困死了。"彭小豆说完把被子盖在身上。

这一夜,好长时间吕梅花也睡不着,总觉得睡觉竟然也能睡得这么惊心动魄。挨在彭小豆身边,她似乎很害怕小豆肚皮上的小蛇会走下来缠绕着她。她一阵阵地冒着汗,又不敢翻身。床太小,怕惊醒小豆。

一大早,吕梅花看到小豆醒了,就对女儿说:"闺女,晚上我们一起洗澡。"

"为什么?这刚睁开眼睛,白天还没过,就要过晚上了?"

"晚上洗澡,我要看你把蝴蝶和小蛇统统给我洗掉。一个姑娘家的,身上弄这么多乱七八糟的东西,连你妈我看着都难受,别说别人了。将来还怎么找对象,怎么嫁人。"

"妈,烦不烦呢。就这么个图案,看把你急的。也许我找的对象就喜欢这些,我才弄的呢。"

"你有对象了?怎么?妈刚来,才住了一宿你就嫌烦了?我还打算多住几天呢。"

"没没,还没有。哪来的对象。我是说以后我就直接找个喜欢这些图案的男人。你住你的吧,我又没说不让你住。"彭小豆犯愁的是,晚上真的一起洗澡,这刺青怎么可能用水一冲就洗掉呢?她愁了。就是今天晚上不洗,那老妈在这住上几天,还有明天还有后天,这可怎么办?折腾得早饭也没吃好。

彭小豆上午和下午都有课,吕梅花只好自己一个人出去遛弯。溜达累了,就找个公用电话,照着纸上的电话号码拨过去:"周大哥,是我,吕梅花。小米回来了吗?没有。那她打过电话吗?也没有。那她以前也总是这样,不爱往家打电话吗?打?那怎么现在还不打,她这两天到底是能不能回来呀,你就不能把她号码给我,我打一个吗?你这么怕她呢?行,好。就这样。"

挂了电话的吕梅花觉得自己无比窝囊,自己的亲生闺女不和自己相认,连电话号都不给自己,世上哪还有比这更难过的事情?吕梅花边走心里边叹息。

晚上和女儿小豆在外面吃的,由于吃得开心,吕梅花也没太在意每次疼痛的腹部。就是有种隐隐的不舒服,她平时有个头疼感冒的能忍,这点小毛病她也就不在意,快吃完饭的时候,她才发现那部位疼得越来越厉害,遂坐在椅子上用捏成拳头的手使劲顶着。

"妈您怎么了?"彭小豆结完账看到母亲这个样子,吓了一跳。

"没事,看到女儿高兴,吃多了。歇会儿就好了。"

"妈,我们去医院看看吧,您看您的汗都出来了。"

"没事,可能就是吃急了有点岔气,坐会儿就好了。"

"服务员,给我们倒点开水。妈,喝点热水再走吧。"

等两个人回到住处,先前坚持着的吕梅花一头栽到床上:"睡会儿就好了。小豆,你洗澡吧,我今天不洗了。"看着女儿进了浴室,吕梅花迷迷糊糊就睡着了。等到醒过来,看到小豆在电脑前正忙乎着打字。

"小豆,怎么还不睡啊,都十点多了。"

"妈我一会儿就睡。"

等喊过几遍以后,彭小豆才勉强地关了电脑爬上床。吕梅花的身体状况比先前好多了,睡了一觉精神头也来了:"小豆,我看看你洗完澡把它洗掉没有。"

见母亲要掀自己肚皮上的衣服,彭小豆条件反射地护着衣服:"妈,我又不是小孩,别没事看人家肚子。"

吕梅花想再看看那两只蝴蝶,由于睡衣领口大,无须从袖口看,褪点衣领在旁边就可以看到,当吕梅花看到那两只蝴蝶还在,就又去掀彭小豆遮挡腹部的衣服,当她看到蝴蝶和蛇都在的时候,脸色就不好看了:"小豆,你这不是骗妈妈吗?还说一洗就掉,怎么你刚才洗澡了它们也没掉?"

小豆看隐瞒不过,只好笑嘻嘻地说:"妈,我这不是没新鲜够吗,想多看几天,所以啊,刚才洗澡的时候,就没让淋浴头喷到它们。妈,我再留它们几天嘛。"

"你说一个女孩子家家的,身上这画点那画点,成什么样子。"吕梅花说到这,像想起什么似的去了卫生间,很快她的手里拿着一条湿毛巾,撸起彭小豆的衣袖就开始使劲擦着那两只蝴蝶。"怎么擦不掉啊?你不说沾水就能掉吗?还有肚子上那蛇,谁看了不害怕?"

"妈,您别急,下次洗澡的时候洗。行了吧?睡觉吧,我困死了。"说完倒头就睡。

6

  饭后,蔡小米抢着帮马母刷碗,马母索性扔下碗筷看电视去。正巧对门邻居出门办事,把小女儿送过来让马母帮忙照看下。马母就逗着小孩玩起来。
  当一切收拾完毕,蔡小米和马母打招呼要回去时,小女孩的妈妈也来接小女孩回家:"阿姨,谢谢您照顾小小。小小,咱们回家了,跟姥姥说再见。还要跟舅舅、阿姨说再见。"女人牵着小女孩的手从蔡小米身边走过,她清晰地听到女人对小女孩说着宝贝我们回家给爸爸做饭。
  于是蔡小米立刻就想到自己这么大的时候,已经远离亲生父母,并且从第一任养母身边走失,她不敢想以前的事情,想起来就觉得自己倍加的苦。和马母道别,蔡小米强装笑颜,可马母的脸上并没有回应她相应的笑脸,这让蔡小米心里愈发不是滋味。走出单元门,蔡小米才发现天马上就黑下来了。可她想去看看自己的画:"马顿,带我去你家储藏室看看吧?"
  马顿略显紧张:"看什么?储藏室有什么好看的?"
  "有啊,怎么没有,那里面有我的画啊,难道你忘了?你忘我可没忘,那是我几年的心血。"
  "不行啊,我没有钥匙,钥匙在我妈那儿呢。"
  马顿的紧张让蔡小米心里更加不是滋味,难道自己的东西放在他们家储藏室,就不是自己的了:"也好,不是占为己有了吧你?人家都对自己的男朋友说这样的话'我的是我的,你的也是我的'。还没咋样呢,我的就不是我的了?我非要看看,好久都没随心创作了,挺想以前的日子。"
  "真没钥匙。"
  "没钥匙上楼去取啊,我在这等你。"
  "小米,咱今天就不看了成不?总有一天会让你回来看的。下次你回来看,行不?今天这么晚了,你看你是回家还是回公司,我送你啊。你不能让我回来得太晚吧?我知道你不忍心。"马顿说完就拉着蔡小米的手往小区外面走,蔡小米只好由着他。
  当他们走在路上,看着车流不息,人流不息,蔡小米对马顿的再次提问感到迷茫了:"送你回家还是回公司?家可离得不是太远的。今天我接你的时候你就说

不回家要回公司。可现在都这么晚了,我建议你还是回家吧。"

蔡小米犹豫再三,不知道是该上公交车还是跟马顿步行回家。家确实离得不远,可对她来说却很是遥远。她害怕在她成长了十几年的家里看到她不想看到的人。如果那样,她会觉得很被动。

可她还是想回家。她已经好几天没回家了,同在北京,她似乎越来越不想回家。不是不想养父母,她是怕遇见尴尬的场面。如果生身父母聚集在养父母家,那自己回去岂不是自投罗网?既然他们狠心把我送走,那这一生就不要再见了。

可她还是想养母的,于是拨通电话,确定家里只有养父母,并再三嘱咐他们不要告诉别人自己回家以后,这才对马顿说回家。说明天一早早点回公司。

马顿送到楼下就回去了。一进屋,蔡小米就看到了那个布娃娃:"妈,这是您买的?您可真舍得花钱,不便宜吧?这么大,快有我高了。我都多大了,还给我买这个。"

"是你妈买的,不假,可不是你这个妈。"周淀粉接过话茬。

蔡小米心里一抖,是石贵珍?或者是……她不敢想下去,也不打算追问。

"不是石贵珍,是吕梅花买的。小米,你也回来了,你看,你见不见他们一面?他们在超市住挺长时间了,就为了和你见一面,一直没回去。"蔡母动了恻隐之心。

"妈,我说了,不见。我就你一个妈,要说还有个妈,那就是我的第一任养母。她养了我四年,我记得,永远都记得。是你们养育了我,我对你们感恩。"

"可她,毕竟生了你啊。"蔡母继续说,"怎么说也是她生了你,再怎么有她的错误,你也应该原谅她。"

"妈,您不要再说了。我不想提这个,我一提这个心里就憋得难受。"蔡小米的情绪一下子就变得不好起来,把那个一米多高的布娃娃扔在沙发上。洗漱完毕的蔡小米又恢复了常态,反倒过去逗蔡母开心,"妈,你让我认了他们,就不怕我离开你们不回来了?"

"我才不信,你认了他们也是会回来的。我闺女我还不了解?"蔡母手里缝着一双旧手套。

"小米,要我说你就认下他们。爸妈多了好啊,你结婚,得有多少份红包?那么多红包得买多少酒回来?赶紧认吧,红包你嫌多就都给爸。"

"要脸不?还想从闺女这里赚钱,你好意思吗你?"蔡母不愿意了。

"闺女现在挣大钱了,还在乎这几个红包?闺女,你说说看,你啥时候和马顿结婚？"

"妈，今天我去马顿家了。"蔡小米这才想起来汇报今天的行程，"这才从他们家出来。"

"闺女，敢情今天你是去马家顺路回家啊？闺女，爸可听你话了，你看你回来，我都没给姓彭的他们打电话吧？爸最听闺女话了。"

"这才是好爸爸。"蔡小米禁不住笑了，"我今天正式上他们家。"

"马顿他妈没刁难你吧？他妈那么凶，你去之前也不跟妈商量商量，给他们买点礼物啥的。"

"闺女大了，她选的礼物指定比你老太婆选的好。"

"妈我没买什么，马顿说不用。是马顿买的水果，都是他妈爱吃的。"这才想起来回家匆忙，什么也没买，"妈，天黑了我就没买东西，明天早晨我下去买点水果回来。"

"闺女，咋还和妈生分了？回家买啥东西啊，又不是串亲戚。你能回来看妈一眼，妈心里不知道有多高兴。你一年年大了，以后要结婚成家，也不知道结婚以后是不是住得离我们远了。"蔡母的眼睛有点红。

"妈，看你，我走得再远，还不是得回家啊？再说，马顿也在北京，我们还能去哪儿。他家也在朝阳，我家也在朝阳，再怎么走也走不出北京这几大区。再说，结婚还早呢。"

"嗯，妈听你的，不早结婚，结婚早了受累。多轻松几年再说。闺女晚上和妈睡，让你爸睡沙发。"

"不了，妈，我睡沙发。这还有布娃娃陪呢。"蔡小米尽管这样说，她还是把布娃娃拿起来放到了旁边的椅子上。

城市似乎还没有进入梦乡，楼下偶尔还会有说话的声音。睡不着，怎么睡都睡不着，借着薄薄的窗帘透过来的光亮，蔡小米坐了起来。客厅不大，眼下倒衬托得那个布娃娃分外高大。它歪坐在椅子上，就如同被谁遗弃的孩子。蔡小米忍不住把它抱过来，姿势端正地抱在怀里，轻轻地拍了几拍，似乎要哼唱摇篮曲了。

自己刚生下来的时候，生身母亲也会这样抱着自己吗？也许是吧，或许从来没有认真抱过。她如果认真地抱过自己，贴心贴肺地把自己当亲生的，又怎能舍得把才出生三十天的她送走？

这样想着的时候，蔡小米就加重了手下拍的力度，她狠狠地拍了它几下，似乎要把自己对另一个女人的怨气直接拍给它。看着它不管你如何折磨如何拍打,它都是不疼又不哭,蔡小米不禁又心疼起它来。好像这就是刚刚才出生的小米,软弱无骨,不会走路不会跑,只会在自己妈妈的怀里哭和笑。想到这儿,鼻子一酸,禁不住把它搂紧,并贴在自己的脸颊上,希望让自己脸上的温度温暖它没有体温的身子。

听到养父母的卧室有穿鞋走路的声音,蔡小米赶紧躺下来,把娃娃塞到被子里,佯装熟睡。听声音不像是养母,听到冰箱门被打开的声音,蔡小米不禁轻轻地转过身子,只见养父周淀粉从里面不知道拿了点什么放进嘴里,然后关上冰箱门,把桌子上的白酒倒到杯子里,分了两三口喝下去,又去开冰箱门,把什么菜放进嘴里。然后正要回卧室,蔡小米小声说:"爸,晚上你没吃饱啊?"

"天哪,小米你没睡啊?吓死我了,我还看着,以为你和你妈都睡了我才起来的。我这不是馋酒了吗,你妈非让我戒酒,晚上一滴没沾。酒瘾犯了。"

"妈不让你喝酒是为你好,我可告诉妈了。"蔡小米威胁着。

"小米小米,你可别告诉,我下次不敢了。"周淀粉说完蹑手蹑脚地回了卧室。

蔡小米重把娃娃从被子里拿出来,就让它趴在自己的胸前,脸对脸,嘴对嘴,一起呼吸着睡去。

第十章
擦肩而过

1

第二天一大早,吃过早餐的蔡小米还没等走出家门,石贵珍的电话就打了过来:"小米啊,好久没回来了,今天星期天了,抽时间回来一趟吧。妈给你做你最爱吃的冰糖肘子。"

"我这两天太忙了,暂时我不想回去。"蔡小米想推辞。

"是不想见他们吗?"石贵珍试探地问。

蔡小米知道她所说的他们是谁,她没吭声,电话沉寂片刻后蔡小米才说:"不用他们费心思了,他们用不着见我,我有啥稀罕的,再说我现在活得挺好,以后会活得更好。您让他们放心就是了。"

"我就知道。"石贵珍沉默了一下说,"他们现在都不在我这,他们一个去了宋庄冰川那里,一个去了小豆那里,可能要过几天才能回来呢。我和你爸一天守着个超市也没什么意思,吃饭就两个人也没有胃口,你回来也给我们提提胃口。回来吧,啊,小米。"

可怜电话那头养母的心思,竟然还要小心地揣摩着她蔡小米一直不回家的原因,那肯定是不想见亲生父母。他们竟然在亲生父母不在超市的情况下给她打电话,让她回来。蔡小米心里有一股说不出的滋味,到底自己是对还是错?眼下闹得好像她躲着他们一样。她说那我马上就过来。她先下楼买了些水果拎上来,这才去超市,反正今天是星期天。本来要回公司洗衣服的,去平房街口超市本来不在计划当中,但现在既然接到养母电话,离得又不是太远,那就去一趟吧。最主要的是那里并没有她不愿意见的人。

她对四岁左右多少还是有点记忆的。石贵珍和李会议都在超市,超市早晨七点就开门了,8点之前是自己家人照应,8点整两个员工就各就各位了。一个是理货员,一个是收银员,李会议两口子基本就没多少事情了。

"小米,你和你妈上楼上去吧,我一个人在这就行。"李会议看到小米,开心地说。

"不用回去,我就在这陪你们吧。我帮你们卖货。"蔡小米也回应着笑了一下,然后调皮地说。

"行了,这还用你操心?咱又不用吆喝。走吧,咱们买菜回去做好吃的。"石贵珍拉着蔡小米就走,"老李,中午早点回去,我跟闺女在家等你回家吃饭啊。"

"知道了,闺女在家等着,我肯定早回去。"

"还有我呢。"石贵珍故意鼓起嘴巴。蔡小米看到这不禁笑起来:"妈争宠。"两个人边说边笑着走出超市。

食材买好以后,在回家的路上,石贵珍对蔡小米说:"闺女,你小的时候最爱吃冰糖肘子。你还记得吗?"

蔡小米摇了摇头。

"每次我给你做冰糖肘子,我在厨房忙着的时候,你也跟着忙乎,你每次都把糖罐给我举过来,让我放二十粒冰糖。每次你都帮我数,原来老是数不清,不是多了就是少了。我还记得最开始那两次,把你数得满头大汗。糖粒掉到地上,你就趴在地上使劲找。我说不找了,找到也不能吃了,可你就是倔。你小的时候胖,看着你笨重的样子我就想笑。后来你丢了,我再做冰糖肘子,还像你那样数二十粒。数着数着心里就跟针扎一样难受。"说到这,石贵珍因陷进往事里,口气和面容都有所改变。

"妈,都过去的事了,说点高兴的啊。今天我们做冰糖肘子,还数二十粒吗?那我们一会儿就多数几粒吧,多放点是不是更好吃?"

"傻丫头,放多了太甜了,味道肯定就不一样了,兴许你不一定会喜欢呢。也好,你定,你想多放咱今天就多放。就是不放我想也一定好吃。"

"我也会做饭,一会儿我跟妈一块儿做。"蔡小米手里拎着食材,走在石贵珍身边。她把东西放在一个手上,腾出一只手,搂着石贵珍的胳膊往前走。石贵珍脸上掩饰不住的幸福感。

石贵珍在厨房洗肘子,蔡小米捧着冰糖罐站在厨房门内,她小心地数出二十粒。当肘子下锅以后,她准备把它们交到石贵珍手里。石贵珍说:"自己放吧。你小时呀,什么事情都想自己做。每次要我抱着你亲自把冰糖撒到锅里去,有一次汤汁溅到手背上,你本来应该哭得特别伤心,可你哭了几声就止住了,你告诉我说

'妈,小米不疼,小米会做饭了,小米不怕疼'。"

冰糖肘子还在锅里烧着,鱼和青菜也都洗净,等着过会儿下锅,一想到锅里那二十粒冰糖,就又牵起石贵珍的记忆:"小米,你不知道你小时候有多可爱。"

石贵珍又把影集翻出来,两个人坐在沙发上回忆着当年那个四岁以前的李小米。四岁的李小米此时穿着小碎花裙子在幸福地奔跑。

"妈,谢谢您还记得我四岁以前的事情。"

"你更应该感谢蔡大姐在你四岁以后给你的这些爱。我,唉,我怎么那么笨,就把你给丢了。"石贵珍一说到这里就非常伤心。

蔡小米没吭声,她自己心里明白,四岁以前的记忆太模糊了,可四岁以后的记忆深深地印在脑海里,这一生一世都不会忘记。

李会议还没到吃饭的时间就早早地回来了,一进屋就说:"我在外面就闻到菜香味儿了。果真是我们家的厨房飘出去的。"

"吃现成的你就幸福吧,今天的菜是我们娘俩合作的,连凉菜都是我切小米拌的。"

"真好,我也尝尝咱闺女的手艺。"

"我做得不好吃,您可别挑我。"

"做成什么样都是好的。有油有盐你爸就不挑。"

三个人开了一瓶红酒,正举杯言欢,有人敲门。三个人你看看我,我看看你。"这是谁赶咱们饭口?"石贵珍去开门,看着站在门口的吕梅花,不知道是让进还是不让进,"嫂子,你怎么回来了?"

蔡小米的心里咯噔一下:"难道他们串通一气把自己骗回来的?不像啊,养母没透露一点点。"

"嫂子回来了,那快进屋啊。贵珍你咋还傻了?"李会议迎了过去。

"就是,我回来好像不欢迎啊?"迈进屋子才两步,吕梅花就看到餐桌上坐着的蔡小米了,她惊讶万分,"小豆?"喊完小豆,吕梅花就噤声了,她明白了,刚从彭小豆那边回来,眼前这怎么可能还是彭小豆呢,再说彭小豆又没有来过这边。那肯定是小米了,可她喊过小豆以后就再也张不开嘴了。

"嫂子,怎么不在小豆那边多待几天?"石贵珍问道。

"你不欢迎我回来啊?那丫头一天总在上课,没工夫陪我。再说,姑娘大了不由娘,我老想管她,她又不愿意让我管,待在那不自在,还不如来你这待着。"

"快一起吃饭,我们也才坐下。小米,这是……"石贵珍忽然不知道怎么介绍了。倒是吕梅花一下子懵了,她抽身进卫生间洗手。好半天也没出来,对着墙上的镜子左照右照,调整着情绪,好让自己在出来以后不失态。

看着重新站在眼前的这个花白头发的女人,蔡小米站起来礼貌地点了下头,然后又坐下吃饭,她想尽早把这顿饭吃完离开。她已经感觉到眼前这个人是谁了,从养母对她的突然造访,不想让她进屋,她就明白了。她当然希望这个人不是养父母通知的。她但愿他们是不期而遇。何况,趁吕梅花洗手的工夫,石贵珍已经悄悄把她的身份告诉给了蔡小米,并发誓决不是他们打电话让她回来的。

吃饭的过程中,吕梅花总会抬眼看着蔡小米,而蔡小米只盯着饭菜,嘴里不停地说着:"妈,您做的饭菜真好吃,和小时候是一个味道。"

石贵珍心里自然开心:"真的吗?你还能记得小时候的味道?"

"当然记得,我这一辈子都不会忘了这个味道。不光是饭菜的味道,还有妈您身上的味道,刚才您不也说了吗,说我小的时候就恋您的怀抱,总缠着让您抱,一岁了还不肯自己睡,都是您搂着我才能睡着。"

"稍大点,我就给你讲故事哄你睡着了才离开你房间。"石贵珍已经忘了蔡小米的生身母亲就在身边,也顾不得那个女人会不会嫉妒,会不会醋意大发,她享受着蔡小米对他们那几年的幸福回忆。

"小米,吃菜。"吕梅花不想被晾在一边,终于忍不住,开口对蔡小米说话,并主动夹了一块鱼递到蔡小米碗里。蔡小米又把鱼夹回到盘子旁边。

"小米爱吃肘子。再说她都多大了,不用给她夹。"石贵珍说完给吕梅花夹了几片腊肠,"嫂子,快尝尝我做的腊肠,味道特别好。"

吕梅花愣在那里,饭也不知道怎么吃下去了。

听到手机短信提示音,看过以后蔡小米说:"妈,我得走了,刚接到短信,公司有急事。"蔡小米终于顾不得剩了的大半碗的米饭,快速离开了李家。

"小米你不能走。"吕梅花追到门口,可蔡小米一声不吭地离开了。

"她怎么就这样走了?"吕梅花失神地说,"头也不回一个,正眼都不看我一下。"

2

哪是什么公司短信,其实就是一个垃圾广告,也不知道他们这是从哪里得到了蔡小米的电话,偶尔就会收到一条,为你策划办画展啊,给你印画册啊,做你的经纪人什么的。正常情况下,蔡小米是看一条删一条。想不到今天这样的短信倒救了她,她正犯愁不知道这顿饭再怎么吃下去。她正忍受着煎熬,她不得不打破着尴尬,说自己小时候的事情也不是故意的,可她不说这些似乎和养母就没有其他共同话题。她们共同的话题无非就是那短暂的四年。

可她无心说的这些,或许又伤了另一个女人的心。她就感觉到对面那双眼睛正很犀利地看着她,要穿透她的衣服,看到她的肉里去了。肉被剜疼了,短信来了,正好赶紧从这窒息的房间里消失。后面他们说什么她一句也没听进去。

吕梅花眼见着自己的亲生女儿从眼前消失,她不敢上前拉她,也不敢对她大声说话,要是女儿小豆她早就吼她了。可就是吼又有什么用。本来要在小豆那多待几天,却敌不过母女之间的代沟。在一起女儿就有各种不听话的理由,离开了还好,小米刚离开,小豆的电话就打了过来,问她是不是安全到了地方。又安慰老妈不要生气,别总纠结着她身上那两只蝴蝶一条蛇,她喜欢这些。无论将来能否擦掉洗掉,对于彭小豆以后的人生来说都是无关紧要的。

"妈,到地方就好,东西画在我的身上,又不是您身上,别人看不惯也是看不惯我,又不是看不惯您,怕什么?不影响找对象了,人家不是有了吗。是啊,有对象了。不是不告诉您,是您观察不仔细。对了,就是馆长啊。我知道保护自己。行了,您别担心了。多和您的小米亲近亲近吧,不然又白来北京了。您这辈子大门不出二门不迈的,好不容易来趟北京,就多在叔叔那儿待几天,怎么也要等到小米啊。"彭小豆一边走路一边说。

"女儿,妈见到你姐了,就在刚才。可她不认我,她见了我恨不得老鼠见了猫一样。早逃了。"吕梅花说完,又一副唉声叹气的模样。

"妈,想开就好了。怎么说你还有我和我弟呢不是?要我说啊,有我们您就足够了,我您还嫌烦呢,再添个姐姐,不知道怎么烦您了。"

"有你这么不懂事的吗?行了,我懒得管你,就那个馆长?我不喜欢,你趁早给我换了。去找个相应的工作吧,别一天拳脚相加的,这哪是女孩子干的活。"

"妈,您又唠叨了,行了,我话费要没了,不说了。女大不由娘。"

吕梅花听到女儿把电话挂了,对着手机发了好半天的呆。

"嫂子,别想那么多,孩子们大了都有他们自己的想法,就是你认下了小米,她也不一定就百分百什么都听你的。儿大不由娘,我们还是得爱护好自己的身体才行。"石贵珍说完给吕梅花拈菜。

"贵珍,我还是回去吧,我看出来了,小米一点都不待见我。看到她我也心满意足了,一会儿我就去宋庄,也看看冰川,直接从宋庄回廊坊。"

彭冰川去小堡车站接母亲,彭大城自然在工作室迎接她:"欢迎光临。咦,不对啊,我还没在这待够呢,你怎么不在小豆那儿多待几天?跑来跟我们凑热闹?"

"我们娘俩犯相。我想回家了。咱们现在走还是明天走?"吕梅花急不可耐。

"妈急什么呀,那就在我这多待几天。我这地方也大,楼上楼下都能休息。随您怎么折腾。"冰川说。

"我折腾什么呀,我老胳膊老腿,倒是小豆能折腾,把自己身上弄得又是蝴蝶又是小青蛇,不知道她怎么想的。这还是丫头吗?"

"什么意思,我没懂。"彭大城赶紧追问。

"她说弄的纸贴,肩膀是蝴蝶,肚子上弄了一条蛇,看着吓也吓死了。我还敢跟她在一个床上睡觉?"

"妈,您说的是文身吧?是刺青。"冰川说。

"啥?你说的是啥?小豆跟我说洗澡能洗掉,可当着我的面她又不洗。说稀罕够了,以后再洗。"

"那是刺青,也叫文身,没听说洗澡能洗掉。"彭冰川笑话自己的母亲。

"啊,不是贴上的?和电影里黑社会老大身上文的是一样的?唉,没治了,这孩子咋这么不让人省心呢。她文它干吗呢?和小豆待不到一块儿去,小米又不愿意见我,我咋这么不受待见?"吕梅花叹了口气。

"文它肯定是为了臭美呗。妈,您就不要为姐操心了,那么大的人了。"

"行,你不爱待了咱就回去,现在回明天回你定。我跟你说,下次什么时候来可不一定了啊。"彭大城说。

一听彭大城这么说,吕梅花想了想说:"那就在这多待几天,我还没和冰川好好说会儿话呢。"

"妈一天心里只有两个闺女,哪还有我的位置了。"彭冰川故意板着脸,继而一笑,"那说好了,爸妈你们多待几天。"

"多待就多待,你和小豆不是马上要过生日了吗,给你们过了生日我们再回去。还有小米……"吕梅花说到这,又不吭声了。

"妈,别愁,以后肯定会有机会给小米姐姐过生日的,别愁,愁了老得快噢。"

叹气的工夫,吕梅花下意识地又按了下腹部:"这几天也不知怎么了,老是岔气。"

"老了,消化不好了。我这几天胃肠也是不太舒服。"彭大城说。

"那冰川忙画画,我们多出去走走。冰川,晚上我们睡楼上还是楼下?这房子可真大。冰川,租这么大的房子多费钱。"

"房子大,可以画大画。地方小画不开。按理说楼下是画画的地方,平时不住人。你们住楼上,我就在楼下睡沙发。要是嫌沙发小,晚上就睡案子上。这画案大,够我折腾的。"

"我们来了,儿子都受委屈了。晚上妈好好给你们做顿饭,我先出去溜达溜达,熟悉熟悉宋庄。"

老两口出去转,彭冰川这才给女朋友打电话,两个人卿卿我我好半天,最后的谈话结果还是彭冰川听了女朋友的话,女朋友先不见父母。尽管彭冰川跟她说,丑媳妇早晚也是要见公婆的,可女朋友不高兴了,说自己又不丑,但不管丑与不丑,她都坚持说等彭冰川买了房子再说。

彭冰川只好作罢。老家廊坊有房子,父母也没有资金给他在北京买房,他只能凭借自己的能力。暂时他没有在北京买房的钱,没有房子,女朋友就不想见未来的公婆。可他又实在是有点想她,父母不在身边的日子,这楼上楼下的地方可够他们两个人折腾的,如今父母在身边,他们当然不能造次。末了,彭冰川说马上就过生日了,父母要给他和姐姐同时过生日,又试探着问她是不是露个脸。对方坚定地说不,电话就在这种不相投的气氛下挂断了。

画画的激情也没有了,画画需要安静。虽然彭冰川一边开着摇滚音乐一边画画都已成习惯,可是身边有人打搅还是很影响思路的。但所有的一切都敌不过亲情,有父母在身边自己也才能时时想到自己还可以充当孩子。按理说自己的同学都有结婚生子的了,自己虽说工作室成立这么久了,可实际上作品卖出量并不大。

眼下的心情并不是太好,有点孤独,掺杂了点寂寞。索性打开电脑边吸烟边看女人丝袜。都说寂寞的女人穿丝袜,寂寞的男人才画画,可他现在的孤独和寂寞，远是画画都解决不了的。他的烟吸得并不好，可他心里有事，不能往外倒的时候，他就吸烟，最初不会吸，那股浓烟呛入肺部的时候，让他咳个不停，如今尽管也不算正宗的会吸烟者，虽然鼻孔也能往外吐烟了，可他仍然觉得自己不是吸烟的好手。他见过别人吸烟的架势，包括女人的，那姿态都很美。留络腮胡子的，叼着烟斗的，似乎更像个正版吸烟者。自己不过是想让烟草烧制出来的味道呛得清醒点而已。呛得咳嗽不止，偶尔呛出眼泪，这个时候，他会理一理自己和女友的关系，她不愿见自己父母，是不是不爱自己？不是，绝不是。他推翻了这个想法。她是爱他的，他想，不然，他们不可能上床，她不可能会那么自然地跟他撒娇。装是装不来的吧？她楼上楼下地跑来跑去，多像一只小鹿。说实在的，父母来的这段日子，他们不能在一起，他真的太想她了。

烟，吸了一根又一根。对于不太会吸烟的彭冰川来讲，女人寂寞穿丝袜，男人寂寞就抽烟。其实自己是被烟给狠狠地抽了一巴掌。他咳嗽不止。

3

彭冰川和彭小豆的生日很快就到了，或者说蔡小米的生日也跟着来到了。秋风起了，天有点凉了。城市里难得见到野地，但那即将开楼盘的地方，暂时可以称作野地。那大片空地，看过去，就有点萧条。尽管此时看着萧条，但转瞬用不上一两年，那个地方就又会竖起几幢高楼来。

城市嘛，寸土寸金，只要有裸着地皮的地方就赶紧开发楼盘。宋庄的平房多，平房占地多，显得有点浪费，把平房一间间地摞起来，那就不占地了。所以，城市里的平房少了，楼房多了。

彭冰川的工作室算是门市，就在别墅区门口，一色的两层小楼。租金不菲。一进屋，彭小豆就大声说："老板，买画了。"

彭冰川从楼上跑下来，看是自己的姐姐，有点意外："生日宴晚上才开，来得早了点吧。我还真以为来买画的。小骗子。"

"你才是骗子。我们跆拳道馆确实想买两幅画，但我刚看了你这些国画，不行，不适合。"

"就你们那尊小庙，买得起吗？我老师一幅画得卖一万。"

"行了，别吹了，那是你老师，你的能卖一万啊？一千我都不买。"彭小豆撇着嘴说,"妈呢?爸呢?不是都在你这吗,还说我们在这里集体过生日呢。"

"遛弯去了。"忽然彭冰川想起什么似的说,"姐,问你个事儿,你那个刺青能洗掉吗?妈说你今天来了要检查的。"

"洗什么洗啊,我好不容易文上的,怪疼的,我还洗?我不洗。我那是哄妈呢。"

"文它干嘛呢。真想不通,幼稚。"

"你才幼稚。我和我男朋友都文了。"彭小豆说完,抓了把彭冰川的头发。彭冰川赶紧往旁边一闪躲了过去。

"就是那个跆拳道馆长?你们真是志同道合。是不是和你一样野蛮?"

"野蛮谈不上,男人味倒是蛮有的。哪像你,一天就知道沉默寡言地画画,找女朋友了吗?"

"女朋友?那是……还没有。急什么,没玩够呢。"

"得得得,我明白了,你还是未成年的小男生。"

"你、你别瞎说好不好?"彭冰川一生气,从抽屉里拿出烟盒,抽出一支烟,用打火机打了两三次才点燃。吸进肺里,轻轻吐出来,"姐,你稳重点好不?不要逮着我就抨击我。好说歹说我也不比你小多少,别没事就损我。"

"怎么,还吸烟了?你以为你吸烟就代表你是大人了?"彭小豆继续撇嘴。

"这话说得没错。你见哪个成年人允许自己家未成年人吸烟喝酒?"

"弟,我就说你吧,成熟不是这样成熟的。谁说吸烟就成熟了?快把烟戒了吧,不然哪天肺都烧黑成洞了。"

"还说我,你刺青,你以为你就成年了?刺青就是在掩盖你幼稚的表现。你也就小孩一个,还是黄毛丫头。"

"不是,冰川,你不带这么跟你姐说话的吧?"彭小豆一听黄毛丫头,不乐意了。

"不就早我几分钟吗,就成姐了,就得时时管我。你本来就不该刺青,妈多替你着急,等着今天挨训吧。就是妈不说你,爸也得说你。"彭冰川说完不理她,稳稳地站在宣纸前,开始画画。

"你姐在这,你也画得下去。"彭小豆往彭冰川的画作上瞄了一眼。

"姐,我正愁画不下去呢,你在旁边叽叽喳喳,我倒能画下去我都奇怪了。"

"看来你姐是来给你助力的,你得给你姐发奖金。"

"小豆来了?"彭大城和吕梅花推开玻璃门走进来。

"爸妈,你们买这么多东西?冰川你这也太能压榨爹妈了,你也不说亲自动手,还让爸妈出去给我们跑腿。再说了,妈,咱们出去吃多好啊。"

"自己做吃的舒服放心,再说,这楼上楼下这么大的地方,不在这做饭,不白瞎这么大的地方了?"吕梅花一边说一边往厨房走。

"我去订蛋糕。"彭冰川打开手机看到一条短信,赶紧打着买蛋糕的幌子往外走。

"冰川,让小豆和你一起去,小豆吃东西嘴刁,让她自己挑,别买回来又说甜不甜酸不酸的。"吕梅花大声说。

"不用,我自己去。姐你要甜的还是不甜的。"彭冰川回头问。

"甜的。越甜越好。上学那会儿我们的生日都是在学校过的,毕业这么久,今天能和爸妈在一起过生日,一定吃最甜的。"彭小豆摆弄着玻璃柜里的艺术品。

彭冰川已经顾不得买回来会是甜的还是不甜的蛋糕,他只想快点跑出去和那个发短信的人约会。彭家父母和他们的女儿小豆,就在工作室里展开了一场厨艺大比拼。可是食材都准备好了,就差进油锅了,彭冰川还没有回来。彭小豆听从父母指示打电话催那个买蛋糕的快点回来,电话却始终不接。

等到两三个小时以后,彭冰川手里提着蛋糕,再次出现在工作室,立刻遭到彭小豆劈头盖脸地批评:"你去做蛋糕也用不了这么久吧?难道宋庄找不到一个蛋糕房你跑市里买去了?"

"姐,你说对了,蛋糕房不开门,我就去了建国门。在建国门又溜达了好久才看到一个蛋糕房。"

"你就忽悠吧,指不定跑哪儿玩去了。爸妈,我看冰川就是没长大的小孩,别看他整了这么大一个画室,为了证明自己长大了,他还吸烟了。"

"你还刺青呢。"彭冰川反戈一击。

"男人适量喝点酒,吸点烟也正常。倒是你,小豆,你说你身上的花纹能洗掉。可我听说那是刺青,这辈子都甭想洗下去了。你说你,啊,一个小丫头把自己弄得跟黑社会老大一样。好看吗?像什么话。"原本打算饭后再跟女儿提这件事,现在话已经赶到这里,吕梅花不禁数落起女儿来。

"妈,彭冰川买个蛋糕用了快一天的时间。他哪是买蛋糕去了嘛!他那肯定是出去玩去了,您不说他反倒过来说我?什么黑社会老大啊,不就是喜欢那些东西吗，刺我身上又没刺你们身上，你担心个什么劲。"彭小豆不高兴了。

"闺女，再怎么，也不能这么跟自己妈说话吧？你妈始终觉得整天唠叨小米，忽视了你，把你带得男孩不男孩女孩不女孩的。你也是有男朋友的人了，今天过生日怎么也不带回来给爸妈把把关？都大人了，别跟个孩子似的，说你什么你得听。"

"有什么可把关的。文身的你们又不喜欢，我文都不喜欢，别说他了。人家忙，没工夫过来。"

"冰川，你也说实话吧，这么久去哪儿了？"吕梅花追问。

"妈，这还用问吗？我都多大了，能不能有点自己的隐私？说去建国门买蛋糕你们又不信。"

"说得跟真的似的，宋庄没有蛋糕啊？"小豆撇嘴。

"姐，这蛋糕老甜了，还是水果味儿的，你能不能不挑了？女孩多吃水果美容。"彭冰川做出一副求求你的表情。

彭小豆剜了他一眼，拉着母亲去厨房："妈，食材准备好了，我们是不是该炒菜吃饭了，肚肚饿了。"

四个人围坐一桌的时候，吕梅花又叹了口气："唉，还缺小米啊。啥时候能给你们三个一块儿过生日就好了。就踏实了。"

彭冰川想说什么，欲言又止。谁也不知道他在沸腾美术馆外面看到了什么，他当时拉着女友的手走到近前，条幅上明明白白清清楚楚的大字，标注着"蔡小米个人画展"等字样。现在，他不想说出这些，是怕父母去了蔡小米对他们置之不理，反而让大家难堪。

再加上自己的情绪并不是太好，女友说因为他生日过来和他待一会儿，可她拒绝见他的父母，还是那句话等他有了房子再见他父母。他也不想难为她。两个人经过沸腾美术馆，却并没有进去，一直往北走……沸腾美术馆是刚刚成立不久的美术馆，比起中国美术馆和后来成立的上上美术馆，它是很小。可是作为一个画家，能在这里办个展，也是一件很荣耀的事情。而蔡小米的个人画展，对于彭冰川和他的所有家庭成员来说，竟一概不知。当然，彭冰川如果不和女友在宋庄小转一圈，也不会知道这件事情。

女友给他送来一件生日礼物，是一条皮腰带。她撒娇说要把他永远拴住，只是在彭冰川要早点回去的情况下使起了性子，说还是他的家人重要，她根本不重要。彭冰川无奈只好说父母马上要回老家了，他不陪也不像话，何况自己的姐姐也大老远跑过来一起过生日，看女友不舍得让他走，他只好说："唯一的办法就是跟我一起去画室。你都好几天没去了。"

"你爸在我怎么去？现在你妈你姐也在。我不去。要想让我见他们，你有了房子，我们铁定不分开了，我才见他们。我也没办法啊，我得听我妈的话。"

"那我这辈子没房子，这辈子你就不见他们了呗？"这话彭冰川忍着没说。

一想起这些就窝火。本打算进沸腾看看，可看着女友远去的身影，转身进了蛋糕房。蔡小米都有本事办个展了，自己还从来没把这事提到日程上来，上次和一个师长去外地卖画，收益不好也不坏，总算有活动资金租下这间工作室。看着这套楼上楼下的门市，心想哪一天自己拥有了这么一套房子，女朋友可能就乖乖地去见自己的父母了吧？心里乱七八糟地想着就这样进了工作室，生生地把蔡小米办画展的事给咽进了肚子里。可吃饭的过程中，自己的母亲三番五次地提到小米，他终于没忍住说了出来。可他们所有的人哪里知道，蔡小米办的这个画展，就是这个当事人，也是直到个展开始的时候才知道。

4

马顿给蔡小米办画展这件事，无疑给了蔡小米一个莫大的惊喜。先是马顿说要送蔡小米一份生日礼物，蔡小米摊开右手伸过去，说拿来吧。马顿告诉她不要急，怎么也要一个小时以后才能看到礼物。

自马顿拿到驾照已经一个多月了，这是他第一次开着车拉着蔡小米出行。蔡小米坐在新手司机的新车里，倍加新鲜，哪哪都要摸一摸，看一看，最后坐在副驾驶座还跟孩子一样地征求他的意见，问他自己要不要系上安全带。马顿说当然，为了她的安全。蔡小米就笑话他一定是车技不行。

马顿一本正经地告诉她："生活中，总会有预料不到的事情，谁知道你不碰人家，别人会不会碰你呢？一切小心为好。"蔡小米笑他是乌鸦嘴。而当马顿开着分期付款买来的车，把她带到沸腾美术馆的时候，看着美术馆外面的花篮和长长的条幅，看着上面蔡小米的名字，她简直被惊呆了。

"生日礼物好不好？我说你不要急吧，还满意吗？"马顿拉着蔡小米的手走向美术馆。

"这就是你那天一直不让我去你家储藏室的理由吧？你是不是早就把画给运来了？"

"是啊,前几天就开始布置了。你所有的画都在这里,我们要不要去欣赏欣赏？"马顿调皮地说。

"怎么不要！要！"蔡小米心里藏着万分感激,跟在马顿的身边。像个小女生一样被马顿拉着手。

当得知已经有两幅画被订走了以后,马顿兴奋地抱起蔡小米,在耳边轻声说："我就说你行的。真没想到,今天第一天就有人买走你的画了。等我们把这些画全卖掉以后,你可不能清闲着,接着画。"

"怎么的,你还打算做我的经纪人了？你这么催我,不怕我累着？"蔡小米也很高兴,可是再怎么高兴,在这种环境下被抱起来转圈还是有点不习惯,"快放下我,像什么啊。被人家笑话。"蔡小米挣脱着跳下来。

"这个沸腾太小,比不上中国美术馆,也不知道你满意不？等将来我挣更多的钱,我们要在中国美术馆办个展。"

"中国美术馆？天啊,我想都不敢想。那得是多大的名家才可以的？我不行。"蔡小米吓得仿佛马上就要把她送进中国美术馆,让她去现场作画一样。潜意识里,她有一种想逃跑的欲望。

"看把你吓的,只有有了想法,才会有实现的那一天。没听说心有多大舞台就有多大？"

"这广告词我知道。可我现在就跟个画匠一样整天在公司里画那些一成不变的画,都要憋死了。倒是公司老总提议过修改风格,最近他也没再提起,估计他出差回来就得开始按他说的风格去画了。"

"改什么风格？你的风格很好了,还要往哪方面改？"

"画裸体仕女。基本是这样吧,或者是那种穿着薄纱半遮半掩的。"蔡小米看着眼前自己的旧作,心底涌上一股暖流,"马顿,今天的生日礼物真好。我觉得自己太幸福了。谢谢你,你真有心。"

"跟我还言谢？真成。其实我觉得我挺欠你的,你看你来我家才一次,我妈那说话态度搁别的女孩肯定接受不了。就你能接受,我知道你善良。从那天开始我就更加深了要好好对你的想法。小米,现在我们有车了,虽然是贷款买的,当然主要是为了我的业务方便。下一步我们就是买房。你别听我妈那么说,将来我们结婚有了孩子,她才不会舍不得不管呢。"

蔡小米脸红了一下,用胳膊肘轻轻捅了一下马顿的胳膊,希望制止他说这些。

晚上两个人就在宋庄吃了生日宴,其实就是炒了份麻辣香锅。又点了清淡的日本豆腐、水果沙拉、白灼菜心。看着香锅里各种海鲜和青菜,蔡小米一下子又想到了赵正清:"也不知道赵老师在西双版纳过得怎么样,好久都没有联系了。"

"好人会有好福报的,当初他对你那么好,他现在也一定过得非常好。"

都说说曹操曹操就到,这赵正清虽然人不在北京,刚唠叨完他,他的电话就打了过来,向她祝贺生日,又盘问谁给她庆生。蔡小米自然十分高兴,把马顿一阵神夸,说他为她在宋庄的沸腾美术馆办了个人画展。

赵正清很奇怪地追问:"沸腾美术馆?我怎么没听说过?"

"新建的呀,当然不是很大,很小的。可是我所有的画作都挂进去后,还能挂很多呢。要是您也在就好了,可以把您的画拿过去一起卖呢。不过,您的画摆里面,肯定人家都买你的,就不买我的了。那我可就亏了。"蔡小米有点嘬嘴似的说着,又有点小孩跟长辈撒娇的样子。

马顿流露出一丝不易察觉的惊诧,但很快就过去了。他理解赵正清在蔡小米心里的分量。他想自己将来好好待蔡小米,蔡小米对他的爱只会加分不会减分。他知道蔡小米是一个懂得感恩的女孩,这一辈子自己就跟她死磕了。

看蔡小米挂断电话,马顿说:"小米,我妈那天的态度,你不会对她有反感吧?"

"那是你妈,我怎么会有反感?她对我有成见,我也能够理解。将来我和你过的是我们的生活,当然,我们得孝敬她,可我们不至于跟她犯轴。就像我的养父,尽管和他生活在一起的日子没有几年,可他是养母的丈夫,我就一样得孝敬他。"

"其实妈妈带大我和马克挺不容易的,你的画在我们家储藏室,我妈早就看到了。那天她把我叫到储藏室,跟我夸了你好半天,原先我还担心她知道了会让我尽早把画弄走呢。想不到妈说你真是个有才气的姑娘,这次办画展,老妈也出资了,但是她不让我告诉你。"

"你妈为什么出资?"蔡小米觉得很奇怪。

"可能妈妈知道你除了蔡大娘这个养母还有平房街口超市的养母,如今还知道了自己的生身父母。"

"这跟她出资有关系吗?是你把这所有都讲给她了是吧?我知道了,你妈在

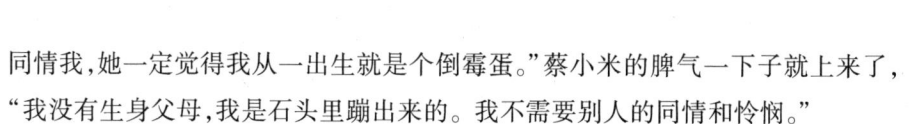

同情我,她一定觉得我从一出生就是个倒霉蛋。"蔡小米的脾气一下子就上来了,"我没有生身父母,我是石头里蹦出来的。我不需要别人的同情和怜悯。"

"小米,你生气了?"

"我就说嘛,你哪来这么多钱,又买车,又能给我办画展。你让我欠你母亲的,你让我怎么还?"蔡小米的表情很奇怪,谁也不知道她内心在想什么,只有她自己清楚,今天本应该和弟弟妹妹以及生身父母在一起过这个二十三岁的生日,可她没有。并且她觉得自己将永远不能和他们有任何交集。心情一下子因为这个生日的问题,坏了起来。

"小米,这个怪我,我妈和我有共同的想法给你办画展,最开始是我要跟她借钱。我知道,借钱给你办画展这不是个好主意,可是我会还给我妈的。我在公司有两份提成,只等月底就都能提出来了。到时候我就把我妈垫的钱还给她了。你别操心了,啊。我确实不该跟你提。"

"你提不提我也知道你到底有没有钱,你不说反而让我担心。那还是从我账上走吧,一会儿把钱取出来你回去交给你妈。"

"小米,你干吗把账分得这么清楚。你都要成我们家儿媳妇了,我妈给你花点也应该的。"

"马顿,你这什么思想啊?我们能做多大的事要靠我们自己的力量,让父母给我们拿钱算什么?我还真从来没想到过你也会跟父母伸手。"

"都说了,月底提成下来就还给我妈了。行了,我这还不是想在今天让你高兴吗?你说你过生日开开心心的我也高兴,你这灰头灰脸的不开心,我能开心吗?"

"我哪有灰头灰脸?"蔡小米真的开始灰头灰脸了。

"你最近一直都不开心,我知道你心情不好。"

"我心情不好?是,我心情能好吗?自从知道我天空上掉下来一个弟弟一个妹妹,还跟我是三胞胎,我知道我是遗弃的,我能开心吗我?"

"小米,我错了,今天本来应该高高兴兴的,我嘴怎么这么不严,我不该提我妈支持画展的事。可我妈支持你这是好现象啊,你怎么就想不明白呢?这说明她以后肯定是不会再阻止我们了。"

蔡小米做了个深呼吸,强制自己平静地说:"马顿,是我错了。你们都对我好,可是,我的事你扛,你的事我扛,我们不要麻烦父母,你说呢?我卡里也攒了些钱,一会儿我们取出来给你妈妈送回去。你也别说是我的,你就说你提成下来了。"看

马顿表情木讷不高兴,蔡小米故意撒娇说,"等你提成下来,你再给我嘛!加倍给也行。"

"美得你,还加倍给?行,加倍就加倍。以后我的是你的。"

"你的是我的,我的还是我的。"蔡小米笑了。

5

"小米,今天是个大日子,你得回家啊。"马顿一边开车一边说。

"现在不就回呢吗?"

"回哪儿?"

"我自己家啊,还能是哪儿。不去超市了。回头我打一电话就行了。你回家记得把钱给你妈。"

"不放心你就跟我回家,好像我会贪污一样。"

"专心开车,别老是转头看我。"

"亲爱的,我并道,我得看反光镜。"马顿扑哧一乐。

"噢,我说你一个劲歪着脖子干嘛呢,我这还自作多情以为你盯着我说话呢。"

"亲爱的,我可不敢。"刚说完,马顿一个急刹车停在斑马线上。

蔡家自然是一番热闹景象,尤其是厨房,蔡母做了好几道菜,在等蔡小米回家。

"妈,您这是干吗?做这么多菜?"

"我闺女生日啊。"

"妈,我都在外面吃完了。"蔡小米跟犯了错误一样。

"跟谁?石贵珍?吕梅花?你吃了你倒是电话告诉我一声啊,我和你爸这还傻等你呢。也不敢给你打电话,怕影响你工作。你总说你创作的时候不能被打扰。"

"妈,我错了。今天马顿给我办了画展,我一高兴就和他在外面吃了,也忘了给家里打电话了。您现在有我爸陪着,我走哪儿都放心。再说,我又不是天天回家,也不用等我啊。"说到这里,蔡小米也觉得没有底气,声音弱了下去。毕竟,生日也算是个不寻常的日子。

"今天是你生日,妈我能忘吗?"

"行了,闺女吃了就吃了吧。吃了你还能逼着人家再吃啊？饭哪天不是吃,哪天闺女想吃好吃的,你再给做嘛。来来来,喝点小酒。今天可不能不给我喝了。"周淀粉对蔡母笑嘻嘻地说。

"今天怎么就能喝了？不行,不能喝。"蔡母的霸气让蔡小米不禁笑了起来。看蔡小米笑,蔡母不乐意地说:"笑什么笑？越笑他越来劲。整个就是一个人来疯。"

"妈,爸喝点酒咋了,少喝点活血。哪有男人不喝酒的,妈你也应该喝点酒,适量饮酒对身体好。管爸别管得太严了。"蔡小米笑。

"还是闺女了解她爸。今天闺女生日,咱夫妻俩都喝点酒庆祝庆祝。"

"姓周的,我告诉你不能喝你就不能喝。"

看养母这么坚定,蔡小米忽然觉得这里面一定有问题。"妈,咋了,爸咋不能喝酒呢？"

"他有糖尿病。他的血糖要控制住,所以一滴酒都不能沾。"

"爸,您病了？怎么从来不告诉我？那您还是得听妈的话,别喝了,身体要紧。"

"多大个事啊,这病算什么病？又不耽误吃又不耽误喝的,走路也不耽误。"周淀粉还在执着地要倒酒。

蔡母就是不答应:"不行,不能喝就是不能喝。别的什么都听你的,这个不行。"

"不能吃不能喝,活着还有啥劲？油腻不能吃,烟酒不能碰,土豆胡萝卜也不能过量,胆固醇高的不能吃,动物内脏也不行,鱼子也不行,白糖红糖都不能沾,这生活,你说苦不苦？本来我就受苦,没吃过啥好玩意儿,现在生活条件好了,能吃的都不让我吃了。这还让不让我活了？鱼子和酒那可是我的最爱啊!"周淀粉假装黑着脸,眼睛却瞟着蔡母背后的酒瓶。

蔡母听周淀粉这一说,不禁在心里也叹了一声。自两个人那次从医院出来,蔡母就开始严加照顾周淀粉的饮食。"鱼子你以后就甭吃了,那得祸害多少鱼。酒？以后想也甭想了。"

看自己老婆狠下心来,周淀粉嘟哝一句老老实实吃饭了:"唉,饭还是得吃,吃得不香也得吃。不吃饿得慌。"

事后蔡小米查了相关资料,回家告诉周淀粉:"如果饮酒,血糖必须控制良好,并且没有其他脏器的慢性病和糖尿病并发症。饮酒时要进餐,避免发生低血糖。葡萄酒一天不能超过100毫升,啤酒不能超过350毫升。一个星期喝酒次数不能超过两次。"

"那我还不如不喝了,馋虫勾出来控制不住啊!再说喝多少,我还得拿量杯量?累。费劲。"周淀粉急了。

"那我就让咱家一滴酒也找不到。看不见你就不馋了。"蔡母有绝招,说完找出白酒,当着周淀粉的面拧开瓶口,把酒倒进水池。

"天啊,你这不是杀人吗。当着我面倒?你个败家娘们儿。"周淀粉急了,扑过去抢到手里的酒瓶已经没有酒了。他把空酒瓶对着仰起的嘴巴倒进去几滴酒。

"想多活几年不?"蔡母将他。

"妈,以后多给爸做点苦瓜粥,这个是促进糖分分解的。多吃含纤维素的食物,还有五谷杂粮也得多吃。"

"好不容易从以前的苦日子里跳出来,还得让我再跳回去吃苦?命苦啊!"周淀粉摇了摇头,趴在水池边使劲扇动着鼻翼,"你这简直是把我的命塞下水道里了。"

"爸,妈是对您好。这点您一定要记得。"蔡小米安慰着周淀粉。

"小米,你都挺长时间没给超市那边打电话了吧?也不过去看看?"蔡母提醒女儿。

"有啥看的。我一天忙得,能回趟家都不容易了。"

"听石贵珍说彭大城两口子回廊坊了。"

"好啊。"蔡小米心想他们终于不再等着和自己见面了,心下释然了,却又多添了一丝失落。

蔡小米的画展,尽管彭大城和吕梅花从彭冰川的嘴里知道了,但吕梅花还是摇着头说不必去了。他们给孩子过完生日,第二天就回了廊坊。

画展的最后一天,蔡小米和马顿前去沸腾美术馆处理相应的事宜。一共五天时间,卖了六幅画,十几万进账,这让蔡小米始料不及。她对马顿更是感激。余下的那些画作做怎样的打算,蔡小米并没有想好,倒是马顿早做好了打算:"小米,这些画我打算全放到画廊去,你有意见吗?"

"没有。我还能有什么意见。你都成了我的经纪人了,你全权负责吧。"蔡小米对马顿一百个放心。

"那好,那这画明天我就送到画廊去。"

"今天不行吗？我明天没有时间,今天的话我还能和你一块儿去画廊。"

"不用你操心,以后我就是你的经纪人。"马顿说完搂了下蔡小米的肩膀。

"马顿,他们走了。回廊坊了。"

马顿知道蔡小米说的是谁:"你后悔了？画展第二天彭冰川就找到美术馆来,对我说你的生身父母就在宋庄,问你去不去他的工作室见见他们,跟你说了可你不见。当天他们就回了廊坊。劝你没用呀,拗得很。见见他们怎么了？又不能损伤你什么。"

"你不懂。你永远都不懂。"蔡小米的心里相当纠结。

也许,这一生都不会再见面了吧。蔡小米这样想着,忽然想起什么似的说:"那我们今天就把剩下的这些画送到画廊去吧？反正今天我有时间。"

"不用,明天画廊主人才在。"马顿自然不能让蔡小米和彭冰川照面。蔡小米要是知道把画放在彭冰川那里,她肯定是不愿意的。

"可我明天请不下来假。看来,还是得自己工作才自由。"蔡小米说完,想起前天老总和自己的争论来。

第十一章
合作

1

　　最后,蔡小米还是听从了老总的安排,改了画风。从此蔡小米笔下端庄的仕女一律半遮半掩。看惯了端庄的仕女,如今再一看这个系列,蔡小米恍若又回到了自己做模特的年代。虽已是多年前的事情,但仿佛就在眼前。

　　马母曾经因为职业的原因不喜欢她,说不定现在也不喜欢。蔡小米这样想的时候,心里有一丝不畅,但一想到马顿是对自己好的,她就觉得凭着马顿对自己的好,自己也不应该和马母计较。毕竟他是她生的儿子。还好,不管怎样,她正式去过他们家,马母也接受了她,她知道这和马顿有直接关系。她并不知道马顿怎么说服了自己的母亲,他是个孝顺又聪明的人,反正蔡小米在马顿的身边觉得很有安全感。而马顿这一次的聪明却难逃蔡小米的双眼:"纸包不住火,马顿,你帮我找的代卖画的地方就是彭冰川的工作室?"

　　"放哪儿不一样?只要能帮我们把画卖出去。"马顿坚持己见。

　　"就是说如果敌人假象地对你示好,你也帮他们做事?那你不成汉奸了吗?如果你在大敌当头的时候,我看你没准儿真是汉奸。"蔡小米很生气。

　　"小米,我跟你说了,你别跟我来,你非来。我帮你把画卖出去就是了,你管我把它放谁家呢?这很重要吗?"马顿也生气了。

　　"放谁家也不能放老彭家。"蔡小米近似愤怒了。

　　"行了,祖宗,你小点声吧。一会儿彭冰川回来让他听到,我们不成了忘恩负义了吗?"

　　"你怕过意不去了?我看你就是跑来占人家便宜来了。"

　　"这不存在占小便宜啊?画廊都能代卖。"

　　"他这里是工作室。"

　　"工作室也卖画,小米,你咋糊涂了?他不过就是帮我们代卖,大不了我们给他点提成,省着你心里过意不去。"

"为什么要和他们家提成?"

"是他彭冰川,不是他们家。你这话题上升得也太快了,本来我们是面对的一个人,经你嘴巴一说,这面对的可是彭家一大家子了。再说了,你不想占人家便宜,你还不能让人家赚你点?抠门啊你。"

"马顿,唉,你让我怎么面对他啊?你真让我为难,真的。"蔡小米和马顿一走进彭冰川工作室,就让她一筹莫展。好在彭冰川没在,临时有个女孩在照应着店面。听说找彭冰川的,她赶紧去隔壁找去了。

"一点不为难,彭冰川是你弟,你是他姐。就这么简单,就是你,满脑子官司。你认下他怎么了?画展第二天他来找我,倒数第二天也来找过我,问过我画的销售情况。是他主张你余下的画放在他的工作室代卖的。人家一片好心,你知道吗?"

"好心?你的意思我得感激他了?谁知道他到底什么心。"蔡小米嘴上硬着,可她的心底谁也看不到。反正马顿觉得自己是在帮助他们姐弟相认,只要有机会他就要创造。就是没机会他也要创造机会。

当彭冰川被小女孩找来后,蔡小米的心底藏着的一些东西多多少少还是流露了出来,至少,她没再像先前那样说些让对方下不来台的话。她只是附和着彭冰川的点头问好,也回复了点头,可她的点头绝没有彭冰川点得深,点得诚恳。蔡小米简直觉得自己是被骗来的,虽说自己跟马顿说过,一定要来代卖她画的画廊看看,可她哪里知道会是这里。

"我要是不跟马顿来画室看看,我也不知道是你的画室。他一直没跟我们说。"蔡小米对彭冰川说。

"这下知道了吧?以后画了画就搁我这,我这反正卖我的画也是卖,卖谁的画都是卖。"彭冰川说。

"还有别人的吗?"蔡小米环顾了一下左右两面墙壁。

"没有,就你和我的。"

"我想把画都带走。"蔡小米临时做了决定。

"为什么?在这不是好好的吗?有人要的话我就联系你们。你带哪儿去?另找画廊?还是自己开个画廊?自己开就造价太高了。不瞒你们说,我这画室能坚持多久我都说不好。房租太贵了,我这楼上楼下近二百平,费用不低。你拿走也好,指不定我哪天租不起就不租了。"彭冰川想了一下继续说,"不过你们如果不着急拿走,哪天我真开不下去了,告诉你们一声,再拿走也不迟。"

蔡小米听到这,心里咯噔一下:"画家和搞古董的差不多。那真是三年不开业,可开业一次真就能吃上三年以上。"这话她没说出来,她想了下说:"你说的真话?"

"怎么不是真话。最近一幅画也卖不出去。邪了。看来想要现钱还得走拍卖和去外地卖画的渠道。不过现在还能撑下去,等我撑不下去的时候,我就告诉你。到那个时候再拿走吧。"

"我有个想法。"蔡小米说完,看了眼马顿,最后把视线落到彭冰川身上,"这个工作室我喜欢,楼上楼下这么大的地方。我跟你合租怎么样?这样的话,我的画放在你这儿心里也踏实。房租一人一半,水电费均摊。"

彭冰川瞪大眼睛看着蔡小米,不相信似的:"真的假的?你的画可以随便找个画廊代卖,用不着这么大的花销,反正都是卖完了再给钱。你租房子又不用,可惜了。"

"不可惜。我的画放这,你还可以给来买画的人解说。我这赚大了。就这么定了,给我个账号,回头我把半年的费用打过来。上半年归你,下半年归我。"说到这儿,蔡小米心里无比的轻松。

"从此以后,我们是合作关系?"彭冰川吃惊地看着眼前的女孩,那个血液中应该属于自己姐姐的人。他没有理由不同意,他太同意了。这可是靠近这个女孩最好的机会。"太好了,我可赚大了。"

"别忙,你没什么赚不赚的。在每幅画卖出去以后,你必须再给我两个命题画画的机会。给我个选题,不然我的老画被拿走了,新画又没有方向,我不是亏大了?"

"这个没问题,到时候大家一起给你出主意。可是,姐……"彭冰川喊了个姐字,发现蔡小米表情愣愣的,自己也不知道怎么就脱口而出了这个字,"不是。我是说,你所有的画都是仕女,你让我从哪方面给你出点子呢?"

"画风。从保守到开放,或从开放再画回保守。再或者就干脆另辟蹊径。说不上哪天我失业了,还真上这来画画呢。到时候有我一块地方吗?"蔡小米觉得如今自己在公司作画,如同画匠一样。她总有一天还是要脱离那个属于别人的公司,别人当老总的地方。

彭冰川自是一连声地表示着肯定。到那个时候,蔡小米在这里画画,自己把父母约来,还怕他们对不上话?他如今倒真希望蔡小米尽快失业。可她失业以后,真的能来这里画画吗?

2

后来经马顿的电话转告,蔡小米才知道彭冰川的工作室改名为米川工作室。这让她心里涌上一股说不出的滋味。如今看来,自己付了一半房租,倒真好像把那楼上楼下的工作室给霸占了大半。从工作室的名字来看,就是这样。而且她还占了多半,"名字谁在前谁是大牌,谁就说了算嘛。"这是马顿说的。

蔡小米倒真没想过要去那里说了算。她只是一时感激而已,感激彭冰川卖过她的画,卖了那么久,尽管一幅没卖出去。这不能怪他,很多成就大事的规律不能改变:天时、地利、人和。缺一不可。

尽管工作室的名称改了,改成了分蔡小米一杯羹的模样,可蔡小米自来过一次以后,就再也没有去过了。就算彭冰川转告马顿,邀请蔡小米过来小坐一会儿,喝个茶,吃个饭,她都没有应允。而且她并没有和彭冰川交换过手机号,尽管他跟她要过。她的一应事宜,全交给了马顿。马顿笑说真把他当成经纪人了。而彭冰川跟马顿要蔡小米的手机号。对不起,马顿没办法给他。

彭冰川要想跟蔡小米近距离接触,看来只能成悬案了。他和家人通电话的时候,把他们最近的事情全汇报了一遍,彭家父母自然心下暗喜,想蔡小米终于肯和他们家人联系了。可他们哪里知道,蔡小米只是不想欠他们家人情而已。

"冰川,小米真和你合租工作室了?这太好了,那我和你爸明天就过去。"吕梅花很激动,手里准备给花喷水的小壶里的水,洒了自己一脚。

"你看你高兴的,再高兴那也不能把自己的脚当花草喷吧。"彭大城接过话筒,"我来跟儿子说会儿话。儿子啊,小豆最近去你那了吗?没去?"

吕梅花又抢过话筒:"冰川,小豆的手机咋又停机了?这小米不跟我们联系,我们也联系不上她,可小豆这是咋了?也不跟我们联系,我们主动联系她吧,她手机不是停机就是关机。自我和你爸从宋庄回来,她连个电话都没打过。我们找她又找不着。"

"她换手机正常,她不带手机都正常。妈您有什么事吗?有事我就去找她。"

彭冰川正在给画上色。

"也没啥事儿。"吕梅花失望地挂断电话。

"又咋了？姑娘大了不由娘,你担心她,她担心你吗？都那么大了,能有啥事。倒是你,天天喊难受,明天我跟你去医院看看。看了心里踏实。"

"我福大命大,我能有什么事？我最大的心事就是小米不能回家。别的事都不是个事。"吕梅花捂着腹部,看表情疼痛难忍。

"你能。你是咱家的大能人。"

"行了,我能还是你能？我看就是你们彭家人能。就你妈,啊,她能编出那么通假话,把我哄得连亲骨肉都不要了。"

"现在这不是知道下落了吗,妈也不在了,就不要埋怨她了。"

"知道下落咋的了,知道她也不认我们,你不知道我心多疼。"

彭大城不吭声了,唱了起来。吕梅花说了句神经病。彭大城止住歌声:"你懂不,快乐的时候歌唱,痛苦的时候歌唱。孩儿他妈,我会永远歌唱的。你看我,腿瘸了仍然歌唱不止。"

"八百年都没听你唱歌了,还歌唱不止。鬼信。"吕梅花下意识地按着腹部,"好像刚认识你的时候你倒是爱唱歌,后来就不唱了。"

"被祥林嫂磨的,磨到最后不敢出声了。怕自己也被逼成祥林嫂。"

"滚。"吕梅花说完,拿眼睛狠狠地剜了一眼彭大城。

"我再滚也滚不出你家大门,再说我腿脚不好,滚得太慢。"说完彭大城接过吕梅花手里的喷水壶,挪到厨房给水壶加满水。

"我帮你滚。"吕梅花接过水过来,自顾自地去阳台给花草浇水。

"你跟我一起往外滚,那咱俩就一起滚出去了。咱往哪儿滚？往宋庄还是小豆那儿？"

"不去,哪儿也不去了。"

"我知道,你是想往小米那儿滚,可人家不理咱啊。咱还是在自己家滚,哪怕滚到廊坊大街上,再快速滚回来。"

"你还没完了？"

"有完。这就滚。"彭大城挪到厨房,打开门走进去。心下笑自己已经成了祥林嫂,不禁苦笑了一下。这是老了,若是年轻,那个时候血气方刚,只要吕梅花一提小米,他就气不打一处来。现在想想,自己的老婆也怪可怜的,那可是她身上掉下来的肉啊。

吕梅花一边浇花一边按着腹部,正出神地洒着水,只听厨房有盆砸到地上。她快速跑过去推开门,只见满地是水,不锈钢盆掉在地上。

"腿脚不利落,手也不利落?"吕梅花说完才发觉自己说话重了。赶紧去找拖布擦水,"都说过了,洗菜的活我来干就行,你就等着吃不行?"

"我这不是想多帮你分担家务吗?"彭大城也不唱了。

"你洗的菜你吃着香是咋的?行了,滚客厅里看电视去。"两个人以前从来不说"滚"这个字,这一天说起来,竟然还止不住了,说到这,吕梅花倒笑了起来。

"我叽里咕噜地滚了。"彭大城慢腾腾地挪出厨房。他近来不爱用拐,宁可慢腾腾地挪着走路,也不想依赖那死气沉沉的木头棍。

晚餐还没等完全摆上餐桌,家里的电话就响成一团,接通竟然是彭小豆,这让吕梅花甚是惊喜:"闺女,怎么这么久也不和家里联系?手机还停机了,你能不能找一个号固定不变?不变没意思?手机就是你找别人的工具,你用不着别人找到你?别人能不能找到你我不管,你妈我得找到你啊!下午还和冰川说你呢,我说你的手机停机了,都要急死我了。你先和你爸说,我锅里的汤一会儿潽出来了。"

彭大城和女儿在电话里没说上几句,吕梅花又冲了进来,抢过话筒对女儿大声说:"闺女,你是用手机打的吗?那行,我一会儿查来电显示。不行,你说我记,别万一来电上面没有。以后这个号不许换了,听见没?不行,打你电话不通,妈该去找你了。你说你妈妈眼睛又不好,你爸腿脚又不好,你忍心让我们去找你?这你也嫉妒?小米是打小从咱家抱走的,听说丢了,妈还不得去找她?找到现在还不是在人家家里,不回咱们家,不认这个妈。行了,不说小米了,你爸总说我是祥林嫂。说说你,你和那个馆长处咋样了?黄了?你不在那个道馆?在哪儿?也是道馆?北京哪儿来这么多教跆拳道的地方?闺女,听妈一句劝,不行改行吧。趁还年轻,去学校当个老师也比在道馆里踢踢打打的强,这不是女孩子干的营生。你这丫头,咋这么不听话。"

"怎么了?"看着吕梅花对着话筒发呆,彭大城说,"是不是话没说完就又挂了?这丫头总是毛手毛脚的,啥时候能长大呢。"

"电话,快查查来电显示。"吕梅花查到来电手机号码以后,赶紧找纸找笔记下来,"这丫头,怎么又换手机了。她说她就怕别人找。"

"啥叫换手机,她这叫换手机号,手机还是原来的手机,就把里面的卡给换了。"

"一样,就是换了。不换我能找不到她?这丫头崽子,啥时候能让我省心呢。"吕梅花一边说一边按压着腹部。

"又难受了?你那到底是胃还是哪儿?说去看看你又不去,咱们年龄大了,零件也都老化了,有病不及时治,别给耽误了。"彭大城爱怜的眼睛看着吕梅花。

"你甭跟我在这乌鸦嘴,我身体好着呢。吃饭。"吕梅花说完去厨房端菜,走到厨房眼前一黑,赶紧扶着门框才站稳脚,腹部又一阵紧赶慢赶的疼。

菜饭端上桌,两人围坐在餐桌前,吕梅花又一阵感慨:"哪天咱一家五口人能坐在一张桌上吃顿团圆饭呢?"

"肯定能。放心好了。"

晚饭后,吕梅花又打开衣柜,翻看着孩子们小时候穿过的衣服。在衣服的最底下,有一个布包,打开布包,里面有二十三个红纸包。只有吕梅花自己清楚,这是已过去的二十三个春节,她包给女儿彭小米的压岁钱。每年吕梅花都要包三个红包;冰川和小豆每年都能收到压岁钱,小米没办法收到,她的压岁钱,吕梅花就给存了起来。她担心自己有生之年,还会不会把它交到小米的手里。

3

"妈,我知道了,我会给姐打电话的。"彭冰川挂断手机,开始拨通彭小豆的电话。电话虽然打通了,却一直无人接听,他想可能小豆姐在上课,兴许设置成静音了也说不定,于是就把电话挂了。

想不到没多大工夫,电话就打了过来,竟然是个男人的声音,张嘴就质问彭冰川找谁。彭冰川报上姓名,告诉对方找彭小豆。

"她在洗澡,你过会儿再打。"男人说完挂断电话。

彭冰川吓了一跳,女人在洗澡,男人接电话?啊不,是男人看到电话后肯定跟彭小豆说了,然后彭小豆准许他打过来。这层关系?这又是什么逻辑?难道说这个男人和彭小豆的关系超乎寻常的近?是那个跆拳道馆长?可听说她离开那个跆拳道馆,也和那个馆长分道扬镳了。那眼下这个男人会是谁呢?彭冰川不敢继续想下去,只能等电话打过来再追问。想到这又觉得不对劲,怎么说大家都是成年人了,自己追问似乎也不好。他在权衡着如果小豆电话打过来,自己是不是装作不知道,不过问也许最合适。

没多久,电话果真打了过来,从电话里彭冰川知道了这是她的新任男友。彭冰川问:"姐,你那个馆长呢?"

"分了。"

"说分就分了?那这个不会是你新去这家的馆长吧?"

"彭冰川,你八卦什么?那我告诉你,他是我新来的这家道馆的学生。"

"姐,你师生恋?"

"恋怎么了?又不是姐弟恋,人家比我还大三岁呢。成年人了,比你还大,别以为我在和小学生谈对象。倒是你,一直说有女朋友,哪天领出来给我们看看。别让我觉得你在说谎,也许你还根本没长大。"

"姐,谁说我没长大?她刚才还来我的工作室了,刚走。你别一天总诋毁我。"

"那说好了,哪天见个面?我这个男朋友可是主动要见我们家人的。我还在考虑中,现在还不打算领他回家,不过你倒可以先帮我参谋参谋。这个大权交给你了。"

"没问题。我回头就跟她说,她敢不见她的大姑姐?不见你那她是不想混了。"彭冰川想女朋友不愿见父母,那是因为自己家不能给他们在北京买房。买房的事情彭冰川一直没和父母商量,他自己也知道家庭状况,不可能拿出大笔资金给他们在北京安家。他一直把买房的事闷在心底,打算凭自己的实力买。姐弟同在北京,女朋友见自己的姐姐应该没什么问题。只是彭冰川没想到,女朋友对于彭家人,除了彭冰川要经常见以外,其他一概不见。她撒娇地跟彭冰川说自己工作太忙,等以后时间多了,自然会去廊坊见未来的公婆和大姑姐。彭冰川告诉她大姑姐就在北京,想见容易得很。又不用千里迢迢地去拜访。可这女人就是不见,她说她害羞。

他不好意思把女朋友的话一字不改地说给彭小豆,那样他会很没面子。他在犹豫着怎么跟姐姐解释。还没等他打电话给彭小豆,彭小豆的电话就追了过来:"彭冰川,我明天有时间,要不明天聚一个吧?你未来的姐夫也要见见这个宝贝画家弟弟。"

"姐,见我可以,见别人估计就够呛了。"

"你说那个女娃子?不见我?她将来是不打算和我这个大姑姐处了是不?

好,不管她,我们明天见。说吧,在宋庄,还是来我的跆拳道馆。来这里倒不是太方便,像你说的你姐我这师生恋,让太多的人知道了总归不是太好。"

"姐你一定要来,你保准来了以后大吃一惊。"

彭小豆拼命追问什么能让她大吃一惊,偏彭冰川就是不肯说出来。想不到第二天彭小豆一个人来了宋庄,这让彭冰川感觉纳闷儿:"姐,你不是要带新姐夫和我见面吗?人呢?"

"他老家临时有事,他回家了。"彭小豆一副疲惫的模样,"我要去,却去不了,请不下来假。"

"姐,他靠谱吗?"

"有啥不靠谱的?"

"前一个馆长不就不靠谱吗?"

"行了,你不要掺和了,恋爱练爱,不练哪会爱?倒是你,你说说看,什么事能让我大吃一惊?我看现在就没有能让我大吃一惊的事。能让我兴奋的事都不多,除了带学生上课让我积极和兴奋以外。"

"嗯。你往墙上看。"

彭小豆这才往墙上看去:"冰川,你怎么不画山水,改画女人了?这确实让我大吃一惊。"

"什么呀,这是我画的吗?你看看落款。"

"蔡小米?她怎么把画挂你画室了?还放了这么多?你们相认了?妈怎么没跟我说?你们相认了,咋把我这姐姐妹妹撇一边了?"彭小豆瞪大眼睛看着彭冰川。

"姐,你就跟机关枪一样,你就不能先问问我怎么回事?就在这乱猜。我们哪里相认啊。我当初那么求她和咱爸咱妈见面,她都不愿意。她现在和我的关系,顶多是合伙人的关系。"

"你们之间有什么合伙不合伙的?莫名其妙。不懂。"

"我们合伙开的这间工作室。"

"以前可没听你说过。"

"以前是以前,中间开始合伙了。"

彭小豆心里面还是觉得有点奇怪:"那还不就是认下你这个弟弟了,不然人家肯跟你合伙?和谁合伙不行?"

彭小豆这样一提醒，彭冰川倒也是豁然开朗："别说，还真是的，那咱姐是不是真要认亲了？"

"有这可能。你现在跟她联系下呗，咱们三个也好在这聚一聚。"

"我没她电话。"

"和她有业余合作关系，竟然没有她电话？谁信啊。"

"我每次都是和她男朋友联系，她根本不露面。就在这见过她一次，那次她还要把画全拿走。算了，总之，她肯定不想见我们家人。"

"这真是让我大吃一惊的事情。和你有合作关系，人却见不到。"

"女人就是麻烦。"彭冰川想起女友不禁脱口而出。

"说谁呢？我大老远过来可不是听你说这个的。"

"我要不说有让你大吃一惊的事儿，你能来？咱们就不能想想办法，让蔡小米回归咱们家？那样以后她的画落款可就不是蔡小米，该是彭小米了。"

"你这叫一己私念。人家就是认下咱爸咱妈，人家叫了二十多年的蔡小米，那是能说改就改的？她不改也可以理解。她就是改成彭小米，满大街的喊彭小米，她也不一定知道是在喊她。习惯，明白吗？养成二十多年的习惯，听力，改不了。"

"那你说咱姐回家就没戏了？"

"不是说没戏，她就是回来了，也肯定叫蔡小米，名字是没法儿在画上改过来的，你也就甭惦记着她的画在你工作室上挂着，落款是彭小米了。这不可能。"

"好像你深有体会一样。"

"习惯养成 21 天以后，就不好改了，硬改，是要脱层皮的。何况二十多年的习惯，让人家改了，这不是折磨人吗！她要是真和咱爸咱妈相认了，我看她无论姓哪个姓，我都同意。"

"咱们想得远了，她要非姓彭，也说不定。"

"你美的吧，我才不信。也许，爸妈认她这个闺女的日子不远了。"彭小豆无限憧憬，"关键是爸妈联系不上她，只有你这里离她最近，我看还是得你来使劲才行。"

"我真没辙。我跟马顿说过几次了，让他们来我这吃个饭，可他们不来，顶多是马顿来个一次两次的。"

"你把马顿手机号告诉我，看我找机会和他们联系。"

4

当蔡小米出现在彭小豆面前的时候,彭小豆正病歪歪地躺在床上,盖着空调被。

"对不起,我在北京也没有亲人,妈妈离我又远,我又不想啥都跟她讲,没办法,我就给马顿哥打电话,让他转告你。"

"他说你病得非常严重,男士又不能靠前,非我来不可了。到底怎么回事?"蔡小米站在彭小豆床前问道。

"也没有他说的那么严重,可是我不说得严重点,你也不会来。"

蔡小米皱了下眉头,放下水果:"马顿就在外面等我,要是不重我这就走了。不行就通知你家里吧。"说完就要转身离开。

"别走啊。"彭小豆一激动差点跳下床来,本想喊姐,又咽了回去,"我真的需要你的帮助。"

"怎么回事?"

"我流产了。"彭小豆说完心里狠狠骂自己,这不是自己背个莫须有的黑锅吗?可是跟老妈许诺过一定把蔡小米带回家,于是忍了,"男朋友回老家了,我自己也不知道怎么办。医生告诉我不能这个不能那个,我想要是没人照顾我,我就得死了。"

蔡小米赶紧转过身,看了眼面容憔悴的女孩,心下又不忍:"这么大的事,你跟男朋友说了吗?"

"没有,我不想说。要是说了他兴许不让我做了,我还得上班。我们又没结婚,有了孩子我还怎么上班啊?我不想这么早就要孩子。"彭小豆直想打自己的脸,心底暗自难过,这自己在蔡小米眼里还是个干净的女孩子吗?管不了那么多了。

"快好好躺下。家里有吃的吗?没有我就去买点给你做吧,这个时候最需要营养,别凉着。我听别人说这个时候留下的毛病以后都不好治了。"

彭小豆心里暗喜:"那谢谢……谢谢你了。"

"喂,马顿,我得留下来,下午再回去。你先回去吧,别等我了。回去吧。她病得挺重的,我得照顾她吃饭。"

看着蔡小米屋里屋外地忙乎，彭小豆心里高兴得不得了，可片刻，又觉得自己有丁点的残忍，这种谎言哪天一旦被揭穿，她该怎么面对眼前的亲姐姐？也想不了那么多了，能暂时把这个失散二十多年的姐姐留在身边是最主要的。

　　"我给你煮点粥，蛋是煮着吃还是做蛋羹？"蔡小米征求彭小豆的意见。

　　"啊，你太棒了，还会做蛋羹？我都不会。我要吃这个蛋羹。"

　　蔡小米疑惑地看了眼彭小豆，心说这丫头刚从手术台上下来，咋还这么精神？禁不住发问："你，平时总练拳练功夫的，是不是身体素质非常好？做个手术根本不算什么？"

　　"不不不。"彭小豆感觉出自己的兴奋，赶紧缩进被窝，露一副可怜状，"我其实一点劲没有，这不，进手术室之前还没吃东西呢。我这是饿的，一听说有爱吃的东西就兴奋了。我就是做啥事，不会掩饰。"

　　"好好歇着，一会儿做好喊你。"蔡小米平静地说。

　　吃着蔡小米做的饭菜，彭小豆心花怒放，终于不想控制自己喊姐的欲望了："姐姐，你做的饭菜这么好吃！我都不会做，每天不是叫外卖就是出去吃。上大学的时候就吃食堂，早在外面吃够了。可我就是学不会做饭，也没人教我。我在道馆偶尔也给大家做饭，做熟就成，反正抱怨也没用。我天生就不会做。"

　　听彭小豆喊姐姐，蔡小米心底涌上不舒服的感觉："没什么，瞎做，你凑合吃吧。那我走了。"

　　"别价，和我一起吃完再走啊。"

　　"不了，这是特意给你做的。我回去吃，记得多喝点红糖水。"

　　"姐，你咋啥都懂啊？"

　　"书上看的。没人教。"蔡小米皱了下眉头。

　　"能跟我再说会儿话吗？你一直都在那儿忙着做吃的，都没跟我说话。"彭小豆无限委屈地说，那粥和蛋似乎都咽不下去了。

　　"好吧，那陪你一会儿。可是我天天要上班的，不能总来给你做饭，你自己能做吗？"

　　"这几天我觉得太虚了，也下不了床啊。没劲儿。"彭小豆表现得自己软若无骨，可怜备至。

　　"那就……跟你家里说一声吧。"蔡小米本来想说那就跟你妈说一声吧。

　　"姐姐，这么丢人的事，也就能跟姐妹说说，我哪有脸和家里人说？不得被爸妈骂死？那我还有活路吗？"

蔡小米听了也觉得有道理："那我就抽空过来帮你做做饭，不过就是不能应时了，我那边工作也紧张。没事，我想办法，不行我帮你找个人来。"

"不用不用，千万别麻烦。我也就歇几天就得上班了，也不能总这么躺着。医生说得休息两周，我看不用。我现在也能走出去，走是能走，可就是没劲儿。"

"听医生的，别落下毛病将来后悔。不差这几天，请个假吧。我有时间就过来。"

"我想问你个问题。"

"什么？"

"你和我弟怎么联手办起工作室了？"

"没什么，就是我的画被我男朋友放在他的画室了，他们可能挺熟的，我也不好说什么。总不能白放在人家那里吧，所以就交了点房租。不存在合办工作室，我也没有时间过去画画。我就是为自己的画付点租金，好让它们更合理地挂在他们家。"

"可我弟弟说，他以前找过你很多次了，你就是不想认父母。"彭小豆终于没有忍住，说出心里话，"姐，你别生气。我和弟弟都希望你早点回家。妈爸可想你了。"

"我们不说这个行吗？你要说这个，我就不来了。你找别人照顾你吧。"

"好好，下回我不说了。"彭小豆吓得赶紧止住话题。

第二天蔡小米来给彭小豆做过饭以后，想着也不能总过来，就打算帮彭小豆请个钟点工，她去了几家家政，总算定下来一个照片看上去干净利索的女孩，答应当天下午见面。见面听说她不仅会做饭，而且很会做菜，就把她领到了彭小豆家。

当时彭小豆刚对着沙袋暴打完，当满脸汗的彭小豆站在蔡小米面前，把蔡小米吓了一跳："你怎么满脸是汗？怎么虚成这样？你得好好吃饭，加强营养。"

"没有，我就在地上溜达溜达。姐，这是？"彭小豆示意蔡小米身边的女孩她不认识。

"我让她给你做几天饭。小珍，这是我妹。"蔡小米说完，心里觉得有点别扭，"她这几天病了，需要休息静养，你每天做个饭打扫个卫生就行。"

"姐，她还要住这儿啊？"彭小豆古怪的表情，心想她要是住这儿，自己可万万不能接受。那不得露馅啊。在蔡小米面前装，她可不想在这个陌生的丫头面前也装。那得累死的。

"姐,我叫外卖吧。要是你没有时间的话,我不用别人来给我做饭。"

"你别不领情啊,我可是走了好几家家政,才给你找了这么一个干净利索的女孩。听说她做的饭好吃着呢。"

"那好,那做了饭就走。不能住这儿,有外人住我心里不舒服。姐,你不一样,我让你住你还不住。你要是跟我住,我二话不说。"

"就这么定了,让她做饭打扫卫生。做完这些她再回去。"

蔡小米放心地走了,可她前脚走,彭小豆就要把那女孩给辞了。女孩不愿意了:"姐,你不能就这样把我辞了,刚才蔡家说了,做满天数才给我工钱。我都歇了好几天了,你这是让我失业啊!"

彭小豆看对方这种神情,心下又不忍,只好留下她。吃了小女孩做的饭菜,让彭小豆赞不绝口,连着吃了几天,她还真有点舍不得女孩离开她了。和女孩也很聊得来,不知不觉中,彭小豆在女孩面前也不掩饰,该喝凉白开喝凉白开,该砸沙袋砸沙袋。

当蔡小米从钟点工嘴里得知彭小豆这一切以后,立刻就陷入了沉思:"这丫头,太怪了吧? 她到底怎么回事? 她是真不把自己的身体当回事啊? 难道,惹事的那个男人消失不见她了? 他们感情出问题了?"一想到这些,蔡小米片刻都不能停留,处理完公司的事情,立刻向彭小豆的住处赶去。

蔡小米刚敲开门,钟点工女孩就笑呵呵地说:"姐,你来了? 我正和小豆姐玩呢。"

玩? 玩什么? 蔡小米好奇地向屋子里张望,只见彭小豆以最快的速度跳上床,盖上被子。

"你这速度? 你不怕伤到身体?"蔡小米对眼前的彭小豆充满了疑惑。

"没事,我平时野小子状态都惯了。每天不跑跑跳跳心难受,身体也难受。"

"刚才小豆姐砸沙袋,她可真有劲,我试了,我都砸不动。"

蔡小米审视着彭小豆的脸,彭小豆被看得不好意思:"姐,您怎么这种眼光看我? 我砸沙袋也没敢用力。我好好歇着呢。"

"你先回去吧,今天我照顾她。"蔡小米示意钟点工离开,看她走出去关上门以后,蔡小米继续说,"说吧,你在利用我什么? 利用我的善良?"

"姐,你千万别生气。"小豆要哭了,赶紧坐起来。

5

"姐,我跟你说实话吧,我确实没有做什么流产,我就是想和你在一起多待几天。我知道你烦我们家人,根本也不愿意见我。可是你不知道妈每天过的那叫啥日子。她真的和祥林嫂没有区别。她想你啊!"

"她遗弃了我,你应该清楚,她遗弃了我!"蔡小米很激动。

"姐,冰川找了你那么久,我知道我没尽什么责任,一天就知道贪玩,又没有冰川细心。看到你们能合作,我很开心,可是我从冰川那里知道你们根本不来往。于是我就想靠近你,编了这套谎话,我也是想找机会跟你好好说说,回家看看咱爸咱妈。他们老了,他们很不容易的。"

"不用了。我有爸妈。你不要再给我推荐爸妈了。"蔡小米有一种受骗上当后的屈辱,"我希望你以后不要再跟我联系了。"

看着蔡小米马上要走,彭小豆快速跳下床,拦住她:"不行,你不能走。"

"你还要绑架我?"蔡小米用眼睛狠狠地凝视着彭小豆。

"你等我一下。"彭小豆去抽屉里翻找东西,想不到这个时候电话响了起来,接通以后,"什么?妈住院了?原发性肝脏肿瘤?"后面的话彭小豆都不知道怎么说的,她只是告诉父亲,她马上回廊坊。挂断电话的彭小豆整个人傻了,眼泪流了出来。"肿瘤?肿瘤不就是癌吗?"

蔡小米也傻了,但她强装镇静:"我先走了。公司还有事要做。"本来想继续指责彭小豆装病,想把她狠狠地损一顿再离开的蔡小米,眼下看来也无力指责她了。彭小豆的母亲病了,或者说她们的母亲病了,她得的不是一般的病,是肿瘤。

彭小豆没有挽留她,经过这场欺骗以后,她觉得自己根本没有资格再要求她什么,但在蔡小米离开不久,彭小豆还是在犹豫过后,把手机短信发到马顿手机里,请求他跟蔡小米说说,能回家看看她们的母亲。但她没有得到任何回复。

第二天,马顿一个人来到彭小豆供职的跆拳道馆,在彭小豆马上要回廊坊的这一刻,马顿递给她一张银行卡。他把卡交到她手里嘱咐完以后就离开了。彭小豆只知道这是蔡小米给的,让她给母亲治病,并让彭小豆保守秘密,不要说出这张卡的来历。否则她以后也没有机会见到蔡小米了。

彭小豆在上车之前又给马顿打过电话,确定蔡小米坚决不跟她回廊坊见母亲,只好作罢。

吕梅花却坚决不合作,坚决不住院,彭小豆就是和她的母亲在家里见的面。这让彭小豆无比郁闷:"妈,病了就在医院治,怎么还回家了?医院条件不好啊?"

"医院条件还真是不好,那股药味儿,来苏水味,让我头疼。没病也得憋出病了。"

"有病也得治病啊,回家来就能好?"彭小豆非常着急,但又不能把话说得太重。

彭小豆已经知道,父亲根本没把母亲病重的事情说给她,吕梅花一直以为自己只是患了严重的肝炎,以为回家静养一段时间,多吃点好的,别太累着就能好呢。看到女儿小豆回来,这让吕梅花特别开心:"闺女,这回手机号没换吧?别总换,换了电话妈想你找你都找不着。你看冰川多好,多少年了,就用这一个手机号。冰川没说啥时候回来?"

"他说一会儿就到家了。"彭小豆出发之前给彭冰川也打了电话,但没同时出发。

"这次你们咋这么集中?看妈病了?妈这又不是啥大病。"吕梅花硬撑着笑了下。

彭冰川很快也到家了,看到彭小豆一个人回来,彭冰川异常奇怪地问:"姐,你不是把小米姐拿下了吗?都让她给你做饭了,她咋没回来?"

彭小豆赶紧拿眼睛剜了一下弟弟:"我逗你呢,瞎说啥啊,我还敢分配她?我哪有这本事。"

见姐姐这么说,彭冰川没有再追问下去,放下包对母亲说:"妈,姐打电话的时候还说你在医院,怎么回家了?"

"好了就回呗,医院有啥好待的,人都待傻了。"说完吕梅花很无力地咳嗽了几声,把头扭向床的另一边对彭大城说,"孩子们都回来了,你咋还傻了?去给他们买点好吃的做点好吃的,我也没劲起来。要不我去做。"

"妈,我和冰川去吧。我们好久没逛菜市场了。"彭小豆拉着彭冰川往外走。她实在不忍心看着腿脚不利落的父亲出去给他们张罗饭菜。

"姐,到底咋回事?你没跟小米商量回咱家吗?你们既然关系处到她能给你做饭吃,你就应该要求她跟你回来。这多好的机会啊!"彭冰川提醒彭小豆。

"行了,你不知道就别乱说。她是给我做饭吃了,还给我找了个钟点工给我打扫房间做饭。可我病是装的,我跟她坦白了。"

"啊,你装病?装也装到底啊?这怎么收场?"

"我是想装到底,可是装不下去了,再说,也被她识破了。她多聪明啊!当时她刚要走,我就接到咱爸电话了,咱爸电话里说咱妈查出原发性肝脏肿瘤。肿瘤,你明白吗?我当时就哭了,我以为蔡小米这么善良的人,听说了肯定会原谅我最初的欺骗,会跟我一起回廊坊,可她还是头也不回地走了。"

"她心真这么狠?"彭冰川若有所思。

"她让马顿给了我一张银行卡,让我给妈带回来治病。看来妈还不知道她病的严重性。爸说给妈吃的药,药盒上的说明书全被他给撕掉了。"

"撕了,不是更让妈生疑心了。"

"那怎么办?我也觉得爸是用心良苦。可总不能让妈直接看到说明书上就写着治肿瘤的吧!"彭小豆一边说一边眼泪就要出来了,"我也不知道怎么办了,你知道怎么办吗?"

彭冰川咬紧牙关,他又有什么办法,只能是支持母亲住院治疗。他们采购回来,一起下厨给家人做饭。吕梅花看到儿女都回来了,高兴地下了床,但是体力严重不支,没坚持多久又回到床上卧着去了。

吃饭的时候,姐弟俩商讨起母亲的病,都要求母亲回医院接受医生的继续治疗,赶紧把病压下去。不能让它有发展的势头。吕梅花纠结着说:"到底啥叫原发性?"

三个人听了以后不知道怎么解释,倒是彭小豆反应快:"妈,我知道原发性是怎么回事。就是现在才开始的意思,就是才发现有点小毛病,原发的。但也不能忽视它。得让医生把这点小毛病治好,去根。不然,它会到处乱串,串到别的器官上就麻烦了。所以,妈,明天你得回医院。不能在家里治,就跟感冒一样,看着感冒不重,吃点药扎个针就好了,要是不巩固几天,它再反复,就根本不好治了。妈,这张卡是蔡小米给你的。"

吕梅花放下碗筷,看着彭小豆递过来的银行卡,嘴唇动了半天:"妈不要,哪天你回去还给她。妈没脸用她的钱。她有这份心妈就感动死了。"

"这是闺女的孝心,你说你那么想见小米。现在小米上赶着给你的心意,你咋能推开呢?你得让闺女咋想?她该想你不把她当亲生的了。"彭大城边说边接过卡,"收下,我替你收。小豆,回去告诉小米,说爸妈都感谢她。"

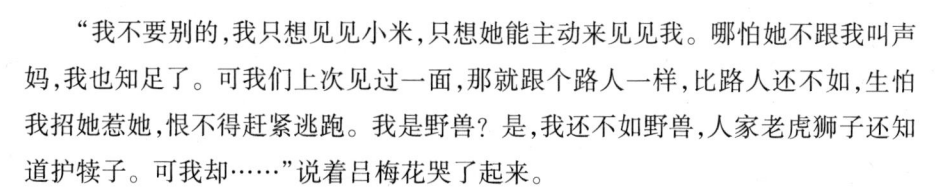

"我不要别的,我只想见见小米,只想她能主动来见见我。哪怕她不跟我叫声妈,我也知足了。可我们上次见过一面,那就跟个路人一样,比路人还不如,生怕我招她惹她,恨不得赶紧逃跑。我是野兽?是,我还不如野兽,人家老虎狮子还知道护犊子。可我……"说着吕梅花哭了起来。

"妈,你别哭了,姐这不是在靠近我们吗?有一天她会回来的,妈你别急啊。"彭小豆给母亲擦着眼泪。

"医院我是不去了,吃点药总会好的。"吕梅花拒绝去医院。

"这次要不是疼得厉害,她也不去医院。你妈这个人太拗。一点不听话。"彭大城不悦。

"妈,我做的菜好吃吗?"彭小豆转移话题。

"好吃,我闺女做的能不好吃?"吕梅花笑着说。

"好吃啥啊,把卖盐的都给打死了,你抢来的盐啊,这盐不花钱是不?"彭冰川直咂舌。

"嫌咸你不做?还没跟你要盐钱呢。你知道吧,小米可会做饭了,可好吃了。"小豆说完赶紧噤声,又怕引起母亲的唠叨,赶紧打岔,"我们同事小敏,可会做饭了,我最近在跟她学呢。下次回来肯定做得比这次好吃。妈,下次我回来给你们做。这次回去,我好好学学做饭。我就不信我做不好。"

"祝你下次做得更咸,咸上加咸。"彭冰川想活跃下气氛。

"你烦人不?妈,你看弟欺侮我。就晚那么一会儿就得给我当弟,就得任他欺侮。妈你把他生成哥多好,哥我就可以使劲欺侮,他还得受着了。行,我听你折磨,下次咸上加咸。我做咸菜,我躺不死你。"彭小豆也笑。

吕梅花看着姐弟俩的调皮,也笑了,笑着吃了口饭菜,又叹了口气。彭小豆知道母亲在想什么,看了眼彭冰川,心底有了主意。

6

安排了母亲住院,彭小豆才算安心下来。可她哪里知道,在她和彭冰川回京的车上时,吕梅花又办了出院。而彭小豆则对彭冰川说:"咱俩有没有本事把小米带回家?"

彭冰川摇了摇头。

"你是男的,你和男的说话容易,你好好攻马顿。我这边直接攻小米,我就不信她铁石心肠。她能给妈拿钱,就说明她的心是软的。"

事实上,他们两人无论怎么进攻,蔡小米都坚决不答应去廊坊。这让彭小豆很是失望:"她看上去文文弱弱,怎么心底跟石头一样硬。"

而蔡小米的工作进展得虽然很顺利,可她知道自己的理想不是在公司里给别人打工。她暗地里筹划着自己的资金积累到一定数额,她就不再给别人打工,还回归到专业画家的位置。马顿对她说:"那你跟彭冰川合开的工作室,看来就会派上用场了。"

"我有实力的时候,我还会跟别人合开吗?跟他表面上是合开,可我并没有去他那里作画吧?你还不知道我?在他那里,只是表面上的合作,实际只是寄希望于能在他的画室里卖上几幅画。可现在看来,这么久了,才卖掉一幅画。比起个展来,差得太远了。这样下去,房租只能算是我白拿的了。"

"当初你应该明白这一点。彭冰川的画在他自己的工作室都卖得不好。做事情,无论大事小事,都讲究个天时、地利、人和。他那位置也不行,他的名气也不大,你的画寄他的篱下,你想能卖出去多少?我知道你当初的意思,你是担心彭冰川熬不下去,帮他一把而已。"看到蔡小米要争执,马顿赶紧说,"你别否认。我还是了解你的。你表面上不和他们家亲近,不去他们家,你心底里还是挂念他们家的。血缘亲是亲属当中最亲的那种。"

"那又能怎么样?你让我怎么原谅他们?"

半年以后,石贵珍接到蔡小米的电话:"小米,你这么久都没跟我联系了。你说你也不给我你的电话号,你都忙什么啊?快回来看看我们吧,我们都想你了。我们现在换地方了,超市开得越来越远了,要是有你电话立马就告诉你了。平房超市这边都拆迁了。"

"我知道了,妈刚才跟我说了。"蔡小米声音小小地说,"她跟我说完,我这不就打电话了吗?"

"这不是主要的,小米,你快回趟廊坊吧。你亲妈她病重了。我前几天回去看她了,瘦得那叫可怜。这才半年多不见,咋老成那样了。看着真可怜。她说她现在最大的遗憾就是见不到彭小米,她现在也最想彭小米。"

蔡小米佯装没有表情地听着,但她插了一句:"我不叫李小米,也不叫彭小米。我叫蔡小米。"

石贵珍说:"你还怨妈,是不？怪妈让你走丢了。是,这都是妈的错。"

当蔡小米听到石贵珍说吕梅花天天都在念叨着蔡小米,心里不自然地哽了一下,但转瞬就保持好了先前的状态:"妈,等我有时间就回去看您。现在公司很忙,总是加班,我都挺长时间没回家了。"那意思就是说她一旦回家,就会去看石贵珍。没去看石贵珍,说明她也一直没有回家。两个养母的区别在于,蔡母能随时拨打蔡小米的电话,而石贵珍直到现在也没有蔡小米的手机号。她不给。她不给的原因没有别的,只怕这电话又流失到廊坊去,她不知道怎么面对他们。

"小米,你要哪天想通了,想回廊坊,叫上妈,妈跟你一块儿回去。当初是妈把你丢了,妈想把你的手递到你亲妈手里。这样,她放心,我也就放心了。"

蔡小米听到这,眼泪哗地就冲了出来,她听不下去了,草草地说了声拜拜。

这个晚上,蔡小米回了自己家,也就是周淀粉的家。周淀粉刚从外面刮完胡子剃完头回来,看到蔡小米,心情特别愉快:"闺女回来了？一会儿让你妈多做点好吃的。我也借个光,老长时间也没吃个好饭好菜了。整天的粗茶淡饭。"

"你这张嘴,就跟我虐待你一样。也不怕闺女笑话。"蔡母看女儿回来,心情也是晴空万里。回过头又质问周淀粉,"你这是又去哪儿了？让你把瓶子规拢规拢,当我没说是不？"

"勤剃头,常刮脸,有点倒霉也不显。"周淀粉每次剃完头都爱说这句话。

"爸,你这话我可听了多少遍了。又哪儿倒霉了？"蔡小米笑着说。

"没有。你爸如今和你妈过着平淡的老百姓生活,我挺知足的。就是吧,你妈管我管得太严,吃的东西太限制我。嘴馋哪。"

"这个你不能赖我妈,那是为了你的身体好。再说了,爸妈身体好,也是我的福气。"蔡小米说到这,顿了一下,她想起了彭家,"爸,我妈这真是对你好,要知足。"

"小米,妈跟你说了吧？彭家现在摊上大事了,吕梅花现在听说病得挺重。石贵珍去了回来跟我说,说她瘦得吓人,一点也不像年初咱们看到的模样了。每天嘴巴里唠叨的还是你啊小米。你就过去看看她吧？"蔡母劝慰女儿。

"妈,我好不容易才回来一次,能不能不说他们家的事？"蔡小米心里有点烦,"今天我给超市打电话了,我都知道了。你就别重复了。我烦都要烦死了。"

"老太婆,闺女回来就高兴点,惹闺女不高兴就是你的不对了。闺女爱去就去,不爱去她就不去。孩子都这么大了,别老逼着她。"周淀粉数落蔡母。

这话尽管蔡小米爱听,可在她听来,分明是让她自己定夺这件事情。她常常想起自己的身份头就跟要炸裂八瓣了一样。左左右右,前前后后,不是养父母就是养父母,再就是说生过她的亲生父母。她在他们面前,纵是有三头六臂,也不知道最应该奔向谁才对。

说到底,思路清晰的时候,蔡小米还是明白,自己最应该奔的当然是从四岁把自己捡回来抚养成人的母亲。她最该向母亲报恩,可超市父母也养过她四年,那恩情自然也要报答,最让她生气的是生身父母,他们遗弃了她,却又来找她。可要是没有他们,她蔡小米或者李小米、彭小米,她又怎么可能诞生并存活于这个世界之上?

左右前后都是错,左右前后又都是对。她好像应该和这些父母搞好关系,才是对的。可她不愿意。她多希望自己从出生到现在二十几年,经历简单点,别这么复杂。"妈,不说这些了行不?我想好好吃顿饭,我在外面吃不好,回家来又听你们唠叨彭家的事。我真不爱听,不是一般的不爱听。"

"老太婆快别唠叨了,别唠叨得闺女都不爱回家了,我看你咋办。"周淀粉劝导蔡母,"女儿大了,她做事会有分寸的,你给她点意见就行了,别总说个没完。"

蔡母哑声了,饭菜全都上桌了,蔡小米安静地吃饭,不吭声。蔡母给她夹她爱吃的菜,她也不拒绝,照单全收。

"妈,我今天住家里了,明天也休息,想多睡会儿觉。最近有点累,睡眠一直都不好。"蔡小米跟蔡母说。

"让你爸睡沙发,你和妈睡。"蔡母见女儿主动和自己说话,心里高兴不已。

"不了,我还是睡沙发吧。沙发睡着舒服。"

"闺女,你看看,你租的房子,房租都你付的,一付付一年的,我们老两口睡大床,你却睡沙发。唉,妈过意不去。就让你爸睡沙发吧。啊?听话。"

"妈,你再唠叨,我看我还是去超市睡吧。他们家房子大,两室呢。"蔡小米并不是威胁母亲,眼下她还真想去那边睡,她似乎心里有什么事割舍不下。想去对方那里探听虚实。

"好好好,我不强迫你了。"

蔡小米想明天白天再过去也好。想不到半夜好不容易睡着,蔡小米又被一种声音吵醒,睁开朦胧的睡眼,她看到养父周淀粉打开冰箱门,正在吃什么东西,手里端着一个玻璃杯,吃一口倒一口到嘴里。

"爸,你在干什么?"蔡小米压低声音说。

"吓死我了。爸就是想喝一口酒,酒瘾犯了,白天也不敢当你妈面喝。"

"我可要告诉我妈了?"

"别别,我就喝了两口,坚决不喝了。"周淀粉赶紧把冰箱门关上,把手里的玻璃杯放到茶几上,"你可千万别告诉你妈,你妈最近对我放松警惕,你要是跟她说了,明天准保到处翻我的酒瓶,那我可没法活了。"

"爸,妈对你好,是真的对你好。你这样不是糟蹋自己的身体吗?听我的,明天去医院检查下,要是血糖控制得好,跟妈申请一下,可以少量喝一丁点。"

"真的?"周淀粉差不多要手舞足蹈了。

"真的。我问过医生了。"其实蔡小米在网上查过,她也担心养父馋酒酒瘾难断。她查了这个,主要也是为了遇上今天这一幕准备的。

"但是不能喝白酒,可以喝少量的葡萄酒和啤酒。葡萄酒一天不能超过一百毫升,啤酒不能超过三百五十毫升。每周饮酒次数不得超过两次。"

"啊,这跟没喝有啥区别?"

"有啊。原来是一点不能喝,你血糖控制得好,一周可以喝不超过两次。这就是区别,而且可以当着妈面正大光明地在饭桌上喝。快睡吧,把我吵醒了,我该睡不好了。睡你家客厅真受气。还得监督你喝不喝酒。"

"小米,千万别跟你妈说我偷喝酒的事儿。她该骂死我了。"周淀粉说完,轻手轻脚回了卧室。看着他离开,蔡小米心里扑哧一笑。想想养母等了他近一辈子,到老了有个陪伴,到底值还是不值?她就这样迷迷糊糊地再次睡去。

第十二章
妈妈

1

"小米,妈不是说你,不管怎么样,那也是你的亲生母亲。"石贵珍见蔡小米来看她,自是万分欣喜。可欣喜过后,还是不得不提彭家。

"妈,你下次啥时候去廊坊?"蔡小米问。

"怎么,你答应去看她了?"石贵珍又多了分欣喜。

"不去。你帮我给她带点钱吧。我人不到,给她送点钱过去也是好的。"

"你趁早别给她钱。吕梅花那脾气你是不知道,她家里就是再缺钱,治病再没钱,她说她也不会动你的钱。你上次的卡,她说给你攒着呢。"

蔡小米惊讶地看着石贵珍:"她没花?那她还是有钱,那我就不管了。"

"别啊,小米,你的心意我一定捎到。你和妈一块儿去不行吗?你爸最近打理超市也不能陪我回去,我回廊坊也是自己娘家有点事,随时出发。看你方便,你要现在跟我走,我现在就收拾下回去。"

"妈,我真不去。我见了她没有话说,我怕心底的不高兴露出来,惹得她更心烦。她现在是病人,我不想去招惹她。您要是愿意就帮我带点钱过去,不愿意就算了。我另想办法。"蔡小米想到了彭小豆,她也奇怪了,先前总是给马顿打电话间接骚扰她的家伙,忽然跟失踪了一样。也许是自己的坚持让对方知难而退了也说不定。

蔡小米有意无意地问马顿:"彭小豆最近给你打电话了吗?"

"太阳打西边升上来了?今天咋还主动问彭小豆了?你不是不想跟她联系吗?"

"没有,我就是听说她家里有点事,随便问问你,你不知道就算了。"

几天以后,当彭小豆的电话再次打进马顿手机里,蔡小米也在场,当马顿重复着彭小豆的话"要换肝"的时候,蔡小米整个人就傻掉了。马顿挂断电话以后,原原本本地讲述了吕梅花的现状:"医院刚给了诊断,说是肝硬化,要想活命,只能换肝。"

"要是不换肝呢?肝从哪里来?哪有现成的肝?"蔡小米唠叨着。

"肝源供体都很贵,我有个大学同学,他父亲就是肝癌,恨不得倾家荡产了最后。还有,就是有钱,找到能匹配的肝源供体也不容易。没有哪里有鲜活现成又匹配的肝脏等着给病人换。刚才彭小豆的声音跟哭了没有区别,我看啊,她虽然是个跆拳道老师,胆子小得可以。她现在已经六神无主了,恨不得让我给她出个主意。"

"不知道彭冰川有什么想法。"蔡小米喃喃自语。

"主要是你,你若认了他们家门,你就是老大,你就该给彭小豆和彭冰川出主意。当然,你若不认,他们家的事你也不必操心。你管他彭冰川有什么想法。"

蔡小米不认识似的看着马顿:"不是每次彭小豆打电话给你,你都鼓捣我管她吗?今天这是怎么了?"

"我是看你真的不想管他们,我还费这个口舌干什么?能省点心就省点心,我也是怕你累着。你可是跟我最亲,他们关我什么事?我这还不都是为你好?冤枉好人了你。"

"彭小豆,她提我了吗?"蔡小米小心地询问。

"没有。这个真没有,她现在是把我当大哥了,打电话也是跟我商量,看我能不能帮上忙。你看我哪有这能力呀!"

蔡小米打着马顿的手说:"马顿,饿了,我们好久没在一起吃饭了吧?"

这顿饭,蔡小米表面上吃得极其热闹开心,心底却格外沉重,她现在也不知道怎么帮助彭家,是的,她告诉自己,她是想参与他们家的。可她谁也不想告诉,她打定主意,第二天请了两天假,一个人就奔廊坊去了。她自然是在马顿的手机里抄来了彭小豆的手机号,她当然也早就知道了彭冰川的手机号。她只等着自己到了廊坊以后再跟他们联系。其实,她也不知道他们现在是在北京还是在廊坊。无论他们在哪儿,她只要联系上他们,自然知道他们家在哪儿。

站在廊坊的土地上,蔡小米一阵感慨,这就是她的故乡?她就是在这片土地上生下来的,下车以后的蔡小米就迷茫了,打谁的电话成了难题。想来想去还是拨通了彭小豆的手机,拨通以后蔡小米才发现,这次是用自己的手机号:"你在哪儿?我是蔡小米。"当她得知彭小豆就在廊坊以后,心里涌上久违的高兴,"太好了,我就在廊坊,刚下车,我不知道怎么找你们。"

蔡小米立刻听到电话里彭小豆尖叫的声音:"妈,姐回来了。她回来了,就在廊坊呢。"

没多久,彭小豆打车过来接蔡小米,当彭小豆下了车,站在蔡小米的身边,司机探出头来:"咦,你俩长得这么像?是双胞胎吧?哪个是姐哪个是妹?"看两个女孩不吭声,司机没再说话,当两个人坐上车以后,司机继续说:"你们爹妈可真幸福,生你们这么漂亮的闺女,我家两个都是臭小子。一天可烦人了。"

两个女孩上车以后也不说话,司机就在那一直喋喋不休地说着,从南讲到北,从西讲到东,一会儿天上一会儿地上,好像他无所不知。很快就到了地方,下车以后的蔡小米惊讶地问道:"不是在医院吗?"

"没有,妈不住院,非要在家里面。检查完就回来了,她太拗,你还是劝劝她吧。谁的话也不听。"彭小豆前面引路,很快就到了他们家。站在防盗门前,蔡小米迟疑了,彭小豆拿出钥匙打开门,蔡小米还在后面站着,不知道是进还是退。

早有彭大城拄着拐站在门口候着了,他黑红的脸膛上写满了憔悴,当他看到门口站着的两个闺女长相如此相像的时候,那脸上的表情就被生生地拉扯着,似乎急得话也说不出来了。只管给两个女孩腾出门口的地方,他挪到旁边,好让她们进来。

蔡小米走进这个从来没有待过的家。也不对,她想到这里才想起来自己应该在这里待过三十天,如果他们家一直没有搬家的话。可那三十天对于一个刚从娘肚子里钻出来的孩子,能有什么印象?听说刚出生的孩子对光线不是太敏感,也许根本什么都看不到。就是吃奶也是凭感觉吧。

由不得蔡小米去想曾经的过往,彭小豆早兴奋地叽叽喳喳起来:"妈,姐回来了。刚才我们在车上,那司机可羡慕我们了,说我们两个长得真像。"彭小豆拉着蔡小米的手,比先前在出租车上热情多了。她把蔡小米拉到卧室,蔡小米看到了那个本应该是她最亲近的生母,面容枯瘦地躺在床上,正挣扎着爬起来:"小豆,你把小米接回来了?小米。"说到这儿,吕梅花的眼泪就跟断了线的珠子一样,噼里啪啦地往下掉。

蔡小米不知道说什么,她这次来只是想满足生母见她的欲望,她原想见生母一眼她就回转身走掉,现在想想这想法太幼稚,可她又不知道怎么称呼眼前的生母。蔡小米就那样站着。

吕梅花哭得心碎，蔡小米进退两难。倒是彭小豆赶紧安慰母亲："妈，别哭了。姐回来你还哭啥啊。你应该高兴啊，这不是你一直盼望的吗？"

这个时候，蔡小米才发现彭小豆是一身习武的装扮。先前在车站虽说是见了面，可蔡小米当时心里一直都在想着和生母见面的场景，就没在意彭小豆的装束。彭小豆显得干练，像个男孩子，可在她的生母面前，她弱小得像个婴孩，却懂事地给母亲擦着眼泪。

"我不哭，小米你快坐。你还拿这么多东西，还给我银行卡。我欠你的，你越这样我越难受。"吕梅花又哭起来。

蔡小米手里的水果和营养品放在吕梅花的床头柜上，她接过话说："我也没买什么。银行卡也没多少钱，看病用得上。"

蔡小米也想哭，可她忍着，终于忍不住，此时她想做的就是离开。她一声不吭地往门外走，吕梅花在后面喊："小米，你去哪儿？"

"我。我回公司，我那边太忙了。"蔡小米说完继续往外走。

"你就不能跟我说会儿话吗？小米。"吕梅花声音弱了下去。

蔡小米经过卫生间的时候，说我用下卫生间，走进去关好门，坐在马桶盖上一通掉眼泪。眼前这个病人是她亲妈，就算她在心里原谅了吕梅花，可她仍然无法把她当亲妈看待。本来从北京出发前就在心底想象过无数次两人见面的场景，无论哪个版本，她都应该跟吕梅花叫声妈妈，可现实当中，她喊不出口。

她在卫生间待了很久，任眼泪流干，才洗了把脸走出来。彭小豆对她好一通察言观色："姐，你脸怎么了？"说完彭小豆就在心底打了自己一个耳光，这不是揭姐姐的短吗？她肯定是看妈妈哭心底心疼，又不愿意当着亲妈面哭，只好躲起来哭。彭小豆下意识地抱住了蔡小米，蔡小米心里一哽，眼泪又掉了下来，但她很快把眼泪擦干，破涕为笑地说："别抱我，我被女的抱着不习惯。"

"姐，我是你妹，又不是别人家的女人。习惯就好了。"彭小豆臂下用力，"姐，你不能走，今晚和我睡。当初妈给我买的大床，给冰川买的单人床。当初就说好了，说小米姐姐回来了，也有地方住。这可是原话，不信你去问咱妈。"彭小豆放开蔡小米。

"你还真是跆拳道教练，抱个人也抱得生疼。"蔡小米嗔怪她，"我还是回去吧，我真看不得掉眼泪。"

"妈，您别哭了。姐说你再哭她就不在这儿待，就回北京了。"彭小豆大声说。

蔡小米赶紧制止她,已经来不及了。话已经传出去了,蔡小米只有尴尬地站在客厅的份儿了。

"小米,只要你不走,我肯定不哭了。"吕梅花着急地说。

2

"姐,你们都回来了?"赶最晚那趟客车回家的彭冰川,一打开房门就看到彭小豆和蔡小米在客厅忙碌。他惊得差点跌掉眼镜。

"我们都回来了。听妈说你最近忙着创作,不回来,这怎么也回来了?昨天我还打电话问你要不要一起回来。"彭小豆说完,把手里的一块炸红薯塞到彭冰川嘴里。

彭冰川一边嚼着红薯一边说:"这谁炸的,外焦里嫩,真好吃。姐你做的?还是挂浆的。"

"是啊,是姐,是这个姐。"彭小豆用下巴指着蔡小米,"这不也是你姐吗?快叫姐啊,叫姐没准有红包。"

"姐。"彭冰川迟疑地叫了一声,"姐,你比小豆的手艺可是强太多了,我就说小豆不会做这么好吃的菜嘛,这才几天不见,不可能这么快就刮目相看。"

"夸人也用不着贬损别人呀!妈,你儿子损我都不带脏字的。"小豆跑卧室告状。

"冰川也回来了?太好了,今天我们家总算团聚了。小豆啊,你是要跟小米好好学学,你看小米多稳当。你看看你,一天张牙舞爪的。又不会做饭又不会做菜。妈这辈子还能吃上你做的饭菜吗?"

"爸,你看我招谁惹谁了?怎么都攻击我?"彭小豆佯装生气,拿了一块炸红薯塞到彭大城嘴里。

"我闺女做的粥就好吃,爸爱吃。"彭大城夸小豆。

"就是了,我煮的八宝粥,红小豆、绿小豆、黑豆、紫米、小米、大米、薏仁米、燕麦,那叫一个好吃。"彭小豆掰着手指数了八样出来。

"还有冰川下的雪莲,可以加粥里。"彭冰川从卫生间出来,显然刚洗过脸。头发有一点点湿。

"那就是九宝粥了。妈,我能,我肯定能。我想好了,打算跟小米姐好好学学

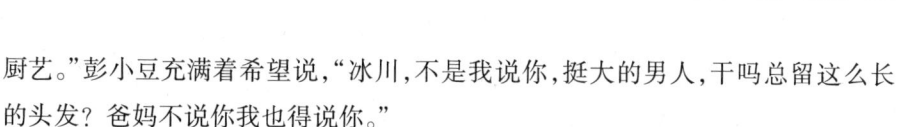

厨艺。"彭小豆充满着希望说,"冰川,不是我说你,挺大的男人,干吗总留这么长的头发?爸妈不说你我也得说你。"

"你还好意思说我?你的刺青……"彭冰川虎视眈眈地看着彭小豆。

小豆伸了下舌头,低声说:"你少管。"

"小豆,可以开饭了。"蔡小米拉开厨房的门小声说。

"你们姐弟俩就别斗嘴了,小米在厨房忙多半天了,你们也不去伸个手。"彭大城往前挪着步子,挪到厨房,打开门对小米说,"小米,你快歇会儿吧。回来就没闲着。"

"没事,每天我也是自己做吃的,都习惯了。"蔡小米谦逊地笑了下。

饭菜摆上桌以后,彭大城找了一个大号的盘子:"你妈现在身体弱,就不让她下床了。"每样菜都给她盛点,让彭冰川给吕梅花端过去,彭冰川刚要站起来,想了想把盘子递到彭小豆手里:"女儿是妈妈的小棉袄。"彭小豆接过去立刻递给蔡小米:"姐,这可都是你亲手做的,还是你端过去吧。"

看着彭小豆手里的盘子,蔡小米犹豫着接还是不接。这时卧室里传来吕梅花的声音:"你们先吃吧,我还不饿。孩子们都回来了,我高兴得都不饿了。不行,我得起来到桌上跟你们一起吃饭。"

蔡小米赶紧接过盘子,快步走到卧室:"别下地了,就在床上吃吧,我都端过来了。"

吕梅花气喘吁吁地坐起来,看小米进来,她的脸上漾满了笑:"小米,你看把你忙的,要是我能有精神头做饭就好了。等哪天我好点,我给你做饭。"

彭小豆已经把地上的小桌放到了床上,蔡小米把盘子放在桌子上:"我不知道我做得好不好吃。"

"好吃好吃。肯定好吃。"吕梅花笑着说。

"妈开始偏心眼了。"彭小豆说完轻声对蔡小米说,"妈从来没这么说过我。这还没吃呢,就说好吃了?"

"快尝尝,都是小米做的。"彭大城也跟了进来。

"我们家五口终于团聚了。吃啥我都觉得好吃。"吕梅花搛了口菜放在嘴里,眼泪也跟着咀嚼掉了出来。

几个人站也不是走也不是。彭小豆不乐意地说:"妈,你这样我们还能吃下去饭吗?吃饭不能高兴点啊?"

吕梅花抹了把眼睛,笑着说:"哪个看出我不高兴了。小米你们快去吃饭吧,别盯着我看,看得我都不好意思吃了。"

彭小豆跑出去,拎着一瓶葡萄汁跑进来,在五个杯子里各倒了半杯葡萄汁,人手一杯:"爸妈,我们为今天的全家团圆干杯。妈,你不能喝酒,我们就以葡萄汁代替酒,喝杯假酒吧。"

几个杯子碰在一起,吕梅花和彭大城欣喜地笑了。碰完杯以后,几个人陆续回到客厅餐桌前。饭后,蔡小米提议姐三个出去散个步。三个人一前一后下了楼,走到小区凉亭坐下。蔡小米说:"今天我回来,是想问问你们,为什么不住院呢?在家里我不方便问。"

"妈说她身体结实,说医院味道不好。半年前检查完就出院了,那个时候还不重。这次检查出来就是晚期了,她还是不想住院花钱。她总说好人都能在医院熬出病的。她还说治不治反正都这样了。"彭小豆伤心地说。

"可有病也不能不治,在家里硬挺着啊。我听马顿说了,说你电话里跟他现在已经是肝硬化晚期,唯一的办法就是换肝。"蔡小米说。

"我是急得没有办法,想让马顿帮我出个主意。每次找你,你也不搭理我。我都把马顿当成自己哥了。昨天电话里,爸还说就是倾家荡产砸锅卖铁也得给妈治病。医生又说没有合适的肝源,得等。妈听说手术费用太高,她说就这样了,不让把钱花在她身上。"彭小豆紧锁眉头。

"你跟马顿商量,怎么就不跟我商量?还是我给爸打过电话才知道妈现在是晚期了,不然今天我也不能回来。"彭冰川对彭小豆表示不满。

"我跟你说什么?你说的算吗?上次爸妈在你那里,给我们过生日,本来以为你的女朋友也能去。怎么说也是未来的公婆吧,她连面都不露,你可说你们处的时间不短了。我看你早晚是人家的人了,我还敢找你?人家马顿还能给我出个主意。"彭小豆一脑门儿的官司。

"你就是不把我当咱家的男子汉,我是咱家唯一的男孩。"彭冰川越发不满。

"跟我急什么急,爸不是告诉你了吗,还非得我跟你商量?那你说,现在跟你商量,能商量出什么结果来?你把自己的肝拿下来给妈换上。我啥也不说。"彭小豆激彭冰川。

"换怎么了,换就换。我还怕什么。我一个大男人。"彭冰川看自己的姐姐来脾气,自己也不高兴了。

"你俩一见面就这样？吵能解决问题？那你俩吵，我回北京了。我最看不得别人吵架。"蔡小米做出一副欲离去的架势。

"姐，你不知道，彭冰川仗着他是男孩总想凌驾于我之上，我可是她姐哎。"

"谁凌驾谁还不一定呢。你跟爸妈少埋汰我了？总说男孩哪有像我这样一天就宅在屋里画画的。"

"你少说我了？说我不应该和男人为伍，说我应该梳短发留胡子，说我应该换性别当男生。"

"现在是讨论住不住院，换不换肝的问题，怎么扯上你们俩的事儿了？"蔡小米一阵头疼。心想生母有这么一儿一女，这些年就在她面前这么吵着，她怎么挺过来的。"你们同意住院等别人的肝源还是就这样在家里不治不管？"

"当然要管啊，当然换肝，不换怎么行。换谁的？"彭小豆有点露怯地看着眼前的姐姐和弟弟。

"这样，明天我去医院咨询下。换我们家自己的最好。"蔡小米的话刚说完，彭小豆和彭冰川就张大嘴巴愣住了，"别紧张，我对这医学也是一点不懂。明天问了医生再做最后的决定，但是你们先做好准备，指不定就是你们两个谁的肝。当然，或许是我的。"

"姐。"两个人异口同声地说，"姐你太伟大了。"

"我晕针也晕血。"彭小豆小声说，全然没有了每次的男孩模样。

"你一天除了会张牙舞爪，正经办大事的时候就会往后退。"彭冰川露出鄙夷的神情。

"我往后退，正好留给你往前冲的机会。"彭小豆也不示弱，"你可是家里唯一的男孩子。这是你自己说的，可没人逼着你说。我和姐都是女生，我们靠后。"彭小豆不示弱。

3

晚上蔡小米和彭小豆睡一张双人床。很大的一张床，彭冰川的床蔡小米看了，是一张标准的单人床。彭冰川一边铺床一边感慨："还是睡大床舒服，我这辈子最嫉妒和羡慕小豆的大床了。要不我怎么在宋庄也买了张大床呢。大床有大床的好处，怎么躺着都掉不到地上去。"

"你床小咋了？我也没听说过你掉到地上去。"彭小豆又回了他一句。

蔡小米无言地笑了，她发现只要这两个人凑在一起，没有不掐的时候。也许这也是他们相互表达的一种方式吧。自己活了二十多年，想和谁掐也找不到人呢。躺在床上，她就把这话说给彭小豆听了，彭小豆说："是啊，别看我和他见面总掐，其实离开了就想。可想可想了。这可能是双胞胎的特殊感应吧。姐，也许你和我们一样呢，我们要是摔疼了心情不好，可能你也会疼，心情也不好吧。"

蔡小米黑暗中摇了摇头："那我可对不上号了。这么多年，谁知道哪天你疼我有没有疼了。不知道。"

"其实妈一直不想去医院检查，当初她身体不舒服的时候，她就说是自己罪孽深重，是上天在惩罚她。她说她情愿接受这种惩罚也不吃药。"

两人正聊着，有敲门声传来，是彭大城："小米，你出来一下。"

蔡小米赶紧钻出被窝，彭大城说吕梅花睡不着，想叫小米过去说会儿话。蔡小米回头看了眼彭小豆，那眼神像是在征求她的意见：你跟我去？我不去了？其实她自己也不知道自己要表达什么。或许她对吕梅花有一种情绪上的抵触。

彭小豆懒洋洋地说："你快去吧。你们娘俩唠私房话，我就不去偷听了。我们娘俩都唠了二十多年了，我都嫌她跟我唠叨了。你去，我睡一会儿，等你回来好有精神头跟你接着说。这两天教孩子们累坏了。"说完扭过头假装打鼾。

蔡小米眼巴巴的没有了救援，只好跟在彭大城的身后，恨不得半步半步地挪到生母房间。进了卧室以后，彭大城又转身离开，并轻轻带上门。这屋里只剩下吕梅花和蔡小米，空气一下子凝重起来。蔡小米有一种想逃离的想法，四处看看，窗帘掩得严严的，门也是严严的。逃？往哪儿逃？这是自己要来的，无论前面是什么，都要面对，她没办法逃离。她更不想逃离。她不打算开口，因为她不知道说什么。

"小米。"眼前的吕梅花不是躺在床上的，她早就准备好了，身后靠着厚厚的被子。"快坐我旁边。我有话要跟你说。"

蔡小米没吭声，没有像吕梅花示意的坐在床上，而是把不远处的一把椅子端过来坐下。吕梅花尴尬了一下，但转瞬就释然了："小米，我知道我不配给你当妈。我也不祈求你能跟我叫妈。我叫你过来，就是想把属于你的东西交给你。"

看着瘦弱的生母，蔡小米心里还是很难过的。可眼下她心里从难过跳跃到纳闷儿，她这可是第一次来这里，又没在这里生活过，怎么这里还会有自己的东西？

不可能,这里不会有属于自己的东西。

吕梅花打开一个小锦盒,从里面拿出一沓红包递给蔡小米:"小米,这是从你们出生以后,我每年包的红包,小豆和冰川每年都有一个红包,你也是。你们三个人一个都不少。可每年包了,没办法给你就存在这个盒子里。一晃存了二十四年了,打算等你结婚的时候一块儿给你的。当初和石贵珍说好的,你结婚那天我们家四口去参加你的婚礼。一直都没想好到时候这些红包以什么借口交给你。现在好了,我们娘俩终于还有相见的机会。"吕梅花掉下了眼泪。

蔡小米接也不是不接也不是,于是吕梅花递过来的红包就在空中悬着,蔡小米的手伸出来,却并没有伸到能够得到红包的位置。吕梅花还在往前递着,蔡小米只好把手伸过去接在手里。

"二十四年了,小米。你过二十四岁生日的时候,我真真切切地知道你就在北京,离我们很近,虽然见不到你,可我心里也踏实了。我对不起你,也不怪你上次见了我当路人。今天你能来看我,我也是上辈子积了德。"吕梅花控制着情绪。

"无论如何,明天你得去医院。有病就得医,不能在家硬扛着。"

"不去了,不想花那些钱。这是你给我的卡,你将来用钱的地方多着呢。我用不上。你有这份心,你不知道我心里什么滋味,我是又高兴又难受。"

蔡小米听到这里,心里也不是个滋味。这张卡她是不可能再收回来:"哪有送出去的东西还再收回来的道理。看病要紧。我和冰川、小豆都觉得你还是得回医院治疗,身体不舒服,在家不行,家里又没有医生。有的时候,疏忽了,小病也会加重。"

"我不去,我肯定不去。医院的味儿太难闻了,再说我这也不是什么大病,医生说我多休息就好了。"

显然,吕梅花还不知道自己得了肝癌,并且是晚期了。蔡小米看着这个她一直未曾叫过母亲的女人,心里第一次感觉到了疼。可那声妈,她计划了几次也叫不出来。她就这么尴尬地坐在椅子上。

吕梅花看出蔡小米的拘束来,反倒轻松地笑了:"小米,你和小豆真不一样。尽管你们长得真像一个模子里铸出来的。小豆总跟没长大一样,看她野性十足,跟个淘小子一样,可她比小女孩还胆小。回到家,晚上从来不敢出门,要下个楼也得我陪。"

蔡小米笑了:"那她在外面一个人住可咋办?"

"我知道你们在外面都很难。她说晚上也不出去,还跟我说她是什么宅女。我不懂。"

"宅女啊?宅女就是躲在家里不出门,在家里工作的那种女生。"蔡小米笑了,气氛也变得轻松了。

"她哪是在家啊,我看她一点不宅。"

"她吃住工作都在跆拳道馆,也应该算吧?"蔡小米努力想着,替彭小豆说话,"她性格多好啊,这么活泼,我喜欢。"

"你看你,你还替她说上话了。"吕梅花脸上布满了笑容,"她小的时候啊,淘气得像只小兔子,倒是冰川稳重得像个姑娘。他们两个要是换一下就好了。听蔡大姐说你小的时候可听话了,她说就是屈了你没让你上学,唉,归根结底都怪我。"

"都过去了。我这不是挺好吗?别想那么多了。早点休息吧。这个卡我不能要,这些红包我要了。我要一个个数,从一岁一直数到二十四岁。我留着,我不花。二十五岁还给吗?"说到这,蔡小米尽管笑着,可那笑就是为了掩饰眼泪存在的。

"给,干嘛不给啊!妈一直活着,妈就给。"吕梅花把妈字吐出来以后,长舒了一口气,舒气之余自己竟然一愣。两个人一个是从来没跟对方喊过妈,一个老是自惭形秽不敢自称为妈。这个妈字一出口,两个人似乎一下子就冰释前嫌了。

可两个人反倒都有点不好意思。蔡小米手里拿着一沓红包就要往门外走,走到门口回头调皮地说了一句:"我拿这么多红包,小豆不会眼红吧?要是她跟我抢怎么办?"

"不让她抢,她要是敢抢就告诉我。快早点睡吧。我也觉得有点累了。你们年轻真好。"吕梅花说。

正如蔡小米所想,彭小豆一看到她拿着一沓红包进屋,两眼立刻放着无限的亮光,人也噌地坐了起来,上去一把抢过来:"姐,我这瞌睡虫统统被你这些红包赶走了。"

4

第二天一大早,蔡小米就又跟生母提议了去医院住院查病的事情,吕梅花依然拒绝,说在家吃药就好。

蔡小米只好跟彭大城要了病历和片子，去廊坊最大的医院咨询下具体怎样才合适。走在廊坊的街道上，蔡小米心下无限感慨，这是自己的出生地，可自己对它并没有一丝一毫的印象和感情。

医院很快到了。本来彭冰川和彭小豆也要来，蔡小米让他们在家照顾父母，毕竟彭大城腿脚不太好，屋里屋外地张罗，给吕梅花递水递药也有点麻烦，他们在家，又可以照顾母亲，又可以做一日三餐，解决父亲行动不太方便的难题。再说现在又不是住院，她只是咨询下医生，到底用哪种方案治疗最好。大家一起来医院的时机还不到。

挂号等医生，排号就等了很久，想不到轮到蔡小米的时候已近中午下班时间。蔡小米争分夺秒，生怕医生敷衍她："医生，您看，这是病历和片子。我妈不爱住医院，她这病，到底怎么治最好？"

医生看了下最近的病历，又翻了下前几页说："患者半年前查出原发性肝脏肿瘤，现在转成肝硬化，唯一的治疗方案就是换肝。"

看来和彭小豆电话里告诉马顿的一样，换肝的事情生母看来还不知道。她所知道的就是原发性肝炎。"医生，换肝有什么要求吗？医院就有供体吧？费用呢？"

"肝源奇缺，现在排队等肝的就有十几个患者。像你这种发展速度，患者是等不起的。谁也不敢肯定下一例就算可以手术，你们家的患者也未必能够配型成功。下一个，198号。"医生向门口喊。

"医生，那我们就算等肝源，是在家里等还是在医院等。"

"医院有专业的医生可以随时监控病情发展，在家里，你们能看得住吗？用药也是随着病情的轻缓有增有减，身边没有医生不合适。"医生说完示意蔡小米离开，他要给下一个病人诊病。

"医生，我再问个问题。等肝源时间久，我们等不起，要是我们自己家人捐肝呢？可以吗？"蔡小米焦急地说。

医生上下打量了一下蔡小米说："活体移植有很多要考虑的因素，不光是血型的匹配。成人患者接受移植的肝脏比较大，所以对提供肝源的肝脏要求也很多，它的大小、重量和体积都很重要。甚至供者肝脏血管都要仔细评估。直系亲属也不一定匹配。自己提供肝源，相对费用也较低。你还是安排患者住院，再考虑是等医院的肝源还是你们自己提供。"

蔡小米听出来了,要给供者肝脏血管做评估,也就是说一定要给生母找一枚健康的肝脏。回去这一路上,蔡小米都在转动着脑筋,生母那两个儿女和自己,哪一个更适合捐肝。自己怎么说也是老大,自己更适合吧。

回到家,蔡小米把自己的想法说出来,遭到彭大城的竭力反对:"不行,小米,我们已经很对不起你了,这要说给你妈,她肯定不会同意的。先别跟她说换肝的事,她还不知道。我还瞒着她,我是怕她受不了。"

"就我了。我是三个孩子中最大的一个,怎么轮也轮到我了。我们不能等医院提供,等多久谁也不知道,太耗时间。再说,病也不能再拖了。我们这就去医院办住院,回头听医生的安排。"蔡小米很着急。

"住院治疗,我早就跟你妈说了,她不听啊。我说服不了她,我也怕把这事说露馅。不是有这么句话吗?人有的时候不是病死的,是被吓死的。"彭大城说。

"爸,你看你都说啥呢?"彭小豆终于插了句话,刚才蔡小米提到拿她自己的肝给母亲换肝,这让生性看着大大咧咧,实则胆子很小的彭小豆胆战心惊不已。

"你还别不听我的,你妈要是真知道了,你以为她不吓个好歹的?她现在这是不知道,身体再难受,每天还能露个笑脸。你看她如今瘦成啥样了。"彭大城心疼地说。

"姐,这样的事就得男孩子上了,怎么能让女孩子呢?"彭冰川对蔡小米说。

"现在还不到谁把肝拿出来的时候,我们得先住上院,再商量用谁的肝。再说了,还得让医院检查我们的身体,看谁的肝适合。不是每个亲人的都合适。"蔡小米说完就走出彭冰川的卧室。几个人选择在彭冰川的卧室开会,是因为彭冰川的卧室在最北边,离南边两个主卧稍远点,中间又隔着一个大客厅,所以大家说话声调不论大小,吕梅花的卧室又关着门,根本不会听到。

蔡小米直奔生母卧室,轻轻推开门,看到生母正拿着相册翻看,看蔡小米进来赶紧说:"看一眼少一眼啊。你看你们三个,小的时候不在一起,可小豆和你还是长得这么像。"

"一家人嘛。能不像吗?刚才我们一致通过了去医院继续治疗的方案。我们这就走。"蔡小米硬着头皮想喊妈,可还是没喊出来,她想把吕梅花手里的相册先没收了,"想看咱们就带着。穿哪件衣服?"

"我不去。"吕梅花死死地抱着相册不撒手,"那种地方谁去谁傻瓜。花钱找罪受。

"不去不行啊,有病不治哪行呢?就是一个重感冒不治都会出危险的。小病当大病治,这是我活了二十多年的原则。我以前有个小感冒小头疼我都得吃药,吃上药就好。吃药不好就输液,反正得把小病毒撵走,不能让它欺侮我们。"蔡小米不再抢相册,任由对方那么抱着,她打开衣柜,"那我来选衣服啰?我是画画的,我又做过模特,我可会搭配衣服了。"

"不去不去。坚决不去。我见了医生就跟见了老虎一样。没病,也让他们给吓出病了。你看看他们一个个穿着白大褂,哪像医生?就看着他们的衣服我都怕,我在那儿担惊受怕,还不如在家好好躺着舒服。"

蔡小米知道她身体不舒服,不然谁愿意一整天一整天地躺着?健康身体也躺出毛病了。"您得去,您不去不行。您要是还想等着过年给我发红包。要是不听话,您就攒吧,我指定不会回来取的。让你白攒。"

"呸呸呸,乱说话。呸呸呸,赶紧呸,好话灵,坏话不灵。快说。"看蔡小米学她呸了几声才又说,"什么叫白攒?就是我不在了我不攒了,也得让彭大城给你攒。不对,不是攒,是过年的时候在一起过,大年初一你拜年说好听话,我们直接给你。你长多大了,我们都给,都把你当小孩。"

"我已经不是小孩了,拜托。今天听我一回,我活了二十多年,还从来没这么强迫别人做什么事,何况这事也是为您好。快走吧,您要是走不动。"蔡小米就对门外喊,"冰川,你过来。"

"我不让冰川背。我就是不去医院。"吕梅花铁了心不去医院。

几个人你看我,我看你,都不知道下一步怎么办了。

蔡小米无奈只好自编自演地想哪儿说哪儿,也不管有没有医学根据:"我今天去医院了,医生说您得去医院治。半年前是原发的吧?原发是最轻的,它不可能总是原发的,感冒病菌它还会变异呢。原发的病菌再生成另一种病菌,那就麻烦了。凡事把它控制在最弱的时候,别等它强大了再控制就晚了。医生说了,您这个做个小手术就好了。做完手术以后,就可以下地,到外面走走,总闷在家里多没意思啊。"

"我不去,就是不去。被圈在医院里,跟个傻子似的受罪,还花钱。花钱找罪受我不干。"

"可是有病不治也不行啊。算我求您了。"蔡小米急得要哭了,"妈,算我求您了。您不去医院,小感冒闹成大肺炎,小拉肚弄成肠炎。到时候想治都……到那

个时候,就用大剂量的药,药用多了对身体不好。"

蔡小米一个妈字叫出来,吕梅花终于忍不住眼泪冲出眼眶:"小米,你终于肯叫妈了?"

"妈,我今天去医院,医生说您不用担心,我们就当它是小感冒,治好了,就不会生成肺炎了。您听话去医院,以后我天天叫您妈。"

"可闺女,不是我不想治。是我知道自己的病用不着治了。你爸他把商标说明书全撕下去,这可是我以前在电视剧里看到的,我心里明白的。不用管我了,我就在家里养养,养啥样算啥样。别浪费那钱了。我知道自己活不了多长时间了。"

5

吕梅花坚决不去医院,这让蔡小米很头疼。公司催她回去,她只能暂时先离开廊坊回北京再做打算。

出发之前,她把小豆和冰川叫到一起,跟他们商量,一旦母亲住院,三个人都要做好献肝的准备。当然,现在不是说谁能献就能献的,还要医生做检查。彭小豆吓得往后躲:"姐,我胆小,我晕血晕针,我怕肝还没割走,我早被吓死了。"

"姐,放心,我是家里唯一的男孩,要献也是我献。怎么能让两个姐姐操心。"

蔡小米对眼前的答复还算满意。她其实考虑过,如果自己不匹配,自己再怎么喊着奉献也是没有意义的。眼下,彭冰川和她站在一条战线上,她就有十足的把握了。想到这里,她打定主意先回公司继续请假。另外听说公司又签了一个大单,要按照客户创意重新打磨作品,何况自己是主创,老总追她赶紧回公司是有道理的。

吕梅花催她赶紧回去,别耽误了工作。说自己一定好好活着,等小米回来跟她叫妈。听到这里,蔡小米的眼泪控制不住了,赶紧转身去卫生间。

公司老总看到蔡小米赶紧说:"你可算回来了,这次我们接了个大单,可对方要改掉我们原有的创意,这是他们草定的创意图,你拿回去好好琢磨琢磨。这个仕女怎么创作,更适合他们公司新推出的产品。"

蔡小米恍恍惚惚地回到住处,接听了马顿的电话以后,两人约好平房见面。蔡小米也想回家看看,在廊坊这几天,蔡母给她打过一次电话,让她好好陪生母。她清楚养母的心情,所以一回来就想回去。马顿早已等在蔡家了。蔡小米一进门,蔡母就迎了过来:"小米,咋样?住院了吗?"

蔡小米摇了摇头:"不住,本以为大家都瞒着她患重病的事,可她早就知道了。她说这么重没得治了,不想花这份钱。"

"这人咋这么倔呢,有病不治哪行啊。"蔡母急了,"小米,你没好好劝她?"

"劝了,没用。现在当务之急就是换肝,等医院的肝源没谱,不知道等什么时候。医院排队等肝的患者太多了。我打算用我的。"

"什么?你要把自己的肝献给她?"马顿吃惊地说。

"那不行,闺女,你看你现在瘦的,不行。你年轻,将来身子骨亏了,妈可心疼。"

"妈,你别操心了,我都成年人了,这点主我还做不了啊?关键是,现在她不住院,我想割我的,我也得能给她安上啊。"蔡小米表现得很急躁。

"好,好,妈不管。妈去做晚饭,马顿晚上在这儿吃完再走。"蔡母走出去了。

晚饭后,蔡小米和马顿两个人走在平房街口。这是个宁静的夜晚,看得见月亮。两个人坐在石凳上,这些天蔡小米虽然表现得很有主见,可她现在坐在马顿的身边,才真的觉得自己很累。一个人撑太久,是累的,有一个人帮助支撑,就轻松多了。马顿的胸前很温暖。

"小米,我不主张你割肝救母。要是我的匹配,由我来好吗?你生下来就该由我保护,我不想你的身体受伤。"

"不管怎样,她是我妈,我应该管她。当务之急是怎么能让她住上医院。还有我这边,公司这次的订单要我推翻以前的画风,重新创作,这需要时间和精力,可我现在静不下心来。我要请假,还不知道公司能答应不。"

这时彭冰川打来电话,说前几天就有个客户相中了她的一幅画,一直在徘徊犹豫阶段。刚接到对方电话,现在给了个最高价,问她能不能接受。价格和画展相比,确实低了很多,可眼下蔡小米顾不了这么多。她同意。就是不用别人家的肝,用自己家人的也要一笔手术费的。

蔡小米并不知道,她前面刚走,后面彭冰川也离开了廊坊,是女友叫他回来的。想不到回到工作室,还卖了两幅画。自己一幅,蔡小米一幅。

蔡小米坚定地说:"公司那边我是一定要请假的,不同意我就辞职。反正我就是自己开工作室画画也能挣钱。"

看着信心满满的蔡小米,马顿有点担心地说:"辞职?你可想好了?"

"想好了，大不了跟冰川合用一个工作室。反正楼上楼下的空间也大，再说我也是付了租金的，省得浪费了。"

"公司的工作还是比较稳固的。就是请假这事，你好好想想，跟老总好好说说，人家不会不准你假的。谁家还没有个事儿？"

"要是平时不忙也好，这次订单来得急，合同都签了，我请了假，肯定要延工，到那个时候公司不好交差。"

"行，你自己决定吧。还是那句话，换肝的事，你还是交给我，我是男的，手术以后恢复得也快。你看你最近瘦的，医生都不会同意。"

"乌鸦嘴，医生不同意也得同意。现在我们说得都有点早，人家不住院，也没办法啊。怎么让她住上院呢？"

跟老总请一个月假，老总在电话那头差点要咆哮了，他不允许这边刚接订单她就请假，这活儿至少得干出个大概模样再请，而且不能一请就一个月，这一个月要耽误多少事情。老总不准假，蔡小米只好说那我只能辞职了，说母亲病了，要动大手术，她不在身边是不放心的。于情于理都很合乎情理。老总更是咆哮，说你就算要辞职，也得提前一个月告诉我吧？你得把这个月干完再请。蔡小米听到这里整个人就崩溃了，这都什么霸王逻辑，我这可是请不下来假，没办法才辞的。没办法，她想了想，确实自己不在，公司也面临着大的损失，老总没法跟客户交代。只好一五一十地把生母的情况叙述了一遍，说到最后，蔡小米泣不成声。

老总挂电话之前，只好说征求下客户的想法。

在回廊坊之前，蔡母千叮咛万嘱咐："小米你不能献肝，你年轻轻的，把肝给了别人，你怎么办？一个人就只有一个肝，没肝可咋活？那可是造血的机器，没有造血机器，这人不就废了吗？"

蔡小米笑着说："割一半给别人，自己还有一半呢。肝是人体内唯一可以继续生长的脏器。没事的。"

蔡小米回廊坊之前又给彭冰川打了个电话，确定彭冰川把这边的画款收到也回去。两个人约好廊坊见。想不到回到廊坊半天时间还不到，晚上八点钟，石贵珍和蔡母以及周淀粉也赶来了廊坊。

看着满屋子的人，吕梅花心里一惊："这是怎么了？"

"嫂子，我们要劝你去医院治疗，不能在家里这么维持着。外面阳光这么好，不出去走走都白瞎了。"石贵珍说。

"我知道你比我小,我就叫你妹子吧。小米这次回来跟我都说了,她说肝在身体里还能长个儿呢。小米说要把肝给你,我不同意,这不,我也来了,你要不嫌我的老,就把我的肝拿去。给我留点儿就行,我一天天地在外面跑,身体总在运动,长得也快。"蔡母说。

"我是男的,你们女的都靠后,拿我的肝。我的肝咚咚跳得有劲。"周淀粉扯开衣领说。

蔡小米也被这阵势吓着了:"你们这是干嘛呀!不严重的事,被你们说得也吓人了。爸,你看你说啥呢,心脏咚咚的跳能感受到,肝跳你还能感觉到啊?"

周淀粉继续说:"咋不跳,不跳不死了?"

蔡小米用眼睛白了一下周淀粉,蔡母轻声埋怨他:"你说啥呢,这字能随便说吗?"

周淀粉赶紧问:"啥字?"看别人都跟看外星人一样看他,他明白自己说错话了,"我说小米的生母,我是粗人不会说话,你可别见怪。我们这一家人都来看你了,你也得配合我们吧。一起吃个饭,一起出去溜达溜达。你老这么躺着哪行呢?"

"我这不是浑身没劲吗?"吕梅花硬撑着坐起来。

"所以啊,听小米的,快去医院。就按小米的措施,咱们一家人用自己家人的肝。小米的就不用了,她还是孩子,你看她一天吃的都是猫粮,就为了身材好,苗条成啥样了。用我的。一定用我的。"周淀粉说完,又说了一句,"不用我的,我心里也过意不去。我那不是还欠你们家吗?"

"说啥欠不欠的。那不都过去了,老彭也把你送进去了,你不也在里面待了两年吗?两下相抵了。"吕梅花笑着说,"再说,你们把我们小米带得这么好,养了二十几年,我们感激还来不及。"

"妈,我们这就去医院办住院吧?"蔡小米追问。

"我再在家待一晚上行不?外面天也黑了,我明天早晨就去住院。"吕梅花被逼无奈,"还是愿意睡自己家的床。"

"妈,你终于答应了?太好了,妈!"蔡小米哭了。

6

　　住进医院的吕梅花接受各种检查,医生在得知家属欲捐肝,要求欲捐者做各项检查。第一个接受检查的就是蔡小米,谁也拗不过她。包括蔡母和周淀粉。然而,结果一出来,非常好,蔡小米竟然是O型肝,就是说她的肝脏可以捐给其他任何一种血型的病人,只是她当前的身体状况不是太允许做手术,她体内的脏器倒也健康,肝脏及其主要血管、胆管形态结构也还算正常。只是她血压偏低,身体又这么瘦弱,担心这种手术被捐赠者手术成功以后,而这捐赠者反而会出现异常。医生建议她补充营养,让自己胖点,血压等各项指标正常了再做。

　　这个时候公司又把电话打给她,建议她能回去上班,蔡小米火了,说我把话都说得清清楚楚了,既然不能准假,那只好辞职。挂断电话以后没多久,老总把短信发过来,说刚跟对方协商了,准蔡小米一个月的假,让她好好照顾母亲。蔡小米正为手术不能进行而苦恼着,看老总对她这样宽宏大量,心下的火气也就被熄灭了不少。

　　蔡小米想自己可以增肥,可以多吃东西,可以等时间,可病人不能等啊。她把眼神看向彭小豆和彭冰川,彭小豆尽管一身习武人的打扮,那刺青在洗澡的时候也被蔡小米看得一清二楚。怎么说她都是有男孩子性格的,可遇上事情她比谁都躲得快。见彭小豆低垂眼帘,蔡小米只好看向彭冰川,彭冰川嗫嚅地说:"姐,我女朋友不让我割肝,她说我身体零件缺一点儿,她都不跟我结婚。"

　　蔡小米急了,拉着彭冰川走到一边没人的地方:"冰川,现在的状况是我可以让自己每天多吃点,身体养得好点再做手术,可我担心这样延误时间。你怎么就不行?医生说了,肝是身体内可以生长的零件,你怕什么呢!"

　　"女朋友说我零件不全,生的孩子体质弱,零件也不会全,说我如果执意做这个手术,她就跟我分手。"

　　蔡小米看着眼前高高大大的弟弟,心里万般滋味。

　　"姐,那画的钱我带来了。"彭冰川把手里的信封递到蔡小米手里。蔡小米接过信封,心里叹了口气。

　　"那好吧,我来救妈。但她得给我时间。还有,冰川,我建议你没事跟医生咨询咨询,你的肝被割掉一半以后,它是不是还会继续生长。你太听你女朋友的话,未必是好事。无论怎么说,躺在病床上的是你的母亲,生你养你的母亲。"蔡小米说完向住院处走去。她已经受不了养母和养父的攻击了,他们不允许蔡小米做手术,他们的爱心阻止让生母也倍加难堪,所以她让他们先和石贵珍回去了。

蔡小米开始了健身增肥计划,每天早晨六点起床跑步,原来的每天三餐改成吃四餐。两餐必须有鸡蛋,各种蛋白质含量高的,无论是肉类还是菜类,她专挑营养的吃。原来吃一份饭,她现在恨不得吃上两份。每天都跑去称重,没多少天的工夫就长了十几斤。

再去医院检查,医生说可以手术。只是在签名的时候,医生告诉她无偿捐赠必须是直系亲属关系,医生甚至奇怪她先前说自己是病人女儿的身份,显然蔡小米和彭家在书面意义上根本无法形成捐赠关系。他们家的户口上根本就没有蔡小米的名字。眼看着院也住了,自己身体的各项健康指标也都达标了,却上不了手术台,这让蔡小米甚是着急。

她拉过彭小豆和彭冰川对医生说:"医生,看我们多像。这是我的弟弟和妹妹,你看我和我妹妹不像双胞胎吗?我其实当初就是走丢了,现在我又回来了。我是病人的女儿这不会错的。"

医生不准。蔡小米一点办法也没有了,难道还要把自己的户口挪到廊坊来?可以迁过来吗?这个她也不知道。她愁得睡不着觉。

"姐,妈天天跟我说,说你为了这个手术,天天多吃就是为了让体能上来好协助她做好这个手术。她说我一个大男孩都抵不上你。姐,这是我的检测结果。这个手术交给我吧。"彭冰川站在蔡小米身边说。

蔡小米奇怪地看着彭冰川,奇怪他的转变:"不是吧,你不怕生出零件欠缺的孩子了?你那个霸道女友她能放过你吗?可别影响了你们的关系。"

"不用管她,我跟她说了,我说姐你从小都不是咱妈带大的,你都肯牺牲自己。宁肯让自己身体好点,每天吃好几餐,也不顾女孩子的苗条拼命吃东西。姐,我真赶不上你,豆姐也跟我说了,说她佩服你。说她空会一套拳脚功夫,真正家里有难出力的时候,她竟然一点劲都没有了。我们姐弟俩觉得对不起你,后来一致决定我们一起去做配型,谁合适就谁做。小豆姐和咱妈不匹配,还好,我能和妈一起上手术室了。"

蔡小米正为自己的身份着急,心想是不是要把户口迁到彭家的户口本上。可这又不是那么简单的事情。毕竟自己二十多岁已经成年,家庭关系这一栏,怎么填呢？派出所户籍办怎么可能轻易就把户口给落下呢。如今蔡小米心里一块石头落了地。

"太好了冰川，这样我就放下心来了。你放心好了，到时候我给你做最好吃的饭菜，让你的营养充分跟上。"

"姐，你别说了，这本来就该是我的事，倒总是让你来扛。"彭冰川越来越不好意思。其实这次回宋庄，他又跟女朋友提了给母亲献肝的事情，这次女朋友反应比上次明显，两个人吵得不可开交，最后以分手告终。彭冰川思来想去，越发觉得自己连女孩子都不如。想想自己的姐姐从小就流落在外面，可现在母亲病了，她义不容辞地往前冲，自己和小豆姐就跟桌子上的摆设一样，这让他很难堪。主意已定，女朋友走就走吧，在彭冰川的心里，他对她的一再忍让，是早晚会有这么一天的。想不到它来得有点早，他还没有享受够这份爱情。

"冰川，你最近要注意营养。我一会儿去给你买点营养品。这可是个大手术。"

"姐，不用为我担心。医生跟我说了，经过检查评估，我的肝源和咱妈配型成功，而且我的肝脏重量不但能完全满足咱妈的需要，而且剩余肝脏还能保留正常功能。医生说我年轻根本没事儿。"

"本来就是，就你这么健壮，早晚把割出去那块给你长回来。"彭小豆说，"姐，冰川，可不是我彭小豆胆小吧，我也配型检查了，我也纳了闷儿，怎么我的就不匹配呢？冰川，也好，就这件事，就能看出你的女朋友对你和你的家人是什么态度，这样的女人不要也罢。好女孩多了去了。虽然我没见过她，但上次她不见我，我就对她印象特不好。没房不嫁？我就不会因为对方没房没车不嫁他。"

"有目标了？"蔡小米逗了她一下，"等有目标了，我一定好好替你美言，说你是我们家最勇敢的豆子。"

"勇敢有什么用？生下来我就晕针又晕血，好不容易这次痛下决心献点东西给妈，结果老天爷都不买我账。"

"那是他老人家知道你晕针又晕血，心疼你。再说咱妈也不舍得你。"彭冰川说完，把医生安排的手术时间告诉了两个姐姐。

可让他们没有想到的是，在他们讨论这些话题的时候，吕梅花逃跑了。

彭小豆对护士说："如果我妈找不到了，我拿你们是问。"

第十三章
生活进行中

1

从住院处得知,吕梅花并没有办理出院手续,这让姐弟三个分外吃惊。这出院都没办,人会去哪儿呢?当他们紧张担心之余,彭大城拄着拐来了医院,他对儿女们说,他们的母亲现在已经到家了。是她到家以后,他才赶过来办出院的。"这人是没治了,爱治不治,这么折腾谁受得了?我当时在家给她做好饭正要送过来,想不到人家自己回家了。你说她胆不胆大!小米,算了,由着她吧。她不想好,没办法。她说看你太为难了,她不想让你这么累。"

"我跟您回家,把她接回来,这么大的事不能由着她的性子。爸您在门诊门口等我,我去找辆车。冰川,你让医生安排明天手术。这个坚决不能改。"蔡小米说完到外面找车去。

当他们回到家里,蔡小米看到吕梅花坐在板凳上,手里翻看着三个孩子小时候的照片。当前页正是蔡小米。

蔡小米把影集拿过去合上:"妈,您多大岁数现在?"

吕梅花说:"五十多,咋了?我又不是有健忘症,这个知道。"

"五十多了吧?五十多还这么不懂事,我们姐几个张罗着给您手术,您怎么说跑就跑了?您身体本来就弱,这要真出点事,您说后悔不?"蔡小米说到这儿,眼里汪着泪。

"小米,不是,我不是成心给你们添乱。我真是不想再麻烦你了。你说你小的时候……"

"咱能不能不说小时候?咱们过的是现在和将来。身体不好,还怎么过将来?就是现在也一样过得一团糟。您说您能一个人跑出去买米买菜回来自己做吗?不能吧。那想不想以后这样呢?想就要好好配合医生手术。我让冰川联系医生,明天的手术时间不变。"

"明天就手术？小米,不是说你不是直系亲属人家不让吗？害得你天天拼命吃东西锻炼身体。这样也好,本来妈也不想要你的东西,要了我就更欠你的了。"

"妈您说啥呢？我既然回来认家门了,这家里的事情就都跟我有关。您要是再这么跟我说话,这个家我真不能回来了。您说您跟小豆和冰川能这么说吗？平时您怎么说他们,也就怎么说我。您还埋怨小豆比不上我,人家小豆和冰川都做了检查,小豆不匹配,冰川可以。明天是您和冰川进手术室。我们姐俩和我爸在外面等你们。"

吕梅花看着蔡小米,跟不认识一样："我那两个孩子也肯？我真没白养他们。"说到这里,吕梅花就哭了,"我是说过小豆,可哪个孩子我也不舍得对他们动刀啊,还有你小米,就是让你为我动刀我也心疼啊。哪个孩子我都不舍得,我当初说小豆,是实在心疼你。她生我气了吧？"

"说哪儿去了。孩子哪有跟妈生气的。走吧,我们回医院,不要再折腾了。这么跑来跑去的,多耗体力,也让小豆他们在医院担心。"

"老太婆,孩子们都大了,我们就听他们的吧。"彭大城说。

"别跟我叫老太婆,我还没老。"吕梅花不高兴。

"好好,我不这么叫了。我们赶紧手术,那样你身体年轻起来,我真不这么叫了。等天儿好了,你出去跟老头儿们跳舞,我都不带跟你红脸的。"

吕梅花乖乖地回了医院。

2

医院经过 11 个小时的攻坚,成功为吕梅花顺利完成了活体肝脏移植手术。这 11 个小时里,一个人能做多少事情了？这一分一秒地数着时间等待,有多难熬？没有谁数着时间过日子,会觉得开心。手术过程中,最焦虑的是守在手术室外面的这几个人。彭大城、蔡小米、彭小豆。他们简直就是度日如年。恨不得那时钟走快点。蔡小米、彭小豆还可以想踱几步,就踱几步,理顺下心情,安抚下狂乱的心脏。而彭大城腿脚不方便,还要撑着拐,走来走去,麻烦多多。可他依然时时拄着拐,走来走去,走来走去,坐不住啊。

他们终于盼来了幸福的结果。手术成功以后,吕梅花和彭冰川相继被推出手术室,他们在病房相见,吕梅花两眼是泪。

留院查看几天之后，餐餐都是三个儿女照应。彭大城自吕梅花走出手术室，被医生告知一切安好以后。他就回家照顾他那些花花草草去了。也是被吕梅花撵走的："快回去吧。我这儿留这么多人干啥？你们睡也睡不好，吃也吃不好。快问问医生，我哪天能回去？我真是在这里待够了。"

　　"妈，别急。"彭冰川每次都撵小豆和小米走，自己留下照顾母亲，谁也不知道他葫芦里卖的什么药。

　　吕梅花出院回家。吕梅花心情异常好，不禁对彭冰川说："冰川，小米说她要着急回公司上班。你把你那女朋友叫来，也让她认个门，我们大家吃个团圆饭，你们再各回各公司，行吗？"

　　"妈，您真想见她？"彭冰川犹豫了一下问道。

　　蔡小米愣在那儿了，心想难道彭冰川和那女孩又和好了？正想着，彭冰川就说："那好吧，我让她抽时间来。我可不知道她现在有没有时间。这几天她和我们家一样，忙得很。"

　　彭冰川跑到阳台上打了个电话，没多大工夫回来说："妈，我问她了，她说最早也得三天以后吧。行吗，姐？"彭冰川回头看看蔡小米和彭小豆。

　　"我没问题，我推迟几天走，公司也不会说我什么。你呢，小豆？"蔡小米问彭小豆。

　　"我？我懒得见她，今天我就走，上次我说要和她聚聚，她可好，架子大大的。"彭小豆不乐意地说，"下午我就走。"

　　"冰川，怎么人还没过门，就得罪大姑姐？"吕梅花笑着说，"小豆，你也真是，人家女孩子害羞，你挑什么毛病嘛。"

　　"对了妈，我也要为你献肝的，可医生偏说我和你不匹配，妈，我到底是不是您亲生的啊？怎么姐和冰川都和你匹配，就我不匹配，我是不是你们抱养回来的？"彭小豆噘着嘴向吕梅花撒娇着审问。

　　"你？我还能是抱养的？谁抱养，你也不是抱养的。小米生下来后，就是你，你小腿肚上那颗痣，妈看得一清二楚。"吕梅花说。

　　"妈，姐那颗痣是不是她一生下来，你也看到了？"彭小豆指着蔡小米眼角的痣问。

　　吕梅花没吭声，只是点了下头，那眼泪就又包在眼睛里，想紧紧地包住，不让它滚出来，可它还是滚了出来："苦了我小米了。都是妈不好，妈不配给你当妈。"

"哎呀,没事说点什么不好,又说痣。我都不在乎它了,反正长痣就长痣呗。痣,其实是为你生命中的爱而生长的,它会发芽、成长,最后也会枯竭。就算我这是颗泪痣,它其实打小就告诉我,没有哭的权利。不会哭,多好啊。"蔡小米说。

吕梅花听不得这些话,那眼泪跟断线的珠子一样:"小米,妈这辈子对不起你。要不是你带个好头,小豆和冰川哪会想着给我割肝。"

蔡小米急了:"妈呀,您不能顾此失彼啊。您这是赞赏了我,小豆和冰川怎么办?"

"妈说得对,我们俩的智商,都没想到这里。就算想到这儿了,我说过我从小晕针又晕血,要不是你不能给妈献肝,我真的没有上手术台的胆量。你让我和你动武这都没问题,就别上手术台。"彭小豆说。

"要不说多亏小米姐姐呢,不然凭豆姐胆小如鼠,她哪敢准备上手术台。"彭冰川说。

"要你管我胆小不胆小的?就你胆大?你胆大,你咋不凡事做在咱姐前面?你还不是跟在姐后面走,你还好意思说我,还是咱家的男人呢。"彭小豆一副掐架的模样。

"行了,你们俩就别掐了,你说说,你们哪一个先回来,不都得问另一个在哪儿?可是一回来就掐。你们啊你们。"彭大城说,"我看你们就像是一对小冤家。"

这边热闹地等着约见彭冰川的女朋友,而三天之后,彭冰川的电话响起来,女孩说暂时来不了,只有再约了。彭冰川急了:"那我现在过去吧?是不是有什么事了?"他顿了一下,又说:"好吧,那你多休息,不要太累了。"

这一次,蔡小米也对这女孩生出了不好的印象,心下想着还是彭小豆聪明,人家早回北京去了。而自己公司本来就忙,为了请假给生母治病,老总跟客户好说好商量把时间顺延了一个月。说什么自己也不能等了,于是也回了北京,只有彭冰川心下像放不下什么事情一样,留也不是,走也不是。

蔡小米回京之前,马顿也来看望吕梅花:"阿姨,真对不起,我们公司在苏州新成立个分公司,我这次去那边帮忙带了几天新招的业务员。要不然您手术的时候我一定守在医院的。"

"行了,别抹蜜了,我都替你解释过了。"蔡小米笑着说。

"年轻人工作要紧,小米都说我这不是大手术了,再说身边有他们姐弟三个守着我照顾我呢。"

"还有我呢。"彭大城插了一句。

"行了,知道还有你,谁敢落下你啊。还跟孩子们抢功劳,也不怕让人笑话。"吕梅花笑。

"马顿你笑话我吗?"看马顿一边微笑一边摇头,彭大城就说,"我就知道他不会笑话我的,一个女婿半个儿,对不对?哪有儿子笑话他老子的。"

蔡小米的脸红了。

3

待了一天,马顿和蔡小米也回了北京。只留下彭冰川照顾母亲,吕梅花送走蔡小米他们,一进屋就审视地看着彭冰川:"不对啊,冰川,哪次你回来得都晚,每次又走得比小豆早,这是怎么了?她们姐俩都走了,你怎么不张罗回北京?"

"妈,您还撵我啊?我这不是留下照顾您吗?您这不是刚做了手术吗,我走了能放心吗?"

"你妈她可真行,儿子刚给你献了肝,你不得让儿子在家多养些天,好好给他补补营养?"彭大城急了。

"我的天,我是越活越傻了,我的肝是冰川给的,我还在想着是小米给的。不行,今天给冰川多做点好吃的,我去买菜,冰川你想吃什么尽管跟妈说。妈这命可都是你给的。"

"妈,你说得太重了吧。说出去别人不笑话你才怪。我的命是您给的好不?"

"打住,要不是你给妈这么大一块肝,妈还能活下去吗?大城,你说这肝到我身体里它还能长个儿?真是奇了。它怎么就还能长呢?"

"当然长,不光在您身体里长,就我身体里剩的这小半块,也会长。直到长到我们原来那么大的体积,它才会停下不用再长了。它得给我们工作,为我们造血,它不长哪行?"彭冰川说。

"那你们都得多吃好吃的,今天我去采购,你们在家好好休息。你们可都是进了手术室的人啊。"彭大城要出门。

"爸,这可不行,我是小的,我去买。您和妈在家等着,买回来您做行吧?"彭冰川说完就走出房门。其实谁也不知道他借着买东西的机会,打车往医院的方向而去。

在家等儿子采购回来的吕梅花和彭大城,先把米饭做好,专等儿子回来做菜,可左等不回来,右等不回来。等回来彭冰川已经是两个小时以后了。

肉和菜是买回来了,可彭冰川的表情很凝重,不是太开心,两口子觉得奇怪,主动问他,他也没说出什么。

"儿子,你买菜怎么跟种菜去了似的?用这么长时间呢?菜市场也不远啊?"彭大城说。

"儿子刚做了手术,你怎么这么多事儿?"吕梅花不高兴了,"冰川你快歇着去,我和你爸做菜。这么多好吃的?来,给妈。"

两口子在厨房忙乎着,彭冰川就在客厅阳台间游走,像一头困兽。

饭菜似乎很不合彭冰川的胃口,吕梅花看出来了,她搛了块排骨放到冰川碗里,冰川又把它推了回去:"妈,我吃不下太油腻的。"

"怎么手术还把胃口搞坏了?都怨妈。"吕梅花说完,就暗自忧伤。

"妈,没啥,可能是缺少运动,不饿吧。等身体恢复好点,我就多锻炼身体,身体强壮了自然能吃了。"

"冰川说得有道理。他们年轻,恢复得快,我们不用担心他。倒是你啊,要好好照顾自己的身体。不要想得太多,心情舒畅身体才会恢复得更好。"彭大城说完,给吕梅花拈了菜,就势拍了拍那不动碗筷的手背。

彭冰川觉得这一幕很温馨,可他忽然又想起什么似的,那表情还是有点凝重。

彭小豆自然回到跆拳道馆继续做她的教练,打打杀杀之余,也会心事重重。

蔡小米和马顿首先回了平房,然后回到自己家。看到养母吃不下饭,这才知道,她的牙疼了好多天了。养母牙疼不是一天两天的事了,一年前她就总是在牙疼的时候,在嘴里含上一口冷水,让那冷水麻木疼痛。等那冷水在口腔里有了温度,就把它吐出来,再含上一大口冷水。如此反复,可它毕竟去不了牙疼的病根。

养母虽然年龄不是太大,五十才刚过,可她的牙掉了大半,有几根牙根在那儿活动着,吃东西只能拣软的吃。家里差不多天天有粥吃,菜也做得烂乎的才行。蔡小米以前就劝过她镶牙,可她不愿意去,这次回来,看到养母又疼得吃不下饭,蔡小米说什么也不能再由着她了:"妈,咱去把牙镶上吧,镶了牙吃东西也好嚼碎好消化,这囫囵吞枣的吃法,把胃都伤了。"

"花那钱干啥。又不是咬不动东西。疼又不是天天疼。"蔡母不答应。

"那你说吃个苹果都咬不动,可咋整呢?"蔡小米一边削着苹果皮一边愁闷地说。那苹果干干净净地被剥了皮,蔡小米把它削成小薄片放到碗里,递给养母。养母牙不好,成片的苹果能很快在嘴里嚼碎。养母心里早幸福得一塌糊涂了。

"人没老,牙先老。你就听闺女的,明天把牙根都拔了,镶个满口的,又精神又好看,吃东西又快。"周淀粉说。

"精神好看,给谁看?吃东西吃那么快干啥?又不是天天有啥急事。细嚼慢咽对身体好。你啥也不懂,乱讲话。"蔡母自女儿回来,心里说不出的高兴,"小米,你妈……她恢复得好吧?"

"挺好的,彭冰川也留在廊坊养身体呢。他们都挺好的,手术很成功。"蔡小米轻松地说着,"明天我们就去拔牙镶牙,然后我也好回去上班了。趁我现在休假,等上班我真没有时间回来跟你镶牙去了。"

"听闺女的,明天就去。"周淀粉说完,羡慕地说,"我真想自己的牙也都坏了,闺女好陪我去镶牙,那我得多幸福啊。"

"有说自己好的,没听说咒自己的。好好的牙人家羡慕得不得了,你还想着去拔。那明天你去拔。拔了镶满口,又精神又好看,吃东西又快。"蔡母学周淀粉的口气。

"行,那明天我去替你,把我的牙都拔了吧。"周淀粉夸张地说着。

"拔了牙最好把嘴封上,省得跟我要酒喝。"蔡母不乐意地说。

"妈,您限制爸喝酒了吗?去医院检查了吗?"蔡小米着急地问。

"检查了,我一周就让他喝两次。"蔡母说。

蔡小米审视地看着周淀粉,轻轻地质问:"真的只有两次?"

"真只有两次,我真没半夜爬起来找酒喝。我找也找不着,那酒瓶子被你妈搂在被窝里。我出来进去都跟你妈在一起,想偷买酒都买不成。"周淀粉很无辜地躲着蔡小米询问的眼神。

"啊,你还半夜起来偷酒喝?"蔡母问。

"妈,您别冤枉爸了好不,他这不是虚构的嘛。他恨不得半夜爬起来偷酒喝,可酒在您怀里搂着呢,他想喝也喝不成啊。"蔡小米想笑,"你们这喝酒跟斗争似的,说出去都让别人笑话。爸,您就不能自律点?妈,这酒明天就直接摆桌子上,让爸天天看着,人家说秀色可餐,盯着酒瓶子喝酒,肯定也不错。我就不信他为了自己的病还敢随便喝。再说,您可以检查啊,酒多了少了,一看不就看出来了。"

"不行,放表面我不放心。"蔡母自是不同意。

回到自己家里,蔡小米还是觉得轻松多了,这种轻松可能源于自己小的时候就生长在这个氛围里。虽然从平房换到了楼房,可他们之间的关系始终没有改变。那种隐藏在骨子里的亲昵程度,越发随着时间的推移而加固。

"妈,明天我们去拔牙镶牙,要是你不去,我就回公司,没事我也不回来,有时间也不回来。"蔡小米没办法,开始威胁养母。

见女儿这么说,蔡母吓了一跳,赶紧答应了她。

4

蔡小米选了家大医院的牙科,挂号,排队,轮到蔡母的时候已近中午。和医生交代了情况,告知要镶满口牙,医生让蔡小米在外面等着,说要进无菌室,先拔除牙根,等完全镶好满口牙要一到两周的时间,这中间只能吃流食。没想到镶个牙要等这么久,看看蔡母又有点迟疑要退缩的样子,蔡小米安慰她,说大不了回去就天天喝粥吃软软的豆腐。反正坚持就是胜利,用不了多久,就可以吃可口饭菜了。

蔡小米等在外面,等在椅子上的人并不是太多。蔡小米就在走廊上溜达。

"冰川?是你,你怎么上医院来了?你不是在廊坊要养一段才回来吗?"蔡小米看到匆匆从另一处走廊走过的彭冰川,甚是奇怪。

"姐,你怎么也来了?"彭冰川也觉得奇怪。

"我来陪我妈治牙。"看彭冰川盯着她看,她补了一句,"养母。倒说说看,你来干什么。"

"上次你还记得我跟你说过领女朋友回家的事吗?我知道你觉得奇怪,是的,不是原来那个女友,是咱妈住院期间我遇上的。"

"不会吧?你速度也太快了,这靠谱吗?"蔡小米瞪大眼睛。

"靠谱,她是我高中同学,一直在廊坊,办了一个小厂,专门生产画框。"

"啊,和你干的是同一行业!"

"是啊,那天我们在医院聊了很多。当时她父亲在医院留院查看,尿毒症晚期了,换肾以后遭到身体排斥。本来先前挺好的,以为他身体和外来肾相结合,互相接受了。可是最近说是排斥,不得不来到北京大医院。"

"现在怎么样了?"

"还不清楚,不是太乐观。姐,我刚才是去给这个同学买水了,你喝吗?"彭冰川手里拿着两瓶纯净水。

蔡小米摇了摇头:"那你是和他们一起来的了?"得到彭冰川的肯定后,蔡小米催他说:"那你快过去看看他们吧,我这儿没什么事,就是来镶个牙,一会儿我们就回去了。"

"唉,我们这是怎么了,最近都长到医院里了。"彭冰川离开之前叹了一声。

"冰川,记得,你要保护好自己的身体,你也刚从手术台上下来没多久。"

彭冰川回头冲蔡小米点了下头。

和养母回到家,就又接到公司的催电。养母催蔡小米回公司:"小米,妈这点事不算个事儿,你最近没少耽误工夫,公司那边忙你就赶紧回去吧。"

"反正已经请假了,也不差这几天,我再陪您几天吧。我来做饭,这个时候一定得吃容易消化的饭菜。"

"闺女你回去吧,不是爸撵你,这不是还有我吗?做个饭算啥?米饭做不好,煮粥咱可煮得明白,就使劲加水呗。"周淀粉说。

"你还说,这么大岁数,煮的米饭总是那么硬,跟没放水一样。"蔡母埋怨周淀粉。

"放心,粥我指定煮得好。"周淀粉拍着胸膛。

"小米你回去吧。不是妈催你。你请了这么长的假了,搁谁谁愿意啊?你这是耽误人家公司的事情。你爸就算煮不了,不还有我吗?我一天在家歇着,做个饭算啥?这不比出去捡破烂轻巧多了?你妈趁镶牙这几天,在家好好享受享受。你快走吧。"

"下回你回来得老惊讶了,到时候你妈满口假牙。"周淀粉笑着说。

"妈,你别听我爸在这儿乱说,假牙没关系,现在的牙弄得跟真牙一模一样。"

小米被撵回公司。老总一看到她,就跟见到了救星一样:"小蔡,你可算回来了。我都要急死了。"

"急什么?咱不是说好一个月吗?我还没到一个月呢,要不是我妈催我,我还打算一整月再回来呢。"蔡小米表现得不以为然,她心想反正不用我,我就回工作室去。

"真不是你的公司,要是你开的公司你就不会这么不当回事了。"老总说完,又补了一句,"我也是跟人家好说好商量,谁知道你当初家里有这么大的事啊。好在客户以前跟我们合作过,这次也就放了我们一马。但是,你知道啊小米,画家可

是遍地都是。"

"您的意思,我可以走人了?"

"我哪是这个意思?"

"不是您说遍地都是吗?我算啥啊。我就一画匠而已,还比不上人家遍地都是的画家呢。"蔡小米看到老总偶尔严肃偶尔强绽开的笑脸,不知道怎么忽然就很烦很烦。也许,她真的应该开拓自己的事业,而不是给别人打工,给别人打工什么时候是个头呢?"王总,不然,我辞职吧。画家遍地都是,不缺我一个。您再找一个就是了。"

"那不行,我可是跟人家打了包票的,我说你母亲病重,手术身边离不了人。他一听说你是这么一个大孝女,就给我们亮了绿灯。你回来就好,回来好好工作。"安顿好蔡小米,老总在心里冷笑,其实蔡小米哪里知道,客户虽说是答应放宽一个月,可在这一个月里,老总试着找别人来绘画,可都画不出蔡小米的风格。客户是个明白人,看出那画不是出自蔡小米之手,也就相当不满意。自然把老总一顿臭批,说随便拿个人画的东西就来敷衍他。照这样下去,这合同就失效,并且他应该补偿客户。老总也只好拿蔡小米家里有重病人的事说事,说当初也是怕对方等急了,才出此下策,既然别人都达不到客户要求,那只好等蔡小米回来了。

蔡小米投入到工作当中去,按照客户提出的条件作画,她觉得这是命题作文。有的时候觉得有命题也好,这样就不会信马由缰,想哪儿画哪儿了。工作上她思想集中,工作之余,她的思想早就跑到了平房、平房街口超市,也不对,那个超市早拆迁了,现在是另一处超市,然后还会想到廊坊,想到廊坊陌生又熟悉的街头,想到弟弟和妹妹。他们都在北京,也许以后会经常来往吧?

她只是这么想,实际小豆和冰川都没有主动和她联系。也不知道医院的情况怎么样,她想打电话问问,又觉得那是彭冰川和同学之间的事情,想打电话给彭小豆,一想到那个鬼点子多、胆子小的丫头,偏在身上有刺青,她又揣摩不明白她到底是哪种女孩。到底是胆小还是对任何事都无所畏惧。

但无论怎样,自己是他们的姐姐,有必要偶尔关心关心他们。

电话打通,彭小豆快言快语的话让她心里宽慰,电话再打到彭冰川手机上,不接。她迅速挂断,也许他在医院,不方便接电话吧。有些天没跟超市联系了,现在蔡小米的手机号对谁都是公开的,她没必要再像以前一样,想给他们打电话,非得找个公用电话打,生怕他们知道了她的手机号,暴露在所有人的视线里,无时无刻不被骚扰。

可眼下工作之余的安静，倒让她觉得自己真的很需要有人来骚扰。可是没有。超市手机无人接听，这让蔡小米甚是奇怪。还没等她再拨过去，手机响了起来，是彭冰川，问小米有什么事。得知没什么以后，他说在陪同学，等有时间再给她打。

挂断电话，又一片寂静，死一般的寂静。有点累，躺下来，却又睡不着，她满眼满脑全是医院的白。炫目。刺眼。锥心的疼痛。就在这种疼痛中，蔡小米迷迷糊糊睡去，她做了个梦，梦里有人举着手枪向她瞄准。她开始没命地跑，腿却说什么也挪不动步子，眼看着那枪口瞄得越来越近，已经触到她的鼻尖上了，她一个激灵被一阵铃声吵醒。接通电话，是养父李会议，说刚才没有听到电话。蔡小米就问妈呢。李会议说她睡着了，等醒了再打给她。养父问了下廊坊生母手术的事情，也就很快挂断了。

蔡小米不知道这个梦境代表了什么意思，但她只觉得最近很累，累得出奇。晚睡前接到石贵珍电话，听对方声音似乎很低弱，蔡小米警惕地问对方怎么了，告诉她没什么，说没睡醒，鼻音太重了，可能是感冒了。

蔡小米不知道，石贵珍从廊坊回来，经历了一场车祸，命算是捡回来了，可她却永远失去了双腿。她不想让蔡小米担心，也就不打算告诉她。李会议说："这事早晚小米得知道。"

石贵珍说："孩子一定挺累的，先不要告诉她了。以后再说吧。"

5

"小米，妈催我们订婚。"马顿的到来，并没有让蔡小米从孤单中走出来，"怎么了？一声不吭的。"

"不知道，心里说不上什么滋味。可能最近跟医院打交道太多了，让我心里总是静不下来。如今冰川还在医院。我现在特别怕进医院，那种生离死别，让人心里难受。"

"他怎么了？手术不是很成功吗？难道他……"马顿吓了一跳。

"不是他，是他的一个高中同学家里有个尿毒症病人，听说做了换肾手术，有排斥现象。冰川应该是没黑没白地陪着呢，我是在担心他，他刚做了献肝手术，这样不注意休息能行吗？"

"别担心了，冰川都这么大的人了，要真是赶在你前几分钟生出来，他还是你哥呢。"马顿笑了，"我在问你呢，我妈催我们订婚结婚，你有啥意见啊？前几天她还说你的画在她眼里最美。"

"真的假的？我怀疑这是你个人看法。"蔡小米终于有了笑容，这些天，好像此时才变得轻松些。

"我们订婚吧？订了婚你就是我老婆了。我也就不怕别人惦记了。"马顿深情地用眼睛凝视着蔡小米的眼睛。

"不订也没听说谁惦记。"蔡小米装没看见他的眼神。

"还说没人惦记？小的时候，你忘了？你一块石头没把人半个脸削掉？还有上次那个掘墓的，三番五次地来，没惦记你？这是我看见的，我没看见的呢？"

"就你把我当宝。真的再没有了。掘墓的算吗？那是他惦记着他的钱。相信我，除了你没人看上我。"蔡小米真诚地说。

"这话我爱听，全世界的人就我一个人看上你才最好。不对，马克呢？以前他对你可是念念不忘。"

"他最近怎么样？弟弟的醋你也吃。"蔡小米笑话他。

"学习还行吧，也知道努力了。说说看，我妈说让咱们订婚，你到底是回个话啊。"

"都什么年代了，还要订婚？"

"你的意思，我们可以直接结婚？"马顿笑嘻嘻地说。

"等等吧，这可是大事，得跟家里大人商量。定日期也得他们说了算才行，我们又不懂。"

"小米，我还有个事要跟你商量。我们现在也算有车一族了，市内房价太高，我们能远点走着吗？反正我们也有车。香河、燕郊、夏垫，我觉得都还可能。再说我做业务也不坐班。"

"我坐班啊。那我离公司太远了。"蔡小米听马顿说的那几个地方属于河北省，"也好，反正买房子是你的事，那我还住这边算了，周末回一次家。"

"周末夫妻啊？那我可不愿意。那要是近点买，只好贷款了。远一点，我们就可以付全款了。"

"马顿，我觉得咱们结婚的事不要太着急。我总觉得我的工作还会有变动。

我不可能总这样给人家打工。老总今天给我涨工资了,都涨到一万五了。"

"好啊,涨工资了你还走?人家这不就是要留住你吗?"

"他还说以后有可能涨到两万,我听着怎么就觉得有点悬呢,不是哄我呢吧?现在他手里接到一个大单,我估计他是在哄我,怕我现在撂下他走了。"

"你在这儿干得也算得心应手,就在这儿干吧。你看冰川弄个工作室,不也挺操心吗?还得每年付房租。要不是你和他合开,我看一个人支撑那么大个画室也真挺难。"

"那是他没有名气,他要有了名气又有了钱,把工作室买下来还用愁房租吗?"

看蔡小米的雄心,马顿也就不想再说什么。他知道,蔡小米早晚要做属于自己的事业。

蔡小米电话里叮嘱蔡母要吃软的饭菜,当得知周淀粉这一切做得还可以,她才放下心来。再把电话打到廊坊,听吕梅花说话很有底气,不用她汇报身体状况,小米就知道手术以后恢复得不错。她又放下心来。她发现自己身边的亲人过得都如意,她才觉得开心,和亲人们在一起,她觉得自己很充实很幸福,没有了一个人独处的空寂。

很快一个多月的时间过去了,这期间客户来过一次公司,让蔡小米吃惊的是眼前的老板竟然是赵正清:"赵老师,是您?"

老总见他们认识,也很奇怪:"赵总,这个你可没说啊。"

赵正清说:"是我啊。我早知道蔡小米在这里工作,当初来这里工作我还给搭过桥,只是你们都不知道而已。小米,我现在是一家公司的合伙人。西双版纳那一年时间,让我沉静了下来,可我觉得还是要回北京发展事业。这个打小就不属于我的城市,将来一定会属于我。"

"现在不就属于您吗?您可真是的,什么时候回来的也不跟我联系,还在这儿纠结这里是不是你的城市?早就是你的城市了吧,户口早就落北京了,还在这里矫情。"蔡小米损他。

"小米,就你敢损我。胆子也是越来越大了,还当着你们老总的面,你是不想要这个订单了吧?"赵正清笑着说。

"赵总,请喝茶。"蔡小米公司有女孩端茶水过来。

"您这主动找过来的,还有撤单的道理?"蔡小米也笑他,"有机会把西双版纳

的照片给我看看,我也向往向往,我还除了北京哪儿也没去过呢。"

"我建议你将来旅游结婚,让马顿多带你走几个地方。云南,务必要去。"

"我对云南那些城市的名字一直都感兴趣,觉得它们太美了。丽江、西双版纳、香格里拉。这些名字多好听啊。"蔡小米要沉醉其中了。

"这些地方我都去了。我建议你以后也去。一定要去。"赵正清一本正经地说。

"看来赵总对小蔡的画风是了如指掌啊。不然我上次拿别人的画作给你看,总是通不过呢。"老总说。

"小米也算是我的学生吧!"赵正清看了下蔡小米,蔡小米点头,"所以她的画,我还是了解的。你还说别人的画,当然,画得也不错,可那中间就是少了我要找的东西。再说,我是因为看中了蔡小米的画风我才来和你们公司合作的,你找了别人来替代她,我当然不愿意了。"

看赵正清说得直接,蔡小米倒有点不好意思了。

6

赵正清这一单,是断了蔡小米近期内辞职的念头。可她无时无刻不想着自己去做事业。

或者说她其实想放逐内心,让心变得宁静些,最近她觉得自己有些累。跟老总说好了,两个月以后她要休假,她想好了,自己一个人要出去走走。她选的是丽江。可她掉头一看,她又想带上蔡母和周淀粉,想想还有生父生母,再一想还有养了她四年的养父养母。她想自己一个人出去玩有点儿自私,她想若带上父母,就要带上他们六个。这么庞大的队伍,她在想,短期内能不能成行。

最近她总在想这个出去玩的问题。说给生母,对方坚决不同意,说太费钱了。这次手术让儿女们花了太多,几年内哪儿也不去了。说完这话,吕梅花又说:"小米,你最近也够累的了,要出去玩,你就和马顿一块儿出去吧。不用管我们老的。"

出行计划就这样被搁浅。说话间就到了吕梅花的生日,自然要好好庆贺一下。这天蔡小米和马顿是开车去的,车上坐着蔡母和周淀粉。蔡母和周淀粉的嘴一直合不拢,这还是他们第一次坐马顿的车。

"妈,镶了牙好吧,吃东西再也没以前费劲了。也不疼了吧!"蔡小米坐在蔡母身边,周淀粉坐在副驾驶座位上。

"好看。以前那牙东倒西歪的不说,还尽是牙根子,活动着又不掉,拐得神经都疼。还是我闺女好。"

"我和老太婆前世修得好,修来了小米。"周淀粉笑着说,"马顿,你这车开得不错啊。"

"妈,我也要学开车。"蔡小米撒娇。

"学学学。就让马顿教吧。"蔡母说。

"阿姨,那可不行,她没有驾驶执照是不能上路的,她得去正规驾校学习才能碰车。我教会她,没有去正规拿驾照也不能上路。"马顿说。

"这么严啊。"蔡母吃惊地说。

"开车在路上,能不严吗?想不到我周淀粉也能沾上闺女的光。"周淀粉那个兴奋劲儿,就别提了,"这车好,比我上回坐的小汪的车好多少倍。"

"能别提他不?"蔡母不高兴地说,"你还念着他,是想二进宫啊你。"

"老太婆,打人不打脸,揭人不揭短。你当着闺女、姑爷的面,说我啥呢。你让我这老脸往哪儿搁。"周淀粉把脸扭过来,狠狠地瞪了一眼蔡母。

"看你爸没,就会瞪我。还说我揭他短了。怕揭就别干那让人揭的事儿。"蔡母又要旧话重提。

蔡小米赶紧阻止:"妈,别打了,在家你们也打,在车上也打。还要打到廊坊去啊?"

"夫妻打架才能过得长远,不打不骂那不叫真两口子。"周淀粉说完就哼起小曲来。

"打到廊坊就打到廊坊,反正廊坊是他老家。这叫打回老家去。"蔡母说完先笑了。一车人都笑了。

彭家热闹无比,虽然只有彭大城、吕梅花和彭小豆,三个人却已经把气氛弄得很热烈了。电脑音乐开着,厨房该煮该炖的都在进行中。彭小豆正客厅厨房跑来跑去地忙着,看到蔡小米,赶紧跑过去抱着蔡小米大声说:"姐,今天你要尝尝我的手艺,老好吃了。"蔡小米回说好啊。

蔡母看着姐俩拥抱,感慨地说:"还真的是亲姐俩才能这么亲啊。小米,你总算回家了。妈以后也放心了。"

看养母要流泪,蔡小米赶紧搂着她的胳膊轻声说:"让人看见该笑话了。"

"女孩和男孩就不一样,小豆和冰川两人一见面就掐,一分开又想。怪了。蔡大姐,周大哥,快,你们快坐。等到人到齐了咱们就开饭。小豆,冰川怎么还没到?他是在画室还是在哪儿?"吕梅花问女儿。

"他说在画室啊。说从画室回来。"彭小豆说。

"最近我也没去工作室,不知道他的画卖得咋样。"蔡小米插了一句。

"听他说给你卖了幅画,一会儿你就等着收银子吧。"彭小豆说。

"真的?这么好的事冰川怎么不告诉我?"蔡小米说。

"完了,那他肯定是要给你个惊喜,完了完了,都怪我这乌鸦嘴。"彭小豆直伸舌头。

马顿一到彭家就去厨房帮忙,和彭大城一边聊天一边做饭。

当彭冰川和他的女朋友出现在众人视线当中的时候,彭小豆特别积极地跑过去对彭冰川说:"彭冰川,怎么,不是分手了吗?怎么又领回来了?"

彭冰川白了她一眼,吕梅花拉了下彭小豆的衣角,彭小豆不乐意了:"妈,您别拉我。上次冰川说了,咱家不给买房,她就不露面,连我这个大姑姐邀请见面都可以不见。"

"姐,你能不能问清楚再说话?"彭冰川急了,"她们不是一个人。"

"啊,你也太速度快了吧?这男人真是闲不住。"彭小豆不满地说。

"小豆,你能不能少说两句。我倒问你,你不是说跆拳道馆长又和你复合了吗,他人呢?"

"他人?他人在路上,吃饭准到,他是掐着饭点儿来的。妈,馆里最近课程多,没人照应哪行呢,他一会儿就到。"

"姑娘,你别生气,我这个闺女就是嘴快,刀子嘴豆腐心。心可好了,好相处。到家了,就随便点啊。"吕梅花直想表示道歉。

"阿姨,我不会见怪的。冰川都跟我讲过了。他跟我说您的肝是他献的,当初他想献,女朋友不愿意,他们就分手了。您在医院住院的时候,我爸也在住院。我和冰川是高中同学,想不到我们在医院见面了。我很欣赏他,也佩服他的聪明,要是我当初想到用自己的肾换给父亲,父亲不用外供的肾源,也就不会被排斥,也就不会走得这么急。"女孩说着眼圈红了,"我最感动的是冰川竟然在献肝以后的日子,跟医生说如果我父亲能醒过来,他可以把他的肾捐给我父亲。"

大家都吃惊了,如果有比一根针还轻的东西掉到地上,都会听到响声。片刻,

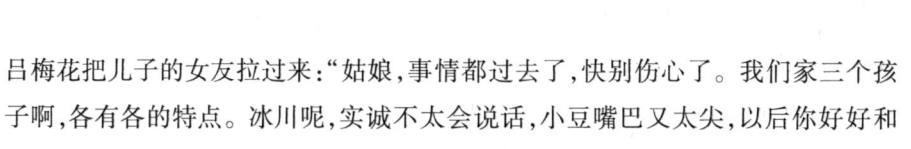

吕梅花把儿子的女友拉过来:"姑娘,事情都过去了,快别伤心了。我们家三个孩子啊,各有各的特点。冰川呢,实诚不太会说话,小豆嘴巴又太尖,以后你好好和小米相处。小米是最懂事最乖的孩子了。"

蔡小米对女孩说:"我妈这是在夸我。上次我和我妈在医院镶牙,看到冰川了,冰川跟我讲了你家的事。只能是看开了,别想太多。"

"姐,这是你那幅画钱。"彭冰川适时转移话题,递给蔡小米一张银行卡,"密码是你的出生年月。"

"太好了,冰川,你真是给了我一个惊喜。今天咱妈生日,这就是给咱妈的生日礼物了。"蔡小米接过来就递到吕梅花手里。

吕梅花吓得直躲:"不行,小米,你现在在公司上班,没有时间画画,这都是你以前的积累。我住院你没少花钱,这个真不能要。"看蔡小米还往前递,吕梅花低声说:"小米,不带这样的,一会儿贵珍他们也来,你准备一张卡哪够?再说,从小把你养大的养母也在旁边,这不合适。我这不是独贪吗?"

"妈您就接着吧。我以后勤快点就是了。我会把周末时间全利用起来。"蔡小米很激动地说,"说真的,那些画都是以前画的,不成熟。我现在要比那时画得好多了,以后闺女就是钱匣子。下次我再挣几张卡回来,都会有份儿的。"

"闺女的孝心,你就收下吧。撕撕巴巴的这还像一家人吗?"彭大城说。

"就是,爸说得对。"蔡小米说完把卡塞到吕梅花手里,"我去和马顿做吃的。快收着吧,别让人家笑话了。其实您现在就相当于收了我一幅画。以后我多画点。"

吕梅花过意不去,拿着卡往蔡母手里塞。蔡母拼命躲着:"不行,这是闺女孝敬你的生日礼物,给我算怎么回事?我的闺女对我够好的了,我们住的楼房都是闺女给租的。要是我,我才不舍得租楼房。住平房又便宜又能放那么多东西。"

"老太婆,我看你一天不讲你那些破烂都不行啊!"周淀粉插了一句。

"我说破烂了吗我?我说的是那么多东西。"蔡母不愿意了。

当石贵珍坐在轮椅上被推进门,大家都呆了。

7

"大家好,我和会议来给嫂子庆生了。嫂子的生日,今天我最有发言权。"石贵珍说完停了一下,"二十四年前,嫂子应该二十六岁吧?嫂子生了三胞胎,满月以后,我抱走了一个。那就是小米。嫂子的婆婆,也就是小米的奶奶,是会议的姑姑,她心疼这个生不出孩子的侄媳妇,就谎说小米长了一颗泪痣,大哥在孩子没出满月的时候又遭遇了车祸,所以就名正言顺地把小米送走,说她因为长了泪痣,妨彭家。"

"贵珍,这都二十多年前的事了,还提它干嘛。今天我过生日,要高兴点。"吕梅花有点不高兴。

"嫂子,你别挡着我。我得讲出来,我现在也遭遇车祸了,前几天小米打电话来,我都不敢跟她说,我也是怕闺女心疼。"石贵珍看了眼蔡小米,蔡小米早就傻了,她扑过来抓住石贵珍的手。"我四岁把小米丢了,我活了这么多年,心里有多愧疚你们知道吗?我后悔把小米抱走。我也生李会议的气,他要是娶了别人,也就没有这档子抱走小米的事了。害了孩子,也害了嫂子。不因为这些事,嫂子也不能积郁成疾得了重病。我是罪魁祸首,没有我的存在,也就没有小米离家在外这件事。我是罪人,我双腿残废我活该。"

"妈,您不要再说了。"蔡小米泪流满面,"我都回家了,您还伤心干吗?"

"嫂子,对不起,我今天不是来捣乱的。我就是想说说心里的感受,我对不起小米,更对不起彭家。这场车祸让我再也站不起来了,我活该。"

"妈。"蔡小米无法自控,扑到轮椅前大哭,她越哭越伤心,竟然控制不住。她自己也不知道自己在哭什么,她想她不是哭石贵珍站不起来这件事情。她哭的是她二十四年的青春,哭来哭去,你看着她是在哭别人,其实每个人在哭的时候或多或少的都是在哭自己。哭自己的过去、现在和将来。人生下来哭,死了以后也有哭声,只不过不是自己在哭,是别人在哭。

"贵珍,你不能怨自己。这都是命。"吕梅花说,"我们现在这不是挺好吗?小米又没真丢。蔡大姐把小米带得多好。"

"姐小的时候不在我边上,我看太好了,不是一般的好啊。要不然她就天天跟我抢布娃娃,抢漂亮衣服,抢好吃的。我可受不了。我一个人睡大床多好,你看现在姐一回来,我在大床上的地位都没有了。真怕不小心掉地上。"小豆没心没肺地插了一句。蔡小米听了忍不住扑哧一笑。

笑过以后,蔡小米被彭小豆带的,一股不讲理的劲儿上来了:"小豆,你别得意,冰川咋没大床呢?你的大床那可是有我一半的,是爸妈特意给咱俩买的。你以为偏心眼儿,对冰川不好,就对你好啊?"

小豆的加入,使气氛变得融洽些,大家也不再眼泪涟涟的了。马顿推开厨房门大声说:"酒菜准备好了,人到齐就可以开席了。"

大家你看我,我看你,看还缺谁。彭大城说:"谁也不缺了,开席吧。先把蜡烛点上。"

"到了?在哪儿?好,我下楼接你。爸,这还有个没到的呢。"彭小豆一边接电话一边推门往楼下跑。

"还有小豆的男朋友。"吕梅花说。

"嫂子,你真幸福。三个孩子都在身边。"石贵珍苦兮兮的模样又来了。

"我说超市老板娘,今天是小米亲妈的生日,咱能不能不给她添乱?"周淀粉阻止着石贵珍,"我知道你出车祸心里憋屈,可这也不怨人家小米啊。要赖你就赖我,肯定是那天你出门,我没唠叨你好话。"

"我又没说什么,我还不能说说心里憋着的话了?没有话语权吗我?"石贵珍不愿意了,憋着憋着又要哭。

"老婆,咱在家不是说好了吗,不提以前,只提将来。"李会议说。

"对,提将来。嫂子,小米我也养了四年,等她结婚,我是不是也能参加婚礼?我虽然站不起来了,可我能不能也上台讲个祝福的话?"

"能,咋不能。你和会议,蔡大姐和周大哥,你们都能上台。"彭大城说。

门被打开,一个高大帅气的男人身后跟着好几个孩子。他们一色的武打装扮。彭小豆一进屋就大声宣布:"这是我的男朋友肯森,这几个小朋友是我们的学员。肯森是带他们参加比赛,看时间来不及了,就没有把他们送回去,一块儿带来给妈祝寿了。"

"小伙子们,刚才我们怎么说的来着?"肯森刚说完,几个孩子并列站在客厅中央,一套干净利落的拳脚功夫,早把每个人看傻了。尤其是几个孩子异口同声的生日祝福,让在场的人都鼓起掌来。

"阿姨,祝您生日快乐,健康长寿,我把孩子们带来,您不烦吧?"肯森说。

"不烦,有孩子的地方才更多快乐。冰川,快去邻居家借张桌子来。"吕梅花兴奋得不知说什么好了,"家里热闹,我开心。"

几个孩子在蜡烛点燃的同时,一同用英文和中文唱起生日快乐歌。

附：两年以后，蔡小米和马顿登记结婚。他们只举行了一个简单的婚礼，婚礼仪式设在教堂，蔡小米的父母全都到场了。吕梅花、彭大城、蔡母、周淀粉、石贵珍和李会议。父母们各自送上了祝福。牵着婚纱礼服裙角的是彭小豆从道馆领来的两个小孩。一男一女，真正的金童玉女。蔡小米在上婚车之前惊讶地问彭小豆："小豆，学跆拳道的不全是男孩啊？"

"当然了，你看我是男孩吗？"彭小豆的语气里，透着对蔡小米无知的一种轻微嘲讽。

"我就不信你这么小的时候，爸妈会让你学这个。他们肯定想让你学琴棋书画，你学偏了。你学这个的时候是完完全全的成年人了，有行为能力的。这些孩子的妈妈真想得开，女孩子学点琴棋书画多好。"

"姐，你结婚以后抓紧生娃，生个女娃我来带，我就让她学跆拳道，学什么琴棋书画啊，扯淡。女子要自强，先在形体上就要盖过别人。不然，当初你要给妈献肝的时候，不因为你太瘦，能至于天天去把自己撑个半死，使劲玩命地吃？吃到最后，脸上全是肉，肚子有肚腩了，你别忘了晚上躺在床上，你还揉着肚子跟我诉苦呢。"

"去，生个男孩给你带，女孩不给。别到最后跟你似的，一天跟个疯丫头一样。嘴巴不饶人，只会拳脚功夫。一点都不温柔，满嘴乱跑火车。"

彭冰川携着女友的手，也参加了姐姐蔡小米的婚礼。蔡小米的姓氏一直没改，始终在周淀粉家的户口上。彭冰川的婚礼在半年以后举行。

婚礼结束以后，蔡小米和马顿去南方旅游。去了蔡小米最想去的西双版纳和香格里拉。这次她带上了婆婆。下一次她计划带上三个母亲和三个父亲。